# Im sicheren Hafen

# Danielle STEEL

## Im sicheren Hafen

Aus dem Amerikanischen
von Tanya Stewner

**Weltbild**

*Originaltitel: Safe Harbour*

Besuchen Sie uns im Internet:
*www.weltbild.de*

Das Werk einschließlich aller seiner Teile ist urheberrechtlich geschützt. Jede Verwendung außerhalb des Urhebergesetzes ist ohne Zustimmung des Verlages unzulässig und strafbar. Dies gilt insbesondere für Vervielfältigungen, Übersetzungen, Mikroverfilmungen und die Einspeicherung und Verarbeitung in elektronischen Systemen.

Deutsche Erstausgabe 2005
Copyright © 2003 by Danielle Steel
All rights reserved including the rights of reproduction in whole or in part in any form.
Copyright © der deutschsprachigen Ausgabe 2005
by Verlagsgruppe Weltbild GmbH
Steinerne Furt 67, 86167 Augsburg

Projektleitung: Gerald Fiebig
Redaktion: lüra – Klemt & Mues GbR
Umschlag: Hauptmann & Kompanie
Werbeagentur GmbH, München
Umschlagillustration: Joanne Fuchs
Satz: Anke Heller
Druck und Bindung: GGP Media GmbH,
Karl-Marx-Straße 24, 07381 Pößneck

Gedruckt auf chlorfrei gebleichtem Papier

Printed in Germany

ISBN 3-89897-189-9

*Für meine außergewöhnlichen, wunderbaren Kinder, Beatrix, Trevor, Todd, Sam, Victoria, Vanessa, Maxx, Zara und Nick, die ich sehr liebe und die dafür sorgen, dass ich glücklich bin und mich geborgen fühle.
Mögt ihr immer ein sicherer Hafen füreinander sein.*

*Und für die Engel der »Yo! Angel!«: Randy, Bob, Jill, Cody, Paul, Tony, Younes, Jane und John.*

> *In tief empfundener Liebe,
> d.s.*

## Die Hand Gottes

Stets mit einem Gefühl
tiefer Bestürzung,
Betroffenheit,
Angst
kommt der Tag,
an dem wir zu den verlorenen Seelen Gottes gehen.
Vergessen, frierend,
gebrochen, schmutzig
und gelegentlich, doch selten,
gebadet und sauber,
mit neuer Kleidung auf den
Straßen,
mit noch immer ordentlichen
Frisuren,
die Gesichter glatt rasiert.
Doch nur einen Monat später
sehen wir,
wie die Tage ihnen zugesetzt
haben.
Dieselben Gesichter wirken
verändert,
die Kleider zerlumpt,
die Seelen zerfetzt wie ihre
Hemden
und Schuhe,
ihre Augen leer ...
Ich gehe zur Messe,
und meine stillen Gebete
sind tief empfunden.
Dann brechen wir auf.
Wie Matadore,
die die Arena betreten,
nicht ahnend,
was die Nacht bereithält:
Wärme oder Verzweiflung,
Gefahr oder Tod –
für sie oder für uns.

Wir halten Ausschau nach
den Augen,
die nach uns suchen.
Sie erwarten uns bereits.
Sobald wir aus dem Wagen
springen,
rennen sie auf uns zu,
strecken ihre Arme nach uns
aus.
Wir schleppen Kisten und
Kartons heran,
um sie durch einen weiteren
Tag zu bringen
eine weitere Nacht im Regen,
eine weitere Stunde in der
Kälte.
Ich habe für euch gebetet ...
Wo wart ihr?
Ich wusste, ihr würdet
kommen!
Durch den Regen kleben ihre
Hemden
an ihren Körpern,
ihr Schmerz und ihre Freude
mischen sich mit unserer.
Wir sind ihre ganze
Hoffnung,
jeden Tag aufs Neue,
und das Ausmaß ihrer
Verzweiflung
können wir nur erahnen.
Ihre Hände berühren unsere,
ihre Augen heften sich auf
uns.
Gott schütze euch,
sagen die Stimmen sanft,
als sie sich dankbar
entfernen.

*Für einen kurzen Moment
teilen sie ihr Leben mit uns,
geben uns Einblick
in ihre Qualen und ihre
       Freude,
ihr Leben auf der Straße.
Während wir weiterfahren,
bleiben sie zurück,
für immer eingebrannt
in unsere Erinnerung.
Das Mädchen, dessen Gesicht
von Schorf bedeckt war,
der einbeinige Junge
im strömenden Regen,
dessen Mutter geweint hätte,
wüsste sie von seinem Leid,
der Mann, der zusammen-
       brach
und weinte –
zu schwach,
um unsere Gaben entgegen-
zunehmen –
und dann die anderen,
die uns ängstigen,
uns auflauern,
uns beobachten
und offenbar überlegen,
ob sie sich auf uns stürzen
oder unsere Hilfe annehmen
       sollen,
ob sie auf uns einschlagen
oder uns danken sollen.
Ihre Hände berühren die
       meinen,
ihre Leben berühren die
       unseren,
unwiderruflich.
Unser einziger Schutzschild
dort draußen
ist unser Gottvertrauen,
das uns immer aufs Neue
hinausfahren lässt
und uns beschützt,
wenn wir ihnen wieder und
       wieder
gegenübertreten.*

*Die Nacht dauert an,
Gesichter ziehen vorbei.
Die Trostlosigkeit
wird für einen kurzen
Augenblick unterbrochen,
in dem Hoffnung aufkeimt,
und eine Tasche voller
warmer Kleider
und Lebensmittel,
eine Taschenlampe, ein
Schlafsack,
ein Kartenspiel und ein paar
Pflaster
geben ihnen ein wenig ihrer
Würde zurück.
Du erkennst: Sie sind
Menschen wie wir.
Dann lässt ein Gesicht
mit verwüsteten und
verwüstenden Augen
dein Herz stillstehen
und zerbricht die Zeit in
kleine Splitter,
bis wir genauso
niedergeschmettert
sind wie sie
und es keinen Unterschied
       mehr
zwischen uns gibt.
Als seine Augen die meinen
       suchen,
sind wir eins.
Wird er mir erlauben,
ihm zu helfen,
oder wird er auf mich
       losstürmen
und mich angreifen,
weil er meine Zuversicht
nicht nachvollziehen kann?
Warum tust du das für uns?
Weil ich euch liebe,
möchte ich sagen,
doch selten finde ich die
       richtigen Worte.
Ich reiche ihm eine warme
Jacke,*

zusammen mit meinem
Herzen.
Meine Hoffnung und mein
Vertrauen
gilt allen dort.
Manche sind dem Tode so
    nahe,
dass sie nicht mehr sprechen
    können.
Das ergreifendste Antlitz von
    allen
wartet ganz am Ende,
nach einigen wenigen
fröhlichen Gesichtern.
Dieses letzte Gesicht –
dasjenige, das ich in Gedanken mit nach Hause nehme –
ist seins.
Eine Dornenkrone auf dem
    Kopf,
das Gesicht umschattet.
Er ist der Schmutzigste
und Erschütterndste von
    allen.
Er steht da und starrt mich
    an,
lässt mich nicht vorbei.
Er durchbohrt mich mit
    seinem Blick,
leer, unheilvoll,
gezeichnet von Verzweiflung.
Ich sehe ihn kommen,
er eilt direkt auf mich zu.
Ich will davonlaufen,
aber ich kann nicht,
wage es nicht.
Ich spüre Furcht in mir
    aufsteigen,
dann stehen wir uns Auge in
Auge gegenüber,
wir schmecken die Angst des
    anderen
wie Tränen,
die sich auf den Lippen
    vereinen.
Ich frage mich:

Wenn dies meine letzte
Chance wäre,
Gott nahe zu sein,
die Hände nach ihm
    auszustrecken
und auch von ihm berührt zu
    werden,
wenn dies meine einzige
Chance wäre,
zu beweisen, was ich wert bin
und wie sehr ich ihn liebe,
würde ich wirklich
    davonlaufen?
Ich muss mich zusammen
    nehmen
und mich erinnern,
dass sich Gott in vielerlei
Formen zeigt,
in verschiedenen Gesichtern,
in wütenden Augen
und nicht nur in herrlichen
    Düften.
Ich reiche dem Mann
    die Gaben,
mein Mut verlässt mich,
ich vermag kaum zu atmen.
Dann erinnere ich mich,
warum ich in dieser dunklen
Nacht
zu ihm –
zu ihnen allen –
gekommen bin …
Wir stehen uns gleichberech-
    tigt gegenüber,
der Tod schwebt zwischen
    uns.
Endlich nimmt er meine
    Geschenke entgegen,
segnet mich
und geht weiter.
Als wir heimfahren,
erkenne ich –
still und des Sieges gewiss:
Wir wurden zum
    wiederholten Male
von der Hand Gottes berührt.

*Zuflucht*

*Einst zerrissen,
nun geheilt.
In meinen Gedanken
an dich
nehme ich Zuflucht.
Deine Wunden,
meine Narben …
das Vermächtnis derer,
die uns liebten.
Unsere Siege
und Niederlagen
werden langsam eins,
unsere Geschichten
vermischen sich,
liegen vor uns
in der Wintersonne.
Die Scherben meiner Seele
fügen sich wieder zusammen.
Endlich bin ich wieder
ein Ganzes,
ein Glas mit einem Sprung
von alter Schönheit.
Die Geheimnisse
des Lebens
müssen nicht länger
enträtselt werden.
Und du,
geliebter Freund,
du hältst meine Hand,
und wir beide genesen.
Das Leben
beginnt neu,
wie ein Lied
der Liebe
und der Freude,
das niemals endet.*

# 1

Es war einer dieser kalten, nebligen Tage in Nordkalifornien, mit denen sich der Sommer hin und wieder maskiert. Der Wind pfiff über den Strand und wirbelte Wolken aus feinem Sand auf. Ein kleines Mädchen in roten Shorts und weißem Sweatshirt spazierte langsam den Strand entlang und stemmte sich gegen den Wind. Ihr Hund schnüffelte an dem Tang, den die Wellen anspülten.

Das Mädchen hatte kurzes, lockiges Haar, bernsteinfarbene Augen und helle Sommersprossen. Diejenigen, die sich mit Kindern auskennen, hätten es auf ungefähr zehn bis zwölf Jahre geschätzt. Es war klein, hatte dünne Beine und bewegte sich sehr anmutig. Ihr Gefährte war ein schokoladenbrauner Labrador. Gemächlich wanderten die beiden fort von der bewachten Siedlung, in Richtung des öffentlichen Strandes.

An diesem Tag hielten sich nur wenige Menschen am Meer auf, es war einfach zu kalt. Dem Mädchen machte das jedoch nichts aus. Der Hund kläffte hin und wieder die kleinen Sandwolken an, dann lief er zum Wasser hinüber und spielte mit den Wellen. Wenn er eine Krabbe entdeckte, wich er zurück und bellte wütend. Das Mädchen lachte. Es war unschwer zu erkennen, dass das Kind und der Hund gute Freunde waren. Die Art, wie sie zusammen den Strand entlanggingen, ließ erahnen, dass die beiden nicht viele andere Freunde besaßen und diesen Weg schon oft gemeinsam beschritten hatten.

Im Juli erwartete man hierzulande eigentlich, dass es heiß und sonnig war. Doch wenn der Nebel aufzog, wurde es regelrecht winterlich kühl. Manchmal sah man vom Ufer aus durch die Streben der Golden Gate Bridge den Nebel über das Wasser wabern. Safe Harbour lag fünfunddreißig Kilometer nördlich von San Francisco. Ein Großteil des Ortes bestand aus einer bewachten Siedlung, deren Häuser auf einer Düne standen. Ein Wächter in einem Häuschen hielt unwillkommene Besucher fern. Der Strand, an den die Häuser grenzten, wurde ausschließlich von den Bewohnern der Siedlung genutzt, und hier traf man nur selten einen Menschen. Am anderen Ende des sichelförmigen Küstenstreifens befand sich ein öffentlicher Strand, der von einer Reihe einfacher Bungalows gesäumt wurde. An heißen Sommertagen war dieser Abschnitt zwar stets völlig überfüllt, aber sonst waren auch hier nur wenige Besucher anzutreffen.

Das Mädchen hatte gerade den Bereich des Strandes betreten, wo die Reihe der einfacheren Häuser begann, da erblickte es einen Mann auf einem Klappstuhl, der vor einer Staffelei saß und ein Aquarell malte. Es blieb stehen. Der Hund lief indessen die Düne hinauf und spürte einem interessanten Geruch nach, den der Wind ihm zugetragen hatte. Die Kleine ließ sich im Sand nieder und schaute dem Maler bei der Arbeit zu – weit genug entfernt, um von ihm nicht entdeckt zu werden. Sie fand Gefallen daran, ihm zuzusehen. Er wirkte so ruhig und irgendwie vertraut, und sie beobachtete fasziniert, wie der Wind durch sein kurzes, dunkles Haar fuhr.

Das Mädchen hatte eine Vorliebe dafür, Menschen heimlich zu betrachten, und oft schaute es den Fischern zu, wenn sie aufs Meer hinausfuhren. Es blieb zwar stets auf Distanz, doch ihm entging nichts von dem, was sie taten.

Eine ganze Zeit lang saß die Kleine nun dort und behielt den Mann genau im Auge. Sie erfasste, dass er Boote malte, die gar nicht existierten. Nach einer Weile kam der Hund zurück und ließ sich neben der Kleinen in den Sand fallen. Sie streichelte ihn, ohne ihn anzuschauen. Ihr Blick war auf den Maler gerichtet, nur ab und zu wanderte er hinaus auf den Ozean.

Schließlich erhob sie sich und näherte sich dem Mann

von hinten, bis sie direkt hinter ihm stand. Auf diese Weise konnte sie den Fortgang seiner Arbeit verfolgen, ohne von ihm bemerkt zu werden. Sie mochte die Farben, die er verwendete, vor allem jene für den prachtvollen Sonnenuntergang.

Der Labrador wurde langsam unruhig und wartete auf den nächsten Befehl seiner Herrin, doch diese schenkte ihm keine Beachtung, sondern wandte ihre Aufmerksamkeit weiterhin dem Mann zu.

Schließlich verlor der Hund die Geduld und setzte in großen Sprüngen an dem Maler vorbei. Dieser wurde von dem auffliegenden Sand getroffen und blickte überrascht auf. Erst jetzt entdeckte er das Kind. Er hielt kurz inne, sagte aber nichts und arbeitete dann weiter, erstaunt, dass sich das Mädchen nicht rührte und ihn einfach nur ansah. Erst eine halbe Stunde später – er mischte gerade ein wenig Wasser in eine zu intensive Farbe – wandte er erneut kurz den Kopf.

Die Kleine beobachtete ihn nach wie vor vollkommen ungeniert. Irgendwann setzte sie sich wieder in den Sand, da man dem Wind am Boden weniger ausgesetzt war.

Der Maler trug ein Sweatshirt, so wie sie, dazu eine Jeans und ein ausgelatschtes, altes Paar Seglerschuhe. Er hatte ein wettergegerbtes, tief gebräuntes Gesicht, und sie fand, dass er schöne Hände besaß. Er musste ungefähr Mitte vierzig sein.

Als er sich abermals umdrehte, um zu prüfen, ob sie immer noch da war, begegneten sich ihre Blicke, aber keiner von beiden lächelte. Der Mann hatte seit langer Zeit nicht mehr mit einem Kind gesprochen.

»Zeichnest du gern?«, fragte er schließlich. Er konnte sich keinen anderen Grund für die Hartnäckigkeit der Kleinen vorstellen. Wahrscheinlich war sie selbst eine angehende Künstlerin – andernfalls wäre sie doch längst gelangweilt davonmarschiert ...

»Manchmal«, antwortete die Kleine wachsam. Ein ge-

sundes Misstrauen erwachte in ihr, denn schließlich kannte sie den Mann ja nicht, und ihre Mutter sagte ihr ständig, sie solle nicht mit Fremden reden.
»Und warum zeichnest du gern?«, fragte er weiter. Während er sprach, nahm er den Pinsel ins Visier, den er gerade säuberte.
Das Mädchen musterte ihn unterdessen interessiert und ignorierte seine Frage. Sie betrachtete sein ansprechendes, kantiges Gesicht, besonders das tiefe Grübchen in der Mitte seines Kinns. Er hatte etwas Stilles, Kraftvolles an sich, das ihr gefiel. Er besaß breite Schultern und lange Beine, und obwohl er auf einem recht niedrigen Klappstuhl saß, sah man, dass er ziemlich groß war.
»Ich zeichne manchmal meinen Hund«, sagte sie unvermittelt. »Wie können Sie Boote malen, die gar nicht da sind?«
Der Mann lächelte und hob den Kopf. Ihre Blicke trafen sich abermals. »Ich stelle sie mir vor. Möchtest du es auch mal versuchen?« Er hielt ihr einen Zeichenblock und einen Bleistift hin.
Die Kleine zögerte, dann stand sie auf, ging zu ihm hinüber und nahm den Block und den Stift entgegen.
»Darf ich meinen Hund zeichnen?« Ihr zartes Gesicht blieb völlig ernst. Es schmeichelte ihr, dass der Maler ihr seinen Block anvertraute.
»Sicher. Du darfst alles zeichnen, was du möchtest.«
Eine Zeit lang saßen sie still nebeneinander und arbeiteten. Das Mädchen war ganz bei der Sache.
»Wie heißt er?«, fragte der Maler, als der Hund an ihnen vorbeihechtete, um Seemöwen zu jagen.
»Mousse«, erwiderte das Kind, ohne den Blick von seiner Zeichnung abzuwenden.
»Wie Apfelmus? Witziger Name«, sagte der Mann, korrigierte etwas an seinem Bild und beäugte es dann kritisch.
»Das ist ein französisches Dessert. Aus Schokolade.«

Der Maler nickte. Nach einer Weile murmelte er: »So geht es.« Er sah zufrieden aus. Er gedachte, nun langsam Schluss zu machen. Es war schon nach vier Uhr, und er hatte seit der Mittagszeit gemalt. »Sprichst du Französisch?«, erkundigte er sich, nicht wirklich aus Interesse, sondern nur, um irgendetwas zu sagen. Er war überrascht, dass die Kleine nickte. Ihre stille Konzentration irritierte ihn. Als er sie erneut anblickte, fiel ihm auf, dass sie ein wenig seiner Tochter ähnelte. Vanessa hatte in diesem Alter zwar langes, glattes, blondes Haar gehabt, aber die Körperhaltung und das Benehmen der Kleinen erinnerten ihn an sie. Er musste nur blinzeln und konnte Vanessa beinahe vor sich sehen.
»Meine Mutter ist Französin«, fügte die Kleine hinzu, während sie sich zurücklehnte und ihr Bild betrachtete. Sie war beim Zeichnen auf ein Detail gestoßen, an dem sie immer scheiterte, wenn sie Mousse malte: die Hinterbeine.
Der Maler bemerkte ihren Unmut und streckte die Hand nach dem Zeichenblock aus. »Lass mich mal schauen«, forderte er sie auf.
»Ich bekomme die Hinterbeine nie richtig hin«, stellte das Mädchen unzufrieden fest und überreichte ihm den Block. Sie waren nun Lehrer und Schülerin, und die Zeichnung schuf augenblicklich ein Band zwischen ihnen.
»Ich zeige dir gern, wie es geht ... Soll ich?«, fragte er. Sie nickte.
Mit wenigen, geschickten Strichen korrigierte er das Problem. Ansonsten war es ein erstaunlich gelungenes Porträt. »Das hast du gut gemacht«, lobte er. Er riss das Blatt ab und gab es dem Mädchen zurück. Den Block und den Bleistift verstaute er in seiner Tasche.
»Danke, dass Sie mir gezeigt haben, wie man die Hinterbeine zeichnet.«
»Beim nächsten Mal weißt du, wie du es machen musst«, sagte er und begann, seine Farben einzupacken.

Es war inzwischen noch kühler geworden, aber die beiden schienen das nicht zu bemerken.
»Gehen Sie jetzt nach Hause?« Die Kleine sah enttäuscht aus. Als er in ihre bernsteinfarbenen Augen blickte, beschlich ihn das Gefühl, dass sie einsam war, und das tat ihm Leid. Irgendetwas an ihr war anders als an den Kindern, denen er sonst am Strand begegnete …
»Ja, es ist schon spät.« Der Nebel über den Wellen wurde dichter. »Lebst du hier oder bist du nur zu Besuch?«
»Ich bin den ganzen Sommer über hier.«
In ihrer Stimme schwang keinerlei Begeisterung mit. Der Maler wunderte sich über das Mädchen. Es war einfach in seinen Nachmittag hineinspaziert, und er hatte bereits nach wenigen Stunden das seltsame Empfinden, als gäbe es eine eigentümliche, undefinierbare Verbindung zwischen ihnen.
»Wohnst du drüben in der Siedlung?«
Sie nickte. »Leben Sie denn hier?«, wollte sie wissen, und er machte eine Handbewegung in Richtung eines Bungalows auf der Düne.
»Sind Sie Künstler?«, fragte sie weiter.
»Ich denke, das bin ich.« Der Mann lächelte und blickte auf das Porträt von Mousse, das das Mädchen fest an sich gedrückt hielt.
Keiner von beiden schien wirklich aufbrechen zu wollen, dabei wussten sie, dass es langsam Zeit wurde zu gehen. Die Kleine musste zu Hause sein, bevor ihre Mutter zurückkehrte. Als die Babysitterin wieder einmal stundenlang mit ihrem Freund telefoniert hatte, war sie ihr entwischt. Dem älteren Mädchen war es allerdings gleichgültig, ob sich ihr Schützling davonstahl. Meistens bemerkte sie das Fehlen der Kleinen nicht einmal, bis die Mutter nach Hause kam und nach ihrer Tochter fragte.
»Mein Vater hat auch gemalt.«
Dem Mann entging nicht, dass das Kind in der Vergan-

genheitsform sprach, aber er war nicht sicher, was es bedeutete: dass sein Vater inzwischen nicht mehr zeichnete oder dass er die Familie verlassen hatte. Er vermutete, dass Letzteres der Fall war. Die Kleine stammte wahrscheinlich aus einem zerrütteten Elternhaus und hungerte nach Aufmerksamkeit.

»Ist er Künstler?«

»Nein, er ist Ingenieur. Er hat ein paar Sachen erfunden.« Dann seufzte sie und schaute den Mann traurig an. »Ich sollte jetzt besser nach Hause gehen.« Und wie aufs Stichwort erschien Mousse an ihrer Seite. »Vielleicht treffen wir uns ja bald wieder.«

Möglich, dachte der Maler. Es war ja erst Anfang Juli, und er würde im Laufe des Sommers noch oft herkommen. Aber er war dem Mädchen noch nie zuvor begegnet und nahm deshalb an, dass es nicht oft auf dem öffentlichen Strand herumstreunte. Es war schließlich ein recht weiter Weg von der Siedlung hierher ...

»Danke, dass ich mit Ihnen zeichnen durfte«, sagte die Kleine höflich, und auf ihren Lippen zeigte sich ein Lächeln. Trotzdem lag so viel Wehmut in ihrem Blick, dass der Maler sie aufmunternd und voller Wärme anlächelte.

»Es hat mir Spaß gemacht«, erwiderte er aufrichtig und streckte ihr die Hand entgegen. Er war sich seiner Unbeholfenheit sehr wohl bewusst. »Ich heiße übrigens Matthew Bowles.«

Sie schüttelte feierlich seine Hand, und ihre guten Manieren beeindruckten ihn. Sie war eine bemerkenswerte kleine Dame, und plötzlich freute er sich, sie kennen gelernt zu haben.

»Ich bin Pip MacKenzie«, stellte sie sich vor.

»Pip? Das ist aber ein interessanter Name! Ist das eine Abkürzung?«

»Ja, leider.« Das Mädchen kicherte und wirkte zum ersten Mal kindlich. »Ich heiße Phillippa. Nach meinem

Großvater, er hieß Philipp. Ist das nicht schrecklich?« Sie schüttelte entrüstet den Kopf und brachte den Maler damit zum Lachen.
»Ich mag den Namen. Phillippa ... Vielleicht findest du ihn eines Tages auch gar nicht mehr so übel.«
»Das glaub ich nicht. Es ist ein blöder Name! Ich finde Pip besser.«
»Das werde ich mir merken«, sagte der Mann grinsend.
»Wenn meine Mom am Donnerstag in die Stadt fährt, komme ich wieder«, erklärte sie.
Ihre Worte verstärkten seinen Eindruck, dass sie sich von zu Hause davongeschlichen hatte. Wenigstens war der Hund bei ihr, um auf sie aufzupassen. Ohne ersichtlichen Grund fühlte er sich plötzlich verantwortlich für sie.
Der Maler klappte seinen Stuhl zusammen und hob die alte, abgenutzte Kiste auf, in der er seine Farben aufbewahrte. Anschließend klemmte er sich die Staffelei unter den Arm.
»Danke noch mal, Mr. Bowles.«
»Matt. Du kannst mich gern duzen. Und ich danke dir für deine nette Gesellschaft. Auf Wiedersehen, Pip.«
»Bis dann!«, rief sie, winkte und flog davon, wie ein Blatt im Wind. Sie drehte sich noch einmal um, winkte erneut und rannte dann den Strand hinunter, gefolgt von ihrem Hund.
Der Maler schaute ihr lange nach und fragte sich, ob er sie jemals wiedersehen würde – und ob ihm das überhaupt wichtig war. Dann stemmte er sich gegen den Wind und kletterte die Düne zu seinem kleinen, etwas windschiefen Bungalow hinauf. Er öffnete die stets unverschlossene Tür, trat ein und legte seine Ausrüstung in der Küche ab. In seinem Inneren spürte er einen alten Schmerz, den er seit Jahren nicht empfunden hatte und der ihm alles andere als willkommen war. Das ist das Schlimme an Kindern, dachte er bei sich, während

er sich ein Glas Wein einschenkte. Sie bohren sich in dein Herz wie ein Splitter unter den Fingernagel, und wenn sie schließlich herausgezogen werden, tut es höllisch weh ...

Während er die Begegnung mit Pip noch einmal Revue passieren ließ, wanderte sein Blick zu einem Porträt, das er vor Jahren angefertigt hatte. Das Mädchen auf dem Bild war seine Tochter Vanessa, die damals ungefähr in Pips Alter gewesen sein musste.

Er nahm das Bild von der Wand, ging ins Wohnzimmer hinüber, ließ sich in einem alten, abgewetzten Ledersessel nieder und beobachtete den Nebel, der immer dichter über dem Wasser heraufzog. Doch er sah nur das kleine Mädchen vor sich, mit den leuchtend roten Locken, den Sommersprossen und den bernsteinfarbenen Augen.

## 2

Ophélie MacKenzie bog um die letzte Kurve der Landstraße und lenkte den Kombi langsam durch das Ortszentrum von Safe Harbour. Das Städtchen bestand aus nicht viel mehr als zwei Restaurants, einer Buchhandlung, einem Geschäft für Surfartikel, einem kleinen Supermarkt und einer Kunstgalerie.
Es war ein anstrengender Nachmittag gewesen. Ophélie hasste es, zweimal in der Woche zu der Selbsthilfegruppe nach San Francisco zu fahren, aber sie musste zugeben, dass die Treffen ihr gut taten. Seit Mai besuchte sie sie nun regelmäßig und hatte noch zwei weitere Monate vor sich. Sie war damit einverstanden gewesen, auch während des Sommers an den Gruppensitzungen teilzunehmen, und hatte Pip deshalb auch an diesem Tag wieder in der Obhut der Nachbarstochter gelassen. Amy war sechzehn und passte gern auf Pip auf, oder behauptete dies zumindest. Das Arrangement schien für alle eine gute Lösung zu sein: Ophélie hatte einen Babysitter, Amy konnte mit dem Job ihr Taschengeld aufbessern, und Pip mochte Amy offenbar.
Ophélie brauchte nie viel länger als eine halbe Stunde in die Stadt, und im Grunde war es eine angenehme Strecke – abgesehen von dem kurzen Abschnitt zwischen der Autobahn und der Küste, der einige äußerst enge Kurven bereithielt. Trotzdem waren Ophélie die Fahrten lästig. Am liebsten brauste sie noch an den Klippen entlang und blickte dabei aufs Meer. An diesem Nachmittag war sie furchtbar müde. Manchmal war es regelrecht nervenaufreibend, den anderen zuzuhören, und außerdem hatten sich ihre eigenen Probleme seit dem Beginn der Treffen kaum verringert. Dennoch wollte sie die Gruppe nicht aufgeben, denn dort gab es Leute, mit denen sie reden konnte. Wenn es nicht anders ging, schüttete sie ihnen in einer Sitzung ihr Herz

aus und gestand, wie erschöpft und verloren sie sich fühlte. Sie wollte auf keinen Fall Pip mit ihren Sorgen belasten. Es war nicht fair, einem elfjährigen Kind den Kummer einer Erwachsenen aufzubürden.

Ophélie fuhr die Hauptstraße entlang und bog dann links in die Sackgasse ein, die zu der bewachten Siedlung führte. Der Eingang war leicht zu übersehen, doch Ophélie hatte diesen Weg schon so oft genommen, dass sie ihn im Schlaf fand. Es war eine gute Entscheidung gewesen, den Sommer in Safe Harbour zu verbringen. Sie und ihre Tochter brauchten die Ruhe, die hier herrschte. Die Stille. Die Einsamkeit. Den langen, scheinbar endlosen, weißen Sandstrand, an dem es manchmal erfrischend kühl, dann wieder heiß und sonnig war.

Ophélie machten die nebligen, kälteren Phasen nichts aus. Sie spiegelten ihre Stimmung besser wider als lachender Sonnenschein und blauer Himmel. An manchen Tagen verließ sie nicht einmal das Haus. Sie blieb im Bett oder zog sich in eine Ecke des Wohnzimmers zurück und gab vor, ein Buch zu lesen. In Wahrheit aber grübelte sie die ganze Zeit über. Sie dachte darüber nach, wie anders ihr Leben früher gewesen war. Vor dem vergangenen Oktober. Es war erst vor neun Monaten passiert, und doch schien es eine Ewigkeit her zu sein.

Ophélie ließ den Wagen nun langsam durch das Tor rollen. Der Wächter winkte ihr zu, und sie nickte grüßend. Dann gondelte sie vorsichtig über die Verkehrsberuhigungshügel und an ein paar Kindern auf Fahrrädern, an mehreren Hunden und winkenden Nachbarn vorbei. Dies war eine dieser Siedlungen, in denen man die anderen Anwohner zwar mit Namen kannte, darüber hinaus aber kaum engeren Kontakt mit ihnen hatte. Seit vier Wochen waren sie nun schon hier und hatten außer den direkten Nachbarn noch niemanden kennen gelernt. Ophélie musste sich allerdings eingestehen, dass ihr das sehr recht war.

Sie steuerte den Wagen die Auffahrt hinauf, stellte den Motor ab und blieb bewegungslos hinter dem Lenkrad sitzen. Sie war zu müde, um auszusteigen, nach Pip zu sehen oder das Abendessen vorzubereiten – aber sie wusste, sie würde nicht darum herumkommen. Es war wichtig, gegen diese schreckliche Lethargie anzukämpfen. Trotz ihrer Bemühungen schaffte sie es an manchen Tagen nicht einmal, sich morgens das Haar zu kämmen. Ihr Leben war vorbei – dessen war sie sich sicher. Sie fühlte sich, als ob sie hundert Jahre alt wäre, dabei war sie erst zweiundvierzig und sah noch viel jünger aus. Sie hatte langes, blondes, lockiges Haar, und ihre Augen besaßen dieselbe warme Bernsteinfarbe wie die Augen ihrer Tochter. Ophélie wirkte beinahe ebenso klein und zerbrechlich wie Pip.

Zu ihrer Schulzeit war sie eine begabte Tänzerin gewesen, und aus diesem Grund hatte sie versucht, Pip ebenfalls schon früh für das Ballett zu begeistern. Doch Pip hasste es vom ersten Moment an. Sie fand das Tanzen eintönig, sträubte sich rigoros gegen die Übungen an der Stange und verabscheute die anderen Mädchen, die erpicht darauf waren, alles perfekt zu machen. Sie scherte sich kein bisschen um Drehungen, Sprünge oder Pliés. Ophélie gab es schließlich auf, Pip zu den Ballettstunden zu bewegen, und erlaubte ihrer Tochter fortan, das zu tun, wonach ihr der Sinn stand. Ein Jahr lang hatte Pip dann Reitstunden genommen und einen Töpferkurs in der Schule besucht, doch letztlich fand sie heraus, dass ihr das Zeichnen am meisten Spaß machte. Pip hatte ihren ganz eigenen Kopf und war froh, wenn sie sich selbst überlassen war. Meist verbrachte sie ihre Zeit mit Lesen, Zeichnen und Träumen, oder sie spielte mit Mousse. Im Grunde war sie ihrer Mutter sehr ähnlich, denn diese war als Kind ebenfalls eine Einzelgän-

gerin gewesen. Ophélie fragte sich jedoch, ob es gut für ihre Tochter war, dass sie so wenig Umgang mit anderen Kindern hatte. Andererseits schien sie glücklich und zufrieden zu sein. Sie fand immer etwas, womit sie sich beschäftigen konnte, und langweilte sich nie – selbst jetzt nicht, da ihre Mutter ihr so wenig Aufmerksamkeit schenkte. Es hatte den Anschein, als ob Pip unter der fehlenden Beachtung nicht wirklich litt. Trotzdem hatte Ophélie deswegen oft Schuldgefühle. Sie erwähnte ihre Gewissensbisse des Öfteren im Kreis der Selbsthilfegruppe, und doch fühlte sie sich nicht in der Lage, ihre Teilnahmslosigkeit zu überwinden. Nichts würde je wieder wie früher sein.
Ophélie steckte nun den Wagenschlüssel in ihre Handtasche, schlug die Autotür zu und ging zum Haus. Es bestand keine Veranlassung, den Wagen abzuschließen.
In der Küche fand sie nur Amy vor, die gerade mit hektischen Bewegungen das schmutzige Geschirr in die Spülmaschine räumte. Wenn Ophélie heimkam, war Amy immer sehr beschäftigt, was bedeutete, dass sie den ganzen Nachmittag lang keinen Finger gerührt hatte und nun auf die letzte Minute alles nachzuholen versuchte. Es gab allerdings nie viel zu erledigen in diesem ordentlichen Haus mit den modernen Möbeln, den hellen Holzböden und dem riesigen Panoramafenster, das fast die gesamte Länge des Gebäudes einnahm und einen herrlichen Blick auf das Meer bot. Hinter dem Haus befand sich eine lange, schmale Terrasse, auf der Gartenmöbel standen.
»Hallo Amy! Wo ist Pip?«, fragte Ophélie mit müdem Blick. Sie sprach fast akzentfrei Englisch, und man konnte ihre französische Herkunft kaum noch heraushören. Nur wenn sie extrem erschöpft oder ärgerlich war, rutschte ihr hin und wieder ein Wort heraus, das sie verriet.
»Ich weiß nicht«, antwortete Amy und setzte ein unschuldiges Gesicht auf.

Ophélie sah sie durchdringend an. Sie hatten dieses Gespräch schon mehr als einmal geführt. Amy hatte oft keinen Schimmer, wo sich Pip gerade aufhielt. Ophélie vermutete, dass das Mädchen wie üblich stundenlang per Handy mit ihrem Freund telefoniert hatte. Das war eigentlich das Einzige, was Ophélie an Amy immer wieder bemängelte. Sie erwartete einfach von dem Mädchen, dass sie ständig ein Auge auf Pip hatte – das Haus lag schließlich direkt am Wasser. Wenn Ophélie nicht wusste, wo ihre Tochter war, geriet sie jedes Mal in Panik. Schließlich konnte ihr etwas Schreckliches zugestoßen sein.
»Ich glaube, sie ist in ihrem Zimmer und liest. Da war sie jedenfalls, als ich das letzte Mal nach ihr gesehen hab«, fügte Amy achselzuckend hinzu.
Tatsächlich war Pip nicht mehr in ihrem Zimmer gewesen, seit sie es am Morgen verlassen hatte.
Ophélie ging nach oben, um nachzuschauen, aber natürlich fand sie Pip nicht vor. Sie ahnte nicht, dass ihre Tochter in diesem Moment den Strand entlang nach Hause rannte.
Zurück in der Küche fragte sie angsterfüllt: »Ist sie vielleicht zum Strand gelaufen?« Ihr versagten neuerdings schnell die Nerven. Normalerweise sah ihr das gar nicht ähnlich, aber seit dem vergangenen Oktober hatte sich alles verändert.
Amy brachte die Geschirrspülmaschine in Gang und machte sich bereit zu gehen. Es schien sie nicht im Geringsten zu interessieren, wo ihr Schützling steckte. Sie war ein unbesonnener Teenager, der noch nichts von den Gefahren auf der Welt ahnte. Ophélie hingegen war sich dessen bewusst, was alles geschehen konnte. Das Leben hatte ihr auf grausame Weise gezeigt, dass man sich niemals sicher fühlen durfte.
»Bestimmt nicht. Dann hätte sie mir doch Bescheid gesagt.«

Ophélie wurde zunehmend wütender. Zwar wusste sie, dass die Kinder in der Siedlung gut aufgehoben waren, aber es gefiel ihr überhaupt nicht, dass Amy Pip erlaubte, ohne jegliche Aufsicht herumzustreunen. Wenn sich Pip verletzte oder auf der Straße von einem Auto angefahren wurde ... Ophélie hatte ihrer Tochter regelrecht eingebläut, dass sie sich bei Amy abmelden musste, bevor sie irgendwohin ging, aber weder das Kind noch der Teenager befolgten offenbar ihre Anweisungen.

»Bis Donnerstag dann!«, rief Amy und schwirrte aus der Tür.

Ophélie kickte ihre Sandalen von den Füßen und schaute mit gerunzelter Stirn aus dem Fenster zum Strand. Dann erblickte sie Pip. Ihre Tochter sauste die Düne herauf und hielt irgendetwas in der Hand, das im Wind flatterte. Es sah aus wie ein Stück Papier.

Erleichtert eilte Ophélie Pip entgegen. In ihrem Kopf hatten sich schon die fürchterlichsten Szenarien abgespielt. Es war beinahe fünf Uhr, und es wurde langsam empfindlich kalt.

Ophélie winkte ihrer Tochter, die kurz darauf neben ihr nach Luft schnappend zum Stehen kam.

»Wo bist du gewesen?«, fragte Ophélie in strengem Ton. Sie war noch immer sauer auf Amy. Das Mädchen war einfach ein hoffnungsloser Fall. Ophélie kannte allerdings niemand anderen, der für sie babysitten konnte ...

»Ich bin mit Mousse spazieren gegangen.« Sie wedelte mit dem Blatt. »Ich weiß jetzt, was ich bei den Hinterbeinen immer falsch gemacht hab.« Wohlweislich erzählte sie nicht, wie sie es herausgefunden hatte. Ihr war klar, dass sich ihre Mutter entsetzlich aufregen würde, wenn sie erführe, dass sich ihre Tochter mit einem Fremden unterhalten hatte – selbst, wenn er ihr nur beim Zeichnen behilflich gewesen war und überhaupt kein Grund zur Besorgnis bestand.

Ophélie war sehr skeptisch, wenn es um Fremde ging. Und sie wusste, wie außergewöhnlich hübsch Pip war ...
»Ich kann kaum glauben, dass Mousse so lange stillgehalten hat«, sagte Ophélie. Als sie lächelte, konnte man erkennen, wie attraktiv sie war, eine bildschöne Frau mit feinen Gesichtszügen, perfekten Zähnen und wundervollen Augen, die glitzerten, wenn sie lachte. Doch seit Oktober lachte Ophélie nur noch selten.
Abends zogen sie und ihre Tochter sich in ihre jeweils eigene kleine Welt zurück. Dann sprachen sie kaum noch miteinander. Unabhängig davon, wie sehr Ophélie ihr Kind liebte, fielen ihr einfach keine Gesprächsthemen mehr ein, und es war ihr viel zu anstrengend, danach zu suchen. Alles war ihr inzwischen zu viel, manchmal sogar das Atmen.
»Ich hab ein paar Muscheln für dich gesammelt«, sagte Pip nun. Sie zog zwei wohlgeformte Exemplare aus ihrer Hosentasche und überreichte sie ihrer Mutter. »Ich hab außerdem einen Sanddollar gefunden, aber er war kaputt.«
»Das sind sie fast immer«, erwiderte Ophélie und schloss die Finger fest um die Muscheln. Dann gingen sie zusammen ins Haus.
Ophélie hatte ganz vergessen, Pip einen Begrüßungskuss zu geben, aber die Kleine war mittlerweile daran gewöhnt. Es schien ihr, als ob jede Berührung, jede Form von körperlichem Kontakt für ihre Mutter inzwischen unerträglich war. Sie hatte sich in ihr Schneckenhaus zurückgezogen. Die Mutter, die Pip in den ersten zehn Jahren ihres Lebens versorgt hatte, war verschwunden. Und die Frau, die ihren Platz eingenommen hatte, war ein gebrochener Mensch. Im Schutz der Nacht hatte irgendjemand Ophélie fortgeschafft und sie durch einen Roboter ersetzt. Seine Stimme klang wie ihre, und er duftete wie sie, er fühlte sich an wie Ophélie und sah auch genauso aus wie sie. Doch im Wesen

unterschieden sich die beiden grundlegend. Pip hatte keine andere Wahl, als die Veränderung zu akzeptieren, und das gelang ihr sehr gut.

Pip war innerhalb der letzten Monate erwachsen geworden. Für ein Kind war sie erstaunlich vernünftig – weitaus verständiger als andere Mädchen ihres Alters. Zudem hatte sie einen sicheren Instinkt in Bezug auf Menschen entwickelt.

»Hast du Hunger?«, fragte Ophélie nun. Es war für sie zur Qual geworden, das Essen zu kochen, und sie hasste dieses Abendritual regelrecht. Etwas essen zu müssen war sogar noch schlimmer, als die Mahlzeit zuzubereiten. Sie hatte einfach keinen Appetit mehr – seit geraumer Zeit bekam sie kaum etwas hinunter. In den vergangenen neun Monaten waren sie und Pip immer dünner geworden.

»Eigentlich noch nicht. Soll ich heute Abend Pizza machen?«, schlug Pip vor. Pizza mochten sie beide noch am liebsten.

»Wenn du willst ...«, erwiderte Ophélie unentschlossen. »Ich könnte aber auch irgendetwas anderes kochen.« Sie hatten schon vier Abende hintereinander eine Pizza in den Ofen geschoben – im Gefrierschrank türmte sich ein ganzer Stapel davon.

»Ich hab eigentlich gar keinen Hunger«, sagte Pip unbestimmt.

Jeden Abend führten sie das gleiche Gespräch. Manchmal machte Ophélie ein gebratenes Hühnchen mit Salat, aber das aßen sie dann auch meist nicht. Pip hatte in letzter Zeit ausschließlich von Erdnussbutter-Sandwiches und Pizza gelebt.

»Vielleicht später.«

Ophélie ging nach oben in ihr Schlafzimmer und legte sich hin. Auch Pip begab sich in ihr Zimmer und lehnte das Porträt von Mousse gegen die Lampe auf ihrem Nachttisch. Das Papier des Zeichenblocks war so dick, dass es nicht umfiel. Während Pip das Bild betrachtete, dachte sie an Matthew. Sie konnte es kaum erwarten, ihn am Donnerstag wiederzusehen. Sie hatte ihn auf Anhieb gemocht. Und dank seiner Korrekturen war ihre Zeichnung erstaunlich gut gelungen. Mousse sah auf dem Bild wie ein echter Hund aus und nicht, wie bei ihren sonstigen Versuchen, zur Hälfte wie ein Hund und zur anderen Hälfte wie ein Kaninchen. Matthew war eindeutig ein wahrer Künstler.

Als Pip das Schlafzimmer ihrer Mutter betrat, war es draußen schon dunkel. Sie wollte ihr noch einmal anbieten, das Kochen zu übernehmen, aber Ophélie war schon eingeschlafen. Sie lag derart still auf dem Bett, dass Pip für einen kurzen Moment Angst bekam, aber als sie näher heranging, hörte sie ihre Mutter atmen. Vorsichtig deckte sie sie mit einer Wolldecke zu, die am Fußende des Bettes zusammengefaltet war. Sie wusste, dass ihre Mutter in letzter Zeit sehr leicht fror – wahrscheinlich, weil sie so viel abgenommen hatte.

Danach lief Pip in die Küche und öffnete den Kühlschrank. Sie hatte keine Lust auf Pizza. Stattdessen schmierte sie sich ein Erdnussbutter-Sandwich und verspeiste es vor dem Fernseher. Eine Zeit lang verfolgte sie das Programm, und Mousse schlief zu ihren Füßen. Er war von dem langen Strandspaziergang völlig erschöpft und schnarchte leise. Erst als seine Herrin den Fernseher und das Licht im Wohnzimmer ausmachte, wachte er auf.

Pip schlenderte ins Badezimmer, putzte sich die Zähne und zog ihren Schlafanzug an. Ein paar Minuten später schlüpfte sie ins Bett und löschte das Licht. Lange Zeit lag sie noch wach und dachte an Matthew Bowles. Schließlich schlief sie ein.

Und Ophélie wachte nicht vor dem nächsten Morgen wieder auf.

# 3

Der Mittwochmorgen war klar und wolkenlos. Es wurde offenbar einer jener heißen Sommertage, die es nur selten im Norden Kaliforniens gibt. Als Pip aufwachte, war die Luft bereits schwer und drückend. In ihrem Schlafanzug schlurfte sie in die Küche, wo ihre Mutter vor einer dampfenden Tasse Tee am Küchentisch saß.
Ophélie war furchtbar müde. Selbst wenn sie eine ganze Nacht lang geschlafen hatte, war sie morgens unausgeruht. Nach dem Aufwachen war ihr nur ein kurzer, wundervoller Moment vergönnt, in dem die Vergangenheit sie noch nicht einholte. Darauf folgte stets der scheußliche Augenblick des Erinnerns, und die grausame Realität brach erneut über sie herein. Wenn sie schließlich aufstand, fühlte sie sich wie gerädert.
»Hast du gut geschlafen?«, erkundigte sich Pip höflich, während sie sich etwas Orangensaft einschenkte und eine Scheibe Brot in den Toaster steckte.
Ophélie überging die Frage ihrer Tochter. Im Grunde wussten sie beide, wie sinnlos Gespräche dieser Art waren. Stattdessen sagte sie: »Es tut mir Leid, dass ich gestern so früh eingeschlafen bin. Ich hatte wirklich vor, wieder aufzustehen. Hast du dir was zu essen gemacht?« Ophélie war sehr wohl bewusst, wie sehr sie das Kind vernachlässigte, aber sie war unfähig, etwas dagegen zu unternehmen. Erneut überfielen sie Schuldgefühle.
»Ja«, beruhigte Pip ihre Mutter. Es machte ihr nichts aus, selbst für ihr Abendessen zu sorgen. Sie zog es sogar vor, allein vor dem Fernseher zu essen. Das war allemal besser, als mit Ophélie an einem Tisch zu sitzen und das Schweigen zu ertragen. Vor den Ferien war es noch einfacher für sie gewesen, da musste sie jeden Tag Hausaufgaben machen und hatte damit einen triftigen Grund, nach dem Essen rasch wieder vom Tisch aufzustehen.

Das Brot sprang nun geräuschvoll aus dem Toaster, und Pip bestrich es mit Erdnussbutter. Anschließend aß sie das Sandwich im Stehen, ohne sich die Mühe zu machen, einen Teller aus dem Schrank zu holen. Sie benötigte keinen, denn sie wusste, dass Mousse sämtliche Krümel, die eventuell zu Boden fielen, blitzschnell mit seiner langen Zunge auflecken würde.

Pip ging auf die Terrasse, ließ sich in einen Liegestuhl fallen und genoss die warmen Sonnenstrahlen. Einen Augenblick später trat Ophélie ebenfalls hinaus.

»Andrea hat gesagt, sie würde heute mit dem Kleinen vorbeikommen.«

»Wirklich?« Pips Augen leuchteten. Sie war verrückt nach dem Baby. William, Andreas Sohn, war drei Monate alt und – wie Ophélie oft sagte – ein Symbol für die Unabhängigkeit und den Mut seiner Mutter. Mit vierundvierzig hatte Andrea beschlossen, nicht länger auf ihren Märchenprinzen zu warten. Sie war durch künstliche Befruchtung – mithilfe eines Samenspenders – schwanger geworden und hatte im April einen niedlichen dunkelhaarigen Jungen mit strahlend blauen Augen und einem unwiderstehlichen Lächeln zur Welt gebracht. Ophélie war Patin, und Andrea war Pips Patentante.

Die beiden Frauen waren seit über achtzehn Jahren befreundet – seit Ophélie mit ihrem Ehemann nach Kalifornien gekommen war. Ophélie und Ted hatten zuvor zwei Jahre lang in Cambridge im Bundesstaat Massachusetts gelebt, wo Ted an der Harvarduniversität Dozent für Physik gewesen war. Auf dem Gebiet der Energieforschung galt Ted als Genie. Er war ein brillanter, etwas wortkarger Mann, den viele für ein wenig seltsam hielten, doch seine Familie kannte ihn als treuen und einst auch liebevollen Ehemann und Vater. Diese Eigenschaften waren jedoch im Laufe der Jahre mehr und mehr verloren gegangen. Ophélie und er hatten schwierige Phasen durchgemacht und zudem ständig in finanziellen Schwierigkeiten gesteckt. Dann, dreizehn Jahre nach ihrem Umzug nach Kalifornien, war ihnen das Glück plötzlich hold, und zwei von Teds Erfindungen brachten ihnen innerhalb kürzester Zeit ein Vermögen ein. Dadurch wurde alles einfacher, aber Teds Wärme und Freundlichkeit kehrten dennoch nicht zurück.

Ted liebte seine Frau und seine Tochter, dessen war sich Ophélie immer sicher gewesen. Er hatte ihnen seine Liebe nur irgendwann nicht mehr zeigen können. Zuerst waren die Geldsorgen schuld daran, und dann kam der ständige Kampf um neue, bahnbrechende Konstruktionen hinzu. Ted verdiente Millionen von Dollars damit, Patentlizenzen für seine Erfindungen zu verkaufen, und überall auf der Welt respektierte und verehrte man ihn für seine Leistungen. Es war ihm gelungen, den Schatz am Ende des Regenbogens zu finden, aber es schien, als ob er irgendwann vergessen hätte, dass es einen Regenbogen gab. In Teds Leben drehte sich alles um seine berufliche Tätigkeit, und seine Frau und seine Kinder rückten zunehmend in den Hintergrund.

Ted war der typische begnadete Erfinder. Er war oft mürrisch, und seine Stimmungen konnten von einer Minute auf die andere umschlagen. Doch Ophélie liebte ihn von ganzem Herzen und warf ihm seine Eigenheiten und sein sonderliches Verhalten niemals vor. Trotzdem vermisste sie die Innigkeit der ersten Jahre ihrer Ehe. Sie wussten beide, dass nicht allein die Geldsorgen oder Teds harte Arbeit die Veränderung bewirkt hatten. Der wahre Grund war Chad.

Die Krankheit ihres Sohnes hatte Ted für immer verändert. Je schlimmer Chads Beschwerden wurden, desto mehr zog sich Ted von dem Jungen zurück, und dabei entfernte er sich gleichzeitig auch immer weiter von Ophélie.

Ihr Sohn war schon als Kind schwierig gewesen, und nach Jahren voller Probleme wurde bei Chad eine manisch-depressive Erkrankung diagnostiziert. Damals, Chad war vierzehn, begann Ted, sich zu seinem eigenen Schutz vollkommen abzukapseln, sodass sich Ophélie allein um Chad kümmern musste. Ted konnte der Wahrheit offensichtlich einfach nicht ins Gesicht blicken, und er entwickelte seine eigene Methode, mit der Krankheit seines Sohnes umzugehen: Er verdrängte sie.

»Wann kommt Andrea denn?«, fragte Pip nun und hielt ihr Gesicht in die Sonne.

»Sobald sie das Baby gestillt hat, fährt sie los. Sie sagte, irgendwann im Laufe des Vormittags ist sie hier.« Ophélie freute sich auf Andreas Besuch. Das Baby war eine angenehme Ablenkung – besonders für Pip.

Trotz ihres Alters und ihrer Unerfahrenheit war Andrea eine erstaunlich entspannte Mutter. Sie hatte nichts dagegen, dass Pip William überallhin trug, ihn drückte, küsste oder ihn an den Zehen kitzelte. Der Junge mochte Pip anscheinend ebenso sehr wie sie ihn, und sein sonniges Gemüt brachte sie oft zum Lachen.

Andrea, eine erfolgreiche Anwältin, hatte sich zu jedermanns Verwunderung dazu entschieden, nach der Geburt eine Babypause von einem Jahr einzulegen. Sie genoss es, ihre gesamte Zeit mit William zu verbringen, und sagte oft, ihn zu bekommen sei das Beste gewesen, was ihr je passiert war. All ihre Freunde hatten sie zuvor gewarnt, ein Kind zu kriegen. Unzählige Male musste sich Andrea anhören, sie könne es sich aus dem Kopf schlagen, als allein erziehende Mutter noch einmal einen Mann zu finden. Aber das kümmerte Andrea nicht im Geringsten. Sie genoss ihre Mutterrolle in vollen Zügen.

Ophélie war bei der Geburt dabei gewesen. Sie war schnell und unkompliziert verlaufen. Gleich nachdem William das Licht der Welt erblickt hatte, war er Ophélie von dem Arzt überreicht worden, damit sie ihn Andrea in die Arme legen konnte. Dieses Erlebnis hatte

die beiden Frauen noch enger zusammengeschweißt.
An diesem Tag stürmte Andrea wie ein Wirbelwind ins Haus, und nur wenige Minuten nach ihrem Eintreffen lagen überall Decken, Windelpakete und Spielzeug herum. Pip spielte mit dem Baby auf der Terrasse. Mousse, der den Säugling anfangs noch aufgeregt angebellt hatte, schlief bald zu ihren Füßen, und die beiden Frauen unterhielten sich angeregt.
Nach etwa zwei Stunden musste Andrea das Baby wieder stillen, und es wurde ein wenig ruhiger im Haus. Pip machte sich noch ein Sandwich und ging zum Strand, um zu schwimmen. Andrea nahm sich ein Glas Orangensaft und setzte sich zu Ophélie auf die Couch.
»William ist so süß ... Du kannst dich wirklich glücklich schätzen«, sagte Ophélie mit einer Spur Neid in der Stimme. Das Baby brachte ein wenig frischen Wind in ihr Haus. Mit einem Mal drehten sich ihre Gedanken nicht mehr nur um Dinge, die zu Ende gegangen waren. Ihr wurde bewusst, dass Andreas Leben zum genauen Gegensatz ihres eigenen geworden war.
Andrea lehnte sich zurück, streckte ihre langen Beine aus und strich dem Säugling an ihrer Brust zärtlich über das Köpfchen. Dabei unternahm sie keinen Versuch, ihren Busen zu bedecken. Sie war stolz darauf, ihr Kind stillen zu können.
Andrea war eine attraktive Frau mit durchdringenden dunklen Augen und langem dunklem Haar, das sie stets zu einem Zopf zusammenband. Ihr geschäftsmäßiges Auftreten und die schicken Kostüme, die sie im Gerichtssaal immer getragen hatte, waren seit Williams Geburt verschwunden. Sie war an diesem Tag barfuß nach Safe Harbour gekommen und trug ein pinkfarbenes Stricktop und weiße Shorts. Andrea überragte Ophélie um einen Kopf, und wenn sie hochhackige Schuhe trug, erreichte sie die stattliche Größe von einszweiundachtzig. Sie war eine Frau, die überall auffiel, sich

niemals von irgendjemandem etwas sagen ließ und dennoch eine gewisse Sensibilität ausstrahlte.

»Geht es dir besser, seit ihr hier seid?«, fragte Andrea nun und sah Ophélie prüfend an. Sie sorgte sich um ihre Freundin, da sie ahnte, wie schwer die vergangenen neun Monate für sie gewesen sein mussten.

»Ein bisschen«, antwortete Ophélie, und das war nur zur Hälfte gelogen. Zumindest wohnten sie momentan in einem Haus, das keine grässlichen Erinnerungen in ihr heraufbeschwor – außer jenen, die sie in ihrem Kopf mit hergebracht hatte. »Manchmal habe ich das Gefühl, dass die Selbsthilfegruppe mich zusätzlich deprimiert. Aber gleichzeitig gibt sie mir auch Rückhalt.«

»Wenigstens bist du mit Menschen zusammen, die etwas Ähnliches durchgemacht haben wie du. Wer sonst sollte verstehen, was in dir vorgeht?«

Andreas Worte trösteten Ophélie ein wenig. Sie hasste es, wenn die Leute sie mitleidig ansahen und Verständnis heuchelten. Jemand, der etwas Derartiges nicht selbst erlebt hatte, konnte sich unmöglich in ihre Lage versetzen. Zumindest Andrea war sich dessen bewusst.

»Da hast du Recht. Ich hoffe, du wirst es niemals nachvollziehen können.« Während Andrea das Baby an die andere Brust legte, lächelte Ophélie traurig. »Ich fühle mich furchtbar wegen Pip. Es kommt mir vor, als ob ich irgendwo in den Wolken schwebe und überhaupt nicht mehr zu ihr durchdringe.« Und ganz gleich, wie sehr sie sich auch bemühte, zur Erde zurückzukommen – sie schaffte es einfach nicht.

»Erstaunlicherweise scheint es Pip gar nicht so schlecht zu gehen. Sie hat eine Menge mitgemacht, genau wie du, und trotzdem ist sie ein sehr selbstständiges Kind – und ein sehr hübsches dazu!«

Während der vergangenen Jahre hatte Chads Krankheit der Familie beträchtlich zugesetzt, und auch Teds Eigenarten waren oft eine Belastung gewesen. Wenn man

das alles bedachte, war Pip tatsächlich ein bemerkenswert ausgeglichenes Mädchen. Bis vor einigen Monaten war auch Ophélie überraschend gut mit allem zurechtgekommen. Sie war der Leim, der ihre Familie zusammengehalten hatte. Erst seit dem vergangenen Oktober schien sie alle Kraft verlassen zu haben. Andrea war jedoch überzeugt davon, dass sich Ophélie irgendwann wieder in jenen lebensfrohen Menschen verwandeln würde, der sie einst gewesen war. Und sie als ihre Freundin wollte alles tun, um ihr dabei zu helfen.
Die beiden Frauen hatten sich vor achtzehn Jahren durch gemeinsame Bekannte kennen gelernt, und obgleich sie nicht unterschiedlicher hätten sein können, waren sie sich sofort sympathisch gewesen. Gerade die Gegensätze waren es, die sie einander näher brachten. Während Ophélie eher still, stets freundlich und zurückhaltend war, verfügte Andrea über ein enormes Durchsetzungsvermögen und vertrat ihre Ansichten lautstark und rigoros. Andrea wechselte zudem häufig ihre Partner und ließ sich von keinem Mann etwas vorschreiben.
Ophélie hingegen hatte sich ihrem Mann während ihrer Ehe stets untergeordnet. Sie hatte dies freiwillig getan und ihre Rolle keineswegs als unangenehm empfunden. Andrea und sie waren über diesen Punkt stets uneinig gewesen, und Andrea hatte ihre Freundin immer wieder ermutigt, unabhängiger zu sein.
Die beiden Frauen besaßen jedoch auch einige Gemeinsamkeiten und teilten eine große Leidenschaft für Kunst, Musik und Theater. Zwei Mal waren sie sogar zusammen zur Premiere eines interessanten neuen Stücks nach New York geflogen.
Andrea hatte mit Ophélie und ihrer Familie bereits auch gemeinsam Urlaub gemacht. Es gab dabei nie Probleme, denn Andrea und Ted verstanden sich ausgezeichnet. Wenn sie zusammen unterwegs waren, kam es

niemals zu Streitereien, und keiner fühlte sich je wie das fünfte Rad am Wagen.

Bevor Andrea in Stanford Jura studierte, hatte sie einen Abschluss in Physik am Massachusetts Institute of Technology gemacht. Ihr Beruf als Anwältin führte sie dann bald nach Kalifornien, wo sie sich schließlich niederließ. Ted war seinerzeit davon begeistert gewesen, dass sich eine Physikerin in ihren Freundeskreis einreihte. Er liebte es, stundenlang mit Andrea über seine neuesten Projekte zu diskutieren, denn sie verstand genau, wovon er sprach – was bei seiner Frau selten der Fall war. Ophélie machte es nichts aus, dass die beiden so gut miteinander auskamen. Vielmehr freute sie sich, eine solch gebildete Freundin zu haben.

In ihrer Funktion als Anwältin vertrat Andrea hauptsächlich große Firmen. Sie hatte in all den Jahren, die sie ihren Beruf nun schon ausübte, niemals die Rolle der Verteidigerin übernommen, sondern ohne Ausnahme die der Klägerin, da dies ihrer unerschrockenen Persönlichkeit einfach besser entsprach.

Genau dieser Charakterzug veranlasste sie immer wieder dazu, Ted in wissenschaftliche Streitgespräche zu verwickeln. Ted bewunderte Andrea für ihre Courage und ihre Eloquenz und dachte oft, sie könne es in vielerlei Hinsicht weitaus besser mit ihm aufnehmen als seine eigene Frau. Er vergaß dabei, dass Andrea es sich leisten konnte, ihn zu provozieren – sie hatte schließlich nichts zu verlieren.

Ophélie hätte es niemals gewagt, auf solch herausfordernde Weise mit ihrem Mann zu sprechen. Ted spielte sich permanent als Herr des Hauses auf und erwartete, dass seine Familie spurte – ausgenommen von Chad, den er von einem gewissen Zeitpunkt an einfach ignorierte.

Chad hatte einmal gesagt, er hasse seinen Vater schon seit seinem zehnten Lebensjahr – vor allem sein rechthaberisches, dominantes Verhalten und die Art, wie er auf Menschen, die nicht genauso geistreich waren wie er selbst, herabblickte. Chad war nicht weniger intelligent als sein Vater, aber durch seine Krankheit war er oft chaotisch, und es fiel ihm schwer, sich zu konzentrieren.

Ted wollte nicht akzeptieren, dass sein Sohn kein Musterschüler war, und trotz Ophélies Anstrengungen, zwischen den beiden zu vermitteln, schämte sich Ted für seinen Sohn. Chad wusste das, und dies hatte zahllose heftige Streitigkeiten verursacht.

Einzig Pip schaffte es, sich aus den ständigen Auseinandersetzungen innerhalb ihrer Familie völlig herauszuhalten. Schon in sehr jungem Alter hatte sie sich darum bemüht, zwischen anderen Menschen Frieden zu stiften. Andrea bewunderte diese Seite an ihr. Pip war ein ganz besonderes Mädchen, und jeder, der sie kennen lernte, schien wie verzaubert von ihr zu sein.

Pip war während der vergangenen Monate ein wahrer Segen für Ophélie gewesen. Das Mädchen verstand offenbar, dass sich seine Mutter weder um sie noch um den Haushalt kümmern konnte. Es warf Ophélie nichts vor und verzieh ihr anscheinend jede ausgebliebene Aufmerksamkeit. Insofern verhielt sich Pip gänzlich anders, als Ted oder Chad es getan hätten. Keiner von beiden hätte Ophélies Schwäche toleriert, sogar dann nicht, wenn sie selbst der Grund dafür gewesen wären.

»Was tust du hier so den ganzen Tag über?«, erkundigte sich Andrea nun. Das Baby war an ihrer Brust eingeschlafen.

»Nicht viel. Lesen, schlafen, am Strand spazieren gehen …«

»Mit anderen Worten: Du versteckst dich«, bemerkte Andrea ein wenig spitz.

»Wäre das denn so falsch? Vielleicht ist das genau das, was ich gerade brauche.«

»Kann schon sein, aber du musst dich der Welt irgendwann wieder stellen, Ophélie. Du kannst dich nicht für immer hier verkriechen!«

Allein der Name der Siedlung, in der Ophélie für diesen Sommer ein Haus gemietet hatte, war ein Symbol für das, was sie sich wünschte. Safe Harbour – sicherer Hafen. Ophélie sehnte sich nach einem Rückzugsgebiet, einem Ort, wo sie sich von den Stürmen erholen konnte, die während der vergangenen Jahre über ihr Leben hereingebrochen waren und im letzten Oktober ihren traurigen Höhepunkt erreicht hatten.

»Warum nicht?«, gab Ophélie mit leiser Stimme zurück und sah so verzweifelt aus, dass es Andrea einen Stich versetzte.

»Es ist nicht gut für dich, wenn du dich dermaßen in dich selbst zurückziehst. Früher oder später braucht Pip ihre Mutter wieder. Du kannst dich nicht für immer ausklinken – du musst wieder anfangen zu leben! Du solltest ausgehen und dich mit Leuten treffen, dich mit irgendeinem netten Mann verabreden. Oder willst du etwa auf ewig allein bleiben?« Andrea hätte Ophélie am liebsten vorgeschlagen, sich einen Job zu suchen, aber sie wusste: Ihre Freundin war einfach noch nicht in der Verfassung, wieder zu arbeiten.

»Das kommt überhaupt nicht infrage!«, rief Ophélie entsetzt. Es war für sie unvorstellbar, mit einem anderen Mann als Ted ihr Leben zu teilen. Sie hatte noch immer das Gefühl, mit ihm verheiratet zu sein, und das würde sich wahrscheinlich niemals ändern.

»Du könntest auch mit etwas anderem beginnen. Wie wäre es, wenn du dir zum Beispiel regelmäßig die Haare kämmen würdest?« Immer wenn Andrea ihre Freundin in den vergangenen Wochen gesehen hatte, sah sie zerzaust und ungepflegt aus – manchmal hatte sie sich sogar offensichtlich seit Tagen nicht umgezogen. Ophélie duschte zwar jeden Tag, aber danach schlüpfte sie meist in das alte Sweatshirt und die Jeans, die sie schon am Vortag getragen hatte. Nur wenn sie zu einem Gruppentreffen fuhr, gab sie sich ein wenig Mühe mit ihrem Äußeren.

In Andreas Augen wurde es langsam Zeit, dass sich Ophélie zusammenriss und ihr Leben wieder in die Hand nahm. Es war ihre Idee gewesen, dass Ophélie und Pip den Sommer in diesem verschlafenen Nest verbrachten. Andrea hatte das Haus für sie aufgetan und alle Formalitäten mit dem Immobilienmakler geklärt. Wie sie nun feststellen konnte, war Safe Harbour die ideale Wahl gewesen. Ophélie hatte seit Monaten nicht besser ausgesehen. Trotz ihres Kummers war sie braun gebrannt und ließ sich sogar ab und an zu einem Lächeln hinreißen.

»Was willst du tun, wenn der Sommer vorüber ist und ihr in die Stadt zurückgeht? Du kannst dich nicht noch einmal einen ganzen Winter lang im Haus einschließen.«

»Doch, natürlich!« Ophélie lachte gepresst. »Ich kann alles tun, was ich will!« Sie wussten beide, dass das nicht übertrieben war. Ted war in den vergangenen Jahren zu einem reichen Mann geworden und hatte seiner Frau ein enormes Vermögen hinterlassen. Ophélie vergaß jedoch nie, dass es auch eine Zeit gegeben hatte, in der die vierköpfige Familie in einer winzigen Zweizimmerwohnung in äußerst fragwürdiger Nachbarschaft lebte. Die Kinder teilten sich damals das Schlafzimmer, und Ted und Ophélie schliefen auf einer Ausziehcouch im Wohnzimmer. Doch trotz ihrer finanziellen Nöte waren dies ihre glücklichsten Jahre gewesen. Nachdem sich Ted zu einem führenden Wissenschaftler auf seinem Gebiet hochgearbeitet hatte, war alles viel komplizierter geworden.

»Ich werde dir ordentlich Dampf unterm Hintern machen, wenn du nach Hause kommst und wieder diese Einsiedlernummer abziehst!«, drohte Andrea. »Ich wer-

de dich zwingen, jeden Tag mit William und mir in den Park zu gehen! Oder wir fliegen nach New York und sehen uns irgendein Stück in der Metropolitan Opera an. Ich schleife dich an den Haaren hin, wenn ich muss!«, rief Andrea halb im Ernst.
»Das traue ich dir ohne weiteres zu!«, gab Ophélie scherzhaft zurück.
Das Baby zuckte im Schlaf zusammen und strampelte mit den Beinchen. Beide Frauen betrachteten den Jungen lächelnd, und seine Mutter streichelte ihm über die Wange. Sie sah keinen Grund, ihn in sein Tragebettchen zu legen. Warum sollte er nicht weiter an ihrer Brust schlafen, wo er am glücklichsten war?
Ein paar Minuten später kehrte Pip zurück, gefolgt von Mousse. In den Händen hielt sie eine Auswahl von kleinen Steinen und Muscheln, die sie vorsichtig auf dem Wohnzimmertisch ablegte – zusammen mit jeder Menge Sand.
»Die sind für dich, Andrea«, sagte Pip strahlend. »Du kannst sie mit nach Hause nehmen.«
»Liebend gern! Darf ich den Sand auch einstecken?«, neckte Andrea die Kleine. »Was hast du da draußen denn so getrieben? Hast du mit Kindern aus der Nachbarschaft die Gegend unsicher gemacht?« Andrea hoffte, dass Pip inzwischen ein paar Freunde gefunden hatte.
Pip zuckte mit den Achseln. Sie war allein herumgestromert. Es geschah äußerst selten, dass sie überhaupt jemandem am Strand begegnete. An einem solch heißen Tag wie heute waren zwar einige Leute auf dem Gebiet des bewachten Strandes unterwegs gewesen, aber Pip hatte niemanden von ihnen gekannt.
»Ich muss euch wohl öfter besuchen, damit ihr endlich mal in die Gänge kommt. Es wird hier doch noch andere Kinder in deinem Alter geben! Vielleicht sollte ich mit dir zum Strand gehen und ein paar von denen ansprechen.«

»Nicht nötig«, winkte Pip ab, so wie ihre Mutter es erwartet hatte. Pip wollte niemandem Umstände bereiten. Sie beschwerte sich niemals über etwas. Sie hatte erkannt, dass es letztlich auch keinen Sinn machte zu nörgeln – dadurch würde sich nichts ändern. Ihre Mutter war im Augenblick einfach nicht in der Lage, neue Bekanntschaften zu schließen. Pip akzeptierte das. Und sie selbst hatte auch keinen Antrieb, selbst die Initiative zu ergreifen.

Andrea blieb bis zum späten Nachmittag und fuhr kurz vor dem Abendessen nach Hause, denn sie wollte daheim sein, bevor der Nebel heraufzog. Bis sie Ophélie und Pip verließ, hatten sie lachend und schwatzend auf der Terrasse in der Sonne gesessen. Es war ein rundum schöner Tag gewesen, doch in der Minute, als Andrea und das Baby davonbrausten, verwandelte sich das Haus wieder in einen traurigen, stillen Ort.

»Sollen wir uns vielleicht einen Film ausleihen?«, schlug Ophélie nun lustlos vor.

»Von mir aus nicht, Mom, ich sehe einfach fern«, sagte Pip ruhig.

»Bist du sicher?«

Pip nickte, und sie überlegten wie üblich, was sie zu Abend essen sollten. Ophélie fühlte sich verpflichtet, ihrer Tochter eine nahrhafte Mahlzeit zu kochen, und servierte wenig später Hamburger und Salat. Die Hamburger waren zwar sehr knusprig geraten, aber Pip beklagte sich nicht. Sie wollte ihre Mutter nicht entmutigen, immerhin hatte sie sich aufgerafft und einmal keine Pizza in die Röhre geschoben.

Als sich Pip an diesem Abend bettfertig machte, wünschte sie sich, ihre Mutter würde sie ins Bett bringen. Sie erinnerte sich, wie ihr Vater das früher immer getan hatte. Später kam das immer seltener vor, und irgendwann hörte er ganz damit auf. Ihre Mutter hatte damals ebenfalls keine Zeit dafür, da sie hauptsächlich mit Chad beschäftigt war. Es ereignete sich stets irgendeine kleine Katastrophe, um die sie sich kümmern musste.

Inzwischen gab es keine Katastrophen mehr, aber die alte Ophélie schien es ebenfalls nicht mehr zu geben. Pip ging also allein ins Bett. Niemand sagte ihr Gute Nacht, niemand betete mit ihr oder sang ihr etwas vor, und niemand deckte sie zu. Sie war daran gewöhnt. Ophélie war gleich nach dem Abendessen in ihrem Zimmer verschwunden.

Mousse leckte ihr nun übers Gesicht, gähnte und ließ sich auf dem Läufer neben ihrem Bett nieder. Pip streckte die Hand nach ihm aus und kraulte ihn hinter den Ohren.

Sie dachte an den morgigen Tag, und ein Lächeln stahl sich auf ihre Züge. Ihre Mutter würde schon früh in die Stadt fahren, was bedeutete, dass sie selbst unbemerkt zum öffentlichen Strand laufen und sich mit Matthew Bowles treffen konnte. Allein die Vorstellung war tröstlich, und Pip schlief beinahe augenblicklich ein.

# 4

Am Donnerstag war es wieder sehr neblig. Als Ophélie am Morgen losfuhr, schlief Pip noch tief und fest. Ophélie wollte sich vor dem Gruppentreffen mit ihrem Anwalt zusammensetzen und musste deshalb schon vor neun Uhr in San Francisco sein.

Eine Stunde später erschien Amy und machte Frühstück für Pip. Anschließend telefonierte sie wie gewöhnlich mit ihrem Freund. Pip sah sich währenddessen einen Zeichentrickfilm im Fernsehen an. Als sie sich auf den Weg zum öffentlichen Strand machte, war es beinahe schon Mittag. Sie hatte es schon den ganzen Morgen über kaum abwarten können loszuziehen, aber sie wollte keinesfalls zu früh dort sein und Matthew womöglich verpassen.

»Wohin willst du?«, fragte Amy pflichtbewusst, als ihr Schützling gerade das Haus verlassen wollte.

Pip drehte sich um und blickte Amy unschuldig an. »Ich gehe nur mit Mousse zum Strand.«

»Soll ich mitkommen?«

»Nein, danke. Ist nicht nötig«, entgegnete Pip, und Amy fuhr mit ihrem Telefonat fort. Sie hatte ihre Aufgabe erfüllt.

Pip und Mousse hatten schon einen weiten Marsch hinter sich, da erspähte Pip Matthew. Er hatte seine Staffelei an genau derselben Stelle aufgestellt wie zwei Tage zuvor und saß wieder auf seinem Klappstuhl und malte.

Matthew hörte Mousse bellen und hob den Kopf. Am Tag zuvor hatte er das Mädchen überraschenderweise geradezu vermisst und war nun erleichtert, sein kleines, braun gebranntes Gesicht zu sehen. Pip kam lächelnd auf ihn zu und sagte ohne jede Scheu: »Hallo«, als ob sie einen alten Freund begrüßte.

»Hallo. Da seid ihr ja wieder!«

»Ich hätte schon heute Vormittag herkommen können, aber ich hatte Angst, dass Sie so früh noch nicht da sind.«

»Ich bin schon seit zehn Uhr hier.« Genau wie Pip hatte Matthew befürchtet, er könne seine neue Bekannte verpassen. Er hatte sich ebenso auf dieses Treffen gefreut wie das Mädchen – obwohl ja keiner von ihnen sicher sein konnte, ob der andere auch wirklich auftauchen würde.

»Sie haben noch ein Boot gemalt!«, stellte Pip fest, während sie Matthews Bild neugierig betrachtete. Er hatte seinem Gemälde ein kleines rotes Fischerboot hinzugefügt, das auf den glitzernden Wellen schaukelte. Matthew bemerkte, wie sehr das Kind seine Arbeit bewunderte, und fühlte einen gewissen Stolz in sich aufsteigen.

»Wie schaffen Sie es, sich etwas so genau vorzustellen, dass Sie es malen können?«, fragte Pip mit leuchtenden Augen. Mousse verschwand währenddessen zwischen dem Dünengras.

»Ich habe schon viele Boote gesehen«, erklärte Matthew lächelnd. »Außerdem besitze ich ein kleines Segelboot, das in der Lagune liegt.« Das Boot war recht alt, aber er hing sehr daran. Wann immer er konnte, fuhr er damit aufs Meer hinaus.

»Was hast du denn gestern gemacht?«, erkundigte er sich dann. Er hörte der Kleinen gern zu – und schaute sie auch gern an. Am liebsten hätte er sie gezeichnet, aber zunächst wollte er sich lieber mit ihr unterhalten – was ihn selbst überraschte, denn er war normalerweise nicht besonders gesprächig.

»Meine Patentante hat uns gestern besucht, zusammen mit ihrem Sohn. Er ist drei Monate alt und heißt William. Sie erlaubt mir immer, ihn herumzutragen und mit ihm zu spielen.« Nach einer kurzen Pause fügte Pip hinzu: »Er hat keinen Vater.«

»Das tut mir Leid«, sagte Matthew automatisch und warf ihr einen mitfühlenden Blick zu. »Und wie kommt das?«

»Andrea ist nie verheiratet gewesen. Sie hat William von einer Bank oder so ähnlich. Ich hab das nicht genau verstanden, es klang ziemlich kompliziert. Meine Mom sagt jedenfalls, das wäre nicht wichtig. William hat eben einfach keinen Vater.«

Matthew konnte sich weitaus besser als Pip vorstellen, wie das Baby zustande gekommen war. Er fand das ein wenig befremdlich. Er selbst vertrat traditionelle Werte und hielt die Ehe für das beste Modell – obwohl er sich durchaus im Klaren darüber war, dass das Leben nicht immer geradlinig verlief.

Matthew überlegte erneut, ob Pips Eltern wohl geschieden waren. Er hatte den Eindruck, dass das Mädchen nicht mit seinem Vater zusammenlebte, wollte es aber nicht direkt darauf ansprechen. Womöglich riss er damit alte Wunden wieder auf.

»Hast du Lust zu zeichnen?«, fragte er.

»Ja, das würde mir großen Spaß machen«, antwortete Pip und bewies damit einmal mehr ihre guten Umgangsformen.

Matthew reichte ihr einen Zeichenblock und einen Bleistift. »Und was willst du zeichnen? Vielleicht wieder Mousse? Jetzt, wo du weißt, wie man die Hinterbeine ansetzt, ist es bestimmt einfacher.« Matthew blickte nachdenklich auf sein eigenes Bild.

»Glauben Sie, ich könnte auch ein Boot zeichnen?«

»Warum nicht? Du kannst mein Bild abmalen. Oder würdest du lieber ein Segelschiff probieren? Wenn du möchtest, erkläre ich dir, wie das geht.«

»Nein, ich male einfach die Boote auf Ihrem Bild ab.« Pip wollte ihm nicht zu viele Umstände machen, was typisch für sie war. Sie achtete ständig darauf, kein Aufsehen zu erregen und keine Probleme zu verursachen. Diese Verhaltensstrategie hatte sich im Umgang mit ihrem Vater als äußerst hilfreich erwiesen. Pip hatte ihn niemals so erzürnt wie Chad. Doch das hieß nicht, dass Ted seiner

Tochter mehr Aufmerksamkeit geschenkt hatte als seinem Sohn. Sobald sie in das größere Haus umgezogen waren, hatte ihr Vater sie so gut wie überhaupt nicht mehr beachtet. Er arbeitete damals jeden Tag im Labor und kam abends spät nach Hause, außerdem war er oft auf Reisen. Im Hinblick auf seine zahlreichen internationalen Termine machte er sogar den Pilotenschein und kaufte sich ein eigenes Flugzeug.
»Kannst du mein Bild denn gut genug sehen?«, erkundigte sich Matthew nun.
Pip hatte sich mit dem Block zu seinen Füßen in den Sand gesetzt und nickte. »Ja.«
Matthew packte ein Sandwich aus. Er hatte sich an diesem Morgen entschieden, am Strand zu Mittag zu essen – es war ja möglich, dass das Mädchen um diese Uhrzeit käme. »Hast du Hunger?« Er hielt Pip ein halbes Sandwich hin.
»Nein, danke, Mr. Bowles.«
»Du kannst mich wirklich gern Matt nennen«, bot er abermals an und schüttelte angesichts ihrer formellen Ausdrucksweise lächelnd den Kopf. »Hast du denn schon zu Mittag gegessen?«
»Nein, aber ich habe keinen Hunger.« Einen Augenblick später gab sie plötzlich etwas preis, das ihn überraschte. Es fiel ihr offenbar leichter, mit ihm zu sprechen, wenn sie ihn nicht ansah, deshalb richtete sie ihren Blick konzentriert auf ihre Zeichnung und sagte: »Meine Mutter isst fast gar nichts mehr. Sie ist sehr dünn geworden.«
Es war offensichtlich, dass sich Pip Gedanken um sie machte, und das ließ Matthew aufhorchen. »Und woran liegt das? War sie krank?«
»Nein. Sie ist nur traurig.«
Eine Weile lang malten sie schweigend. Matthew wollte zwar gern mehr über Pips Mutter erfahren, aber er wusste nicht, wie er dem Kind am geschicktesten etwas

entlockte. Dann kam ihm eine Idee. »Warst du denn auch traurig?«

Pip nickte, löste ihren Blick nach wie vor nicht von dem Bild.

Matt fragte erst einmal nicht weiter. Er konnte förmlich spüren, dass er einen schmerzhaften Punkt berührt hatte, und er wollte die Kleine nicht bedrängen.

»Und wie geht es dir heute?«, erkundigte er sich nach ein paar Minuten. Dies war in seinen Augen eine harmlose Frage, und Pip antwortete auch sofort.

»Besser. Es ist schön hier am Strand. Und meiner Mom geht es auch schon etwas besser.«

»Ich bin froh, das zu hören. Vielleicht kann sie bald auch wieder mehr essen.«

»Das hat meine Patentante auch gesagt. Sie macht sich schreckliche Sorgen um Mom.«

»Hast du Geschwister, Pip?«, wollte Matt als Nächstes wissen. Dieses Thema erschien ihm unverfänglich, und er war in keiner Weise auf den Ausdruck in Pips Gesicht vorbereitet. Erschrocken hob sie den Kopf und blickte zu ihm auf. Der Schmerz in ihren Augen ließ ihn seine Frage augenblicklich bereuen.

»Ja ... ich habe ...«, stotterte sie und brach mitten im Satz ab. Einen Augenblick später fuhr sie fort und sah ihn dabei bekümmert an. »Nein ... ich meine, irgendwie schon. Das ist schwer zu erklären. Mein Bruder hieß Chad. Er ist fünfzehn ... also, er war fünfzehn. Er hatte letzten Oktober einen Unfall.«

Matthew schloss kurz die Augen und hätte sich ohrfeigen können. Jetzt wusste er, warum Pips Mutter unglücklich war und nichts mehr zu sich nahm.

»Das tut mir sehr Leid, Pip.« Etwas anderes fiel ihm nicht ein.

»Ist schon in Ordnung.« Dann sagte sie etwas, das Matthew erschaudern ließ und gleichzeitig alles erhellte. »Das Flugzeug von meinem Vater ist abgestürzt. Es ist explodiert. Sie haben beide dringesessen, mein Vater und Chad. Sie sind beide tot.« Es fiel ihr schwer, das auszusprechen, aber irgendwie war es ihr wichtig, dass Matt die ganze Wahrheit erfuhr.

Matthew saß lange einfach nur da und schwieg. Schließlich brachte er mühsam hervor: »Das muss für euch beide schrecklich gewesen sein! Wie gut, dass deine Mom dich noch hat.«

»Kann sein«, murmelte Pip, und es klang nicht gerade überzeugt. »Sie ist trotzdem sehr traurig. Sie liegt oft auf ihrem Bett und starrt an die Decke.«

Matthew erhob sich von seinem Klappstuhl und setzte sich neben Pip auf den Boden. Sie hatte ihre kleinen, nackten Füße tief in den Sand gegraben, und ein wehmütiger Ausdruck lag in ihren bernsteinfarbenen Augen.

»Das ginge mir wahrscheinlich genauso«, sagte Matthew. Der Verlust, den er selbst erlitten hatte, war für ihn schwer zu ertragen gewesen, aber er war in keiner Weise mit dem zu vergleichen, was dieser Familie widerfahren war.

»Sie geht zu einer Selbsthilfegruppe in San Francisco, um darüber zu reden. Ich glaube aber nicht, dass ihr das hilft. Sie sagt immer, alle anderen da wären auch so furchtbar traurig.«

Matthew hatte schon von Vereinigungen dieser Art gehört, sie waren vor einigen Jahren in Mode gekommen. Sobald heutzutage jemand ein Problem hatte, besuchte er eine dieser Gruppen und klagte fremden Leuten sein Leid. Matthew konnte sich allerdings kaum vorstellen, dass ein Haufen trauernder, schwermütiger Menschen in der Lage war, sich gegenseitig aufzubauen.

»Mein Dad war Erfinder«, erläuterte Pip. »Ich weiß nicht genau, was er gemacht hat, es hatte was mit Energie zu tun. Er war ein richtiges Genie. Früher waren wir arm, aber als ich sechs war, haben wir ein großes Haus ge-

kauft und später sogar ein Flugzeug. Chad war auch so klug wie mein Vater. Ich bin mehr wie meine Mom.«
»Wie meinst du das?«, fragte Matthew überrascht. Pip schien ihm ein außergewöhnlich intelligentes, sprachgewandtes Kind zu sein. »Du bist doch auch klug, Pip.« Er bekam mehr und mehr den Eindruck, dass das Mädchen im Schatten eines cleveren älteren Bruders gestanden hatte. Wahrscheinlich hatte er sich für die Forschung seines Vaters interessiert und war dadurch zum Liebling der Eltern geworden. Die Vorstellung ärgerte Matthew.
»Mein Dad und mein Bruder haben sich oft gestritten«, erzählte Pip weiter.
Es hatte den Anschein, als ob sie geradezu danach lechzte, jemandem ihr Herz ausschütten zu können. Ihre Mutter war offenbar depressiv, und das Mädchen hatte anscheinend niemanden, mit dem es reden konnte, überlegte Matthew.
»Chad hat immer gesagt, er würde Dad hassen. Aber das stimmte gar nicht. Das hat er nur gesagt, weil er wütend auf ihn war.«
»Das klingt nach einem ganz normalen fünfzehnjährigen Jungen«, bemerkte Matthew, obwohl er nicht aus eigener Erfahrung sprechen konnte. Er hatte seinen eigenen Sohn seit fünf Jahren nicht mehr gesehen. Als er Robert zum letzten Mal getroffen hatte, war der Junge dreizehn gewesen und Vanessa elf.
»Hast du Kinder?«, fragte Pip, als ob sie seine Gedanken gelesen hätte.
»Ja. Vanessa und Robert.« Matt war aufgefallen, dass Pip ihn geduzt hatte, und freute sich insgeheim über diesen Vertrauensbeweis. Er beschloss, Pip nicht zu erzählen, dass er seine Kinder seit Jahren nicht zu Gesicht bekommen hatte. Die ganze Sache war zu kompliziert. »Sie sind sechzehn und achtzehn Jahre alt, und sie wohnen in Neuseeland.« Die beiden lebten nun schon seit bei-

nahe neun Jahren dort. Vor zwei Jahren hatte Matthew seine Bemühungen aufgegeben, mit ihnen in Kontakt zu bleiben. Sie hatten seine Briefe nicht mehr beantwortet und ihn nie angerufen. Das hatte ihm deutlich gemacht, dass sie an einer Beziehung zu ihm nicht interessiert waren.

»Wo ist das?« Pip runzelte die Stirn.

»Neuseeland liegt weit entfernt von hier. Mit dem Flugzeug benötigt man mit Zwischenstopp ungefähr vierundzwanzig Stunden, um dorthin zu gelangen. Vanessa und Robert leben in einer Stadt namens Auckland. Ich glaube, sie sind dort sehr glücklich.« Und das konnte er kaum ertragen.

»Es muss schlimm für dich sein, dass sie so weit weg sind. Vermisst du sie sehr? Also, ich vermisse meinen Dad und Chad«, sagte Pip leise.

»Ja, meine Kinder fehlen mir auch«, murmelte Matt.

»Wie sehen sie aus?«, hakte sie nach.

»Robert hat dunkles Haar und braune Augen, so wie ich. Vanessa ist blond und hat blaue Augen. Sie ähnelt ihrer Mutter. Hat noch jemand anders in deiner Familie rote Haare?«

Pip schüttelte den Kopf. »Mein Vater hat dunkles Haar und blaue Augen – genau wie Chad. Meine Mom ist blond. Mein Bruder hat mich wegen meiner roten Haare immer Karotte genannt.«

»Das ist nicht besonders nett von ihm«, sagte Matt. »Ich finde nicht, dass du wie eine Karotte aussiehst.«

»Doch, das tu ich!«, rief Pip. Sie mochte ihren Spitznamen inzwischen, denn er erinnerte sie an ihren Bruder. Nun, da er nicht mehr da war, sehnte sie sich geradezu nach seinen Hänseleien.

»Wollen wir noch etwas zeichnen?«, fragte Matt. Er war der Meinung, dass sie nun genügend schmerzhafte Erinnerungen ausgetauscht hatten. Sie brauchten eine Pause. Als er sich erhob, sah Pip erleichtert aus.

»Ja, gern«, sagte sie und nahm den Bleistift zur Hand.
Matthew setzte sich wieder vor seine Staffelei. In den folgenden ein oder zwei Stunden sprachen sie wenig. Sie scherzten lediglich hin und wieder miteinander, betrachteten gegenseitig ihre Bilder und kommentierten die Arbeit des anderen.
Irgendwann brach die Sonne durch die Wolken, der Wind legte sich, und es wurde ein wunderschöner Nachmittag. Keiner von beiden bemerkte, wie schnell die Zeit verging. Als Matt zufällig auf die Uhr sah, entfuhr es ihm: »Es ist ja schon fünf Uhr!«
Pip schaute daraufhin beunruhigt in Richtung der bewachten Siedlung.
»Glaubst du, deine Mutter ist schon zurück?«, fragte Matt besorgt. Er wollte keinesfalls, dass Pip Ärger bekam.
»Wahrscheinlich. Ich sollte mich langsam auf den Heimweg machen. Sonst wird sie noch böse.«
»Sie macht sich vermutlich in erster Linie Sorgen«, entgegnete Matt und überlegte, ob er Pip nach Hause begleiten sollte, um sich ihrer Mutter vorzustellen und ihr zu erklären, wo ihre Tochter die ganzen Stunden über gewesen war. Doch dann verwarf er den Gedanken. Es würde die Sache wahrscheinlich eher verschlimmern, wenn das Mädchen mit einem Fremden nach Hause käme ...
Er warf einen abschließenden Blick auf Pips Bild. »Das ist großartig, Pip!« Er war beeindruckt von ihrem Talent. »Aber jetzt gehst du besser heim.«
»Vielleicht kann ich morgen wiederkommen, während Mom ein Nickerchen hält. Bist du dann wieder hier, Matt?« Sie sprach inzwischen mit ihm, als ob sie alte Freunde wären.
»Ich bin jeden Tag hier und freue mich, wenn du herkommst. Aber ich möchte nicht, dass du Schwierigkeiten mit deiner Mutter kriegst!«
»Werde ich schon nicht«, rief Pip. Sie lief bereits den

Strand hinunter. Dann hielt sie noch einmal inne, drehte sich um und winkte – wie ein Kolibri, der auf der Stelle flog. Anschließend flitzte sie eilig weiter, dicht gefolgt von Mousse.
Matthew stand noch lange da und sah ihr nach, bis sie nur noch ein winziger Punkt in der Ferne war.

Als Pip zu Hause eintraf, war sie völlig außer Atem. Sie war den ganzen Weg über gerannt. Ihre Mutter saß lesend auf der Terrasse, und Amy war nirgendwo zu sehen. Ophélie blickte ihre Tochter tadelnd an.
»Amy sagte, du wärst zum Strand gegangen. Ich konnte dich allerdings nirgendwo entdecken. Wo bist du gewesen, Pip? Hast du dich mit irgendjemandem angefreundet?« Ophélie war nicht wirklich wütend, aber sie hatte sich Sorgen gemacht. Sie wollte nicht, dass Pip mit fremden Kindern nach Hause ging. Diese Regel hatte sie vor langer Zeit aufgestellt, und Pip hatte sich bisher immer daran gehalten.
»Ich war ganz weit unten am Strand«, erklärte Pip und wies vage in die Richtung, aus der sie gekommen war. »Ich habe Boote gezeichnet, und ich hatte keine Uhr dabei. Es tut mir Leid, Mom.«
»Mach das nicht noch mal, Pip! Ich will auf keinen Fall, dass du auf dem öffentlichen Strand umherstreunst, hörst du? Man weiß nie, was für Leute sich da herumtreiben.«
Pip hätte ihrer Mutter am liebsten gesagt, dass manche von diesen Leuten sehr nett waren, aber sie konnte sich nicht dazu durchringen, ihr von ihrem neuen Freund zu erzählen. Instinktiv wusste sie, dass Ophélie ihre Bekanntschaft nicht gutheißen würde.
»Bleib beim nächsten Mal in Sichtweite.« Ophélie wusste, dass Pip in einem abenteuerlustigen Alter war. Wahrscheinlich langweilte es sie, immer in der Nähe des Hauses zu spielen oder allein mit den Hund an dem

hiesigen Strandabschnitt spazieren zu gehen. Trotzdem konnte sie ihr nicht erlauben, ihre Streifzüge dermaßen weit auszudehnen.

Pip schlenderte in ihr Zimmer und stellte die neue Zeichnung neben jene, die sie vor zwei Tagen von Mousse angefertigt hatte. Die Bilder waren Erinnerungsstücke an schöne, unbeschwerte Stunden.

Wenig später trat sie wieder auf die Terrasse. »Wie war dein Tag?«, fragte Pip ihre Mutter. Dabei konnte sie ihr ansehen, wie ihr Tag gewesen war. Ophélie wirkte erschöpft, wie meistens, wenn sie von einem Gruppentreffen heimkehrte.

»Ganz in Ordnung.« Am Morgen hatte sich Ophélie mit dem Anwalt über Teds Nachlass unterhalten. Die letzte Überweisung der Lebensversicherung war inzwischen eingetroffen. Es war eine Lebensaufgabe, all das Geld, das Ted ihr hinterlassen hatte, auszugeben. Ophélie würde eines Tages alles Pip vererben. Sie machte sich nicht viel aus Geld, hatte es in der Vergangenheit sogar oft als Belastung empfunden. Und ohne Teds riesiges Vermögen hätten sie sich niemals ein eigenes Flugzeug leisten können ...

Ophélie kämpfte ständig gegen die Erinnerung an diesen einen Tag an, der ihr Leben für immer verändert hatte. Besonders belastete sie die Tatsache, dass sie Ted damals dazu überredet hatte, Chad mitzunehmen. Ted musste an jenem Wochenende einige wichtige Termine in Los Angeles wahrnehmen und wollte eigentlich allein hinfliegen, aber Ophélie hielt es für eine gute Idee, wenn Vater und Sohn ein wenig Zeit miteinander verbrachten. Chad ging es schon seit einigen Wochen etwas besser, und Ophélie glaubte, dass die zwei schon miteinander zurechtkämen. Doch keiner von beiden freute sich auf die gemeinsame Reise ...

Ophélie machte sich noch immer Vorwürfe deswegen, denn ihre Motive waren im Grunde sehr egoistisch gewesen. Sie hatte es so satt gehabt, sich ständig um Chad kümmern zu müssen. Während der vorherigen Monate hatte er sie derartig viel Kraft gekostet, dass sie damals dringend Abstand von ihm benötigte. Sie wollte nichts weiter, als ein paar ruhige Tage mit Pip zu verbringen. Es blieb nie genügend Zeit für ihre Tochter, da sich stets alles um Chad drehte. Dies war seit langer Zeit die erste Gelegenheit, sich Pip wieder ein wenig mehr zuzuwenden. Und nun waren sie beide als Einzige übrig. Ihre Familie war zerstört worden, und das Vermögen, das Ted ihr vermacht hatte, bedeutete Ophélie rein gar nichts. Ohne zu zögern hätte sie alles hergegeben, wenn sie dadurch Ted und ihren Sohn wieder hätte lebendig machen können.

Die müßige Diskussion um das Abendessen blieb an diesem Tag aus, denn Ophélie hatte bereits Sandwiches vorbereitet. Während sie aßen, war die Stille im Haus deutlicher denn je. Pip verspeiste schweigend ihr Truthahn-Sandwich und dachte währenddessen an Matt. Sie war froh, dass sie ihm von ihrem Vater und Chad erzählt hatte. Sie hatte dabei allerdings aus Gewohnheit nicht erwähnt, dass Chad krank gewesen war. Seine Krankheit war stets ein Familiengeheimnis gewesen, und nur ihre engsten Bekannten hatten davon gewusst.

Die Erkrankung ihres Bruders hatte Pip geprägt – so wie alle Familienmitglieder. Mit ihm zusammenzuleben war nie leicht gewesen, doch das Verhalten ihres Vaters hatte Pip noch weniger ertragen können. Ted hatte niemals auch nur ein Wort über die Erkrankung seines Sohnes verloren und stets vorgegeben, mit dem Jungen sei alles in Ordnung. Einmal, als Chad zum wiederholten Male im Krankenhaus lag, fragte Pip ihren Vater, ob ihr Bruder jemals wieder gesund werden würde. Ted schrie sie daraufhin an, er wisse nicht, wovon sie eigentlich spreche. Chad habe keine schlimme Krankheit.

Aber Pip wusste es besser. Sie verstand sehr genau – weitaus besser als Ted –, wie es um Chad wirklich stand. Ophélie war sich darüber ebenfalls im Klaren. Allein Ted verdrängte die Tatsachen mit aller Kraft. Er war zu stolz zuzugeben, dass sein Sohn unter einer schweren Störung litt. Ganz gleich, was die Ärzte sagten, Ted war der felsenfesten Überzeugung, die Schwierigkeiten seien allein auf die nachlässige Erziehung seiner Frau zurückzuführen. Er beschwor Ophélie immer wieder, Chad härter anzufassen und strengere Regeln aufzustellen, dann gäbe es bald kein Problem mehr.

Das Wochenende verlief ruhig. Andrea hatte versprochen, noch einmal zu ihnen herauszukommen, doch dann rief sie an und sagte ab. Das Baby war erkältet.
Pip dachte unablässig an Matthew, und am frühen Montagnachmittag bot sich ihr eine Gelegenheit, sich erneut davonzustehlen. Ihre Mutter war auf der Terrasse eingeschlafen, und Pip machte sich zusammen mit Mousse auf den Weg zum Strand. Zuerst spazierte sie gemächlich am Wasser entlang, doch je näher sie dem öffentlichen Strand kam, desto schneller wurden ihre Schritte. Sie fand Matthew wieder genau an jener Stelle, wo er die beiden vorigen Male gesessen hatte. Pip schlich sich leise von hinten an ihn heran und betrachtete sein Bild. Matt arbeitete inzwischen an einem neuen Aquarell. Es zeigte ebenfalls einen Sonnenuntergang am Meer, aber diesmal war auch ein Kind auf dem Bild zu sehen. Es hatte rotes Haar und war sehr klein, außerdem trug es rote Shorts und ein weißes Sweatshirt. Gleich neben ihm befand sich ein schokoladenbrauner Hund.
»Sind das Mousse und ich?«, fragte Pip und schreckte Matthew damit auf. Er hob überrascht den Kopf und lächelte dann erfreut. Er hatte nicht damit gerechnet, Pip so schnell wiederzusehen.
»Hallo! Was für eine Überraschung!«

»Meine Mutter ist eingeschlafen, und mir war langweilig, da bin ich ausgebüxt.«
»Wird sie sich nicht fragen, wo du bist, wenn sie aufwacht?«
Pip schüttelte den Kopf. »Manchmal verschläft sie den ganzen Tag.«
Sie setzte sich in den Sand, direkt neben Matt, und sah ihm eine Weile dabei zu, wie er Farben auf das Papier auftrug. Dann lief sie zum Wasser hinunter und suchte nach Muscheln. Wie immer folgte Mousse ihr dicht auf den Fersen. Matthew unterbrach seine Arbeit und beobachtete sie lächelnd. Das Mädchen wirkte manchmal wie aus einer anderen Welt, wie eine kleine Elfe, die über den Sand tanzte.
Er konnte den Blick kaum abwenden und bemerkte nicht, dass eine Frau auf ihn zusteuerte. Sie blieb einige Meter entfernt stehen. Ihr Gesichtsausdruck verhieß nichts Gutes. Als sich Matthew wieder seinem Bild zuwandte, entdeckte er sie und fuhr unter ihrem feindseligen Blick erschrocken zusammen.
»Warum begaffen Sie meine Tochter?«, wollte Ophélie wissen. »Und wie kommen Sie dazu, ein Bild von ihr zu malen?« Nachdem Ophélie aufgewacht war, hatte sie überall im Haus nach Pip gesucht. Dann hatte sie sich daran erinnert, dass ihre Tochter vorige Woche zum öffentlichen Strand gelaufen war. Ophélie hatte sich auf den Weg dorthin gemacht, um herauszufinden, was Pip auf ihren Streifzügen trieb.
»Die Kleine stand vor Tagen urplötzlich hinter mir«, hob Matthew an. Vor lauter Schreck fiel ihm nichts Besseres ein. Die Frau starrte ihn so durchdringend an, dass er sich sofort unwohl in seiner Haut fühlte.
Er konnte sich ausmalen, was in ihrem Kopf vorging, und er wollte die Sache am liebsten augenblicklich richtig stellen. Doch wie sollte er seine Zeichnung erklären?

»Sind Sie sich darüber im Klaren, dass sie erst elf Jahre alt ist?«, fragte Ophélie in scharfem Tonfall. Der Mann war womöglich ein Kidnapper oder sogar etwas Schlimmeres, und Pip war so naiv, auf Menschen dieses Schlags sofort hereinzufallen.
»Ja«, sagte Matthew und hob abwehrend die Hände. »Das hat sie mir gesagt.«
»Warum reden Sie überhaupt mit ihr? Und wieso, zum Teufel, zeichnen Sie sie?«
Matthew hätte der Frau am liebsten mitgeteilt, dass ihre Tochter unglaublich einsam war, aber es schien ihm nicht der passende Moment für solch eine Art von Gespräch zu sein.
In diesem Augenblick entdeckte Pip ihre Mutter. Sie ließ sofort die Muscheln fallen, die sie gesammelt hatte, und rannte so schnell sie konnte zu ihr hinüber. Mit großen Augen schaute sie Ophélie an und versuchte herauszufinden, ob sie sauer war. Dann begriff sie, dass nicht ihr selbst Ärger drohte, sondern Matt.
»Mom, das ist Matthew«, stellte Pip ihren Freund vor und hoffte, ihre Mutter damit zu beschwichtigen.
»Matthew Bowles«, ergänzte er und streckte Pips Mutter die Hand entgegen. Ophélie ignorierte die Geste und starrte stattdessen zornig ihre Tochter an. Pip kannte diesen Blick. Es kam selten vor, dass ihre Mutter böse wurde – vor allem während der vergangenen Monate war dies nicht mehr geschehen –, aber nun war sie ganz offensichtlich schrecklich wütend.
»Ich dachte, wir hätten eine Vereinbarung!«, schnaubte Ophélie. »Ich habe dir verboten, mit Fremden zu sprechen!« Dann wandte sie sich Matthew zu. Ihre Augen sprühten Funken. »Es gibt eine Menge Ausdrücke für das, was Sie hier treiben, und keinen davon möchte ich vor dem Kind in den Mund nehmen. Was fällt Ihnen ein, sich an ein unschuldiges Mädchen heranzumachen? Wenn Sie ihr noch einmal zu nahe kommen, ruf ich die

Polizei! Das ist mein Ernst!«, schleuderte sie ihm mit schneidender Stimme entgegen.

Pip bemerkte Matthews verletzten Blick. »Er ist mein Freund!«, verteidigte sie ihn. »Wir haben nur zusammen gezeichnet. Und er hat sich nicht an mich rangemacht – ich hab ihn angesprochen!«

Doch Ophélie hörte ihrer Tochter nicht zu. Sie konnte sich nur allzu gut vorstellen, wie alles abgelaufen war. Typen wie dieser waren zuerst freundlich zu einem Kind, um sein Vertrauen zu gewinnen, und dann taten sie ihm weiß Gott was an.

»Du wirst kein Wort mehr mit ihm reden, *tu entends? Je t'interdis!*« Ophélie bemerkte in ihrer Wut gar nicht, dass sie ihre Ermahnung auf Französisch hervorbrachte.

»Deine Mutter hat Recht, Pip«, sagte Matthew ruhig. »Du solltest wirklich nicht mit Fremden sprechen.« Er war sicher, dass Pips Mutter allein aus Sorge derart überreagierte. »Ich möchte mich entschuldigen.« Er wandte sich der Frau zu. »Es lag nicht in meiner Absicht, Sie zu beunruhigen. Ich versichere Ihnen, zwischen Ihrer Tochter und mir ist nichts Unangemessenes vorgefallen. Ich verstehe Ihre Bedenken allerdings vollkommen. Ich habe selbst Kinder.«

»Und wo sind die?«, fauchte Ophélie. Sie wollte sich von diesem Kerl keinesfalls einlullen lassen.

»In Neuseeland«, antwortete Pip an Matthews Stelle.

»Ach, kennst du schon seine ganze Lebensgeschichte, oder was?«, schnappte Ophélie. Dann sah sie Matthew böse an. »Ich weiß nicht, wer Sie sind oder was Sie meiner Tochter eingeimpft haben, aber Sie werden sich in Zukunft von ihr fern halten, sonst zeige ich Sie an. Ist das klar?«

»Sie haben Ihren Standpunkt mehr als deutlich gemacht«, erwiderte Matthew und konnte einen gereizten Unterton in seiner Stimme nicht unterdrücken. Wären die Umstände andere gewesen, hätte er der Frau ohne

Zweifel die Meinung gesagt. Mit ihren haltlosen Anschuldigungen war sie eindeutig zu weit gegangen. Nie zuvor hatte ihn jemand solch widerwärtiger Dinge beschuldigt. Aber er schwieg, denn er wollte Pip nicht noch zusätzlich irritieren. Außerdem wusste er, was diese Frau durchgemacht hatte, und bemühte sich deshalb, nachsichtig mit ihr zu sein.

Ophélie deutete mit dem Finger in Richtung der bewachten Siedlung und sagte zu Pip: »Wir gehen jetzt auf der Stelle nach Hause!« Ihr Ton duldete keinen Widerspruch.

In Pips Augen glänzten Tränen, und Matthew hätte sie am liebsten in den Arm genommen.

»Tu, was deine Mutter sagt, Pip. Ich bin dir nicht böse«, sagte er sanft.

»Es tut mir Leid«, murmelte Pip und unterdrückte ein Schluchzen.

Dann nahm Ophélie ihre Tochter bei der Hand und zog sie mit sich fort.

Matthew sah den beiden lange nach. Pip tat ihm furchtbar Leid, und am liebsten hätte er ihre Mutter bei den Schultern gepackt und sie heftig geschüttelt. Er konnte ihre Bedenken nachvollziehen, aber sie waren ihm gegenüber absolut unbegründet. Zudem war es mehr als offensichtlich, dass Pip jemanden brauchte, dem sie sich anvertrauen konnte. Ihre Mutter mochte während der vergangenen neun Monate wenig gegessen haben, aber es war Pip, die verhungerte.

Matthew packte seine Sachen zusammen und stapfte mit grimmigem Gesicht zu seinem Bungalow, wo er seine Farbenkiste und seine Staffelei wütend auf den Tisch knallte. Fünf Minuten später war er unterwegs zur Lagune, wo sein Segelboot lag. Er wusste, wenn er mit dem Boot hinausfuhr, würde er rasch wieder einen klaren Kopf bekommen.

Währenddessen befanden sich Pip und ihre Mutter noch

auf dem Heimweg, und Ophélie nahm ihre Tochter ins Kreuzverhör. »Wie bist du nur auf die Idee gekommen, dich mit diesem wildfremden Mann anzufreunden?«

»Ich hab ihn beim Malen beobachtet«, antwortete Pip, und über ihre Wangen rannen Tränen. »Er ist sehr nett, wirklich!«

»Wollte er jemals, dass du mit ihm nach Hause gehst?«, fragte Ophélie und wurde beinahe hysterisch.

»Nein! Er hat nicht versucht, mich umzubringen, falls du das denkst. Er hat mir beigebracht, wie man die Hinterbeine von einem Hund zeichnet, das ist alles.«

Ophélie hatte nicht wirklich angenommen, dass der Mann Pip umbringen wollte, vielmehr hatte sie an Missbrauch oder eine Entführung gedacht. Pip war ein argloses, hübsches Kind, und offensichtlich vertraute sie diesem Mann. Er hätte ihr alles Mögliche antun können! Ophélie war viel zu aufgebracht, um Pips Beteuerungen ernst zu nehmen. Sie war elf Jahre alt und konnte noch nicht ermessen, wie gefährlich es war, sich mit einem Fremden einzulassen.

»Du wirst dich von ihm fern halten!«, ordnete Ophélie an. »Ich verbiete dir, das Haus in Zukunft ohne einen Erwachsenen zu verlassen. Und wenn du dich nicht daran hältst, packen wir sofort unsere Sachen und ziehen zurück in die Stadt.«

»Du warst gemein zu meinem Freund!«, brach es aus Pip heraus, und ihre Traurigkeit verwandelte sich zusehends in Ärger. Sie hatte endlich einen neuen Gefährten gefunden, und nun wollte ihre Mutter ihr alles verderben.

»Er ist nicht dein Freund! Er ist ein Fremder!«

Sie legten die übrige Strecke schweigend zurück. Sobald sie das Haus erreichten, schickte Ophélie Pip auf ihr Zimmer und rief Andrea an. Aufgebracht berichtete sie ihrer Freundin von dem Vorfall.

»Willst du ihn wirklich anzeigen?«

»Ich überlege noch. Kann ich eine Verfügung gegen ihn erwirken?«
»Aber du hast doch nichts gegen ihn in der Hand. Er hat Pip nicht bedroht oder sie belästigt, richtig?«
»Sie behauptet das zumindest. Vielleicht hatte er aber auch einfach noch keine Gelegenheit dazu und hat nur auf den richtigen Zeitpunkt gewartet.«
»Das wollen wir doch nicht hoffen«, murmelte Andrea.
»Was macht dich so sicher, dass das Ganze nicht völlig harmlos war? Hat sich der Mann irgendwie verdächtig benommen?«
»Nein ... könnte ich nicht sagen. Er wirkte relativ normal und war ordentlich gekleidet – aber das muss ja nichts heißen!«
»Vielleicht wollte er einfach nur nett sein.«
»Warum sollte sich ein erwachsener Mann einfach so mit einem süßen kleinen Mädchen anfreunden?«
»Weiß ich nicht, aber er muss ja nicht zwingend ein Kinderschänder sein. Sag mal ... sah er gut aus?«
Andrea grinste am anderen Ende der Leitung, und Ophélie konnte es an ihrer Stimme hören.
»Du bist widerlich!«, rief Ophélie entrüstet.
»Und vor allem: Hat er einen Ehering getragen? Vielleicht ist er ja ledig ...«
»Hör auf, solchen Unsinn zu reden! Wieso malt er ein Bild von Pip – in kurzen Shorts?«
»Keine Ahnung. Künstler malen eben Bilder. Warum gehst du nicht zum Strand zurück und fragst ihn? Ich finde, er macht gar keinen uninteressanten Eindruck. Womöglich hat Pip dir einen Gefallen getan.«
»Das hat sie ganz und gar nicht! Sie hat sich selbst in große Gefahr gebracht, und ich werde sie in Zukunft nicht mehr ohne Begleitung aus dem Haus gehen lassen.«
»Ich glaube, es reicht, wenn du ihr sagst, dass sie sich nicht noch einmal mit ihm treffen soll. Sie wird schon auf dich hören. Sie ist ein vernünftiges Mädchen.«

»Ich habe dem Kerl jedenfalls gedroht, die Polizei zu rufen, wenn er noch einmal in ihre Nähe kommt.«
»Gesetzt den Fall, dieser Typ ist kein Kinderschänder, sondern einfach ein Künstler, den Pip am Strand angesprochen hat, weil ihr seine Bilder gefielen – dann wird ihn dein Auftritt sicherlich ziemlich verärgert haben ...« Andrea seufzte. »Ich glaube, wir müssen deine Krallen ein wenig stutzen, meine Liebe. Wenn du dich weiterhin so aufführst, schreckst du jeden Mann ab.«
»Ich hoffe, dass ich ihn abgeschreckt habe! Es geht um die Sicherheit meiner Tochter! Ich könnte es nicht ertragen, wenn ihr etwas zustoßen würde.«
Ophélies Stimme zitterte, und Tränen traten ihr in die Augen.
»Darum geht es im Grunde, nicht wahr? Sie ist alles, was du noch hast, und du willst sie mit aller Macht vor jeglicher Gefahr beschützen«, sagte Andrea in einfühlsamem Ton. »Aber wenn du sie von allem fern hältst, fühlt sie sich irgendwann völlig isoliert.«
Nach diesen Worten herrschte einen Augenblick lang Stille in der Leitung. Dann hörte Andrea Ophélie leise schluchzen.
»Sie ist einsam, das ist mir klar. Chad ist tot, ihr Vater ist tot, und ich bin auch nicht für sie da. Wir reden kaum noch miteinander.«
»Da hast du deine Antwort! Deswegen spricht sie Fremde an!«
»Pip hat gesagt, sie hätten zusammen gezeichnet«, presste Ophélie mit erstickter Stimme hervor.
»Es gibt Schlimmeres. Ehrlich, Ophélie, ich glaube, du hast ein wenig überreagiert. Höchstwahrscheinlich war alles ganz harmlos. Vielleicht solltest du diesen Typen zu euch einladen und ihn dir mal ein wenig genauer ansehen. Womöglich magst du ihn sogar.«
Während Ophélie Andrea lauschte, ließ ihr Schluchzen ein wenig nach. »Ich glaube kaum, dass er mir die Ge-

legenheit dazu geben würde – nach allem, was ich ihm unterstellt habe.«

Plötzlich bereute Ophélie ihren heftigen Ausbruch. Es bestand tatsächlich die Möglichkeit, dass der Mann gar nichts Schlimmes im Schilde führte.

»Du könntest morgen zum Strand gehen und noch mal mit ihm sprechen. Es scheint ja so, als ob er jeden Tag dort wäre. Sag ihm, dass du in letzter Zeit viel durchgemacht hast und dich deswegen leicht aufregst.«

»Aber was ist, wenn ich doch Recht hatte und er tatsächlich ein Pädophiler ist?«

»In diesem Fall solltest du natürlich nicht versuchen, ihn näher kennen zu lernen«, schloss Andrea und lachte.

Nachdem Ophélie aufgelegt hatte, klopfte sie an Pips Tür, aber ihre Tochter antwortete nicht. Als Ophélie die Klinke hinunterdrückte, stellte sie fest, dass die Tür von innen verriegelt war.

»Pip? Darf ich reinkommen?«

Einen Moment lang blieb es still, doch dann rief Pip mit tränenerstickter Stimme: »Nein, lass mich in Ruhe!«

»Es tut mir Leid, dass ich so laut geworden bin. Ich hatte schreckliche Angst um dich.« Ophélie kam sich albern vor, mit ihrer Tochter durch eine verschlossene Tür hindurch zu sprechen. »Meine Güte, Pip, was ist an diesem Maler denn so Besonderes?«

Pip öffnete die Tür einen Spaltbreit und blickte ihre Mutter abweisend an. »Ich mag ihn eben. Es war schön, mit ihm zu zeichnen.«

»Wenn es dir das so wichtig ist, wie wäre es dann, wenn ich mit dir zusammen zu ihm ginge?«, schlug Ophélie vor. Nach kurzem Überlegen fügte sie hinzu: »Ich glaube allerdings nicht, dass er sich freuen würde, mir noch einmal zu begegnen ...« Nach allem, was sie ihm an den Kopf geworfen hatte, würde er wahrscheinlich das Weite suchen, wenn er sie nur von fern sah – und das könnte sie ihm nicht einmal verübeln.

»Du kannst dich ja bei ihm entschuldigen.« Pip blickte ihre Mutter hoffnungsvoll an.
»Ich ...«
»Wenn dir das peinlich ist, gehe ich eben allein hin und richte ihm aus, dass es dir Leid tut.«
»Nein, das mache ich selbst! Also gut, lass uns das am besten noch heute erledigen.«
»Danke, Mom!«, rief Pip, und ihre Augen strahlten.
Wenig später brachen sie gemeinsam auf. Pip lief mit Mousse am Wasser entlang und konnte es kaum abwarten, Matthew wiederzusehen. Ophélie blieb immer wieder hinter ihnen zurück und dachte darüber nach, wie sie dem Mann ihr Verhalten erklären konnte. Doch als sie die Stelle erreichten, wo Matthew zuvor gesessen hatte, fanden sie niemanden vor. Pip schaute sich fieberhaft nach ihm um. Ihr stand die Enttäuschung ins Gesicht geschrieben.
Ophélie ließ sich auf dem Sand nieder. »Wie genau hast du ihn denn kennen gelernt?«, fragte sie ihre Tochter und deutete auf den Platz neben sich.
Pip zögerte nur kurz, gesellte sich dann zu ihrer Mutter und begann zu erzählen.
Eine geraume Weile lang saßen sie dort und unterhielten sich – zum ersten Mal seit langer Zeit. Als sie sich schließlich auf den Heimweg machten, nahm Ophélie Pips Hand und ließ sie nicht mehr los, bis sie zu Hause angekommen waren.

# 5

Es war kurz vor Mittag am darauf folgenden Tag, da brach Pip erneut auf zum Strand. Sie teilte Amy mit, dass sie den ganzen Tag über fort sein würde, um einen Freund zu treffen. Während sie mit ihrer Babysitterin sprach, packte sie zwei Sandwiches und einen Apfel ein. Amy fragte ihren Schützling mit Blick auf ihre Wegzehrung, ob ihre Mutter über diesen Ausflug Bescheid wüsste, und Pip versicherte ihr, alles sei mit Ophélie abgesprochen. Wenig später verließ sie das Haus. Während sie und Mousse die Düne hinunterliefen, hoffte Pip inständig, dass Matthew an diesem Tag wieder am Strand sein würde.
Als sie ihn schließlich an der üblichen Stelle vor seiner Staffelei sitzen sah, seufzte sie erleichtert auf und rief schon von weitem: »Matt! Meine Mom ist gestern Nachmittag mit mir zurückgegangen, um sich bei dir zu entschuldigen. Aber du warst nicht da!«
»Oh, hallo Pip!«, erwiderte Matt überrascht, als er die Kleine auf sich zusteuern sah, und strahlte sie an. »Ich habe nicht gedacht, dass ihr noch einmal herkommen würdet.«
Matthew hatte die ganze Nacht über wach gelegen und gegrübelt. Er hätte am liebsten noch einmal mit Pips Mutter gesprochen und versucht, seine etwas ungewöhnliche Freundschaft zu dem kleinen Mädchen zu erklären, aber er wusste nicht genau, wo sie wohnten, und sah daher keine Möglichkeit, die Dinge zurechtzurücken.
»Es tut mir Leid, dass sich deine Mutter meinetwegen dermaßen aufgeregt hat«, sagte er nun. »Sie wollte sich tatsächlich bei mir entschuldigen?«
»Ja«, bestätigte Pip. »Und sie hat gesagt, es wäre okay, wenn ich mich mit dir treffe und zeichne. Ich darf bloß nicht mit dir nach Hause gehen.«

»Das ist doch eine gute Lösung! Wie hast du sie denn dazu überredet, dir das zu erlauben?«, fragte Matt schmunzelnd. Die Vorstellung, Pip nie wiederzusehen, hatte ihn traurig gestimmt, und nun war er sehr erleichtert.

»Ich hab mich in meinem Zimmer eingeschlossen«, erklärte Pip. »Irgendwann hat sie geklopft. Es war ihr peinlich, was sie zu dir gesagt hat. Und da habe ich ihr vorgeschlagen, sich bei dir zu entschuldigen.«

Matthew konnte sich ein Grinsen nicht verkneifen. Es schien, als ob das Kind seiner Mutter die Pistole auf die Brust gesetzt hätte und tatsächlich damit durchgekommen war.

»Sie ist anders als früher«, setzte Pip hinzu. »Sie macht sich ständig Sorgen und regt sich über Kleinigkeiten auf. Aber manchmal ist ihr dann auch wieder alles egal. Man weiß nie, welche Laune sie gerade hat.«

»Wahrscheinlich posttraumatischer Stress«, murmelte Matt nachdenklich.

»Was ist das?«, hakte Pip nach, während sie ihre Tasche öffnete, die Sandwiches herausnahm und Matthew eins davon reichte.

»Danke«, sagte er, setzte sich zusammen mit Pip in den Sand und biss in das Brot. »So nennt man es, wenn einem etwas Schlimmes passiert und man nachher schrecklich traurig ist. Als ob man einen Schock hat. Ich nehme an, dass deine Mutter daran leidet.«

»Können diese Leute auch wieder ganz normal werden?« Seit neun Monaten quälte diese Überlegung Pip nun schon. Doch wen hätte sie danach fragen sollen? Es fiel ihr leichter, mit Matt darüber zu sprechen als mit Andrea. Sie war die Freundin ihrer Mutter, er war ihr Freund.

»Ich denke schon. Vielleicht dauert es aber eine Weile. Geht es deiner Mutter denn noch genauso schlecht wie direkt nach dem Unglück?«

»Schwer zu sagen«, erwiderte Pip mit gerunzelter Stirn. »Sie schläft jetzt viel mehr als früher, und sie spricht immer weniger – außer gestern, da haben wir uns lange unterhalten! Sie weint nicht mehr so oft wie am Anfang. Damals habe ich auch sehr viel geweint ...«
»Das hätte ich auch getan. Es wäre merkwürdig gewesen, wenn du nicht geweint hättest, Pip. Du hast schließlich den Großteil deiner Familie verloren.«
Und was davon übrig war, fühlte sich nicht mehr wie eine Familie an. Pip behielt diesen Gedanken aber für sich. »Meiner Mom tut wirklich Leid, wie sie sich gestern benommen hat.«
»Ist schon in Ordnung«, entgegnete Matt mit einer wegwerfenden Handbewegung. »Sie hatte im Grunde Recht mit dem, was sie gesagt hat. Ich hätte ja tatsächlich ein Verbrecher sein können. Ich kann verstehen, dass sie mir gegenüber misstrauisch war – und du solltest Fremden gegenüber auch ein wenig vorsichtiger sein.«
»Aber ich wusste vom ersten Moment an, dass du nett bist.«
»Und woher?«
Sie hatten die Sandwiches inzwischen aufgegessen, und Pip gab Matthew nun den Apfel. Er schnitt ihn mit seinem Taschenmesser in zwei Teile und hielt ihr die etwas größere Hälfte hin.
»Ich wusste es eben«, beharrte Pip.
»Irgendwann würde ich gern ein Porträt von dir malen«, sagte Matt unvermittelt. Seit sie sich zum ersten Mal begegnet waren, spielte er mit dem Gedanken.
»Das wäre toll! Vielleicht kann ich das Bild meiner Mutter zum Geburtstag schenken.«
»Wann hat sie denn Geburtstag?« Matt glaubte kaum, dass sich Pips Mutter über ein Gemälde von ihm besonders freuen würde.
»Am zehnten Dezember.«
»Und wann ist dein Geburtstag?«, fragte er neugierig. Er

wollte gern noch viel mehr über das Mädchen erfahren.
»Im Oktober.« Nur kurz nach dem Todestag von Ted und Chad ...
»Und was hast du im vergangenen Jahr an diesem Tag gemacht?«, erkundigte sich Matthew arglos.
»Meine Mom und ich sind zusammen essen gegangen.« Pip erzählte ihm nicht, wie furchtbar sie sich damals gefühlt hatte. Ihre Mutter hatte ihren Geburtstag beinahe vergessen, und sie hatte weder eine Party veranstaltet noch einen Kuchen gebacken.
»Gehst du oft mit deiner Mutter aus?«
»Nein ... also früher schon. Vorher ... Mein Dad hat uns oft in Restaurants mitgenommen. Aber da dauert alles so lange, und mir war meistens ziemlich langweilig«, sagte Pip und zog die Nase kraus.
»Das kann ich kaum glauben! Ich habe nicht den Eindruck, dass du dich schnell langweilst.«
»Nicht, wenn ich mit dir zeichne«, erklärte Pip rasch.
»Ich langweile mich auch nicht, wenn ich mit dir zeichne.« Mit diesen Worten übergab Matt ihr Zeichenblock und Bleistift und setzte sich wieder auf seinen Klappstuhl.
Pip beschloss, eine der Möwen zu malen, die sich oft neben ihnen im Sand niederließen und aufgescheucht davonflogen, wenn Mousse sie ankläffte. Dies stellte sich allerdings als schwieriger heraus, als Pip gedacht hatte, und nach einer Weile gab sie es auf und versuchte sich wieder an Fischerbooten.
Es war ein weiterer schöner Sommertag, und die beiden saßen stundenlang in der Sonne. Als sich Pip schließlich erhob, war es kurz vor fünf. Mousse, der die meiste Zeit über ruhig neben ihr gelegen hatte, sprang ebenfalls auf.
»Willst du nach Hause?«, fragte Matt, und Pip nickte.
»Dein Bild ist wirklich gut geworden.« Er lächelte. Pip fiel plötzlich auf, dass Matthew ihrem Vater ähnlich sah,

wenn er lächelte – obwohl ihr Vater meist sehr ernst gewesen war.
»Meine Mutter kommt immer um diese Zeit von ihrem Gruppentreffen nach Hause. Danach ist sie besonders müde. Manchmal fällt sie auf die Couch und schläft sofort ein.«
»Wahrscheinlich sind diese Treffen sehr anstrengend.«
»Das kann sein. Sie spricht selten darüber. Ich glaube, die Leute da weinen sehr viel.« Pip fand die Vorstellung, dass erwachsene Leute zusammensaßen und heulten, einfach grässlich. »Ich komme am Donnerstag wieder. Vielleicht auch schon morgen, wenn dir das recht ist«, wechselte sie schnell das Thema.
»Ja, selbstverständlich! Bitte grüß deine Mutter von mir.« Pip versprach es, winkte und flatterte davon wie ein Schmetterling. Matthew sah ihr nach, wie er es immer tat. Pip erschien ihm wie ein Geschenk, das sein Leben innerhalb kürzester Zeit in erstaunlichem Maße bereichert hatte, und er freute sich schon jetzt auf den Donnerstag.
Er räumte flugs seine Utensilien zusammen und machte sich ebenfalls auf den Heimweg. Während er die Düne erklomm und zu seinem Bungalow marschierte, kam ihm eine Idee: Er würde Pip gern zu einem Bootsausflug mitnehmen. Vielleicht könnte er ihr sogar beibringen, wie man segelte – das hatten seine eigenen Kinder vor langer Zeit auch von ihm gelernt. Doch dann fiel ihm ein, dass Pips Mutter ihm ihre Tochter niemals anvertrauen würde. Und es bestand tatsächlich immer ein kleines Risiko, wenn man aufs Meer hinausfuhr. Deshalb verwarf er den Gedanken schnell wieder.

Pip traf zeitgleich mit ihrer Mutter zu Hause ein. Überraschenderweise sah Ophélie weniger erschöpft aus als gewöhnlich. Als Erstes fragte sie Pip, wie sie ihren Tag verbracht habe.

»Ich war am Strand bei Matt. Er lässt dich übrigens grüßen! Ich habe versucht, Möwen zu zeichnen, aber die waren zu schwierig, deshalb hab ich wieder Boote gemalt«, schwatzte Pip drauflos und breitete mehrere Blätter Papier auf dem Küchentisch aus.
Ophélie betrachtete die Bilder interessiert und fand, dass sie sehr gut gelungen waren. Es war bemerkenswert, wie sehr sich Pips Können schon verbessert hatte.
»Das hast du wirklich toll gemacht, Pip! Ich bin beeindruckt.«
Pip strahlte vor Stolz. »Wenn du möchtest, koche ich uns heute Abend etwas«, sagte Pip, doch Ophélie schüttelte den Kopf.
»Lass uns ausgehen!«, schlug sie zur Überraschung ihrer Tochter vor.
»Wir müssen nicht unbedingt«, entgegnete Pip. Sie wollte nicht, dass ihre Mutter dies aus bloßem Pflichtgefühl tat.
»Es wäre mal eine Abwechslung! Wir sollten uns nicht ständig hier verkriechen. Also, was ist, hast du Lust?«
»Klar!«, rief Pip begeistert.
Eine halbe Stunde später saßen sie an einem Tisch im Mermaid Café, einem der beiden Restaurants der Stadt. Sie bestellten sich Hamburger und unterhielten sich lebhaft während des Essens. Es war seit langer Zeit das erste Mal, dass sie zusammen ausgingen. Als sie schließlich zum Haus zurückkamen, fühlten sie sich regelrecht beschwingt.
Pip ging sofort zu Bett und schlief auf der Stelle ein.
Am folgenden Tag lief sie schon nach dem Frühstück zum Strand, um mit Matthew zu zeichnen. Ihre Mutter äußerte keine Einwände.
Pip verbrachte auch den nächsten und übernächsten Tag mit Matt und breitete Abend für Abend ihre Zeichnungen auf dem Küchentisch aus. Bis zum Ende der Woche hatte sich bereits eine umfangreiche Sammlung angehäuft.

Es geschah am Freitag darauf, kurz nachdem Pip und Matthew zusammen am Strand gefrühstückt hatten. Pip lief mit Mousse zum Wasser hinunter, um nach Muscheln zu suchen. Matt beobachtete die beiden. Das Mädchen und der Labrador spielten in den Wellen, und als Pip jählings einen Satz zurück machte, konnte sich Matthew ein Grinsen nicht verkneifen. Sie hatte sicherlich eine Qualle oder eine Krabbe entdeckt, und Matthew wartete nur darauf, dass Mousse das Tierchen anbellte, wie er es immer tat. Doch stattdessen jaulte der Hund auf, und Pip saß plötzlich im Sand und hielt ihren Fuß umklammert.

»Alles in Ordnung?«, rief Matt alarmiert. Als Pip den Kopf schüttelte, ließ er sofort seinen Pinsel fallen und eilte zu ihr hinüber. Hoffentlich ist sie nicht in einen Nagel getreten!, schoss es ihm durch den Kopf.

Sobald er Pip erreicht hatte, sah er, dass sie nicht in einen Nagel getreten war, sondern in eine Glasscherbe. Pip hatte einen Schnitt unter der Fußsohle.

»Wie ist das passiert?«, fragte Matt, kniete sich neben Pip und inspizierte die Wunde.

»Die Scherbe lag unter dem Tang. Ich hab sie nicht gesehen«, erklärte Pip mit blassem Gesicht.

»Tut es sehr weh?«, erkundigte er sich besorgt. Die Wunde blutete stark.

»Geht schon«, log Pip.

»Heb mal den Fuß ein wenig an.« Matthew wollte sichergehen, dass kein Glassplitter mehr in ihrem Fuß steckte. Schnell stellte er fest, dass dies nicht der Fall war. Aber der Schnitt war sehr tief.

»Ist es schlimm?«, fragte Pip ängstlich.

»Eigentlich nicht, aber ich befürchte, ich muss den Fuß amputieren. Keine Sorge, du wirst ihn bestimmt nicht allzu sehr vermissen.«

Trotz ihrer Schmerzen lachte Pip.

»Zum Zeichnen brauchst du deine Füße ja zum Glück

nicht«, versetzte Matt scherzend und hob Pip hoch. Sie war ganz leicht. Was sollte er tun? Er wollte auf keinen Fall, dass sie mit dem Fuß in den Sand trat und bis zur bewachten Siedlung zurücklief, aber er erinnerte sich natürlich genau an die Anweisung ihrer Mutter: Pip durfte nicht mit ihm nach Hause gehen. Bei seiner Staffelei angekommen zögerte er nur kurz, dann sagte er: »Deine Mom wird sich wahrscheinlich fürchterlich aufregen, aber ich bringe dich jetzt in meinen Bungalow, um die Wunde zu reinigen und zu verbinden.« Er suchte nach einem Taschentuch und band es provisorisch um den Fuß.
»Tut das weh?« Pip blickte ihn argwöhnisch an.
»Kaum«, erwiderte Matt, lächelte sie aufmunternd an und trug sie zu seinem Haus. Seine Staffelei und seine Malsachen ließ er am Strand zurück. Er war sicher, dass niemand sie stehlen würde.
»Schlimm wird es, wenn deine Mutter davon erfährt und uns beide zusammenstaucht«, sagte er, um Pip von der blutenden Wunde abzulenken. Nach wenigen Schritten erreichten sie seinen Bungalow auf der Düne. Matthew brachte Pip zielstrebig in die Küche, setzte sie auf einen Stuhl, platzierte ihren Fuß auf dem Rand des Spülbeckens und nahm das durchtränkte Taschentuch ab. Seine Kleidung hatte mittlerweile einige Blutflecke abbekommen, und auch im Becken sammelten sich schon nach kurzer Zeit zahlreiche rote Tropfen.
»Muss ich ins Krankenhaus?«, fragte Pip leise. Ihre bernsteinfarbenen Augen wirkten riesengroß in ihrem blassen Gesicht. »Chad hat sich früher einmal den Kopf gestoßen, und es hat ganz schrecklich geblutet. Er musste genäht werden.« Pip verschwieg, dass sich Chad seine Verletzung während eines Wutanfalls zugezogen hatte – er hatte seinen Kopf vor Zorn immer wieder gegen die Wand gerammt. Damals war er ungefähr zehn Jahre alt gewesen und sie selbst erst fünf, doch sie erinnerte sich sehr genau daran. Ihr Vater hatte ihre Mutter ange-

schrien, und ihre Mutter hatte die ganze Nacht lang geweint.

»So geht das nicht.« Matt hob Pip erneut hoch und setzte sie auf die Ablage des Beckens, sodass er Wasser über ihren Fuß laufen lassen konnte. Als das Wasser im Abfluss verschwand, war es hellrot.

»Dein Fuß muss dringend verbunden werden.« Matthew nahm ein sauberes Handtuch aus einem Schrank, und Pip sah sich währenddessen ein wenig um. Obwohl alles in der Küche alt und abgenutzt wirkte, war der Raum sehr gemütlich.

»Ich sollte dich besser nach Hause bringen. Ist deine Mutter heute da?«

»Ja.«

»Gut.«

»Und dann muss ich ins Krankenhaus?«

»Das soll deine Mutter entscheiden – es sei denn, du möchtest, dass ich den Fuß gleich hier amputiere. Es dauert nicht länger als eine Minute, wenn mir Mousse nicht im Weg steht.« Der Labrador, der Pip die ganze Zeit über nicht von der Seite gewichen war, beobachtete aufmerksam, was vor sich ging.

Pip kicherte. Matt umwickelte ihren Fuß vorsichtig mit dem Handtuch, nahm sie abermals auf den Arm und griff auf dem Weg nach draußen nach seinem Autoschlüssel, der an einem Haken hing. Mousse folgte ihnen, und sobald Matthew ihm die Wagentür öffnete, sprang er auf die Rückbank. Als Matt Pip auf dem Beifahrersitz absetzte, bemerkte er, dass das Handtuch bereits einen großen roten Fleck aufwies.

Schon nach fünf Minuten erreichten sie Pips Zuhause. Matthew trug Pip durch die unverschlossene Haustür hinein, und Mousse trottet hinter ihm her. Ophélie saß im Wohnzimmer auf der Couch und war mehr als überrascht, als Matthew so plötzlich mit ihrer Tochter auf dem Arm im Türrahmen erschien.

»Was ist passiert?«, rief sie erschrocken. »Pip, du meine Güte ...« Hastig stand sie auf und eilte zu den beiden hinüber.

»Mir geht es gut, Mom. Ich bin nur in eine Glasscherbe getreten.«

Die Blicke der beiden Erwachsenen trafen sich.

»In eine Glasscherbe?«, wiederholte Ophélie und schaute ihre Tochter besorgt an.

Matthew setzte Pip vorsichtig auf der Couch ab, und Ophélie entging nicht, mit welcher Sorgfalt er das Handtuch von ihrem Fuß abwickelte.

»Es ist keine allzu schlimme Verletzung«, sagte Matt, »aber Sie sollten sich das einmal ansehen.«

Sobald Ophélie den Schnitt sah, verzog sie bedauernd den Mund. »Es sieht aus, als ob das genäht werden müsste, Pip. Wir sollten dich besser zum Arzt bringen«, erklärte sie so sanft wie möglich.

Pips Augen füllten sich augenblicklich mit Tränen, und Matthew tätschelte ihr beruhigend die Schulter. »Es klingt schlimmer, als es ist«, versicherte er.

Trotz seiner Worte begann Pip zu weinen. Sie wollte zwar nicht, dass Matthew sie für einen Feigling hielt, aber sie konnte einfach nichts dagegen tun.

»Mir ist im letzten Jahr dasselbe passiert«, berichtete Matt. »Die Stelle wird zuerst betäubt, und dann kann es gar nicht mehr wehtun.«

»Ich will nicht genäht werden!«, rief Pip voller Angst und vergrub ihr Gesicht an der Schulter ihrer Mutter.

»Wenn es vorbei ist, unternehmen wir irgendetwas ganz Tolles«, versprach Matt und blickte Ophélie fragend an. Diese nickte sofort.

»Gibt es hier im Ort einen Arzt?«, erkundigte sie sich.

»Hinter dem Supermarkt ist eine kleine Notfallpraxis. Dort behandelt eine Krankenschwester Patienten mit akuten Beschwerden. Es macht mir aber nichts aus, Sie in die Stadt zu einem Arzt zu fahren, wenn Sie das möchten.«

»Bringen wir Pip ruhig erst mal zu der Praxis. Mal sehen, was die Krankenschwester sagt.«

Pip konnte auch im Auto nicht aufhören zu weinen. Matthew erzählte ihr lustige Geschichten, die sie schließlich ein wenig ablenkten. In der Praxis angelangt untersuchte die Krankenschwester die Wunde und teilte ihnen mit, dass der Schnitt ohne Frage genäht werden müsse. Glücklicherweise konnte sie das selbst erledigen. Sie gab Pip eine Betäubungsspritze und schloss die Wunde mit sieben Stichen. Pip bekam einen Verband und die Anweisung, den Fuß sechs Tage lang nicht zu belasten. Nach etwa einer Woche sollte sie zum Fädenziehen wiederkommen.

Nach der kleinen Operation trug Matt die Patientin zum Auto zurück. Pip sah noch ganz benommen aus.

»Darf ich Sie und Pip zum Abendessen einladen? Wir wollten doch etwas Besonderes machen ...«, sagte Matthew, doch Pip schüttelte den Kopf und sagte, sie fühle sich nicht gut.

Also brachte Matt Mutter und Tochter nach Hause. Er trug Pip hinein und bettete sie vorsichtig auf die Couch im Wohnzimmer. Ophélie schaltete den Fernseher ein, und schon fünf Minuten später schlief Pip tief und fest.

»Die Arme! Sie hat sich tapfer geschlagen«, sagte Matt.

»Ja, das hat sie wirklich«, bekräftigte Ophélie und fügte kurz darauf hinzu: »Sie waren uns eine große Hilfe, Mr. Bowles.« Sie sah ihn dankbar an.

Matt konnte kaum glauben, dass dies dieselbe Frau war, die ihm erst vor wenigen Tagen am Strand die Leviten gelesen hatte. Die Frau, die er nun vor sich sah, war liebenswürdig und hatte traurige Augen – und sie wirkte ebenso verloren wie Pip.

»Ich muss Ihnen etwas gestehen«, brachte Matt mit schuldbewusster Miene hervor. »Ich habe Pip nach ihrem kleinen Missgeschick mit in meinen Bungalow genommen, um ihre Wunde zu reinigen und zu verbinden.

Wir waren nicht länger als fünf Minuten dort, und danach habe ich sie gleich zu Ihnen gebracht. Ich hätte das nicht getan, wenn Pip nicht derartig stark geblutet hätte.«
»Machen Sie sich keine Gedanken, ich bin Ihnen natürlich nicht böse. Pip hat Glück gehabt, dass Sie da waren.« Matthews sanfte Art und seine kleinen Scherze hatten Pip beruhigt. Ophélie begriff allmählich, was ihre Tochter an dem Mann mochte. Er schien ein netter, angenehmer Mensch zu sein.
»Kann ich Ihnen etwas zu essen anbieten?«, fragte sie freundlich.
Matthew zögerte. »Sie müssen erschöpft sein. Wenn die eigenen Kinder Schmerzen haben, leidet man als Mutter oder Vater oft am meisten.« Er fühlte sich selbst ein wenig ausgelaugt.
»Da haben Sie Recht. Aber mir geht es gut. Ich könnte uns ein paar Brote schmieren. Das macht überhaupt keine Mühe!«
»Sind Sie sicher?«
»Absolut! Möchten Sie ein Glas Wein?«
Matthew lehnte ab und entschied sich stattdessen für eine Cola.
»Kommen Sie mit in die Küche.« Ophélie ging voraus, Matt folgte ihr. Sie holte eine Dose Cola aus dem Kühlschrank, griff nach einem Glas und schenkte Matt ein. Dann entnahm sie dem Kühlschrank einige Lebensmittel, und ein paar Minuten später präsentierte sie ihrem Gast einen Teller voller Sandwiches. Sie setzten sich zusammen an den Küchentisch.
»Pip hat mir erzählt, Sie seien Französin. Sie sprechen erstaunlich gut Englisch!«
»Ich habe es als Kind in der Schule gelernt, außerdem habe ich mein halbes Leben in Amerika verbracht. Ich bin in meiner Jugend als Austauschstudentin hierher gekommen. Und habe später einen meiner Professoren geheiratet.«

»Was haben Sie denn studiert?«
»Medizin. Aber ich habe nie praktiziert und hatte auch keine Zeit, meinen Doktor zu machen – ich habe vorher Kinder bekommen.«
»Hätten Sie gern in einem Krankenhaus gearbeitet?«, fragte Matthew weiter.
»Wenn ich ehrlich bin: eigentlich nicht. Ich glaube kaum, dass ich eine gute Ärztin geworden wäre. Mir ist eben, als die Krankenschwester Pips Fuß genäht hat, richtig schlecht geworden«, gestand sie.
»Das muss nicht bedeuten, dass Sie keine gute Ärztin wären. Es ist etwas ganz anderes, wenn es die eigenen Kinder betrifft. Ich konnte auch kaum hinsehen – und Pip ist nicht meine Tochter!«
Das erinnerte Ophélie an eins der wenigen Dinge, die Pip ihr über Matt anvertraut hatte. »Pip erwähnte, dass Ihre Kinder in Neuseeland leben. Wie alt sind sie?« Sobald sie diese Frage gestellt hatte, erkannte sie an Matthews Gesichtsausdruck, dass sie ein heikles Thema angeschnitten hatte.
»Sechzehn und achtzehn.«
»Mein Sohn wäre im April ebenfalls sechzehn geworden«, murmelte Ophélie tonlos. Sie wusste, dass Pip Matthew von dem Flugzeugabsturz erzählt hatte. Nun war sie froh darüber, denn dadurch blieb es ihr erspart, selbst darüber zu sprechen. Doch Matthew ging gar nicht auf ihre Bemerkung ein.
»Ich habe im Rahmen meines Studiums ein Jahr lang die Kunsthochschule Beaux Arts in Paris besucht«, berichtete er. »Paris ist eine unglaublich faszinierende Stadt. Ich war zwar seit einigen Jahren nicht mehr dort, aber früher bin ich regelmäßig hingeflogen. Der Louvre ist mein absoluter Lieblingsplatz!«
»Ich war im vergangenen Jahr mit Pip im Louvre, und sie fand es grässlich. Die Atmosphäre dort war ihr einfach zu steif. Sie wollte lieber in die Cafeteria als ins Mu-

seum – dort gefiel es ihr fast noch besser als bei McDonald's.« Das brachte sie beide zum Lachen.
»Fahren Sie oft nach Frankreich?«
»Normalerweise jeden Sommer. Aber in diesem Jahr war mir nicht danach. Ich hielt es für unkomplizierter, den Sommer hier in Kalifornien zu verbringen. Als Kind war ich oft in der Bretagne, und Safe Harbour erinnert mich ein wenig daran.«
Matt stellte überrascht fest, dass er Pips Mutter tatsächlich sehr sympathisch fand. Sie schien warmherzig und bodenständig zu sein – ganz anders, als er sich die Ehefrau eines reichen Mannes vorgestellt hatte, der sogar ein eigenes Flugzeug besaß. Ophélie war kein bisschen herablassend oder affektiert. Lediglich ihre funkelnden Diamantohrringe wiesen auf ihre finanziellen Verhältnisse hin.
Im Laufe des Gesprächs bemerkte Matthew, dass Ophélie noch ihren einfachen goldenen Ehering trug. Seine Frau Sally hingegen hatte ihren Ehering am Tag ihrer Trennung abgenommen und weggeworfen – das behauptete sie zumindest. Damals hatte ihn das tief getroffen. Dass Ophélie ihren Ring auch nach dem Tod ihres Mannes anzog, gefiel ihm, denn diese Geste zeugte von einer starken Loyalität gegenüber ihrem verstorbenen Ehemann.
Nachdem sie die Sandwiches aufgegessen hatten, unterhielten sie sich noch lange. Irgendwann regte sich Pip auf der Couch, sie stöhnte und drehte sich auf die andere Seite. Mousse lag neben ihr auf dem Boden.
»In dem Hund hat Pip wirklich einen treuen Freund, nicht wahr?«, fragte Matthew.
Ophélie nickte. »Mousse hat ursprünglich meinem Sohn gehört, und Pip hat ihn sozusagen adoptiert.«
Wenig später erhob sich Matthew und dankte Ophélie für das Mittagessen. »Ich nehme an, Pip kann in nächster Zeit nicht zum Strand kommen«, sagte er bedauernd.

Er hatte sich schon daran gewöhnt, dass das Mädchen jeden Tag neben ihm im Sand saß. Er würde Pip vermissen.
»Sie können uns gern besuchen. Ich bin sicher, dass sich Pip darüber sehr freuen würde.«
Matthew staunte noch immer über die Wandlung Ophélies. Es machte den Anschein, als ob sie inzwischen Zutrauen zu ihm gefasst hatte.
Ophélie hegte hinsichtlich Pips neuem Freund schon längst keine Bedenken mehr, und nach ihrem heutigen Gespräch hatte sie sogar eine gewisse Zuneigung zu ihm entwickelt. Er schien ein durch und durch anständiger Mann zu sein. Ebenso wie Pip stellte sie fest, dass er Ted ein wenig ähnlich sah. Matthew war ihr seltsam vertraut, und sie fühlte sich instinktiv wohl in seiner Nähe.
Ophélie gab Matt ihre Telefonnummer und bat ihn anzurufen, bevor er vorbeikam. Er wollte Pip ein paar Tage Ruhe gönnen und ihr dann einen Besuch abstatten.
Als Pip aufwachte, war sie enttäuscht, dass Matthew schon gegangen war. Sie hatte über vier Stunden geschlafen, und das Betäubungsmittel ließ langsam nach. Wie die Krankenschwester vorausgesagt hatte, schmerzte der Fuß nun heftig. Ophélie verabreichte ihrer Tochter eine Aspirin und hüllte sie in eine Wolldecke. Innerhalb kürzester Zeit schlief Pip wieder ein.
Als Andrea abends anrief, war Pip noch immer nicht aufgewacht. Ophélie erzählte ihrer Freundin in allen Einzelheiten, was passiert war, und Andrea konnte sich eine spitze Bemerkung nicht verkneifen. »Der Typ ist also doch kein Kinderschänder! Vielleicht solltest du ihm mal an die Wäsche gehen!«, schlug Andrea grinsend vor. »Und wenn du es nicht tust, übernehme ich das!«
Seit Williams Geburt hatte sie sich mit keinem Mann mehr verabredet – allerdings hatte sie ein Auge auf einen allein stehenden Vater geworfen, der mit seinem

Kind hin und wieder den gleichen Spielplatz besuchte wie sie und William. Andrea hatte viel übrig für das andere Geschlecht. Früher hatte sie regelmäßig Affären mit ihren Kollegen aus der Kanzlei gehabt. Dabei störte es sie keineswegs, dass ihre Kollegen allesamt verheiratet waren. »Warum lädst du ihn nicht mal zum Abendessen ein?«

»Mal sehen«, erwiderte Ophélie unbestimmt. Sie hatte das Mittagessen mit Matthew zwar sehr genossen, aber sie hegte keine weiteren Absichten. Sie war zwanzig Jahre lang mit Ted zusammen gewesen, und auch der Tod konnte an ihrer Liebe zu ihm nichts ändern.

»Ich komme euch noch in dieser Woche besuchen«, versprach Andrea. »Lade den edlen Ritter doch einfach ein, wenn ich da bin. Ich kann es kaum erwarten, ihn kennen zu lernen.«

»Du bist wirklich unmöglich!« Ophélie musste lachen.

Sie plauderten noch ein paar Minuten lang und verabschiedeten sich schließlich. Nachdem Ophélie aufgelegt hatte, trug sie Pip in ihr Zimmer. Während sie ihre Tochter zudeckte, wurde ihr klar, dass sie das seit langer Zeit nicht mehr getan hatte – wie so vieles.

Ophélie beschlich das Gefühl, dass sie langsam aus einem sehr tiefen Schlaf erwachte. Es war Zeit, sich dem Leben wieder zu stellen. Doch vor ihr lag noch ein weiter Weg. Und sie war noch längst nicht so weit, sich auf einen neuen Mann einzulassen. Während des Mittagessens hatte sie in keiner Weise mit Matt geflirtet. Vielmehr hatte eine freundschaftliche Atmosphäre zwischen ihnen geherrscht.

Genau das hatte Matthew mehr als alles andere beeindruckt. Er mochte Ophélies Zurückhaltung. Auch er hatte sich nach der Trennung von Sally erst einmal nicht mit anderen Frauen verabredet. Im Grunde hatte er die ersten Jahre damit verbracht, über den Verlust hinwegzukommen, und manchmal hatte er den Eindruck, dass dort, wo einst sein Herz gewesen war, inzwischen ein riesiges Loch klaffte. Er wollte keine Frau an sich heranlassen, und das sollte auch so bleiben. Seine Freundschaft zu einem elfjährigen Mädchen genügte ihm vollkommen.

# 6

Während der folgenden Tage litt Pip unter schrecklicher Langeweile. Sie durfte ihren Fuß nicht belasten und saß den ganzen Tag über auf der Couch im Wohnzimmer und sah fern. Manchmal las sie lustlos in einem Buch, und wenn sie Ophélie dazu überreden konnte, spielten sie Karten. Hin und wieder versuchte Pip zu zeichnen, aber das erinnerte sie zu sehr daran, dass sie sich nicht mit Matthew treffen konnte, und schon nach kurzer Zeit gab sie es wieder auf. Zu allem Überfluss war seit ihrem kleinen Unfall auch noch ununterbrochen wunderbares Wetter.

Drei Tage nach Pips Missgeschick ging Ophélie am Strand spazieren und lenkte ihre Schritte unwillkürlich zu Matthews Stammplatz. Schon von weitem erspähte sie ihn hinter seiner Staffelei. Er war konzentriert bei der Sache und hatte sie noch nicht bemerkt. Ophélie zögerte und blieb stehen. Eine Zeit lang beobachtete sie Matthew aus der Entfernung – so wie Pip es anfangs auch getan hatte. Nach einer Weile hob Matt den Kopf und entdeckte Ophélie. Verdutzt lächelte er sie an. Es lag so viel Wärme in seinen Augen, dass Ophélie ebenfalls lächelte und auf ihn zusteuerte.

»Ich wollte Sie nicht bei der Arbeit stören ...«, begann sie schüchtern.

»Sie stören mich nicht«, gab Matt freundlich zurück. »Ich habe nichts gegen eine kleine Unterbrechung.« Er trug ein einfaches T-Shirt und eine blaue Jeans. Ophélie konnte nicht verhindern, dass ihr Blick an seinen starken Armen und den breiten Schultern hängen blieb.

»Wie geht es Pip?«, erkundigte er sich.

»Sie langweilt sich.«

»Das kann ich mir vorstellen. Wenn Sie nichts dagegen haben, komme ich in den nächsten Tagen vorbei und besuche sie«, sagte er vorsichtig.

»Pip würde sich bestimmt sehr freuen.« Ophélie betrachtete das Aquarell, an dem Matt gerade arbeitete. Er malte offenbar mit Vorliebe das Meer, und auch auf diesem Bild stand es im Vordergrund: Ein Sturm zog herauf, und riesige Wellen spielten mit einem winzigen Segelboot, das auf dem Wasser schaukelte. Das Bild faszinierte Ophélie. Es kam ihr vor wie ein Sinnbild für die Einsamkeit des Einzelnen und die Unbarmherzigkeit des Lebens.

»Ihr Bild gefällt mir sehr«, bemerkte sie, während sie es eingehend in Augenschein nahm. Das Motiv des Gemäldes sprach sie an, und zudem war alles außergewöhnlich präzise dargestellt. »Arbeiten Sie immer mit Aquarellfarben?«

»Nein, eigentlich male ich am liebsten Ölbilder.« Das erinnerte Matt daran, dass er sich vorgenommen hatte, ein Porträt von Pip zum Geburtstag ihrer Mutter anzufertigen. Bevor die beiden Safe Harbour am Ende des Sommers wieder verließen, wollte er die notwendigen Skizzen fertig stellen, doch seit Pip in die Glasscherbe getreten war, hatte sich keine Gelegenheit ergeben, damit anzufangen.

»Leben Sie das ganze Jahr über hier?«, fragte Ophélie nun.

»Ja, ich wohne bereits seit vielen Jahren dort oben auf der Düne.« Matt wies mit dem Kopf in Richtung seines Bungalows.

»Im Winter muss es hier sehr einsam sein«, sagte Ophélie und war sich nicht schlüssig, ob sie sich einfach in den Sand setzen oder neben Matthew stehen bleiben sollte.

»Es kann in Safe Harbour sehr ruhig werden, das stimmt. Aber ich mag die Stille.« Bei den meisten von Matts Nachbarn handelte es sich um Sommerurlauber, und im Winter waren der Strand und das Städtchen meist völlig verwaist.

Ophélie betrachtete Matthew forschend. Er machte auf sie den Eindruck eines einsamen Wolfs, doch er wirkte alles andere als unglücklich. Er ruhte anscheinend vollkommen in sich selbst.

»Sind Sie hauptberuflich Künstler?«, fragte sie weiter.

»Mittlerweile ja. Ich habe vor zehn Jahren mein Geschäft aufgegeben und bin hierher gezogen.« Damals hatte Matt seine gut laufende Anzeigenagentur verkauft, und danach konnte er es sich leisten, seine Tage einzig und allein mit dem Malen von Aquarellen und Ölbildern zu verbringen. Ursprünglich wollte er sich nach der Scheidung nur ein Jahr Auszeit nehmen und sich danach beruflich neu orientieren. Dann wanderte Sally mit den Kindern jedoch nach Neuseeland aus, und Matt war für eine Weile voll und ganz damit beschäftigt, zwischen Neuseeland und Kalifornien hin- und herzupendeln. Es war unmöglich, einen Job mit regelmäßigen Arbeitszeiten auszuüben. Und nachdem der Kontakt zu seinen Kindern abgebrochen war, erschien ihm die Vorstellung, sich wieder der Hektik eines normalen Berufsalltags aussetzen zu müssen, unerträglich. Er wollte nur noch malen. Im Laufe der Jahre hatte er seine Werke ein paar Mal im Rahmen von kleinen Ausstellungen präsentiert, aber das war inzwischen auch Vergangenheit. Er sah keine Notwendigkeit mehr, seine Bilder vorzuführen. Sie anzufertigen genügte ihm vollkommen.

»Es ist sehr friedlich hier«, sagte Ophélie nun und ließ sich einige Schritte von Matt entfernt im Sand nieder.

Matthew nickte und mischte etwas Wasser in eine neue Farbe. Dann musterte er kritisch sein Bild und anschließend den Horizont. Währenddessen überlegte er, ob er Ophélie eine persönliche Frage stellen durfte. Schließlich gab er sich einen Ruck. »Sind Sie eigentlich berufstätig?«

»Nein, schon lange nicht mehr. Früher, als ich noch keine Kinder hatte, war ich als medizinisch-technische

Assistentin in einem biochemischen Labor beschäftigt. Doch als ich Mutter wurde, musste ich den Job aufgeben – wir konnten uns damals keinen Babysitter leisten. Meine Arbeit hat mir aber immer viel Spaß gemacht.«
Als Ted ihr damals die Stelle im Labor verschafft hatte, war Ophélie begeistert gewesen. Jede Medizinstudentin wünschte sich einen solchen Job. Doch sie arbeitete nicht lange dort. Ted war schnell zum Mittelpunkt ihres Lebens geworden, und bald drehte sich alles ausschließlich um ihn und die Kinder.
»Denken Sie manchmal darüber nach, noch Ihren Doktor zu machen?«
Ophélie lachte. »Nein, ich bin viel zu alt! Bis ich den Titel hätte, wäre ich fünfzig!«
»Man ist niemals zu alt für etwas, das einem am Herzen liegt. Es könnte Ihnen viel bringen.«
»Damals war ich richtig versessen auf das Fach, aber andererseits genügte es mir auch vollkommen, meinen Ehemann zu unterstützen. Vielleicht wäre es jetzt das Beste für mich, mir einen Job zu suchen. Ich weiß allerdings gar nicht genau, nach welcher Form von Beschäftigung ich mich umsehen sollte. Ich habe eigentlich keine besonderen Qualifikationen.«
»Was würden Sie denn gern tun?«, fragte Matt und hob den Blick.
Während ihrer bisherigen Unterhaltung hatte er Ophélie kaum angesehen, sondern sich vollauf seinem Bild gewidmet. Ophélie störte das nicht – im Gegenteil. Auf diese Weise konnte sie ganz ungezwungen mit ihm sprechen, ohne sich in irgendeiner Weise beobachtet zu fühlen.
»Wissen Sie, es ist so lange her, dass ich mich gefragt habe, was ich will. In erster Linie ging es immer um meinen Sohn und um meinen Mann.«
»Und Pip?«
»Pip hat mich viel weniger gebraucht als Ted und Chad.«

»Seien Sie sich da nicht so sicher!«, entgegnete Matthew vorsichtig, wechselte dann jedoch schnell das Thema. »Wie wäre es mit irgendetwas Ehrenamtlichem?« Es war offensichtlich, dass Ophélie es nicht nötig hatte, Geld zu verdienen.

»Das ist eine gute Idee! Darüber sollte ich wirklich einmal nachdenken«, sagte sie und legte die Stirn in Falten.

»Ich habe vor langer Zeit einmal Zeichenunterricht in einer Nervenheilanstalt gegeben«, erzählte Matt. »Die Patienten dort haben mir vieles beigebracht – mehr als ich ihnen! Als ich hierher zog, musste ich das allerdings aufgeben.« Über die Gründe wollte er nicht sprechen. Er war damals nicht mehr in der Lage gewesen zu unterrichten, denn nachdem der Kontakt zu seinen Kindern abgebrochen war, litt er selbst an einer schweren Depression. Als er sich endlich wieder besser fühlte, lag ihm nicht mehr viel an zwischenmenschlichen Beziehungen.

»Menschen, die psychisch krank sind, haben manchmal ganz außergewöhnliche Persönlichkeiten«, sinnierte Ophélie. Die Art, wie sie das sagte, brachte Matt dazu, sie erneut anzusehen. Ihre Blicke trafen sich und hielten einen Moment lang aneinander fest. Dann wandte sich Matt ab. Er wagte kaum, sie zu fragen, worauf sie mit ihrer Bemerkung hinauswollte, aber Ophélie schien seine Gedanken zu erahnen.

»Mein Sohn Chad war manisch-depressiv ... Er hat lange mit seiner Krankheit gekämpft. Im vergangenen Jahr hat er sogar zweimal versucht, sich das Leben zu nehmen.« Ophélie hatte das noch niemals einem Fremden erzählt – außer den Mitgliedern ihrer Selbsthilfegruppe – und wunderte sich selbst ein wenig darüber, dass sie es Matthew nun anvertraute.

Matt schaute Ophélie erschüttert an. »Weiß Pip davon?«

»Ja, und wie Sie sich sicher vorstellen können, war das Ganze nicht leicht für sie. Bei Chads erstem Selbstmordversuch habe ich ihn gefunden, aber beim zweiten war es Pip.«

»O nein!« Matt fuhr sich kopfschüttelnd durchs Haar. »Wie hat er es denn getan?«

»Beim ersten Mal hat er sich die Pulsadern aufgeschnitten. Zum Glück hat er sich dabei völlig idiotisch angestellt und war nicht wirklich in Lebensgefahr. Beim zweiten Mal hat er versucht, sich zu erhängen. Pip wollte ihn damals irgendetwas fragen und ging in sein Zimmer, und da entdeckte sie ihn – mit baumelnden Füßen an der Decke. Er lief schon blau an. Sie kam zu mir gerannt, und wir haben ihn zusammen losgemacht. Er hatte einen Herzstillstand. Ich habe probiert, ihn wiederzubeleben, bis der Notarzt kam. Der hat ihn dann mit Elektroschocks gerettet, aber Chads Leben hing eine ganze Zeit lang an einem seidenen Faden.« Während sie sprach, schnappte sie immer wieder nach Luft. Die Erinnerung an diesen Tag schnürte ihr noch immer die Kehle zu. »Als Chad starb, ging es ihm schon seit einigen Wochen wesentlich besser. Deshalb habe ich ihn damals auch zusammen mit seinem Vater nach Los Angeles geschickt. Ted hatte dort geschäftliche Termine, und ich dachte, es wäre eine gute Idee, wenn Chad ihn auf dieser kleinen Reise begleitet. Dadurch, dass Ted so oft unterwegs war, haben die beiden nie viel Zeit miteinander verbracht.«

»Wie hat sich Ihr Mann denn mit Ihrem Sohn verstanden?«, fragte Matt.

»Nicht besonders gut. Ted wollte Chads Krankheit einfach nicht akzeptieren. Er ging immer davon aus, dass sich die Probleme von selbst erledigen würden, wenn der Junge erst älter wäre. Auch nach Chads Selbstmordversuchen behauptete er, der Junge versuche lediglich, Aufmerksamkeit zu erregen. Jedes Mal, wenn es Chad etwas besser ging, dachte er, nun wäre alles vorüber. Anfangs habe ich das auch geglaubt. Aber es lag nicht daran, dass wir Chad nicht genügend Grenzen setzten. Er war krank.« Sie seufzte. »Es ist nicht einfach für Eltern zuzugeben, dass ihr Kind unter einer schweren Krankheit leidet und dass es wahrscheinlich niemals gesund wird. Mit den richtigen Medikamenten war zwar alles eine Zeit lang erträglich, aber geheilt werden konnte Chad nicht.« Schon als Chad ein kleiner Junge gewesen war, hatte Ophélie gespürt, dass etwas mit ihm nicht stimmte – ganz gleich, wie clever und charmant er auch manchmal sein konnte. Ophélie konsultierte mit ihrem Sohn einen Arzt nach dem anderen, bis endlich eine Diagnose gestellt worden war.

»Es muss schrecklich für Sie gewesen sein, ihn nach alldem durch solch einen Schicksalsschlag zu verlieren«, sagte Matt nun leise.

»Schicksal ...«, wiederholte Ophélie nachdenklich. »Ja, das war es wohl. Wir sind alle in Gottes Hand und können unser Leben nur bis zu einem gewissen Punkt steuern.«

Matthew räusperte sich. »Wären Sie daran interessiert, ehrenamtlich in einer Nervenheilanstalt für Kinder zu arbeiten?«, fragte er in dem Versuch, Ophélie von dem bisherigen Thema abzulenken. Er konnte ihr ansehen, wie schmerzhaft die Erinnerungen für sie waren.

»Ich weiß nicht recht«, erwiderte Ophélie. Sie blickte aufs Meer und dachte über Matthews Vorschlag nach. Schließlich sagte sie: »Einerseits würde ich gern herausfinden, ob ich durch das, was ich in den Jahren mit Chad gelernt habe, auch anderen Kindern helfen kann. Andererseits bin ich nicht sicher, ob ich noch genügend Kraft habe, für andere zu kämpfen. Wahrscheinlich klingt das sehr egoistisch ...«

Matthew fand, dass Ophélie alles andere als egoistisch war. Sie war einfach nur ehrlich. »Womöglich haben Sie Recht. Sie könnten sich genauso gut für den Umweltschutz oder Menschenrechte engagieren. Es gibt so viele seriöse Organisationen, die Leute wie Sie dringend brauchen.«

»Ja, es ist zum Beispiel unglaublich, wie viele Obdachlose es gibt. Nicht nur hier, sondern auch in Frankreich.« Eine Weile sprachen sie nun über die politischen und sozialen Hintergründe der Obdachlosigkeit. Das Problem erschien ihnen unlösbar, und doch ereiferten sie sich während der Diskussion darüber. Beide stellten im Stillen fest, dass sie lange kein derart interessantes Gespräch mehr geführt hatten.

Schließlich erhob sich Ophélie und sagte, sie müsse sich nun auf den Heimweg machen. Matthew bat sie darum, Pip von ihm zu grüßen.

»Warum sprechen Sie nicht selbst mit ihr?«, fragte Ophélie.

»Wenn Sie meinen, dass sie sich schon ausreichend erholt hat, rufe ich sie heute noch an«, antwortete Matt.

»Sie könnten heute Abend auch zum Abendessen vorbeikommen. Ich koche nicht besonders gut, aber ich weiß, wie sehr sich Pip über Ihren Besuch freuen würde, ebenso wie ich.« Es war das erste Mal, dass Ophélie das zugab.

Matthew hatte seit Jahren keine so nette Einladung mehr erhalten und lächelte. »Sehr gern. Bereitet Ihnen das auch keine Umstände?«

»Ganz und gar nicht! Wissen Sie was? Wir überraschen Pip mit Ihrem Besuch! Wie wäre es um sieben Uhr?«

»Bestens. Soll ich irgendetwas mitbringen? Wein? Bleistifte? Einen Radiergummi?«

Ophélie lachte. »Nein, nicht nötig. Pip wird völlig aus dem Häuschen sein!«

Ich auch, hätte Matthew am liebsten erwidert, doch er sagte lediglich: »Dann bis später!«

Ophélie winkte und trat den Rückweg an. Matthew sah ihr lächelnd nach. Er konnte es kaum abwarten, sie wiederzusehen.

# 7

Pip saß gelangweilt auf der Couch und sah fern, da klingelte es an der Tür. Ophélie öffnete, und vor ihr stand Matthew in einem frischen weißen Hemd und Jeans. In der Hand hielt er eine Flasche Wein. Ophélie lächelte, legte verschmitzt den Zeigefinger auf die Lippen und wies in Richtung Couch. Mit einem breiten Grinsen trat Matt ein. Sobald Pip ihn entdeckte, jauchzte sie vor Freude, sprang auf und hüpfte auf einem Bein auf ihn zu.

»Matt!« Strahlend fiel sie ihm um den Hals. »Was machst du denn hier?«

»Ich habe heute zufällig deine Mutter am Strand getroffen, und sie war so freundlich, mich zum Abendessen einzuladen. Wie geht es deinem Fuß?«

»Er fällt mir auf die Nerven! Ich will endlich wieder mit dir zeichnen!« Seit die Übungsstunden mit Matt ausfallen mussten, kämpfte Pip bei ihren künstlerischen Versuchen erneut mit den alten Problemen. »Ich habe heute Nachmittag probiert, Mousse zu zeichnen, aber ich habe die Hinterbeine wieder nicht richtig hingekriegt.«

»Ich zeige es dir noch mal«, sagte Matt beschwichtigend und überreichte Pip einen brandneuen Zeichenblock und einige Buntstifte. Mit leuchtenden Augen nahm das Mädchen die Geschenke entgegen.

Während sich Pip und Matthew unterhielten, deckte Ophélie den Tisch und öffnete die Flasche hervorragenden französischen Wein, die Matt mitgebracht hatte. Obwohl Ophélie selten Alkohol trank, freute sie sich sehr über diese kleine Aufmerksamkeit. Schon vor einer halben Stunde hatte sie ein Hühnchen in den Ofen geschoben und begann nun, Spargel, Wildreis und eine Sauce hollandaise zuzubereiten. Seit einem Jahr hatte sie sich nicht mehr so viel Mühe mit dem Kochen gegeben.

Als sie sich später zum Essen an den Tisch setzten,

zeigte sich Matt sehr beeindruckt von dem opulenten Mahl. »Meine Güte!«, entfuhr es ihm. »Das sieht ja fantastisch aus!«
»Heute gibt es mal keine Pizza?«, rief Pip überrascht.
»Pip, bitte!«, mahnte Ophélie und wurde rot. »Verrat doch nicht all unsere Geheimnisse.«
»Ich ernähre mich ebenfalls hauptsächlich von Pizza ...«, kam Matt Ophélie zu Hilfe, »... und von Dosensuppe.« Er lächelte, und Ophélie ertappte sich dabei, wie ihr Blick einen Moment zu lang auf seinem freundlichen, frisch rasierten Gesicht verweilte. Es machte den Anschein, als ob sich Matthew an diesem Abend besonders viel Mühe mit seinem Äußeren gegeben hatte. Ein Hauch von Aftershave lag in der Luft, und sein Hemd war sorgfältig gebügelt. Auch Ophélie hatte mehr Gedanken als üblich an ihr Aussehen verschwendet. Ihr Haar war ordentlich gekämmt, und sie trug eine schicke schwarze Bluse. Seit über einem Jahr hatte sie kein Make-up mehr aufgelegt und war auch an diesem Abend absolut ungeschminkt, doch während sie in ihre Kleider geschlüpft war, hatte sie sich gewünscht, sie hätte zumindest einen Lippenstift mit nach Safe Harbour gebracht. Sie betrachtete dieses Abendessen zwar keineswegs als Rendezvous, aber sie stellte fest, dass es ihr seit neun Monaten zum ersten Mal nicht gleichgültig war, wie sie aussah.
Während des Essens unterhielten sie sich angeregt. Sie sprachen über Paris und über Kunst, und Pip erzählte von der Schule.
»Weißt du, es gibt an meiner Schule einen Vater-Tochter-Abend«, sagte Pip. »Aber ich weiß nicht, mit wem ich da hingehen soll.«
»Ich könnte dich begleiten, natürlich nur, wenn deine Mutter nichts dagegen hat«, bot Matthew an und sah fragend zu Ophélie hinüber, die erfreut nickte.
»Wow!«, rief Pip strahlend.

»Wann findet dieser Abend denn statt?«
»Im Herbst.«
»Ruf mich einfach kurz vorher an. Ich bin auf jeden Fall hier. Was meinst du, soll ich einen Anzug anziehen?«, fragte Matthew und wunderte sich über sich selbst. Er hatte seit Jahren kaum etwas anderes als Jeans getragen.
»Das wäre super.«
Der Abend verging wie im Flug, und Pip blieb weitaus länger auf als gewöhnlich. Irgendwann begann sie jedoch zu gähnen und verschwand in ihrem Zimmer. Kurz darauf kam sie im Schlafanzug zurück, um Gute Nacht zu sagen. Ophélie saß inzwischen auf der Couch, und Matt war dabei, ein Feuer im Kamin zu entfachen. Die Atmosphäre war äußerst behaglich, und nachdem sich Pip von ihrer Mutter und Matt verabschiedet hatte, humpelte sie zufrieden lächelnd ins Bett.
Ophélie fühlte sich so wohl wie lange nicht mehr. Sie empfand es als äußerst beruhigend, einen Mann um sich zu haben.
»Sie können sich glücklich schätzen«, sagte Matt und setzte sich zu Ophélie auf die Couch. »Pip ist ein tolles Mädchen.«
»Ja, da haben Sie Recht. Wir können froh sein, dass wir einander haben.« Zum wohl hundertsten Mal dankte Ophélie Gott dafür, dass Pip nicht ebenfalls im Flugzeug gesessen hatte. »Meine Eltern sind schon seit Jahren tot, ebenso wie Teds. Außerdem haben wir beide keine Geschwister. Pip ist alles, was mir geblieben ist.«
»Immerhin«, sagte Matthew gedankenvoll. Er hatte keinen einzigen Menschen mehr, der ihm nahe stand. »Haben Sie denn viele Freunde, Mr.s McKenzie?«
»Nennen Sie mich doch Ophélie.«
»Gern«, erwiderte er und freute sich über diesen weiteren Vertrauensbeweis. »Ich bin Matthew.«
»Ich habe nur sehr wenige Freunde, Matthew«, antwor-

tete Ophélie. Sie sprach seinen Namen betont langsam aus und schien es zu genießen, ihn beim Vornamen zu nennen. »Ted war ein Einzelgänger, und er hatte aufgrund seiner Arbeit nie viel Zeit für private Bekanntschaften. Unser Freundeskreis war also immer sehr klein.«

»Hast du so etwas wie eine beste Freundin?«

»Ja, zum Glück. Aber zu all meinen Freunden von früher habe ich im Laufe der Jahre den Kontakt verloren. Das lag zum einen an Ted, aber zum Großteil an meinem Sohn.«

»Inwiefern?«

»Ich konnte mich kaum im Voraus verabreden, denn ich musste immer damit rechnen, dass Chad mich brauchen würde – wenn er zum Beispiel in einer manischen Phase steckte und sich ständig selbst in Gefahr brachte oder wenn er depressiv war und sich nicht selbst überlassen werden durfte. Sich um ihn zu kümmern war ein Vollzeitjob.« Ophélie hatte mit Chad und Ted jahrelang alle Hände voll zu tun gehabt, und nun, da die beiden nicht mehr da waren, erschien ihr das Leben leer. Doch während der vergangenen Wochen hatte sich ihr Zustand merklich verbessert. Allein die Tatsache, dass sie Matt zum Abendessen eingeladen und ihm das Du – und somit ihre Freundschaft – angeboten hatte, war ein gutes Zeichen.

»Hast du denn viele Freunde?«, fragte Ophélie neugierig.

»Inzwischen nicht mehr«, erwiderte Matt und lächelte schief. »In den vergangenen zehn Jahren habe ich meine Freunde vernachlässigt.« Er zögerte, doch dann begann er zu erzählen. »Ich habe früher mit meiner Familie in New York gelebt. Meine Frau und ich führten dort eine erfolgreiche Anzeigenagentur. Sally kümmerte sich um das Organisatorische und um die Buchführung, und ich war zuständig für die kreative, künstlerische Seite. Wir waren ein wirklich gutes Team und hatten zahlreiche wichtige Kunden. Dann haben Sally und ich uns getrennt. Wir verkauften die Agentur, und ich zog nach Kalifornien. Zu jener Zeit habe ich in San Francisco gewohnt und kam nur am Wochenende zum Malen nach Safe Harbour. Ein Jahr später ist Sally nach Neuseeland gezogen und hat wieder geheiratet. Du kannst dir sicherlich vorstellen, dass es für mich kompliziert wurde, meine Kinder zu sehen. Anfangs bin ich so oft wie möglich nach Auckland geflogen. Ich hatte mir dort sogar eine Wohnung genommen, aber ich fühlte mich bei meinen Besuchen immer wie das fünfte Rad am Wagen. Sallys neuer Mann brachte vier eigene Kinder mit in die Ehe, und er und Sally haben später noch zwei weitere bekommen. Meine Kinder, Vanessa und Robert, wurden dadurch Teil einer riesigen Familie – und sie fanden es großartig.«

Matthew hielt kurz inne und nippte an seinem Wein. »Ich verbrachte damals mehr Zeit in Neuseeland als in Amerika, doch irgendwann stellte ich fest, dass meine Kinder meine Besuche als Last empfanden. Meist wollten sie lieber etwas mit ihren Freunden unternehmen als mit mir.«

»Das war bestimmt schwierig für dich«, sagte Ophélie mitfühlend. Der traurige Ausdruck in Matthews Augen berührte sie.

»Das war es tatsächlich«, bestätigte er. »Ich muss gestehen, ich habe während dieser Zeit sehr viel getrunken. Vier Jahre lang habe ich versucht, Vanessa und Robert trotz allem ein guter Vater zu sein, aber bei meinen letzten Besuchen habe ich die Kinder kaum noch zu Gesicht bekommen. Sally erklärte mir schließlich, ich würde das Leben der beiden durcheinander bringen. Sie vertrat den Standpunkt, ich solle die Kinder nur besuchen, wenn sie ausdrücklich nach mir fragten – was so gut wie nie vorkam. Ich bin danach nicht mehr nach Auckland geflogen, sondern habe mich auf Telefonate beschränkt. Aber meist kamen Vanessa und Robert gar nicht an den Apparat, und ich unterhielt mich stets nur mit Sally. Sie sagte meist, die Kinder seien beschäftigt. Drei Jahre lang habe ich dann immer wieder Briefe geschrieben, aber darauf haben die beiden auch nicht geantwortet.« Matt blickte gedankenverloren ins Feuer, und Ophélie konnte spüren, wie schwer es ihm fiel, über seine Kinder zu sprechen.

»Als Sally wieder heiratete, waren sie erst sieben und neun Jahre alt. Sie bekamen eine ganz neue Familie ... Ich habe irgendwann eingesehen, dass ich es ihnen durch meine penetranten Versuche, Zeit mit ihnen zu verbringen, nur schwerer machte.« Er seufzte. »Vor zwei Jahren rief Sally mich an und teilte mir mit, Vanessa und Robert hätten kein Interesse mehr daran, mich zu sehen oder von mir zu hören. Sie erklärte mir, die beiden trauten sich nicht, mir das persönlich zu sagen. Seitdem habe ich nicht mehr geschrieben oder angerufen.«

Matt massierte sich gequält die Schläfen, dann fügte er hinzu: »Ich habe also insgesamt seit über fünf Jahren nichts mehr von meinen Kindern gehört. Meine einzige Verbindung zu ihnen sind die Unterhaltszahlungen, die ich noch immer auf Sallys Konto überweise. Und jedes Jahr bekomme ich von ihr eine Weihnachtskarte. Darin steckt immer ein aktuelles Foto von allen acht Kindern. Ich weiß nicht, ob du dir vorstellen kannst, wie das ist, aber ich habe bisher jedes Mal geweint, wenn ich diese Karte erhielt.«

Ophélie hätte ihm am liebsten tröstend die Hand auf die Schulter gelegt, doch sie wagte es nicht. Eine solche Geste würde ihn wohl kaum trösten.

»Ich habe meinen Kindern ihr Verhalten nie vorgeworfen«, fuhr Matt fort. »Ich dachte immer, sie würden früher oder später von selbst wieder auf mich zukommen. Ich wollte sie nicht unter Druck setzen. Sally hat fortwährend darüber geklagt, wie schwer es für die Kinder sei.«

Für eine Weile verfiel Matt in Schweigen, doch dann sagte er: »Ich vermisse sie noch immer schrecklich, aber anscheinend brauchen sie mich einfach nicht mehr. Ihr Stiefvater ist ein toller Kerl. Er füllt meinen Platz voll und ganz aus.«

»Es ist erstaunlich, dass du ihm gegenüber keinen Groll hegst.«

»Hamish ist ein alter Freund von mir. Er besitzt die größte Anzeigenagentur Neuseelands und hat Sally mittlerweile zur Teilhaberin gemacht. Sie ist äußerst kompetent. Außerdem ist sie eine gute Mutter, denke ich. Sie weiß, was für die Kinder am besten ist.«

Bevor er weitersprach, holte er tief Luft. »Sally hat mir vor ein paar Jahren einen Brief geschrieben, in dem sie mich darüber informierte, dass Hamish meine Kinder adoptieren möchte. Das hat mich beinahe umgebracht. Egal, wie lange ich sie nicht gesehen habe – sie sind und bleiben meine Kinder! Ich habe Sally damals geantwortet, dass ich mich damit niemals einverstanden erkläre. Seitdem habe ich nichts mehr von ihr gehört – außer zu Weihnachten. Weißt du, es hat lange gedauert, bis ich über Sally hinweg war, aber ich werde es nie verwinden, dass ein anderer Mann meine Kinder aufzieht.«

Ophélie lauschte Matthews traurigem Bericht und konnte sehr gut nachvollziehen, was in ihm vorging. So wie sie hatte er alles verloren, was ihm wichtig gewesen war: seine Kinder, seine Frau, sein Geschäft. Sie selbst hatte immerhin noch Pip, doch Matthew hatte niemanden mehr.

»War Hamish der Scheidungsgrund?« Ophélie wusste, dass dies eine äußerst direkte Frage war, aber sie wollte die ganze Geschichte hören.

Matthew seufzte und überlegte einen Moment lang. Dann erklärte er: »Hamish und ich sind zusammen aufs

College gegangen. Er kehrte nach dem Studium in seine Heimat, Neuseeland, zurück, und ich blieb in New York. Wir beide haben Anzeigenagenturen gegründet und hielten Kontakt zueinander. Wir hatten sogar einige gemeinsame Kunden – internationale Firmen, für die wir Hand in Hand arbeiteten. Hamish kam mehrere Male im Jahr nach New York, und manchmal trafen wir uns auch in Auckland. Sally und ich sind sogar oft gemeinsam mit Hamish und seiner Frau in Urlaub gefahren – meist nach Europa. Einmal wollten wir einen ganzen Sommer auf einem Chateau in Frankreich verbringen. Ich war allerdings gezwungen, früher als geplant abzureisen, und Hamishs Frau musste ebenfalls nach Hause, da ihre Mutter plötzlich verstorben war. Hamish und Sally blieben mit unseren Kindern allein zurück. Du kannst dir sicher ausmalen, was passiert ist: Die beiden haben sich ineinander verliebt. Vier Wochen später kehrte Sally nach Hause zurück und erklärte mir, dass sie sich von mir trennen wolle. Sie liebe Hamish, und sie wollten es miteinander versuchen. Sie knallte mir außerdem an den Kopf, dass sie mich nie wirklich geliebt habe. Sie ist nicht unbedingt für ihre Sensibilität bekannt – weshalb sie wahrscheinlich auch so großen Erfolg im Beruf hat.« Ophélie hörte Matthew aufmerksam zu und konnte sich einer gewissen Antipathie gegenüber seiner Exfrau nicht erwehren.

»Als Hamish damals aus dem Urlaub zurückkam, hat er seiner Frau ebenfalls erzählt, er habe die wahre Liebe gefunden«, fuhr Matthew fort. »Sally zog bald darauf mit den Kindern aus unserer gemeinsamen Wohnung in New York aus. Sie bot mir ihre Hälfte der Agentur zum Kauf an, aber ich hatte kein Interesse, das Geschäft ohne sie weiterzuführen oder mir einen neuen Partner zu suchen. Ich besaß einfach nicht die Kraft dazu. Wir haben die Agentur dann an einen Großkonzern verkauft und damit ein Vermögen gemacht, aber das hat mir im

Grunde nichts bedeutet. Nach fünfzehn Jahren Ehe stand ich mit leeren Händen da – ohne Frau, ohne Kinder und ohne Job. Hamish und Sally heirateten, kaum dass die Tinte auf unseren Scheidungspapieren getrocknet war.«

»Sie hätten zumindest noch etwas warten können«, warf Ophélie ein.

»Ja, das habe ich damals auch gedacht. Aber weißt du, ich finde noch immer, dass Hamish Greene ein wirklich netter Typ ist. Kein besonders guter Freund, wie sich herausgestellt hat, aber intelligent und umgänglich. Und so weit ich es beurteilen kann, sind Sally und er sehr glücklich miteinander. Ihr Geschäft läuft zudem ganz hervorragend.«

Ophélie schwieg. Zwischen ihren Brauen hatte sich eine steile Falte gebildet. Matthew war sowohl von seiner Frau als auch von seinem Freund niederträchtig hintergangen worden.

»Das ist eine schreckliche Geschichte«, sagte sie schließlich. »Es tut mir sehr Leid für dich, und auch für deine Kinder. Sie sind offensichtlich manipuliert worden. Deine Frau hätte dafür sorgen müssen, dass sie in Kontakt mit dir bleiben. Stattdessen scheint sie dir die Kinder absichtlich entfremdet zu haben.«

Matthew starrte nachdenklich ins Leere. Wahrscheinlich hatte Ophélie Recht. Er wusste, wie überzeugend Sally sein konnte. Mit leiser Stimme sagte er: »Sally kriegt in der Regel immer das, was sie sich in den Kopf gesetzt hat. Ich denke, es war ihre Idee, noch zwei weitere Kinder zu bekommen – der beste Weg, ihren neuen Mann an sich zu binden.«

»Sie ist mir nicht gerade sympathisch«, bemerkte Ophélie, und Matthew lächelte. Ophélie war offenbar voll auf seiner Seite.

»Hast du denn seit der Scheidung niemanden kennen gelernt?« Ophélie glaubte nicht, dass Matt eine Freun-

din hatte, aber sie musste diese Frage dennoch stellen.
»In den ersten Monaten nach der Trennung war ich überhaupt nicht in der Verfassung, mich auf eine andere Partnerin einzulassen, und danach war ich damit beschäftigt, zwischen Kalifornien und Neuseeland hin- und herzufliegen. Ich war nicht an einer neuen Beziehungen interessiert. Ich hatte mir geschworen, nie wieder dermaßen leichtgläubig zu sein und einer Frau zu schnell zu vertrauen.« Matt hielt inne, und Ophélie sah ihn nachdenklich an.

»Vor drei Jahren habe ich eine Frau kennen gelernt, die ich sehr mochte«, sagte er dann, »aber sie war einige Jahre jünger als ich und wollte heiraten und Kinder kriegen. Ich hingegen konnte mir einfach nicht vorstellen, das alles noch einmal durchzumachen. Ich wollte nicht wieder verlassen werden. Sie war zweiunddreißig und ich vierundvierzig. Sie stellte mir ein Ultimatum, und ich habe mich daraufhin von ihr getrennt. Sechs Monate später heiratete sie einen netten jungen Mann, und in diesem Sommer haben sie ihr drittes Kind bekommen.«

Ophélie betrachtete Matthew voller Anteilnahme. Offensichtlich war er verbittert, und trotzdem hatte er das Bedürfnis, sich einem anderen Menschen anzuvertrauen.

»Und wie steht es mit dir, Ophélie? Wie war deine Ehe? Ich habe den Eindruck, dein Mann war recht kompliziert.«

»Das stimmt. Er war ein brillanter Physiker, der immer sehr genau wusste, was er wollte. Wenn es um die Verwirklichung eines Projektes ging, konnte ihn nichts aufhalten. In den letzten fünf Jahren seines Lebens war er außerordentlich erfolgreich, und ich habe ihn auf jede erdenkliche Weise dabei unterstützt, seine Träume zu verwirklichen.«

»Und wie seid ihr miteinander klargekommen?«, hakte

Matthew noch einmal nach. Ihn interessierte vor allem, wie Ted als Mensch und Ehemann gewesen war. Doch Ophélie schien ihm auszuweichen.

»Ich habe ihn sehr geliebt – vom ersten Moment an. Als Studentin war ich furchtbar verknallt in ihn.«

»Und wovon hast du geträumt?«

»Davon, mit ihm verheiratet zu sein.« Ophélie lächelte. »Das war alles, was ich jemals wollte. Als er mich heiratete, war ich im siebten Himmel.«

»Du hast erwähnt, er hätte sich nicht viel Zeit für die Familie genommen.«

»Das stimmt. Er war immer mit sehr wichtigen Aufgaben beschäftigt.«

»Was konnte denn wichtiger sein als die eigene Frau und die Kinder?«, gab Matt zurück. Ihm wurde langsam klar, dass Ophélie ihren Mann regelrecht vergötterte. Aber hatte dieser das auch verdient?

»Wissenschaftler sind ganz spezielle Menschen«, erklärte Ophélie. »Sie sehen die Welt mit anderen Augen und haben andere Bedürfnisse als wir.«

Matthew schüttelte den Kopf. Er vermutete, dass Ted narzisstisch und egozentrisch gewesen war. Ophélie sah das offenbar zwar anders, aber das lag wahrscheinlich daran, dass man Verstorbenen oft im Nachhinein alles verzieh. Nach einer Scheidung hingegen erinnerte man sich vor allem an die Fehler des ehemaligen Partners.

Matthew und Ophélie unterhielten sich noch stundenlang über ihre Beziehungen und ihre Kinder. Schließlich wollte sich Matthew auf den Heimweg machen, doch dann richtete er noch eine Frage an Ophélie, die er schon den ganzen Abend über hatte stellen wollen.

»Gehst du eigentlich gern segeln?«

»Ja, sehr gern! Ich habe es als Kind in der Bretagne gelernt.«

»Ich besitze ein kleines Segelboot, es liegt in der Lagune. Es ist nichts Besonderes – nur ein altes Boot, das ich selbst restauriert habe. Aber ich würde mich sehr freuen, wenn du mich mal zu einem Segeltörn begleiten würdest.«

»Das ist eine fabelhafte Idee!«, sagte Ophélie entzückt.

»Bevor ich das nächste Mal hinausfahre, sage ich dir Bescheid.«

»Das wäre nett.«

Als Matthew das Haus verließ, war es schon nach Mitternacht. Ophélie betrat leise Pips Schlafzimmer. Lächelnd betrachtete sie ihre schlafende Tochter, strich die weichen roten Locken aus ihrer Stirn, beugte sich zu ihr hinunter und gab ihr einen Kuss.

Ein weiteres Stück der Fassade, die sie seit dem Unglück um sich herum errichtet hatte, fiel in dieser Nacht von ihr ab, und die Frau, die sie einst gewesen war, kam langsam wieder zum Vorschein.

# 8

Als Ophélie ein paar Tage später bei ihrem Gruppentreffen erwähnte, dass sie einen Mann zum Abendessen eingeladen hatte, regte sie damit eine heftige Diskussion an. Eine neue Partnerschaft nach einem Schicksalsschlag einzugehen war ein heikles Thema. Die Selbsthilfegruppe hatte insgesamt zwölf Teilnehmer, deren Alter zwischen sechsundzwanzig und dreiundachtzig lag. Sie alle verband der Verlust eines Angehörigen. Das jüngste Mitglied der Gruppe war eine Frau, die ihren Bruder bei einem Autounfall verloren hatte. Der älteste Teilnehmer hatte vor kurzem seine erst einundsechzigjährige Ehefrau begraben müssen.

Viele der Geschichten, die in diesem Kreis erzählt wurden, waren erschütternd. Der erst dreiunddreißigjährige Mann einer anderen jungen Teilnehmerin war nur acht Monate nach der Hochzeit an einem Schlaganfall gestorben. Die Frau hatte zu diesem Zeitpunkt gerade erfahren, dass sie schwanger war. Das Baby hatte kürzlich das Licht der Welt erblickt, und die Frau vergoss in jeder Gruppensitzung bittere Tränen. Eine andere Teilnehmerin hatte hilflos mit ansehen müssen, wie ihr Sohn an einem Bissen seines Erdnussbutter-Sandwiches erstickte. Sie kämpfte nicht nur mit ihrer Trauer, sondern auch mit schrecklichen Schuldgefühlen. Immer wieder fragte sie sich, ob sie ihren Sohn womöglich hätte retten können.

Auch Ophélies Geschichte berührte viele der Mitglieder. Doch sie war nicht die Einzige, die zwei Menschen gleichzeitig verloren hatte. Die beiden Söhne einer älteren Dame waren im Abstand von nur drei Wochen an Krebs gestorben. Eine andere Frau hatte ebenfalls einen tragischen Verlust erlitten: Ihr fünfjähriger Enkel war in den Pool seiner Eltern gefallen und ertrunken. Sie hatte an diesem Tag auf ihn aufpassen müssen, und sie

machte sich schwere Vorwürfe. Ihre Tochter und ihr Schwiegersohn hatten seit der Beerdigung kein Wort mehr mit ihr gewechselt.
Ophélie hatte in den vergangenen neun Monaten häufig über ihre Trauer gesprochen, aber sie hatte nur wenig über ihre Ehe preisgegeben. Sie betonte lediglich immer wieder, was für ein wunderbarer Mensch Ted gewesen war. Chads unberechenbaren Charakter und die Belastung, die seine Krankheit für die Familie bedeutet hatte, erwähnte sie hingegen öfter.
Als an diesem Tag ausführlich über Partnerschaften diskutiert wurde, sagte Ophélie zum wiederholten Mal, sie sei nicht an einer neuen Beziehung interessiert. Der dreiundachtzigjährige Mann erklärte ihr daraufhin, sie sei viel zu jung, um ihr Leben von nun an allein zu verbringen. Er fügte hinzu, dass er trotz seiner Trauer über den Verlust seiner Frau darauf hoffe, noch einmal eine neue Partnerin zu finden. Es war ihm in keiner Weise peinlich zuzugeben, dass er bereits auf der Suche war.
»Ich könnte schließlich hundert werden!«, sagte er. »Ich will in den Jahren, die mir noch bleiben, auf keinen Fall einsam sein.«
Innerhalb der Gruppe gab es keine Tabus. Jeder konnte offen seine Gefühle äußern, ohne Angst haben zu müssen, von den anderen verurteilt oder verspottet zu werden. Manche Teilnehmer hatten in den vergangenen Sitzungen bekannt, den Verstorbenen gegenüber Wut zu empfinden, weil sie sie allein gelassen hatten. Blake, der Leiter der Gruppe, erklärte ihnen daraufhin, dies gehöre zum Trauerprozess und sei absolut normal.
Schon nachdem Ophélie einen Monat lang zu den Treffen gegangen war, bemerkte sie, dass diese ihr einen gewissen Halt gaben. Sie konnte den anderen Teilnehmern vieles anvertrauen, etwa dass sie sich nicht in der Lage fühlte, für Pip da zu sein, und dass sie sich des Öfteren noch immer in Chads Zimmer schlich, sich auf

sein Bett legte und die Nase in sein Kissen drückte, um seinen Duft einzuatmen. Die meisten der anderen Gruppenmitglieder hatten ähnliche Rituale, und es gab Ophélie Kraft, sie davon erzählen zu hören.

Die Teilnehmer der Gruppe verfolgten alle ein Ziel: Sie wollten ihre Trauer zulassen und das Erlebte verarbeiten, damit sie schon bald wieder ihren Alltag bewältigen konnten. Die ersten Fragen, die Blake ihnen jedes Mal stellte, lauteten: »Esst ihr genug?« und »Schlaft ihr ausreichend?«

Oftmals erzielten die Teilnehmer nur derart langsam Fortschritte, dass diese lediglich innerhalb der Gruppe wahrgenommen wurden. Im Kreis gleich Gesinnter wurden jedoch auch winzige Erfolge honoriert, denn die anderen konnten nachvollziehen, wie hart erkämpft jede kleine Verbesserung war. Manchmal wurden während der Sitzungen aber alte Wunden wieder aufgerissen, und der eine oder andere fühlte sich unmittelbar nach einem Treffen schlechter als zuvor. Doch es war Teil des Heilungsprozesses, dies auszuhalten und den Tatsachen ins Gesicht zu blicken.

Ophélie hatte sich nach dem Unfall strikt geweigert, Antidepressiva zu nehmen – wie viele andere ihrer Leidensgefährten. Es dauerte sieben Monate, bis sie sich eingestand, dass sie tatsächlich Hilfe brauchte und ihre Depression allein nicht in den Griff bekam. Ihr Arzt hatte ihr daraufhin den Besuch dieser Gruppe nahe gelegt. Er hielt große Stücke auf den Leiter, Blake Thompson. Blake war Mitte fünfzig und ein erfahrener Psychologe, der sich seit über zwanzig Jahren mit Trauerbewältigung beschäftigte. Er war stets bereit, unkonventionelle Methoden auszuprobieren. Oft erinnerte er seine Klienten daran, dass es beim Heilungsprozess kein Richtig und kein Falsch gab – jeder musste auf seine eigene Weise zurück ins normale Leben finden. Blake wurde es nie müde, seine Patienten auf ihrem individuellen Weg zu unterstützen und ihnen immer wieder neue Anregungen zu geben. Ophélie hatte davon gehört, dass Blake einer Frau, die ihren Mann verloren hatte, vorschlug, Gesangsunterricht zu nehmen, und dies half ihr tatsächlich. Einem Mann, dessen Tochter gestorben war, empfahl er Tauchstunden, und eine andere Frau, deren einziger Sohn zu Tode gekommen war, brachte Blake dazu, sich einige Monate lang in ein Kloster zurückzuziehen – obwohl die Frau bekennende Atheistin war. Blake setzte alles daran, den Menschen, die seine Gruppe besuchten, wieder einen geregelten Alltag zu ermöglichen, und dieser war oftmals reicher und bunter als vor dem Schicksalsschlag.

Einigen Teilnehmern fiel an diesem Tag auf, dass Ophélie besser aussah als bei ihrer letzten Zusammenkunft.

Ophélie erzählte von ihren Plänen, sich im Herbst einen Job zu suchen, wieder etwas Sinnvolles zu tun, doch schnell drehte sich das Gespräch abermals um Partnerschaften.

Obgleich es in der Vergangenheit schon vorgekommen war, dass sich Teilnehmer ineinander verliebten, riet Blake seinen Klienten strikt davon ab, sich miteinander zu verabreden, solange die Treffen noch stattfanden. Wenn Gefühle im Spiel waren, konnten sich die Betreffenden während der Sitzungen nicht gänzlich öffnen.

Blake hatte schon viele Gruppen geleitet, und nach einigen Sitzungen erzählte er den Teilnehmern stets von seinem eigenen Schicksal. Vor langer Zeit hatte er seine Frau, seine Tochter und seinen Sohn bei einem Autounfall verloren. Damals dachte er, sein Leben sei vorüber, doch fünf Jahre später heiratete er erneut. Seine neue Frau und er hatten inzwischen drei Kinder.

Blake bedauerte es, dass sich an diesem Tag während des Treffens keine Gelegenheit bot, sich mit Ophélie über ihre beruflichen Pläne zu unterhalten. Es interessierte ihn, welche Art von Tätigkeit ihr bei ihrer Jobsuche vorschwebte. Es war schon das zweite Mal, dass sie ihren Wunsch nach einer befriedigenden Beschäftigung vorbrachte, und daher nahm Blake sie nach der Gruppensitzung zur Seite und sprach sie darauf an. Er hatte eine Idee und war gespannt, was sie davon hielt.

Seit Ophélie die Sitzungen besuchte, machte sie große Fortschritte, doch Blake hatte den Eindruck, dass sie selbst nicht zufrieden war mit ihren Erfolgen. Sie konzentrierte sich allein auf jene Dinge, die ihr noch nicht wieder gelangen, wie zum Beispiel ein entspanntes Verhältnis zu ihrer Tochter aufzubauen. Blake versuchte oft, Ophélie vor Augen zu führen, dass die Entfremdung von anderen Familienmitgliedern nach einem schweren Verlust üblich war. Nach solch einschneidenden Erlebnissen wurde meist eine Art Schutzmechanismus in Gang gesetzt, der eine Zeit lang sämtliche Emotionen unterdrückte.

Blake fragte Ophélie nun, ob sie Interesse habe, ehrenamtlich in einem Obdachlosenheim mitzuarbeiten. Ophélie war überrascht über diesen Vorschlag, denn Matthew hatte etwas ganz Ähnliches angeregt. Die Vorstellung reizte sie. Sie hatte sich schon immer für die Problematik der Obdachlosigkeit interessiert, bisher aber nie Zeit gehabt, sich tatsächlich damit zu beschäftigen. Doch Zeit hatte sie inzwischen mehr als genug.

Ophélie war begeistert von Blakes Vorschlag, und der Gruppenleiter versprach, bis zum nächsten Treffen eine Liste von Adressen für sie zusammenzustellen.

Während der gesamten Rückfahrt dachte Ophélie darüber nach, auf welche Weise sie sich am sinnvollsten für Obdachlose engagieren könnte. Erst als sie zu Hause ankam, fiel ihr ein, dass sie Pip an diesem Tag zum Fädenziehen in die Notfallpraxis bringen musste. Sie ging nur kurz hinein und sagte Pip Bescheid, dann fuhren sie los.

Sobald sie wieder zurück waren, zog Pip zur Probe ihre

Schuhe an, und Ophélie fragte: »Na, wie fühlt sich das an?«
»Toll! Es tut kaum noch weh.«
»Übertreib es aber nicht!« Ophélie wusste genau, was Pip im Schilde führte. Ihre Tochter konnte es kaum erwarten, zum Strand zu laufen und Matt wiederzusehen. Sie hatte eine Menge Zeichnungen angefertigt, die sie ihm unbedingt zeigen wollte. Am liebsten wäre sie auf der Stelle losgezogen.
»Es ist schon ziemlich spät«, gab Ophélie zu bedenken. »Du solltest heute nicht mehr zum Strand gehen.«
Pip grinste. Früher schien es oft, als ob ihre Mutter ihre Gedanken lesen konnte. Lange Zeit hatte sie sich überhaupt nicht für sie interessiert, aber wie es aussah, wurde sie langsam wieder die Alte.

Am darauf folgenden Tag machte sich Pip, ausgestattet mit einem Zeichenblock, Buntstiften und zwei Sandwiches, auf den Weg zum Strand. Ophélie hätte ihre Tochter gern begleitet, aber sie wusste, wie viel Pip das Zusammensein mit Matt bedeutete, und wollte die beiden nicht stören.
Pip watschelte in ihren Turnschuhen los und stellte schnell fest, dass sie den Fuß noch nicht vollständig belasten konnte. Sie brauchte deshalb weitaus länger als üblich, um Matthews Stammplatz zu erreichen. Mousse missfiel die ungewohnt langsame Gangart offensichtlich ebenfalls, und er stürmte oft weit voraus. Als Pip endlich bei Matt anlangte, ließ der Maler sofort den Pinsel sinken und strahlte sie an.
»Ich habe gehofft, dass du heute herkommst. Was macht dein Fuß?«
»Es geht ihm schon besser.« Nach dem langen Marsch schmerzte und pochte die Fußsohle zwar, aber das nahm Pip gern in Kauf. Sie hatte Matthew vermisst und war froh, endlich wieder bei ihm zu sein. »Es war doof,

dass ich die ganze Woche drinnen bleiben musste. Mousse hat sich auch gelangweilt.«

»Der arme Kerl«, sagte Matthew und streichelte dem Labrador über den Kopf. »Ich fand es übrigens sehr schön bei euch.«

»Ja, das war super! Endlich mal was anderes als Pizza!«, rief Pip und lachte. Matthew hatte es fertig gebracht, ihre Mutter aus ihrer Teilnahmslosigkeit zu reißen. Seit dem gemeinsamen Abendessen hatte sich irgendetwas verändert. Erst vor ein paar Tagen hatte Pip beobachtet, wie ihre Mutter wild in ihrer Tasche kramte und schließlich einen alten Lippenstift zutage förderte. Anschließend stellte sich Ophélie vor den Spiegel, betrachtete sich eingehend und schminkte sich dann sorgfältig die Lippen. Danach machte sie sich auf in die Stadt.

»Ich mag dein neues Bild«, sagte Pip nun. Matthew hatte eine Frau am Strand gezeichnet, die mit düsterem Blick aufs Meer hinausblickte. Sie schien zwischen den Wellen nach jemandem zu suchen. Die Zeichnung vermittelte eine beklemmende Atmosphäre.

»Die Frau sieht sehr traurig aus. Ist das meine Mom?«

»Eigentlich ist es keine bestimmte Frau, aber ich muss zugeben, dass mich deine Mutter zu diesem Bild inspiriert hat. Ich habe mich außerdem am Stil eines berühmten Malers namens Wyeth orientiert.«

Pip nickte ernst. Sie fand es interessant, wenn Matt Namen berühmter Maler erwähnte oder ihr eine bestimmte Zeichentechnik erklärte. Wenige Minuten später setzte sie sich mit ihrem Zeichenblock und den Buntstiften gleich neben Matthew in den Sand.

Die Stunden verflogen nur so, wie immer, wenn Matthew und Pip zusammen zeichneten. Als Pip am Ende des Nachmittags aufbrechen musste, konnte sie sich kaum trennen.

»Was macht ihr heute Abend?«, fragte Matt beiläufig.

»Ich hatte eigentlich vor, euch anzurufen und zu fragen,

ob ihr mit mir essen gehen wollt. Ich würde mich zwar gern für eure Einladung revanchieren, aber ich bin ein lausiger Koch – und habe keine einzige Pizza mehr im Gefrierschrank!«

Pip kicherte. »Ich glaub, wir haben nichts Bestimmtes vor«, sagte sie.

»Gut, dann melde ich mich gleich.«

»Au ja! Bis später!« Pip vollführte einen kleinen Freudensprung und eilte winkend davon.

Als Matthew ihr nachsah, bemerkte er, wie stark sie humpelte. »Pip, warte mal.« Pip kam langsam wieder auf ihn zu. »Ich fahre dich nach Hause. Du solltest den Fuß noch schonen.«

»Das geht schon«, erwiderte Pip.

»Wenn du dich überanstrengst, musst du morgen wieder das Haus hüten.«

Das überzeugte Pip. Matt packte seine Sachen zusammen, und gemeinsam gingen sie die Düne hinauf.

Wenig später erreichten sie im Auto die bewachte Siedlung. Vor dem Haus angelangt stiegen sie rasch aus. Ophélie sah sie vom Küchenfenster aus und kam heraus, um Matt zu begrüßen.

»Pip humpelt noch ziemlich stark«, erklärte Matthew. »Ich dachte, ich fahre sie lieber heim. Du hast doch nichts dagegen, oder?«

»Natürlich nicht! Das war sehr nett von dir. Wie geht's?«

»Ausgezeichnet. Ich hatte übrigens vor, dich heute anzurufen. Kann ich euch beide überreden, heute Abend mit mir essen zu gehen?«

»Das klingt wunderbar!« Ophélie hatte sich noch keine Gedanken darüber gemacht, was sie an diesem Abend kochen sollte. Obgleich sie sich während der vergangenen Tage zunehmend besser fühlte, hatte sie noch immer wenig kulinarische Ambitionen.

»Passt es euch um sieben?«, fragte Matthew.

»Ja, das ist genau die richtige Zeit!«

»Also abgemacht! Ich hole euch dann ab.« Matthew stieg ein und fuhr winkend davon.
Pünktlich um sieben Uhr war er zurück. Ophélie hatte sich das Haar gewaschen, und ihre blonden Locken fielen in weichen Wellen über ihre Schultern. Als Zeichen ihrer zurückkehrenden Lebensfreude hatte sie zudem erneut Lippenstift aufgetragen.
Sie fuhren zu einem der beiden Restaurants des Städtchens, dem Lobster Pot. Sie aßen Muschelsuppe und Hummer und stöhnten nach dem Essen darüber, dass sie sich mit ihren vollen Bäuchen kaum noch bewegen konnten. Sie waren guter Stimmung, erzählten sich gegenseitig witzige Anekdoten und mieden sämtliche ernsten Themen.
Nachdem sie das Restaurant verlassen hatten, brachte Matthew sie heim. Ophélie fragte, ob er auf einen Kaffee mit hineinkommen wolle.
»Wenn es dir nicht zu viele Umstände macht.«
»Nein, keineswegs.«
Kurze Zeit später saßen sie vor ihren dampfenden Tassen. Pip schlürfte geräuschvoll ihren Kakao, den Ophélie ihr gekocht hatte. Alle drei mussten lachen.
Nachdem Matthew seinen Kaffee getrunken hatte, erhob er sich. »So, es ist schon spät. Ich mache mich jetzt auf den Heimweg. Vielen Dank für den vorzüglichen Kaffee.«
Als er fort war, sagte Ophélie zu Pip: »Er ist wirklich nett.«
»Du magst ihn, oder? Du weißt schon ... als Mann«, erwiderte Pip grinsend.
Ophélie blickte ihre Tochter verblüfft an, dann schüttelte sie schmunzelnd den Kopf. »Es wird niemals einen anderen Mann für mich geben als deinen Vater.«
Enttäuscht zog Pip einen Schmollmund. Ihre Mutter hatte in einem Gespräch mit Andrea schon einmal etwas Ähnliches fallen gelassen. Pip verstand nicht, wie sich

ihre Mutter in diesem Punkt dermaßen sicher sein konnte. Ihr Vater hatte sie oft angeschrien und war manchmal richtig gemein zu ihr gewesen – besonders, wenn es um Chad ging. Pip hatte ihren Vater sehr lieb gehabt, aber sie fand Matthew viel warmherziger.
»Aber Matt ist immer freundlich, findest du nicht?«, fragte sie hoffnungsvoll.
»Ja, das stimmt.« Ophélie lächelte erneut. Es amüsierte sie, dass Pip anscheinend darum bemüht war, sie und Matt zu verkuppeln. »Wir werden bestimmt gute Freunde – das hoffe ich zumindest. Es wäre schön, wenn wir auch nach dem Sommer noch in Kontakt blieben.«
»Er will uns in San Francisco besuchen. Außerdem hat er versprochen, mit mir zu dem Vater-Tochter-Abend zu gehen, hast du das vergessen?«
»Natürlich nicht.« Ophélie hoffte, dass Matthew das ebenfalls nicht vergessen würde. Ted hatte Verabredungen dieser Art selten eingehalten. Er hasste es, mit den Kindern zu Schulveranstaltungen oder Sportfesten zu gehen, und Ophélie hatte ihn jedes Mal regelrecht dazu überreden müssen. »Aber Matthew ist sehr beschäftigt und hat bestimmt viele andere Dinge zu tun.« Ophélie bemerkte, dass sie mit genau dieser Entschuldigung oft Teds Versäumnisse gerechtfertigt hatte.
»Er hat aber versprochen, dass er kommt«, beharrte Pip und blickte ihre Mutter vorwurfsvoll an.
Ophélie wünschte sich inständig, dass ihre Tochter nicht enttäuscht wurde. Es war zum jetzigen Zeitpunkt schwierig einzuschätzen, ob die Freundschaft zu Matthew Bowles Bestand haben würde oder ob sie nichts weiter war als eine kurze Urlaubsbekanntschaft.

# 9

Zwei Wochen bevor Ophélie und Pip Safe Harbour verließen, kam Andrea noch einmal zu Besuch. Das Baby hatte sich leider erneut erkältet und quengelte die ganze Zeit über. Jedes Mal, wenn Pip es auf den Arm nahm, begann es zu weinen, und so gab sie es schließlich auf. Sie machte sich früher als geplant auf den Weg zum Strand. Matthew wollte an diesem Tag mit den Skizzen für das Porträt beginnen.

»Was gibt's Neues?«, erkundigte sich Andrea bei ihrer Freundin, nachdem das Baby endlich eingeschlafen war.

»Nicht viel«, erwiderte Ophélie. Sie saßen auf der Terrasse und genossen die warmen Sonnenstrahlen.

»Und wie geht's dem Kinderschänder?«, fragte Andrea weiter. Sie wusste, dass sich Ophélie inzwischen mit Matthew angefreundet hatte, und konnte es kaum erwarten, Genaueres zu erfahren.

»Er versteht sich hervorragend mit Pip.«

»Du hast erzählt, er sei nicht in festen Händen?«

»Er ist geschieden. Und hat zwei Kinder, die bei seiner Exfrau in Neuseeland leben.«

»Haben sich die beiden einvernehmlich getrennt oder wurde schmutzige Wäsche gewaschen?« Wenn es um Scheidungen ging, war Andrea Expertin. Unter ihren zahlreichen Liebhabern waren viele Männer gewesen, die von ihren Ehefrauen betrogen und verlassen worden waren. Einige dieser Männer begegneten Frauen nur noch mit Misstrauen, doch Andrea hatte das nie abschrecken können. Sie empfand es als besondere Herausforderung, sich mit Männern einzulassen, die eigentlich genug von Frauen hatten.

»Es wurde eine ganze Menge schmutzige Wäsche gewaschen«, antwortete Ophélie nun. »Matthews Ex hat ihren Mann mit seinem besten Freund betrogen. Matt konnte die gemeinsame Agentur nicht allein weiterführen und hat sie verkauft. Er hat zwar ein Riesengeschäft gemacht, aber ich habe nicht den Eindruck, dass ihm Geld viel bedeutet.«

»Du meine Güte! Hat sie auch noch seine Reifen durchstochen und sein Haus in Brand gesetzt?«

»Ganz so schlimm war es nicht, aber die Scheidung war trotzdem ein Albtraum für Matt. Es sieht so aus, als ob Sally ihm absichtlich seine Kinder entfremdet hätte.«

Andrea kratzte sich nachdenklich am Kopf. »Jetzt verstehe ich auch, warum er sich mit Pip angefreundet hat. Wahrscheinlich vermisst er seine Kinder.«

»Auf jeden Fall!«, bestätigte Ophélie und erinnerte sich daran, wie traurig Matthew ausgesehen hatte, als er über Robert und Vanessa sprach.

»Wie lange liegt die Trennung denn zurück?«

»Ungefähr zehn Jahre. Seit fünf Jahren hat Matt nichts mehr von seinen Kindern gehört.«

»Hat er nach der Scheidung denn wieder eine feste Beziehung gehabt?«

»Eine einzige, aber die Frau wollte unbedingt heiraten und Kinder bekommen. Matthew war aber nicht bereit, noch einmal von vorn anzufangen. Ich denke, er ist von Sally viel zu sehr enttäuscht worden, als dass er sich jemals wieder richtig auf eine Frau einlassen würde.«

Andrea zog eine Augenbraue in die Höhe und schaute Ophélie skeptisch an. Dann sagte sie: »Weißt du was? Vergiss diesen Kerl! Offenbar ist er ein seelisches Wrack. So einer ändert sich meist nicht mehr.«

»Das muss er ja auch gar nicht! Ich möchte nämlich lediglich mit ihm befreundet sein«, erklärte Ophélie spitz.

»Du brauchst keinen Freund!«, rief Andrea. »Du brauchst einen Mann! Aber dieser Matthew ist ganz offensichtlich nicht der Richtige. Ich kenne solche Typen. Die kommen nie wieder auf die Beine. Wie alt ist er?«

»Siebenundvierzig.«

»Schade drum, aber glaub mir: Du würdest nur deine Zeit verschwenden.«
»Ich verschwende überhaupt nichts!«, protestierte Ophélie. »Ich will keinen Mann! Weder jetzt noch später. Ich hatte Ted.«
»Ihr wart nicht gerade ein perfektes Paar, Ophélie, das kannst du nicht abstreiten! Ich will keine unangenehmen Erinnerungen heraufbeschwören, aber du entsinnst dich doch sicherlich noch an den Vorfall vor zehn Jahren ...« Ihre Blicke begegneten sich kurz, und Ophélie wandte rasch den Kopf ab.
»Das war ein einmaliger Ausrutscher«, murmelte sie. »Ein Unfall. Danach ist so etwas nie wieder vorgekommen.«
»Vielleicht hätte Ted es irgendwann wieder getan. Er war kein Heiliger – er war ein sehr komplizierter Mann, der es dir oft ziemlich schwer gemacht hat. Alles drehte sich nur um ihn. Er war ein Genie, ja, aber er konnte ein richtiger Mistkerl sein! Der einzige Mensch, der ihm wirklich etwas bedeutet hat, war er selbst.«
»Er war mein Mann, und ich habe ihn geliebt«, sagte Ophélie trotzig.
»Das weiß ich. Und ich bin mir sicher, Ted hat dich auf seine Weise ebenfalls geliebt«, entgegnete Andrea vorsichtig.
Ihr war bewusst, dass ihre Worte Ophélie verletzt hatten, aber sie nahm ihrer Freundin gegenüber niemals ein Blatt vor den Mund, und daran sollte sich auch nichts ändern. Ophélie musste sich von den Illusionen befreien, die ihre Erinnerung an Ted vernebelten.
Ophélie und die Kinder waren im Sommer vor zehn Jahren nach Frankreich in Urlaub gefahren, und währenddessen hatte Ted eine Affäre gehabt. Als die ganze Sache herauskam, war Ophélie zunächst am Boden zerstört, doch nach einiger Zeit verzieh sie Ted seinen »Ausrutscher« – und das, obwohl Ted seinen Fehltritt in keiner

Weise zu bereuen schien. Er hatte sogar damals mit dem Gedanken gespielt, seine Frau und seine Kinder zu verlassen, wie er Ophélie später während eines Streits an den Kopf geknallt hatte.

»Es geht gar nicht darum, ob er ein guter oder ein schlechter Mensch war«, fuhr Andrea fort. »Ted ist tot – möge er in Frieden ruhen. Aber du bist noch am Leben, Ophélie! Nimm dir die Zeit, die du brauchst, um alles zu verarbeiten, aber irgendwann musst du dich wieder ins Getümmel stürzen. Ich meine ja nur, dass du nicht für immer allein bleiben solltest.«

»Warum nicht?« Ophélie blickte traurig ins Leere. Sie wollte keinen anderen Mann. Sie hatte sich an Ted gewöhnt. Seit ihrem zweiundzwanzigsten Lebensjahr war sie mit ihm zusammen gewesen, und im Alter von vierundzwanzig hatte sie ihn geheiratet. Inzwischen war sie zweiundvierzig und konnte sich wie Matthew nicht vorstellen, noch einmal ganz von vorn zu beginnen. Da war es schon einfacher, Single zu sein.

»Du musst irgendwann loslassen – dein halbes Leben liegt noch vor dir!«, sagte Andrea eindringlich. »Du hast einfach nur Angst, dich auf eine neue Beziehung einzulassen, und das kann ich dir noch nicht einmal verdenken. Es gibt kaum ledige Männer in unserem Alter, die keinen Sprung in der Schüssel haben. Niemand weiß das besser als ich! Aber trotzdem musst du dein Glück versuchen. Vielleicht triffst du ja jemanden, der dich mehr zu schätzen weiß als Ted.«

»Wenn ich so weit bin, lass ich es dich wissen, und dann kannst du ja ein paar Kontaktanzeigen schalten.« Ophélie lachte. »Weißt du, in meiner Selbsthilfegruppe ist ein Mann, der verzweifelt nach einer neuen Frau sucht. Vielleicht wäre der ja was für mich.«

»Warum nicht? Ihr habt bestimmt eine Menge gemeinsam. Wie heißt er denn?«

»Mr. Feigenbaum. Er ist pensionierter Metzger, Hobbykoch, liebt die Oper, hat vier Enkel und ist dreiundachtzig.«

Andrea grinste. »Ich habe den Eindruck, du nimmst mich nicht ernst.«

»O doch, und ich danke dir für dein Engagement.«

»Ich gehe dir so lange auf die Nerven, bis du endlich jemanden gefunden hast.«

»Das habe ich befürchtet!«, rief Ophélie und musste erneut lachen. Andrea fiel mit ein. Das Baby wachte auf. Während sie auf der Terrasse weiterplauderten, war Matthew am Strand damit beschäftigt, Skizzen von Pip anzufertigen. Anschließend verschoss er zwei Schwarz-Weiß-Filme mit seiner Kamera.

»Ich werde dich vermissen, wenn wir wieder zu Hause sind«, sagte Pip traurig, nachdem Matthew das letzte Foto gemacht hatte.

»Ich werde dich ebenfalls vermissen«, antwortete Matt betroffen. »Aber wir sehen uns ja weiterhin, Pip. Ich besuche euch so bald wie möglich in San Francisco. Wahrscheinlich bist du aber sehr beschäftigt, wenn die Schule erst wieder losgeht ...«

»Das kann mich nicht davon abhalten, mich mit dir zu treffen!«, rief Pip. Die Freundschaft zu Matt bedeutete ihr unendlich viel. Auf unerfindliche Weise war er zu dem Vater geworden, den sie nie gehabt hatte.

»Ich verspreche dir, wir bleiben in regelmäßigem Kontakt. Wenn ich euch besuchen komme, unternehmen wir etwas Tolles – falls deine Mutter nichts dagegen hat.«

»Bestimmt nicht. Sie mag dich«, sagte Pip.

Matthew räusperte sich. »Wann genau fängt die Schule denn wieder an?«

»In zwei Wochen«, erwiderte Pip.

»Da ist ja noch ein bisschen hin. Bis dahin können wir noch viel Zeit miteinander verbringen.«

Pip nickte. »Jetzt muss ich aber los. Bis morgen!«

»Mach's gut, Pip.«

Pip machte sich auf den Heimweg. Als sie zu Hause ankam, wollte Andrea gerade aufbrechen.
»Vergiss nicht, was ich dir gesagt habe!«, erinnerte Andrea ihre Freundin.
»Natürlich nicht. Ich bleibe an Mr. Feigenbaum dran!«
»Das habe ich nicht gemeint! Versteif dich lieber nicht auf ihn. Typen wie der heiraten meistens innerhalb von sechs Monaten die Schwestern oder besten Freundinnen ihrer verstorbenen Frauen. Während du dir noch den Kopf darüber zerbrichst, ob du ihn auf einen Kaffee einladen sollst, ist er schon längst wieder unter der Haube ...«
»Albernes Huhn!«, schalt Ophélie ihre Freundin, umarmte sie innig und drückte dem Baby zum Abschied einen Kuss auf die Wange.
»Wer ist denn Mr. Feigenbaum?«, schaltete sich Pip neugierig ein.
»Ein Teilnehmer meiner Selbsthilfegruppe«, erklärte Ophélie. »Er ist über achtzig und sucht eine Frau.«
Pip riss die Augen auf. »Will er dich etwa heiraten?«
»Nein, kein Grund zur Beunruhigung! Ich werde mich ganz bestimmt nicht auf ihn einlassen.«
Pip hätte ihre Mutter gern gefragt, ob sie sich vorstellen konnte, jemals Matthew zu heiraten. Doch nach dem, was Ophélie erst vor kurzem geäußert hatte, war dies mehr als unwahrscheinlich. Pip bedauerte das sehr. Sie wünschte sich nichts sehnlicher, als dass ihre Mutter und Matt einander näher kämen ...

## 10

Eine Woche vor ihrer Abreise rief Matt Ophélie an und schlug vor, endlich den seit langem geplanten Segeltörn zu machen.

Nach zwei Tagen dichten Nebels schien nun endlich wieder die Sonne, und der Sommer zeigte sich noch einmal von seiner besten Seite. Tatsächlich wurde es der heißeste Tag des gesamten Jahres. Um die Mittagszeit war es derart drückend, dass Pip und Ophélie es nicht länger auf der Terrasse aushielten und ihren Lunch im Haus einnahmen. Sie verspeisten gerade den letzten Bissen, da klingelte das Telefon.

Während Ophélie den Hörer abhob, ließ sich Pip träge auf die Couch fallen. Ihr machte die Hitze schwer zu schaffen. Eigentlich wollte sie sich an diesem Tag wie immer mit Matthew am Strand treffen, aber der Gedanke an den langen Marsch in der brennenden Sonne ließ sie zögern. Schließlich entschied sie sich schweren Herzens, zu Hause zu bleiben. Zwar wäre dies seit Wochen das erste Mal, dass sie eine Gelegenheit ausließ, mit Matthew zu zeichnen, aber sie vermutete, dass sich Matt an diesem Tag ebenso lieber in seinem kühlen Bungalow aufhalten würde. Der Tag war wie gemacht zum Schwimmen oder Segeln. Pip ahnte nicht, dass Matthew und Ophélie gerade genau darüber sprachen.

»Ich habe dich schon vor Wochen eingeladen, mit mir rausfahren«, entschuldigte sich Matt. Er war mit den Skizzen für Pips Porträt so beschäftigt gewesen, dass er den Segelausflug immer wieder verschoben hatte. »Hättest du heute Lust?«

Ophélie musste nicht lange überredet werden. Auf dem Wasser ging sicherlich eine leichte Brise, und daher war es dort bestimmt erträglicher als an Land. »Das klingt sehr verlockend! Wo liegt denn dein Boot?«

Matthew beschrieb Ophélie den Weg zur Lagune und

schlug vor, möglichst bald aufzubrechen, und die beiden verabredeten sich am Dock.

Nachdem Ophélie aufgelegt hatte, erzählte sie Pip von ihren Plänen. Der bestürzte Ausdruck im Gesicht ihrer Tochter überraschte sie.

»Ist das nicht gefährlich, Mom?«, fragte Pip alarmiert. Sie sah besorgt aus.

Ophélie kannte solche Gedanken nur allzu gut. Seit dem vergangenen Oktober erschien ihr die Welt unsicherer als je zuvor, überall witterte sie versteckte Gefahren. Doch Ophélie war entschlossen, sich nicht von solchen grundlosen Befürchtungen abhalten zu lassen. Sie und Pip mussten irgendwann aus ihrem Schneckenhaus hervorkriechen.

»Liebling, es passiert schon nichts. Du kannst uns ja von der Terrasse aus beobachten.«

Das beruhigte Pip jedoch keineswegs. Sie stand kurz davor, in Tränen auszubrechen. »Und wenn du ertrinkst?«, fragte sie mit gepresster Stimme.

Ophélie setzte sich zu Pip auf die Couch und zog ihre Tochter behutsam auf ihren Schoß.

»Das wird nicht passieren. Ich kann sehr gut schwimmen, genau wie Matt. Aber wenn du möchtest, bitte ich ihn um eine Schwimmweste.«

Pip dachte kurz darüber nach und nickte. Dann fiel ihr etwas anderes ein. »Was macht ihr, wenn Haie das Boot angreifen?«

Vor der Küste von Kalifornien wurden tatsächlich von Zeit zu Zeit Haie gesichtet, doch in diesem Sommer hatte es noch keinerlei Meldungen darüber gegeben. Ophélie seufzte. »Weißt du was? Ich werde mit Matt verabreden, dass wir auf keinen Fall länger als eine Stunde auf dem Wasser bleiben. Wie findest du das?«

»Okay«, murmelte Pip, aber sie sah alles andere als beruhigt aus.

Die Sorge ihrer Tochter rührte Ophélie, doch sie ließ

sich nicht von ihrem Plan abbringen. Pip sollte erleben, dass ihre Mutter einen Ausflug unternahm und unbeschadet zurückkehrte. Es war ein weiterer Schritt in ihrem Heilungsprozess.
Ophélie streifte eine kurze Hose über ihre Badesachen. Dann rief sie Amy an und bat sie, Pip Gesellschaft zu leisten. Kurz darauf kam die Nachbarstochter zu ihnen herüber. Als Ophélie gerade gehen wollte, hielt Pip sie zurück. Sie schlang ihre Arme um ihre Mutter und drückte sie fest an sich.
»Ich bin bald zurück, das verspreche ich dir«, flüsterte Ophélie. Sie gab Pip einen Kuss und verließ so rasch wie möglich das Haus. Nachdenklich spazierte sie dann zur nahe gelegenen Lagune.
Sobald sie sich dem hübschen kleinen Segelboot näherte, huschte ein Lächeln über ihr Gesicht. Matthew stand winkend an Deck. Er hatte sich schon lange darauf gefreut, Ophélie sein Boot zu zeigen. Die *Nessie II*, benannt nach seiner Tochter Vanessa, war sein ganzer Stolz, und er hielt sie mit viel Hingabe in Ordnung. Das Deck war sorgfältig lackiert, die Instrumente glänzten, und der Rumpf war erst in diesem Frühjahr frisch geweißt worden. In der Mitte des Decks ragte ein dreizehn Meter hoher Mast mit einem breiten Hauptsegel und einem Klüver in die Höhe. Zudem gab es eine winzige Kajüte, deren Decke so niedrig war, dass Matt darin nicht aufrecht stehen konnte.
Ophélie trat noch einen Schritt heran und bewunderte die kleine Schönheit vom Dock aus. Das Boot war in makellosem Zustand, und man sah ihm an, wie viel Liebe Matt in jedes Detail gesteckt hatte. »Was für ein herrliches Boot!«, schwärmte sie und entlockte Matt damit ein erfreutes Grinsen.
»Ich wollte unbedingt, dass du es vor deiner Abreise siehst«, sagte er und half ihr an Bord. Er konnte es kaum abwarten, mit Ophélie hinauszufahren.

Ophélie empfand ähnlich. Als Matthew den Motor startete, ging sie ihm zur Hand und löste die Leinen vom Dock. Wenig später durchquerten sie in raschem Tempo die Lagune und steuerten aufs Meer zu.

»Wann wurde das Boot denn gebaut?«, erkundigte sich Ophélie interessiert.

»1936«, antwortete Matt mit einem gewissen Stolz in der Stimme. Kurz darauf schipperten sie durch die Lagunenöffnung auf das offene Meer hinaus, und Matthew schaltete den Motor ab. Für kurze Zeit genossen sie nun die faszinierende Stille auf dem Wasser und lauschten dem Wind, der über ihnen die Segel blähte.

»Ich habe das Boot vor acht Jahren von einem Mann gekauft, der es schon im Krieg erworben hatte«, fuhr Matt schließlich fort. »Es war gut in Schuss, aber ich habe trotzdem noch viel Arbeit investiert.«

»Es ist ein Juwel«, sagte Ophélie staunend. Dann erinnerte sie sich an das Versprechen, das sie Pip gegeben hatte. Sie betrat mit geducktem Kopf die Kajüte und griff nach einer Schwimmweste, die an einem Haken hing. Als sie sie überstreifte, blickte Matt sie überrascht an – schließlich hatte Ophélie ihm erzählt, dass sie Erfahrung auf offener See hatte und eine gute Schwimmerin war.

»Ich habe Pip versprochen, eine Schwimmweste anzulegen«, erklärte sie.

Matt nickte. Dann schloss er genießerisch die Augen. Die leichte Brise trug sie immer weiter hinaus, und das Boot glitt scheinbar federleicht auf dem Wasser dahin.

»Stört es dich, wenn wir uns so weit von der Küste entfernen?«, fragte Matt, der am Ruder saß.

Ophélie verneinte lächelnd. Es machte ihr nicht das Geringste aus, den Strand und die Häuserreihen hinter sich zu lassen und dem Horizont entgegenzufliegen. Doch dann fiel ihr ein, dass Pip das Boot von der Terrasse ihres Hauses aus beobachten wollte. Doch womöglich be-

schäftigte sich Pip längst mit etwas anderem, und ihr fiel gar nicht auf, dass sie sich außer Sichtweite befanden. Sie hoffte, ihre Tochter würde gar nicht auf die Uhr schauen und daher nicht bemerken, wenn sie ein klein wenig länger als eine Stunde fortblieben.
Sie segelten immer weiter, bis ringsum nur noch tiefblaues Wasser zu sehen war. Ophélie genoss den Ausflug in vollen Zügen. Sie hatte fast vergessen, wie friedlich und still es auf dem Meer war. Einen Moment lang wünschte sie sich, für immer weitersegeln zu können und nie wieder zurückkehren zu müssen.
Sie waren schon eine ganze Zeit lang unterwegs, da fiel Matts Blick plötzlich auf etwas, das auf dem Wasser zu treiben schien. Er stutzte und beugte sich vor, um es identifizieren zu können. Ophélie schaute in die gleiche Richtung, doch sie konnte nichts Ungewöhnliches erkennen. Sie vermutete, Matt habe eine Robbe oder einen großen Fisch erspäht, und hoffte, dass es sich nicht um einen Hai handelte. Matt überließ Ophélie das Ruder und ging unter Deck, um ein Fernglas zu holen. Sobald er zurückkam, blickte er mit gerunzelter Stirn hindurch.
»Was ist los?«, wollte Ophélie wissen.
»Ich dachte, ich hätte etwas entdeckt«, gab Matt zurück.
»Aber ich habe mich wohl geirrt.« In der vergangenen halben Stunde war ein frischer Wind aufgekommen. Falls tatsächlich etwas auf dem Wasser schwamm, war es wegen des Wellengangs nur schwer auszumachen.
»Was glaubst du, was es war?«, fragte Ophélie, während Matthew wieder neben ihr Platz nahm. Ophélie steuerte das Boot mit geschickter Hand, und Matt sah keinen Grund, das Ruder wieder zu übernehmen. Auch der rauere Seegang bereitete ihr offenbar keine Schwierigkeiten.
»Ich bin nicht sicher«, murmelte er. »Es sah aus wie ein Surfbrett …« Er ließ den Blick noch einmal über das unruhige Wasser gleiten. »Vielleicht sollten wir umdrehen.

Wir sind seit fast zwei Stunden unterwegs und hatten die ganze Zeit über Rückenwind.«

»So lange schon?«, wunderte sich Ophélie. »Dann sollten wir wirklich umkehren!« Sie hoffte, dass sich Pip keine allzu großen Sorgen machte.

Gerade als sie das Boot wendeten, erblickte Ophélie ebenfalls etwas auf dem Wasser. »Matt! Da vorn!«, rief sie, deutete mit dem Finger in die Richtung und schnappte sich das Fernglas. Es handelte sich tatsächlich um ein Surfbrett, doch bei genauerem Hinschauen erkannte Ophélie auch einen Mann, der sich an dem Brett festklammerte. Matt hatte den Mann ebenfalls bemerkt und machte sich augenblicklich daran, die Segel einzuholen. Ophélie ging ihm dabei zur Hand, denn der starke Wind machte es ihm sehr schwer. Anschließend startete Matthew den Motor und steuerte auf die Stelle zu, wo sie den Mann entdeckt hatten.

Als sie näher kamen, stellten sie fest, dass der Mann in Wirklichkeit ein Junge im Teenageralter war, der offenbar kurz davor stand, das Bewusstsein zu verlieren. Seine Lippen hatten bereits eine bläuliche Farbe angenommen, und sein Gesicht war sehr blass. Er musste schon seit geraumer Weile im Meer getrieben sein.

Matt verschwand in der Kajüte, um nach einem robusten Seil zu suchen. Währenddessen tat Ophélie alles, damit sich das Boot nicht entfernte. Die See wurde zunehmend rauer, und Ophélie erkannte, wie schwierig es sein würde, dem jungen Surfer an Bord zu helfen.

Der zitternde Junge hatte ihr Boot inzwischen entdeckt und warf Ophélie einen verzweifelten Blick zu. Er trug einen Taucheranzug, der ihn wahrscheinlich vor allzu starker Unterkühlung bewahrt hatte. Ophélie überlegte, wie alt er wohl sein mochte, und schätzte ihn auf ungefähr sechzehn Jahre. Ihre Kehle schnürte sich zu. Er war in Chads Alter. Irgendwo gab es eine Frau, deren Sohn in Lebensgefahr schwebte …

Sie mussten ihn unbedingt retten. Doch wie sollten sie das anstellen? Matt besaß zwar ein kleines Funkgerät, aber die Küstenwache war meilenweit weg, und bis auf einen Frachter in der Ferne waren keine anderen Boote in Sicht. Der Junge benötigte jedoch sofortige Hilfe.

Matt zog sich ohne zu zögern eine Schwimmweste über und fragte knapp: »Kannst du das Boot allein zurückbringen, falls es notwendig sein sollte?«

Ophélie nickte entschlossen. In der Bretagne war sie als junges Mädchen mehrfach allein gesegelt – oft bei weitaus ungünstigeren Wetterverhältnissen als diesen.

Matt machte eine große Schlaufe in das Seil, nahm es fest in die Hand und sprang ins Wasser. Sobald er bei dem Jungen angelangt war, griff dieser instinktiv nach seinem Retter und klammerte sich an ihn. In seiner Verzweiflung zog er Matt dabei fast unter Wasser. Ophélie schrie vor Schreck auf und schlug die Hand vor den Mund. Doch dann schaffte Matt es, sich mit einigen Knüffen und Stößen von dem Jungen befreien. Er schlang das Seil um ihn und hatte die Situation wieder unter Kontrolle. Als Matt den jungen Surfer hinter sich her in Richtung des Boots zog, ruderte dieser schwach mit den Armen. Ophélie beobachtete, wie viel Kraft Matt diese Rettungsaktion kostete, aber sie erkannte nun auch, wie durchtrainiert er war.

»Ophélie!«, rief Matt außer Atem. »Fang das Seil und binde es an der Winde fest!« Er warf Ophélie das Seilende zu, und sie erwischte es auf Anhieb. Sie benötigte jedoch fünf Anläufe, bis sie das Seil endlich an der Winde befestigt hatte. Die Winde beförderte den Jungen schließlich an Bord, und als er nahezu leblos auf das Deck glitt, fing Ophélie ihn auf. Er zitterte nun heftig und verlor kurz darauf das Bewusstsein. Schnell entwand Ophélie ihm das Seil und warf es Matt zu. Trotz der heftigen Wasserbewegung fing Matt es mit Leichtigkeit auf, und die Winde zog ihn ebenfalls hinauf. Es erschien Ophélie wie ein Wunder, dass sie den Jungen tatsächlich aus dem Wasser geholt hatten und auch Matthew unversehrt war.

Matt setzte ohne Verschnaufpause erneut die Segel. Der Wind hatte sich gedreht und blies nun kräftig in Richtung Küste. Ophélie holte eine Decke aus der Kajüte und hüllte den Jungen darin ein. Offensichtlich war er mit seinem Surfbrett unterwegs gewesen und von einer Strömung abgetrieben worden. Er hatte unbeschreibliches Glück gehabt. Wenn sie ihn nicht entdeckt hätten, wären seine Überlebenschancen gleich null gewesen. Doch noch war er nicht über den Berg ...

»In der Kajüte ist eine Flasche Brandy!«, rief Matt Ophélie zu. »Gib dem Jungen was davon!«

Ophélie schüttelte entschieden den Kopf, und Matt, der dachte, sie habe ihn nicht richtig verstanden, forderte sie erneut auf, den Brandy zu holen. Doch statt dies zu tun, kroch Ophélie zu dem Jungen unter die Decke und presste ihn fest an sich. Sie hoffte, ihr Körper würde ihn wärmen, bis sie die Küste erreichten.

Matt verschwand wenig später in der Kajüte und benachrichtigte die Küstenwache. Da er bereits mit hoher Geschwindigkeit auf die Küste zuhielt, war es nicht nötig, dass ein Rettungsboot hinausfuhr. Man einigte sich darauf, dass ein Krankenwagen zum Dock geschickt wurde und den Patienten dort in Empfang nahm.

Sobald Land in Sicht kam, entspannte sich Matt ein wenig, doch ein Blick auf Ophélie und den Jungen beunruhigte ihn erneut. Seit zwanzig Minuten war jener nun nicht mehr bei Bewusstsein, und Ophélies Angst wurde offensichtlich immer größer.

»Wie geht es ihm?«, fragte Matt, doch Ophélie reagierte nicht. Die ganze Situation erinnerte sie in erschreckender Weise an Chads zweiten Selbstmordversuch. Sie war entschlossen, diesen Jungen zu retten. Sie würde seiner

Mutter die Qualen ersparen, die sie selbst hatte durchmachen müssen ...
Matthew wiederholte seine Frage, und Ophélie antwortete: »Er atmet!« Ihre Kleidung war mittlerweile völlig durchnässt, aber das bemerkte sie kaum.
»Warum wolltest du ihm den Brandy nicht geben?«, wollte Matt wissen.
»Er hätte seinen Zustand noch verschlechtert«, antwortete Ophélie und warf einen besorgten Blick in das Gesicht des Jungen, aus dem alle Farbe gewichen war. Glücklicherweise ertastete sie noch immer einen schwachen Puls. »Durch den Alkohol wären seine Gefäße erweitert worden, und das hätte die Unterkühlung noch gefördert.«
»Gut, dass du das wusstest!«, stieß Matt hervor und sah sie dankbar an. »Ich hätte den Jungen in Gefahr gebracht ...«
Sie befanden sich kurz vor der Lagunenöffnung. Innerhalb der nächsten Minuten würde der Junge medizinisch versorgt. Als sie in die Lagune hineinfuhren, hörten sie schon die Sirenen des Rettungswagens und erblickten eine Menschenmenge am Dock. Um ein halbes Dutzend Sanitäter herum hatten sich zahllose Schaulustige versammelt.
Sobald sie angelegt hatten, sprangen die Sanitäter an Bord, und Ophélie entließ den Jungen aus ihrer Umarmung. Nachdem er kurz untersucht und dann rasch auf eine Trage gehoben worden war, drehte sich einer der Sanitäter zu Ophélie und Matt um und sagte: »Er kommt durch!«
Ophélie schluchzte vor Erleichterung auf, und Matt zog sie ohne nachzudenken in seine Arme. Sie weinte hemmungslos, und er strich ihr tröstend übers Haar.
Während der Krankenwagen davonbrauste, kamen zwei Feuerwehrmänner an Bord. »Wie es aussieht, haben Sie dem Jungen das Leben gerettet«, sagte einer von ihnen anerkennend. »Wissen Sie, wie er heißt?«

Ophélie schüttelte aufgelöst den Kopf. Zu ihrer Erleichterung übernahm Matt es, den Männern den Hergang der Geschehnisse zu schildern. Er sprach sehr besonnen, und der Klang seiner Stimme beruhigte Ophélie. Eine halbe Stunde später waren alle Fakten aufgenommen, und das Dock leerte sich zusehends. Ophélie war noch immer ein wenig zittrig, und Matt legte behutsam den Arm um sie.

»Es tut mir Leid, dass du das erleben musstest, Ophélie«, sagte er leise. Er ahnte, woran die Ereignisse sie erinnerten. »Dabei wollte ich einfach nur einen schönen Nachmittag mit dir verbringen.«

»Stattdessen haben wir das Leben eines Jungen gerettet – und seine Mutter wahrscheinlich sehr glücklich gemacht.«

Nachdem sie die *Nessie II* vertäut hatten, verließen sie das Dock. Ophélie konnte sich kaum noch auf den Beinen halten, und Matt fuhr sie sofort nach Hause.

Seit ihrem Aufbruch waren mehr als fünf Stunden vergangen. Als sie das Haus betraten, wurden sie von lautem Schluchzen empfangen, das aus Pips Zimmer drang. Hastig liefen sie nach oben und fanden Pip weinend auf ihrem Bett. Amy saß mit hilflosem Gesichtsausdruck neben ihr und versuchte ihren Schützling zu trösten.

Pip hatte beobachtet, wie das Boot aus der Lagune glitt. Als es nach einer Stunde noch immer nicht zurückgekehrt war, begann sie, sich Sorgen zu machen, und sobald sie die Sirenen am Dock hörte, schlugen ihre Befürchtungen in schreckliche Gewissheit um.

Pip weinte so heftig, dass sie gar nicht bemerkte, wie ihre Mutter und Matt ins Zimmer kamen. Ophélie setzte sich sogleich neben ihre Tochter und legte ihre die Hand auf die Schulter. Liebevoll flüsterte sie: »Es ist alles in Ordnung, Pip. Ich bin wieder da. Mir ist nichts Schlimmes geschehen.«

Pip drehte sich abrupt zu Ophélie um. Einen Augenblick lang sah es so aus, als wolle sie ihrer Mutter vor Erleichterung um den Hals fallen, doch dann schrie sie vorwurfsvoll: »Du hast gesagt, du wärst in einer Stunde wieder hier!«
Ophélie senkte schuldbewusst den Blick. »Es tut mir sehr Leid ... Weißt du ... unterwegs ist etwas passiert.«
»Ist das Boot untergegangen?« Pip blickte mit großen Augen von ihrer Mutter zu Matt. Amy zog sich unterdessen diskret zurück.
»Nein, das nicht«, entgegnete Ophélie sanft und nahm Pip in den Arm. »Außerdem habe ich eine Schwimmweste getragen, wie ich es dir versprochen hatte.«
»Was ist dann passiert?«, wollte Pip wissen.
»Wir sind draußen auf dem Meer auf einen Jungen gestoßen, der auf seinem Surfbrett abgetrieben war. Matt hat ihn gerettet.«
Pips Augen weiteten sich.
»Wir beide haben ihn gerettet«, berichtigte Matt. »Deine Mutter war unglaublich.« Ophélies Tatkraft hatte ihn tief beeindruckt.
Sie erzählten Pip nun die ganze Geschichte, und wenig später, als sie alle in der Küche zusammensaßen und Tee tranken, rief Matt im Krankenhaus an, um sich nach dem Zustand des Jungen zu erkundigen. Eine Schwester teilte ihm mit, dass der Zustand des Patienten zwar noch immer ernst sei, aber keine Lebensgefahr bestand. Sie fügte hinzu, dass die Eltern des Jungen inzwischen bei ihm seien. Nachdem Matt aufgelegt hatte, berichtete er Ophélie, was er erfahren hatte, und diese schloss dankbar die Augen. Sie hatten einer Familie, die sie niemals kennen lernen würden, eine schreckliche Tragödie erspart.
Als sich Matt eine Stunde später verabschiedete, hatte sich Pip bereits wieder ein wenig gefangen. Doch Ophélie ahnte, dass die Stunden ihrer Abwesenheit für die

Kleine entsetzlich gewesen sein mussten, schließlich war sie der festen Überzeugung gewesen, dass ihre Mutter – ebenso wie ihr Vater und ihr Bruder – ums Leben gekommen war.

Matt fühlte sich für die Ängste, die Pip ausgestanden hatte, ebenfalls verantwortlich. Sobald er zu Hause angekommen war, griff er zum Telefon und rief Ophélie an.

»Wie geht es Pip?«, fragte er mit besorgter Stimme.

»So weit ganz gut«, erwiderte Ophélie. Sie hatte mittlerweile ein Bad genommen und fühlte sich nun etwas besser, doch die Ereignisse hatten sie furchtbar erschöpft. »Es sieht so aus, als ob ich nicht die Einzige wäre, die sich schneller Sorgen macht als früher.«

»Das ist nur allzu verständlich. Pip hat ja bereits am eigenen Leib erfahren, welche schrecklichen Folgen ein Unglück mit sich bringt. Es ist wahrscheinlich ihr schlimmster Albtraum, dich auch noch zu verlieren.«

»Ja, da hast du Recht. Meine arme Kleine ...«

»Du warst übrigens einfach toll«, sagte Matt anerkennend.

»Du aber auch«, gab Ophélie das Kompliment zurück. Matts Entschlossenheit und sein ruhiges, überlegtes Vorgehen an diesem Nachmittag hatten ihr sehr imponiert.

»Falls ich jemals über Bord gehen sollte, werde ich vorher dafür sorgen, dass du in der Nähe bist, um mich zu retten. Ich bin so froh, dass du die Wirkung von Alkohol kanntest.«

»Ohne mein Medizinstudium hätte ich das auch nicht gewusst! Der Junge hat überlebt – das ist alles, was zählt.«

Abends rief Matt noch einmal im Krankenhaus an, um in Erfahrung zu bringen, ob sich inzwischen etwas getan hatte. Gleich darauf meldete er sich noch einmal bei Ophélie und informierte sie über den Zustand des Patienten. Es ging ihm inzwischen den Umständen entsprechend gut.

Am folgenden Morgen erhielten sowohl Matt als auch Ophélie einen Anruf von den Eltern des Jungen. Sie bedankten sich herzlich, dass sie ihrem Sohn das Leben gerettet hatten. Als die Mutter des Jungen mit Ophélie sprach, schluchzte sie so sehr, dass sie kaum ein Wort hervorbrachte. Sie ahnte natürlich nicht, wie gut Ophélie ihre Gefühle nachempfinden konnte.

Während des Frühstücks las Pip ihrer Mutter einen Artikel aus der Zeitung vor, der über die Rettung des Jungen berichtete. Nachdem sie fertig war, warf sie Ophélie einen Blick zu, der ihrer Mutter einen Stich versetzte.

»Versprich mir, so etwas nie wieder zu machen«, sagte Pip leise. »Ich will nicht ... ich könnte nicht ... wenn du ...« Sie war nicht in der Lage, den Satz zu beenden, und Ophélies Augen füllten sich mit Tränen.

»Ich versprech es dir. Ich könnte auch nicht ohne dich leben«, hauchte sie kaum hörbar und umarmte ihre Tochter.

Eng umschlungen saßen sie minutenlang da, unendlich dankbar, dass sie einander hatten.

Wenig später ging Pip auf die Terrasse hinaus und setzte sich neben Mousse auf eine Liege.

Ophélie stand im Wohnzimmer und beobachtete ihre Tochter durch das große Fenster. Pip starrte stumm aufs Meer und hing ihren Gedanken nach. Während Ophélie sie liebevoll betrachtete, füllten sich ihre Augen abermals mit Tränen, und sie dankte Gott dafür, dass sie noch am Leben war, um für ihre Tochter da zu sein.

# 11

An ihrem letzten Abend in Safe Harbour führte Matthew Ophélie und Pip erneut zum Abendessen aus. Inzwischen hatten sie sich von dem schlimmen Erlebnis erholt, das ihrem Segelausflug am vergangenen Sonntag ein solch jähes Ende gesetzt hatte. Der Junge, der noch einmal mit dem Leben davongekommen war, hatte am vorherigen Tag das Krankenhaus verlassen können. Gleich nach seiner Entlassung rief er Ophélie und dann Matthew an, um ihnen persönlich zu danken.
Sie besuchten abermals den Lobster Pot und verbrachten einen angenehmen Abend. Pip jedoch starrte die meiste Zeit über abwesend vor sich hin – der Abschied von Matthew rückte immer näher. Ihre Mutter und sie hatten am Nachmittag ihre Koffer gepackt und würden am folgenden Morgen abreisen.
»Ohne euch beide wird es hier furchtbar einsam sein«, bemerkte Matt, während ihnen der Nachtisch serviert wurde. Die meisten der Sommerurlauber würden ebenfalls an diesem Wochenende abfahren.
»Wir kommen nächstes Jahr wieder«, sagte Pip mit Nachdruck. Sie hatte ihrer Mutter dieses Versprechen erst vor wenigen Tagen abgerungen. Ophélie hätte den folgenden Sommer zwar gern wieder in Frankreich verbracht, doch die Vorstellung, nach Safe Harbour zurückzukehren, hatte auch seinen Reiz, und so hatte Ophélie dem Wunsch ihrer Tochter schließlich nachgegeben.
»Wenn ich euch besuche, erwarte ich, dass du einen ganzen Stapel neuer Zeichnungen vorzuweisen hast, Pip!«, sagte Matthew. »Und vergiss nicht, mir den Termin für den Vater-Tochter-Abend durchzugeben!«
Pip lächelte. Sie freute sich, dass Matt daran dachte, und sie war sicher, dass er mit ihr auch wirklich dorthin gehen würde – anders als ihr Vater, der Versprechen dieser Art allzu oft gebrochen hatte.

»Du musst dann aber eine Krawatte tragen«, erklärte Pip kleinlaut und hoffte, dass dieser Umstand Matthews Entschluss nicht ändern würde.

Matt nickte. »Ich müsste irgendwo noch eine haben ...« Tatsächlich besaß er noch zahllose Krawatten aus seiner Zeit als Agenturchef. Er hatte jedoch schon lange keine mehr getragen, denn in seinem jetzigen Leben gab es keinerlei formelle oder festliche Anlässe.

Nach dem Essen brachte Matthew Ophélie und Pip nach Hause, und Ophélie fragte ihn, ob er noch auf ein Glas Wein mit hineinkommen wolle. Matt nahm die Einladung gern an. Während Pip in ihrem Zimmer verschwand, um sich bettfertig zu machen, schenkte Ophélie Matt und sich selbst ein Glas Rotwein ein. Matthew zündete indessen ein Feuer im Kamin an. Die Abende in Safe Harbour konnten mittlerweile recht kühl sein, und in der Luft lag bereits ein Hauch von Herbst.

Pip tauchte kurz darauf wieder auf, gab Matthew einen Gutenachtkuss und versprach ihm, sich bald bei ihm zu melden. Er umarmte sie fest und streichelte liebevoll ihre Wange. Dann verließ Pip, begleitet von Ophélie, den Raum, und Matt wischte sich rasch eine Träne aus dem Augenwinkel. Während er ein Holzscheit nachlegte, trottete Mousse zu ihm herüber und rieb seinen Kopf vertrauensvoll an seinem Knie. Matt kraulte ihn lächelnd hinter den Ohren und stellte fest, dass er selbst den Hund vermissen würde. Er hatte im Laufe der Jahre vergessen, wie es war, Teil einer Familie zu sein, doch Pip, Ophélie und Mousse hatten es ihm wieder vor Augen geführt.

Als Ophélie aus Pips Zimmer zurückkehrte, prasselte das Feuer bereits behaglich im Kamin. Ophélie hatte es sich – zu Pips großer Freude – angewöhnt, ihre Tochter jeden Abend ins Bett zu bringen. Nun setzte sich Ophélie auf die Couch, blickte nachdenklich in die Flammen und dachte daran, wie sehr sie sich in den vergangenen

Wochen verändert hatte. Sie war schon beinahe wieder die Alte. Natürlich vermisste sie ihren Sohn und ihren Mann noch immer sehr, doch sie konnte den Schmerz über ihren Verlust nun eher ertragen.

»Du siehst so ernst aus ...«, bemerkte Matt und ließ sich neben Ophélie nieder.

»Ich habe gerade darüber nachgedacht, wie viel besser ich mich fühle, seit wir hergekommen sind. Safe Harbour hat Pip und mir sehr gut getan. Du hast uns gut getan.« Ophélie lächelte Matt dankbar an.

»Und ihr habt mir gut getan. Jeder braucht Freunde. Ich glaube, ich habe das viel zu lange verdrängt.«

»Ich hoffe, dass du uns oft besuchst – trotz meiner miserablen Kochkünste!« Ophélie lachte.

»Ich würde es vorziehen, in einem Restaurant zu speisen«, flachste Matt und lachte ebenfalls. Er war froh, dass sie in Kontakt bleiben wollten. Die Aussicht, Pip und Ophélie hin und wieder einen Besuch abzustatten, linderte den Trennungsschmerz ein wenig. »Was wirst du den ganzen Tag über tun, wenn Pip wieder zur Schule geht?«, fragte er dann.

»Ich habe mich entschlossen, ehrenamtlich in einem Obdachlosenheim mitzuarbeiten.« Ophélie hatte das Informationsmaterial, das Blake Thompson ihr zur Verfügung gestellt hatte, geradezu verschlungen.

»Das ist eine hervorragende Idee. Aber falls dir irgendwann langweilig werden sollte, bist du bei mir jederzeit herzlich willkommen. Hier ist es auch im Winter sehr schön.«

»Das kann ich mir vorstellen. Vielleicht komme ich wirklich irgendwann einmal vorbei.«

»Freust du dich darauf, in die Stadt zurückzugehen?«

»Nein, eigentlich nicht. Das Haus birgt zu viele Erinnerungen an Chad und Ted – außerdem ist es viel zu groß für Pip und mich! Ich habe schon mit dem Gedanken gespielt, es zu verkaufen, aber ich will nichts überstürzen.«

Sie erwähnte nicht, dass im Kleiderschrank noch immer Teds Hemden und Hosen hingen und dass auch in Chads Zimmer alles unverändert geblieben war. Sie brachte es einfach nicht übers Herz, irgendetwas von dem wegzuwerfen, das den beiden gehört hatte.
»Es wäre sicherlich nicht leicht für Pip umzuziehen.«
»Das stimmt. Sie hat seit ihrem sechsten Lebensjahr dort gewohnt. Es ist ihr Zuhause, und sie hängt sehr daran – mehr als ich.«
Sie verfielen in Schweigen, doch die Stille war alles andere als unangenehm. In Gedanken versunken saßen sie nebeneinander auf der Couch, genossen die Gegenwart des anderen und blickten in das flackernde Feuer. Schließlich erhob sich Matt, und Ophélie stand ebenfalls auf.
»Ich melde mich nächste Woche bei dir«, versprach er, und Ophélie nickte erfreut. Sie wusste, sie konnte sich auf sein Wort verlassen – sie konnte sich auf ihn verlassen. »Ruf mich an, wenn du irgendetwas brauchst oder wenn ich etwas für Pip tun kann«, fügte er hinzu.
»Danke, Matt«, sagte sie lächelnd. »Danke für alles! Du warst uns ein echter Freund.«
»Und das werde ich auch bleiben!«, erwiderte er.
»Das hoffe ich. Pass gut auf dich auf!« Sie begleitete ihn zum Wagen, und er legte den Arm um sie.
»Gute Nacht«, sagte er sanft zum Abschied und drückte sie kurz an sich. Dann stieg er ein und ließ den Motor an.
Als er davonfuhr, winkte er, und Ophélie winkte lächelnd zurück.
Wenig später betrat Matt seinen Bungalow auf der Düne. Ohne Licht zu machen durchquerte er das Wohnzimmer und stellte sich ans Fenster, und während er dort stand und aufs Meer hinausblickte, wünschte er, er wäre mutiger gewesen ...

# 12

»Auf Wiedersehen«, sagte Pip traurig an das Haus gewandt.
Nun war der Morgen der Abreise gekommen. Ophélie verschloss die Tür und warf den Schlüssel kurz darauf in den Briefkasten des Maklers. Der Sommer war endgültig vorüber.
Während sie die Hauptstraße von Safe Harbour entlangfuhren, fiel Ophélie auf, wie still Pip war. Doch schon bald darauf ergriff die Kleine das Wort. »Was hast du eigentlich gegen ihn?«, fragte sie und verschränkte die Arme vor der Brust. Ihr Tonfall schwang zwischen Ärger und Unverständnis.
Ophélie wusste nicht, von wem Pip sprach. »Gegen wen?«
»Matt. Du magst ihn nicht, aber ich glaube, er mag dich.«
Pip starrte ihre Mutter vorwurfsvoll an.
Ophélie war irritiert. »Ich mag ihn doch auch! Wovon redest du eigentlich?«
»Aber du magst ihn nicht als Mann ...«
»Ich will keinen Mann«, erklärte Ophélie ungeduldig.
»Ich bin schon verheiratet.«
»Nein, bist du nicht! Du bist Witwe.«
»Das ist das Gleiche. Zumindest fast.«
»Das stimmt nicht! Witwen können wieder heiraten.«
»Ich glaube nicht, dass Matt mich als Frau mag. Und selbst wenn es so wäre – er ist unser Freund, Pip. Wenn mehr daraus entstünde, würde das alles verderben.«
»Wieso das denn?«, hakte Pip trotzig nach. Sie hatte den ganzen Morgen lang darüber nachgegrübelt.
»Ich bin erwachsen, und ich weiß es eben. Wenn Matt und ich etwas miteinander anfingen, würde früher oder später einer von uns verletzt werden. Es kann einfach nicht gut gehen. Und dann wäre alles kaputt – auch unsere Freundschaft.«
»Warum?«

»Wenn sich Partner trennen, streiten sie sich meistens, und anschließend können sie nicht einmal mehr miteinander befreundet sein.« Sie blickte ihre Tochter für eine Sekunde eindringlich an. »Nach einer Trennung würde Matt womöglich auch dich nicht mehr besuchen. Stell dir vor, wie traurig du dann wärst.«
»Und wenn ihr heiratet? Dann könnte so was doch bestimmt nicht passieren.«
»Pip! Ich werde nie wieder heiraten! Und Matt sieht das genauso wie ich. Nach der Scheidung von seiner Frau ging es ihm sehr schlecht.«
»Hat er wirklich gesagt, dass er nie wieder heiraten will?«, fragte Pip misstrauisch.
»Im Grunde schon. Wir haben uns häufig über die Trennung von seiner Frau unterhalten. Matt hat genug von der Ehe, glaub mir. Und wie gesagt: Ich will nicht noch einmal heiraten. Ich bin nach wie vor die Frau deines Vaters«, sagte Ophélie entschieden und hoffte, diese seltsame Unterhaltung sei damit beendet.
Doch Pip ließ nicht locker. »Ich finde, du solltest Matt heiraten. Dann würde er für immer bei uns bleiben.«
»Vielleicht will er das ja gar nicht! Warum heiratest du ihn nicht? Er bedeutet dir doch so viel ...«, neckte Ophélie Pip in der Absicht, die gereizte Stimmung zu lösen.
»Er ist mein allerbester Freund«, sagte Pip nachdenklich. »Und deswegen musst du ihn einfach heiraten.«
»Vielleicht können wir ihn ja mit Andrea verkuppeln«, scherzte Ophélie weiter. Wenn man es recht bedachte, war das gar keine schlechte Idee.
Ich sollte die beiden miteinander bekannt machen, überlegte Ophélie. Doch dann stellte sie zu ihrer Überraschung fest, dass sie Matthew nicht mit Andrea teilen wollte.
»Matt würde sie nicht mögen!«, sagte Pip mit dem Brustton der Überzeugung. »Andrea ist viel zu energisch für ihn. Sie will immer das Sagen haben und kommandiert

die Leute ständig herum. Deswegen verlassen die Männer sie auch so schnell wieder.«

»Das ist eine interessante Sichtweise«, murmelte Ophélie und wusste, dass Pip mit dieser Einschätzung nicht gänzlich falsch lag. Andrea war ein unabhängiger, freiheitsliebender Mensch. Das war auch einer der Gründe dafür, dass sie eine künstliche Befruchtung einer natürlichen Empfängnis vorgezogen hatte ... Ophélie stutzte, denn ihr kam plötzlich die Eingebung, dass sich Andrea womöglich deswegen für einen anonymen Samenspender entschlossen hatte, weil sie noch nie eine ernsthafte Beziehung geführt hatte und sich mit keinem ihrer Partner vorstellen konnte, ein Kind zu bekommen. Dann kehrten ihre Gedanken wieder zu Pip zurück. Ihre Tochter war in der Vergangenheit oftmals dabei gewesen, wenn sie, Ophélie, sich mit Ted über Andrea und ihre Affären unterhielt. Offenbar hatte Pip aus den mit angehörten Gesprächen ihre eigenen Schlüsse gezogen. Ophélie war beeindruckt von der scharfen Auffassungsgabe ihrer Tochter.

»Matt wäre mit dir viel glücklicher – und natürlich mit mir«, ergänzte Pip und kicherte. »Wenn wir ihn das nächste Mal sehen, fragen wir ihn, ob er uns heiraten will.«

Ophélie grinste. »Ich bin sicher, Matt wäre begeistert! Wir sollten ihn gar nicht erst fragen – wir teilen ihm einfach mit, dass er uns heiraten muss.«

»Das ist eine Superidee!«, rief Pip.

Wenig später trafen sie vor ihrem Haus in der Clay Street ein. Sie stiegen aus, und Ophélie schloss die große Eingangstür auf. Seit drei Monaten waren sie nicht mehr hier gewesen. Jedes Mal, wenn Ophélie in den vergangenen Wochen in die Stadt gefahren war, hatte sie einen weiten Bogen um das Haus gemacht. Die Post war ihnen den ganzen Sommer über nach Safe Harbour geschickt worden. Als sie nun eintraten, stürzten all die schmerzlichen Erinnerungen, die sie in letzter Zeit erfolgreich verdrängt hatten, wieder auf sie ein. Ophélie kam es vor, als müsse Chad jeden Augenblick die Treppe herunterkommen, um sie zu begrüßen. Und Ted würde in der Schlafzimmertür stehen und sie mit diesem gewissen Blick ansehen, der ihre Knie stets zum Zittern gebracht hatte. Die Anziehungskraft zwischen ihnen war auch nach zwanzig Jahren Ehe noch immer sehr stark gewesen.

Doch das Haus war leer. Pip und Ophélie standen in der Eingangshalle und mussten sich der grausamen Wirklichkeit stellen. In Pips Augen sammelten sich Tränen, und Ophélie nahm ihre Tochter in den Arm.

»Es ist schrecklich hier«, flüsterte Pip. Selbst Mousse winselte leise vor sich hin.

»Ja, da hast du Recht«, bestätigte Ophélie mit bebender Stimme. »Wir müssen jetzt ganz stark sein.« Sie machte sich rasch von Pip los und ging zum Auto zurück, um das Gepäck zu holen. Pip half ihr dabei. Dann trugen sie Pips Koffer gemeinsam die Treppe hinauf und stellten sie schwer atmend im Kinderzimmer ab.

»Ich packe gleich für dich aus«, sagte Ophélie und lehnte sich mit zittrigen Beinen gegen die Wand. Das Haus erschien ihr wie ein großes schwarzes Loch, in dem sie zu versinken drohte. Krampfhaft versuchte sie, sich daran zu erinnern, was sie in der Selbsthilfegruppe über die Bewältigung von Momenten wie diesem gelernt hatte. Doch sie hatte den Eindruck, als seien die Erkenntnisse der vergangenen Monate mit einem Mal aus ihrem Kopf verschwunden.

»Das kann ich doch selbst machen, Mom«, entgegnete Pip und blickte ihre Mutter besorgt an. »Du bist ganz blass.«

»Mir geht's gut.« Ophélie lief abermals nach unten und trug ihre eigenen Koffer die Treppe zum ehelichen Schlafzimmer hinauf. Als sie den Schrank öffnete und

Teds Sachen sah, wurde ihr übel. Es war alles noch da. Jedes Jackett, jedes Hemd, jede Krawatte, all seine Schuhe – sogar seine alten, abgewetzten Hausschuhe, die er am Wochenende immer getragen hatte. Ophélie holte tief Luft und begann, mit langsamen, wie ferngesteuerten Bewegungen ihre Koffer auszupacken. Sie konnte fühlen, wie der Schmerz erneut von ihr Besitz ergriff, und sie stellte mit Erschrecken fest, dass sie ihm völlig hilflos gegenüberstand.
Abends saßen sich Pip und Ophélie schweigend und erschöpft im Wohnzimmer gegenüber. Keine von beiden konnte sich dazu aufraffen, das Abendessen zuzubereiten. Da klingelte das Telefon, und Pip sprang erleichtert auf. Ophélie hingegen blieb teilnahmslos sitzen. Sie wollte jetzt mit niemandem sprechen.
Pip vernahm Matthews Stimme am anderen Ende der Leitung, und ihr Gesicht hellte sich augenblicklich auf. »Hallo Matt! Uns geht es gut«, beantwortete sie seine Frage, doch Matthew konnte ihr anhören, dass das nicht der Wahrheit entsprach. Bei seiner nächsten Frage brach Pip vermittelt in Tränen aus. »Du hast Recht, es geht uns gar nicht gut. Das Haus ...«
Ophélie hob die Hand, um ihrer Tochter zu signalisieren, nicht fortzufahren. Sie wollte auf keinen Fall, dass Pip Matthew mit ihren Sorgen belastete. Doch dann ließ sie die Hand sinken. Wenn Matthew wirklich ihr Freund war, dann sollte er erfahren, wie sie sich tatsächlich fühlten.
Eine ganze Weile lang lauschte Pip nun Matthews Worten und nickte währenddessen wiederholt. Letztlich versiegten ihre Tränen. »Okay, ich will es versuchen ... Ich sage es Mom ... Das geht nicht, ich muss morgen zur Schule ... Wann kommst du denn?«
Ophélie beobachtete ihre Tochter mit müden Augen. Was immer Matthew zu Pip sagte – es zauberte ein Lächeln auf das Gesicht ihrer Tochter. »In Ordnung ... ich

frage sie.« Pip wandte sich ihrer Mutter zu und legte diskret die Hand über die Hörermuschel. »Möchtest du auch mit ihm reden?«
Ophélie schüttelte den Kopf und flüsterte: »Sag ihm, ich wäre beschäftigt.« Sie wusste, sie würde Matt nichts vormachen können, und sie wollte nicht wie Pip losheulen. Pip gab Ophélies Worte an Matt weiter. »Okay«, sagte sie schließlich, »das richte ich ihr aus. Ich rufe dich morgen zurück. Tschüs Matt!« Pip legte auf und erzählte ihrer Mutter aufgeregt, was sie mit Matthew besprochen hatte. »Er meint, dass das Haus schlimme Erinnerungen in uns weckt und dass es normal ist, wenn wir traurig sind. Er hat vorgeschlagen, dass wir heute Abend irgendetwas Schönes machen, zum Beispiel chinesisches Essen bestellen und dazu Musik hören. Am besten fröhliche Musik – ganz laut! Und wenn es uns richtig mies geht, dann sollen wir im selben Zimmer schlafen.«
Ophélie legte nachdenklich die Stirn in Falten.
»Matt hat außerdem gesagt, wir sollen morgen zusammen shoppen gehen und irgendwas ganz Albernes kaufen«, sprudelte es weiter aus Pip hervor. »Leider muss ich ja morgen zur Schule. Aber die anderen Vorschläge sind doch gar nicht schlecht, oder? Sollen wir uns chinesisches Essen kommen lassen? Das haben wir den ganzen Sommer über nicht getan.« In Safe Harbour gab es kein chinesisches Restaurant.
»Ja, warum nicht?«, antwortete Ophélie matt. »Das wäre mal was anderes.« Sie ahnte, dass Matthew genau das im Hinterkopf gehabt hatte.
»Wie wär's mit ein paar Frühlingsrollen?«, schlug Pip vor.
»Ich hätte mehr Lust auf Pekingente«, entgegnete Ophélie in dem Bemühen, sich für die Idee zu begeistern. Dann erhob sie sich, um nach der Nummer des chinesischen Restaurants zu suchen, bei dem sie früher oft etwas geordert hatten.

»Ich möchte eine Frühlingsrolle und Reis mit Schrimps«, verkündete Pip.

Ophélie rief beim Chinesen an und gab ihre Bestellung durch, und eine halbe Stunde später wurde das Essen geliefert. Mittlerweile hatte Pip eine Rap-CD aufgelegt und die Lautstärke bis zur Toleranzgrenze aufgedreht. Trotz des Lärms stellte Ophélie fest, dass sie sich inzwischen weitaus besser fühlte als noch vor einer Stunde. Pip ging es offenbar ähnlich.

Matthews Rat hatte tatsächlich seine Wirkung getan, stellte Ophélie verwundert fest. Es war merkwürdig, dass eine exotische Mahlzeit und heiße Rhythmen ihren Schmerz vertreiben konnten.

Während sie sich wenig später nach oben begaben, fragte Pip zögernd: »Kann ich heute Nacht bei dir schlafen?«

Ophélie sah ihre Tochter überrascht an. Sie hatte nicht erwartet, dass Pip Matts Vorschlag in die Tat umsetzen wollte. Während des gesamten vergangenen Jahres hatte sie nicht ein einziges Mal darum gebeten, bei ihrer Mutter im Bett übernachten zu dürfen ...

»Ja, gern«, erwiderte Ophélie, und Pip strahlte.

Fünf Minuten später stand die Kleine, bekleidet mit ihrem Schlafanzug, im Zimmer ihrer Mutter. Pip fühlte sich mit einem Mal wie auf einer Schlafparty, sie kicherte ausgelassen und sprang in Ophélies Bett. Matthew hatte es wieder einmal geschafft, ihre trübe Stimmung vollständig zu verbannen. Als sich Pip an ihre Mutter kuschelte und kurz darauf einschlief, bemerkte Ophélie ein glückliches Lächeln auf ihren Zügen. Sie war überrascht, wie tröstend sie es fand, den kleinen Körper neben sich zu spüren. Schon nach wenigen Minuten schlief sie ebenso tief wie ihre Tochter.

Als am darauf folgenden Morgen der Wecker klingelte, schreckten Pip und Ophélie hoch und sahen sich irritiert um. Schnell realisierten sie, wo sie sich befanden, und beiden fiel kurz danach ein, dass Pip an diesem Tag wieder zur Schule musste. Pip stand auf, ging ins Bad und putzte sich die Zähne. Währenddessen eilte Ophélie nach unten, um Frühstück zu machen. Dabei entdeckte sie die Reste des chinesischen Essens im Kühlschrank und brach den letzten Glückskeks in der Mitte durch.

Ophélie las den Text des kleinen Zettels, den sie aus dem Keks herausgezogen hatte: *Die Sterne stehen günstig für alles, was du tust, und du wirst das ganze Jahr über glücklich sein.* »Danke, das ist genau das, was ich brauche«, flüsterte sie. Dann goss sie ein wenig Milch in die Schüssel mit Pips Cornflakes, steckte eine Scheibe Brot in den Toaster und brühte für sich selbst eine Tasse Kaffee auf.

Kurze Zeit später stürmte Pip in ihrer Schuluniform die Treppe herunter. Ophélie hastete nach oben, um sich anzuziehen. Sie wollte Pip zur Schule fahren und musste sich erst wieder daran gewöhnen, dass sie morgens nun nicht mehr so viel Zeit hatten wie in Safe Harbour. Doch ein wenig Hektik war Ophélie durchaus willkommen. Die hielt sie davon ab, allzu viel nachzudenken.

Zwanzig Minuten später saßen sie im Auto und flitzten zu Pips Schule. Auf Pips Gesicht lag ein zufriedener Ausdruck.

»Ich fand es schön, dass wir in einem Bett geschlafen haben.«

»Ich auch«, bestätigte Ophélie. Sie hatte es überaus genossen, ihr großes Ehebett mit ihrer Tochter zu teilen.

»Können wir das irgendwann noch mal machen?« Pip blickte sie hoffnungsvoll an.

»Sehr gern.«

Das Auto kam vor der Schule zum Stehen, und Pip erklärte: »Heute Nachmittag ruf ich Matt an und bedanke mich bei ihm für seine tollen Tipps.«

Ophélie nickte. Sie gab ihrer Tochter einen Kuss und wünschte ihr viel Spaß bei ihrem ersten Schultag nach den Ferien.

Pip stieg aus und war innerhalb von einer Minute in der Schülermenge verschwunden.

Auf der Rückfahrt war Ophélie gut gelaunt. Sie hatte noch immer einige Dinge auszupacken, musste einkaufen gehen und wollte außerdem an diesem Nachmittag ein Obdachlosenheim besichtigen. Damit würde sie beschäftigt sein, bis sie Pip um halb vier wieder von der Schule abholte.

Als sie wenig später an Chads Zimmer vorbeikam, konnte sie nicht anders, als die Tür zu öffnen und einen Blick hineinzuwerfen. Die Vorhänge waren zugezogen, und im Zimmer herrschte ein trübes Dämmerlicht. Der ganze Raum wirkte derart öde und traurig, dass es Ophélie schier das Herz zerriss. Chads Poster hingen noch immer an den Wänden, ebenso wie zahllose Fotos, die ihn mit seinen Freunden zeigten. Und doch sah das Zimmer anders aus als beim letzten Mal, als Ophélie hineingeschaut hatte. Es schien beinahe, als ob das Zimmer auf wundersame Weise langsam schrumpfte, wie ein Blatt, das im Herbst vom Baum gefallen war.

Ophélie ging zu Chads Bett hinüber, wie sie es immer tat. Sie setzte sich, beugte sich vor und vergrub das Gesicht in seinem Kissen. Sie konnte Chads Geruch noch immer wahrnehmen, doch er wurde zunehmend schwächer. Augenblicklich traten Tränen in ihre Augen. Weder chinesisches Essen noch dröhnende Musik konnten die Leere in ihrem Herzen füllen. Matthews Aufheiterungsversuche hatten sie nur kurz davon abgelenkt, dass Chad tot war und niemals zurückkehren würde.

Ophélie musste sich schließlich zwingen, Chads Zimmer zu verlassen. Sie wollte sich selbst nicht gestatten, dem erstickenden Gefühl der Verlassenheit erneut nachzugeben. Doch als sie ihr Schlafzimmer betrat und in dem offenen Kleiderschrank Teds Sachen hängen sah, konnte sie nicht widerstehen: Sie nahm eins seiner Jacketts vom Bügel und rieb den weichen Stoff an ihrer

Wange. Sie glaubte, noch immer Teds Aftershave zu riechen, und es kam ihr so vor, als ob sie im Geiste seine Stimme hörte. Hastig legte sie das Jackett beiseite. Sie musste sich zusammenreißen. Sie durfte es sich einfach nicht erlauben, wieder die Mauer um sich herum aufzurichten, durch die nichts und niemand vorzudringen vermochte. Sie konnte das Pip auf keinen Fall abermals zumuten.

Ophélie war froh, dass an diesem Nachmittag ein weiteres Gruppentreffen stattfand – ausnahmsweise an einem Montag. Die anderen Teilnehmer würden ihr in diesem schwierigen Moment gewiss mit Rat und Tat zur Seite stehen. Allerdings waren bald vier Monate – die übliche Laufzeit von Selbsthilfegruppen dieser Art – vorüber, und Ophélie konnte sich noch gar nicht vorstellen, wie sie zukünftig alles ohne die Unterstützung der anderen bewerkstelligen sollte.

An diesem Nachmittag erzählte Ophélie der Gruppe, wie verloren sie sich seit ihrer Rückkehr wieder fühlte, und alle Anwesenden waren sehr verständnisvoll. Schon nach kurzer Zeit ging es Ophélie etwas besser, und als die Teilnehmer nach der Sitzung gemeinsam das Gebäude verließen, scherzte sie sogar ein wenig mit Mr. Feigenbaum.

»Haben Sie denn inzwischen eine Freundin?«, fragte Ophélie ihn grinsend. Sie mochte den alten Mann. Er war ehrlich und herzensgut und hatte für jeden stets ein freundliches Wort. Zudem bewies er immer aufs Neue seine enorme Beharrlichkeit: Nach dem Tod seiner Frau wollte er um jeden Preis wieder ins alltägliche Leben zurückfinden.

»Noch nicht, aber ich arbeite daran. Und wie steht es mit Ihnen?«, fragte er zurück und lächelte breit.

»Ich bin nach wie vor entschlossen, allein zu bleiben. Versuchen Sie nicht, mich vom Gegenteil zu überzeugen! Sie klingen schon wie meine Tochter.«

»Versucht Ihre Tochter also auch, Sie zur Vernunft zu bringen? Sie scheint ein kluges Mädchen zu sein. Wäre ich vierzig Jahre jünger, müsste sich ihre Mutter vor mir in Acht nehmen! Ich habe zufällig gehört, dass sie ledig ist ...« Mr. Feigenbaum lachte aus vollem Hals.

Ophélie stimmte in sein Gelächter mit ein und winkte zum Abschied.

Kurz darauf fuhr sie vor dem Obdachlosenheim, dem Wexler Center, vor. Es lag in einer engen Gasse in einem eher berüchtigten Viertel der Stadt – doch das überraschte Ophélie nicht. Es machte schließlich keinen Sinn, eine Einrichtung wie diese in den besseren Gegenden von San Francisco anzusiedeln.

Ophélie betrat das Gebäude mit entschlossenem Schritt, und die Menschen, die sie ansprach, waren ohne Ausnahme sehr hilfsbereit. Sie wurde an die Empfangsdame verwiesen, eine Afroamerikanerin mittleren Alters. Sie erklärte der Frau, dass sie an einer ehrenamtlichen Mitarbeit interessiert sei und bat um ein Vorstellungsgespräch. Die Frau forderte sie auf, am folgenden Morgen wiederzukommen, und nannte ihr den Namen der zuständigen Kollegin. Im Grunde hätte Ophélie diesen Termin auch telefonisch arrangieren können, doch es war ihr wichtig, das Heim zuvor mit eigenen Augen zu sehen.

Als sie das Gebäude wieder verließ, bemerkte Ophélie zwei alte Männer auf der Straße, die Einkaufswagen vor sich her schoben. Darin befand sich offenbar all ihre Habe. Ein Mitarbeiter des Wexler Centers reichte ihnen Plastikbecher mit heißem Kaffee. Ophélie konnte sich gut vorstellen, in Zukunft diese Aufgabe zu übernehmen. Es wäre eine sinnvolle Beschäftigung, und ganz bestimmt bekam ihr das besser, als weinend zu Hause zu sitzen und an Teds Jackett oder Chads Kissen zu schnuppern. Es war an der Zeit, ihr Leben wieder in die Hand zu nehmen. In vier Wochen jährte sich Chads und

Teds Todestag, und obwohl allein der Gedanke daran Ophélie die Brust zuschnürte, war sie doch fest entschlossen, in ihrem zweiten Trauerjahr stärker und aktiver zu sein als im ersten. Nicht nur um ihrer selbst willen, sondern vor allem für Pip.
Ophélie musste auf dem Weg zu Pips Schule an einer Ampel anhalten. Gedankenverloren blickte sie in das Schaufenster eines Schuhgeschäftes, das direkt an der Straße lag. In der Auslage standen riesige, zottelige Hausschuhe, die wie Figuren aus der Sesamstraße aussahen. Zwei große, grüne Pantoffeln stellten Kermit dar, und ein anderes, blaues Paar bestand aus zwei großen Grobi-Köpfen. Ophélie grinste. Ohne zu zögern setzte sie den Blinker, parkte vor dem Geschäft und ging hinein. Für sich selbst kaufte sie die Grobi-Schuhe und für Pip die Kermit-Ausführung. Anschließend sauste sie zu Pips Schule und traf gerade in dem Augenblick ein, als Pip das Schulgebäude verließ. Die Kleine war zwar offensichtlich schachmatt, doch als sie zu ihrer Mutter in den Wagen stieg, strahlte sie über das ganze Gesicht.
»Ich habe in diesem Jahr super Lehrer!«, plapperte Pip drauflos. »Ich mag alle, außer Miss Giulani, die ist eine blöde Kuh, aber alle anderen sind richtig cool!«
Ophélie konnte sich ein Schmunzeln nicht verkneifen.
»Ich freue mich, dass Ihre Lehrer cool sind, Mademoiselle Pip«, sagte sie in neckendem Tonfall und wies dann verschmitzt auf die Tüte, die auf dem Rücksitz lag. »Ich habe uns etwas gekauft.«
»Was denn?« Pip griff nach der Tüte und blickte hinein. Ihre Augen funkelten neugierig. Dann schrie sie auf und fiel ihrer Mutter um den Hals. »Du hast es wirklich getan!«
»Was?«
»Du hast etwas total Albernes gekauft! Weißt du nicht mehr? Das hat uns Matt gestern Abend vorgeschlagen! Ich habe ihm gesagt, ich hätte keine Zeit, und jetzt hast

du es allein gemacht! Mom, du bist spitze!« Pip streifte sofort ihre Schuhe ab und schlüpfte in die Kermit-Pantoffeln. Der grüne Frosch war immer ihr Liebling gewesen, und sie gluckste vor Vergnügen. Ophélie beobachtete ihre Tochter zufrieden dabei, wie sie ihre Füße hin und her bewegte. Sie wusste nicht, ob sie den Kauf tatsächlich auf Matthews Empfehlung hin getätigt hatte oder ob ihr einfach die Vorstellung gefiel, zusammen mit Pip in diesen lustigen Schuhen herumzulaufen.

»Du musst deine auch gleich anziehen, versprochen?«

»Versprochen«, erwiderte Ophélie breit grinsend. Sie hatte einen erfüllten Tag hinter sich. Während der Fahrt erzählte sie Pip von ihren Plänen, im Obdachlosenheim anzufangen, und ihre Tochter war begeistert vom Engagement ihrer Mutter. Noch am Tag zuvor hatte Pip befürchtet, die Rückkehr nach Hause könnte Ophélie wieder in jenen Roboter verwandeln. Doch nun schien ihr diese Sorge völlig unbegründet.

Sobald sie zu Hause ankamen, schlüpfte Ophélie in die Grobi-Pantoffeln, und Pip klatschte verzückt in die Hände. Gemeinsam liefen sie in ihren unförmigen neuen Hausschuhen quer durchs Wohnzimmer und kicherten und lachten. Schließlich ließen sie sich erschöpft auf die Couch fallen.

»Ich muss Matt anrufen und mich bedanken!«, rief Pip, und Ophélie hielt das für eine gute Idee.

Als sich Matthew am Telefon meldete, klang er ein wenig außer Atem – als ob er zum Apparat gerannt wäre.

»Ich wollte dir nur sagen, wie klug du bist«, verkündete Pip.

»Sind Sie das, Miss Pip?«

»Ja, wer sonst? Matt, du bist ein Genie! Wir haben gestern Abend chinesisches Essen bestellt, und dann haben wir Musik gehört – ganz laut! Außerdem durfte ich bei Mom im Zimmer schlafen, und es war einfach toll! Und heute hat sie uns Sesamstraßen-Schuhe gekauft. Grobi und Kermit. Und meine Lehrer sind echt super, bis auf eine, die ist doof.«

Pips Stimme überschlug sich beinahe vor Aufregung, und Matthew war erleichtert, dass Pip so ausgelassen war. Seine Tipps hatten Ophélie und Pip anscheinend ein wenig geholfen.

Pip schwatzte weiter und erzählte Matthew von ihrem Schultag, ihren Freunden und ihren Lehrern. Nach einer Weile sagte sie, sie müsse nun Hausaufgaben machen.

»Tu das. Und bestell deiner Mutter bitte ganz liebe Grüße von mir. Ich rufe dich morgen wieder an«, versprach Matt und legte auf. Mit einem Mal empfand er genau wie damals, kurz nach der Scheidung, als er noch regelmäßig mit seinen Kindern telefoniert hatte. Er war innerlich völlig aufgekratzt, traurig und zugleich voller Hoffnung, dass sich alles einspielen würde. Und so wie vor all diesen Jahren hatte er das Gefühl, dass es etwas gab, wofür es sich zu leben lohnte. Er musste sich schließlich selbst daran erinnern, dass Pip nicht seine Tochter war.

Pip hopste nun die Treppe hinauf zum Schlafzimmer ihrer Mutter und steckte den Kopf durch den Türspalt. »Ich habe gerade Matt von den Schuhen erzählt. Er lässt dich ganz lieb grüßen.«

»Das ist nett von ihm«, antwortete Ophélie ruhig.

»Darf ich heute wieder in deinem Zimmer schlafen?«

»Hat Matthew das vorgeschlagen?«

»Nein, das ist meine eigene Idee.« Matthew hatte diesmal keinerlei Ratschläge erteilt, aber das war auch nicht mehr notwendig. Sie kamen hervorragend allein zurecht.

»Natürlich darfst du«, sagte Ophélie, und Pip vollführte einen kleinen Freudensprung. Dann hüpfte sie fröhlich in ihren Kermit-Schuhen davon, um ihre Hausaufgaben zu erledigen.

Sie verbrachten eine erholsame Nacht. Ophélie hatte sich noch keine Gedanken darüber gemacht, wie lange sie an dem neuen Schlaf-Arrangement festhalten sollten, doch im Augenblick genossen sie es beide. Sie fragte sich, warum sie nicht schon früher auf die Idee gekommen war. Dann dachte sie an Matthew, und ein Lächeln stahl sich auf ihr Gesicht. Ohne seine Anregungen wäre ihre Heimkehr höchstwahrscheinlich ein Albtraum geworden.

# 13

Am folgenden Tag konnte Ophélie es kaum erwarten, im Wexler Center vorzusprechen. Ihr Vorstellungstermin war für Viertel nach neun angesetzt, und zuerst fuhr sie Pip wie jeden Morgen zur Schule. Auf dem Weg dorthin betrachtete Pip stirnrunzelnd die Garderobe ihrer Mutter: eine alte schwarze Lederjacke und eine ausgeblichene Jeans.
»Warum hast du so alte Sachen an, Mom?«, fragte Pip. Sie selbst hatte wie an jedem Schultag ihre Schuluniform angezogen, die aus einem blauen Faltenrock und einer weißen Bluse bestand. Sie hasste die Uniform, doch Ophélie war froh, mit Pip morgens keine Diskussionen über ihre Kleidung führen zu müssen. Außerdem fand Ophélie, dass ihre Tochter in der Uniform absolut bezaubernd aussah. Zu besonderen Anlässen trug sie zudem stets eine dunkelblaue Krawatte, die einen herrlichen Kontrast zu ihren roten Locken bildete.
»Du weißt doch, dass ich gleich ein Vorstellungsgespräch habe«, erwiderte Ophélie nun. »Ich will nicht so etepetete aussehen.«
Pip kicherte. »Ich drück dir die Daumen!«
»Danke! Ich berichte dir alles ganz genau, wenn ich dich heute Nachmittag abhole«, versprach Ophélie und setzte Pip vor der Schule ab.
Kurz danach parkte Ophélie mit klopfendem Herzen vor dem Wexler Center. Vor dem Gebäude lungerten einige sichtlich betrunkene, verwahrloste Männer herum, die sich offenbar nicht dazu durchringen konnten hineinzugehen. Ophélie stieg aus und schritt auf das Haus zu. Während sie an den Männern vorübereilte, warf sie ihnen einen neugierigen Blick zu, doch keiner der Männer beachtete sie. Sie schienen in ihrer eigenen kleinen Welt zu leben.
Ophélie straffte die Schultern und betrat die Eingangs-

halle des Centers. Überall in dem großen Raum hingen riesige Poster, die offenbar davon ablenken sollten, dass der Putz bereits an zahllosen Stellen von den Wänden abbröckelte. Das vorsintflutliche Mobiliar war zudem an allen Ecken und Kanten abgestoßen, und keins der Stücke passte zum anderen. Ophélie vermutete, dass das Heim die Schränke, Tische und Stühle geschenkt bekommen hatte – ebenso wie die gesamte übrige Einrichtung.

An einem langen Schreibtisch in der Mitte der Halle saß die Empfangsdame, mit der Ophélie schon am Tag zuvor gesprochen hatte. Das graue Haar der Frau war zu unzähligen kleinen Zöpfchen geflochten, die sie im Nacken mit einem Band zusammengefasst hatte. Offensichtlich war sie sowohl für Neuaufnahmen als auch für das ohne Unterlass klingelnde Telefon zuständig. Ophélie trat zögernd näher.

»Kann ich Ihnen helfen?«, fragte die Frau und blickte Ophélie aufmerksam an.

»Ich habe eine Verabredung mit Louise Anderson«, antwortete Ophélie und fragte sich, ob sich die Frau nicht an sie erinnern konnte. »Ich glaube, Miss Anderson steht den ehrenamtlichen Mitarbeitern vor.«

»Ach ja! Sie wollen hier aushelfen, nicht wahr?« Die Frau lächelte erfreut. »Ich sage Louise Bescheid.« Sie erhob sich und machte sich auf die Suche nach ihrer Kollegin. Bevor sie jedoch die Halle verließ, drehte sie sich noch einmal zu Ophélie um und sagte: »Louise kümmert sich übrigens nicht nur um die ehrenamtlichen Mitarbeiter, sondern auch um die Verwaltung, die Spenden, die Bestellungen beim Großmarkt, die Lieferungen und die Pressearbeit. Jeder Mitarbeiter in diesem Haus hat eine ganze Reihe von Aufgaben.« Damit hastete sie davon.

Während Ophélie wartete, schritt sie auf und ab, betrachtete die Poster und nahm eine Broschüre in die

Hand. Wenig später stürmte eine junge Frau mit leuchtend rotem Haar in den Raum. Ihre feurige Mähne war zu zwei langen Zöpfen geflochten, die ihr über die Schultern fielen. Sie trug schwere Stiefel, eine blaue Jeans und ein Holzfällerhemd. Trotz ihrer Kleidung wirkte sie sehr feminin, und Ophélie fiel sofort auf, wie außergewöhnlich hübsch sie war. Miss Anderson bewegte sich mit einer natürlichen Grazie, beinahe wie eine Tänzerin, und sie war ebenso zierlich wie Ophélie. In ihrem Blick lag eiserne Entschlossenheit, und ihr bestimmtes Auftreten ließ erahnen, welch unerschöpfliche Energie und Willensstärke in ihr steckten.
»Mr.s MacKenzie?«, sagte Miss Anderson freundlich und musterte Ophélie. Trotz ihrer einfachen Kleidung sah man Ophélie anscheinend sogleich an, dass sie sich gewöhnlich nicht an Orten wie diesem aufhielt. »Würden Sie mir bitte folgen?«
Miss Anderson ging mit raschem Schritt voraus und führte Ophélie in ihr winziges Büro. An der Wand befand sich ein großes, überfülltes schwarzes Brett, an das Zeitungsausschnitte, Ankündigungen, Briefe und eine endlos lange Namensliste geheftet waren. Allein ein Blick darauf machte Ophélie klar, wie viel Miss Anderson täglich zu tun haben musste. An der gegenüberliegenden Wand hingen einige Fotos von Mitarbeitern des Centers, und in der Mitte des Raums stand ein kleiner Schreibtisch mit einem Drehstuhl. Durch die beiden hölzernen Stühle für Besucher platzte der Raum aus allen Nähten. So wie Miss Anderson selbst war das Büro einnehmend und gänzlich auf Effizienz ausgerichtet.
»Was führt Sie zu uns?«, fragte Louise Anderson. Während sie sprach, betrachtete sie Ophélie eingehend. Ophélie gehörte nicht zum üblichen Kreis der Ehrenamtlichen, der normalerweise aus idealistischen Studenten und ehemaligen Betroffenen bestand.
»Ich würde gern in Ihrem Heim mitarbeiten«, sagte

Ophélie und setzte sich schüchtern auf die äußerste Stuhlkante.
»Wir können jede Hilfe gebrauchen, die wir kriegen können. Wo liegen Ihre Talente?«
Ophélie schwieg und blickte Louise mit großen Augen an. Dies war ihr erstes Vorstellungsgespräch, und die Frage überrumpelte sie regelrecht. Sie war mit der Erwartung hergekommen, man würde ihr einfach eine Tätigkeit zuweisen.
»Was tun Sie denn gern?«, half Louise ihr auf die Sprünge.
»Ich weiß nicht genau ... Ich habe zwei Kinder.« Als ihr klar wurde, was sie da gesagt hatte, zuckte Ophélie zusammen, doch sie verbesserte sich nicht. »Ich bin seit achtzehn Jahren verheiratet – beziehungsweise war es. Ich habe einen Führerschein. Ich mache den Haushalt und kann gut mit Kindern und Hunden umgehen.« Ophélie hörte mit Befremden ihre eigenen Worte und wurde sich bewusst, wie lächerlich ihre Aussage in Louises Ohren klingen musste. Doch sie hatte seit Jahren nicht darüber nachgedacht, welche Fähigkeiten sie eigentlich besaß. Dann überlegte sie noch einmal und fügte hinzu: »Ich habe Medizin studiert. Und ich bin über neue Entwicklungen im Bereich der Energieforschung im Bilde – mein Ehemann war auf diesem Gebiet tätig.« Es war geradezu peinlich, dass sie sonst nichts vorzuweisen hatte. Da fiel ihr noch etwas ein. »Ich habe einige Erfahrung mit Menschen, die psychisch krank sind.«
»Leben Sie momentan in Scheidung?«, erkundigte sich Louise, da Ophélie bezüglich ihrer Ehe in der Vergangenheitsform gesprochen hatte.
»Was? ... Nein! Ich ...«, stammelte Ophélie, schluckte heftig und rang um Fassung. Es fiel ihr nach wie vor sehr schwer, Fremden gegenüber von dem Unfall zu erzählen. Aber Louise blickte sie offen und respektvoll an, und Ophélie fasste Vertrauen zu ihr. »Mein Mann ist vor un-

gefähr einem Jahr gestorben«, presste sie dann leise hervor. »Er ist mit dem Flugzeug abgestürzt. Mein Sohn war bei ihm und ist ebenfalls ums Leben gekommen.« Sie räusperte sich. »Ich habe noch eine elfjährige Tochter. Dennoch bleibt mir nun mehr Zeit als ... als vorher.« »Das mit Ihrem Mann und Ihrem Sohn tut mir sehr Leid«, sagte Louise taktvoll. »Ihre Erfahrungen mit psychischen Erkrankungen könnten Ihnen bei der Arbeit hier von großem Nutzen sein. Viele Leute, die zu uns kommen, sind geistig verwirrt. Wenn sie schwer krank sind, bemühen wir uns darum, sie in ein Krankenhaus zu überweisen. Wenn sie jedoch in der Lage sind, weiterhin Verantwortung für ihr Verhalten zu übernehmen, gewähren wir ihnen Unterschlupf. Die meisten Obdachlosenheime haben es sich zur Regel gemacht, grundsätzlich niemanden aufzunehmen, der durcheinander ist, dabei ist geistige Verwirrung ein weit verbreitetes Problem unter Obdachlosen. Diese Bestimmung verschlimmert die Situation also nur. Wir im Wexler Center halten uns nicht daran, und deshalb finden einige extrem zerstreute Menschen zu uns.«

»Was passiert hier mit ihnen?«, fragte Ophélie und beobachtete Louise, die zum Fenster ging und mit wachem Blick auf die Straße hinaussah. Ophélie mochte diese Frau auf Anhieb und hoffte, in Zukunft Gelegenheit zu bekommen, sie besser kennen zu lernen. Louise hatte eine durch und durch positive Ausstrahlung. Die Leidenschaft, mit der sie offenbar ihre Aufgaben anpackte, war geradezu ansteckend. Ophélie konnte es kaum erwarten, mit ihr zusammenzuarbeiten.

»Die meisten Obdachlosen, die bei uns Zuflucht suchen, kehren nach ein oder zwei Nächten wieder auf die Straße zurück. Im Wexler Center wird niemand permanent untergebracht. Wir sind kein Wohn-, sondern ein Durchgangsheim, so etwas wie eine Erste-Hilfe-Einrichtung. Wir geben den Menschen Kleidung, eine warme Mahlzeit, kurzzeitig Unterkunft und versorgen sie medizinisch, wenn es nötig ist. Außerdem sind wir ihnen dabei behilflich, finanzielle Unterstützung zu beantragen, womit viele von ihnen Probleme haben. Wir versuchen darüber hinaus immer wieder, so viele Obdachlose wie möglich in dauerhaften Wohnheimen einzuquartieren und ausgerissene Teenager wieder mit ihren Familien zusammenzuführen. Auf diese Weise können wir vielen Menschen unter die Arme greifen, aber natürlich sind wir nicht in der Lage, die wahren Ursachen des Problems zu beheben. Manchmal zerreißt es einem regelrecht das Herz, wenn es einem nicht gelingt, einem verzweifelten Menschen langfristig zu helfen. Aber wir tun, was wir können.«

»Das ist doch bereits eine ganze Menge«, sagte Ophélie bewundernd.

»Und trotzdem erscheint es uns oft wie ein Tropfen auf den heißen Stein. Jedes Mal, wenn wir glauben, wir hätten tatsächlich etwas bewegt, verdunstet der Tropfen vor unseren Augen. Am meisten machen mir die obdachlosen Kinder zu schaffen. In San Francisco geraten oftmals ganze Familien völlig unschuldig in Not und landen auf der Straße. Das liegt vor allem an den wahnwitzigen Mieten in dieser Stadt, die viele Menschen einfach nicht mehr bezahlen können. Und wenn die Eltern ihre Wohnung verlieren, leben die Kinder fortan ebenfalls auf der Straße.«

»Was genau tun Sie, wenn diese Familien zu Ihnen kommen und um Hilfe bitten?« Der Gedanke an obdachlose Kinder ging Ophélie durch Mark und Bein.

»Die Kinder müssen leider meist von ihren Eltern getrennt werden. Sie können nur mit ihnen zusammenbleiben, wenn die gesamte Familie in einem regulären Wohnheim unterkommt. Manchmal haben die Mütter auch die Möglichkeit, mit ihren Kindern in ein Frauenhaus zu ziehen. Wenn die Kinder aber auf der Straße von der Polizei erwischt werden, kommen sie in der Regel in ein Kinderheim. Das klingt zwar grausam, aber die Existenz auf der Straße ist für ein Kind noch sehr viel grausamer als das Leben ohne ihre Eltern. Mehr als ein Viertel der Straßenkinder stirbt jedes Jahr an Krankheiten, bei einem Unfall oder durch Gewalteinwirkung. Sie sind in einem Kinderheim wirklich besser aufgehoben.«

Ophélie nickte bekümmert. Louise hatte sicherlich Recht, doch die Vorstellung, dass ein Kind von seinen Eltern getrennt wurde, um in einem Heim zu leben, war äußerst deprimierend.

»Wie viele Stunden in der Woche wollen Sie denn gern arbeiten?«, lenkte Louise das Thema wieder auf Ophélies Engagement. »Möchten Sie tagsüber oder vielleicht lieber nachts aushelfen? Wahrscheinlich kommt Ihnen die Tagesschicht eher entgegen – Sie erwähnten, dass Sie allein erziehende Mutter eines Schulkindes sind ...«

Der Ausdruck »allein erziehende Mutter« traf Ophélie wie ein Faustschlag. Sie hatte noch nie darüber nachgedacht, dass sie nun allein erziehend war, und in ihren Ohren klang es schrecklich. Doch sie sammelte sich rasch wieder und antwortete mit brüchiger Stimme: »Ich könnte von neun Uhr vormittags bis drei Uhr nachmittags. Vielleicht zwei bis drei Tage pro Woche?«

»Sehr gut.« Louise nickte zufrieden. »Für gewöhnlich gebe ich den ehrenamtlichen Mitarbeitern zuerst die Möglichkeit, sich einen groben Eindruck von unserer Tätigkeit zu verschaffen«, sagte sie und warf einen ihrer Zöpfe über ihre Schulter nach hinten. »Ich möchte, dass Sie genau wissen, was auf Sie zukommt, Mr.s MacKenzie. Verbringen Sie zuerst einige Tage hier bei uns, und schauen Sie sich alles an. Wenn Sie nach einer Woche immer noch entschlossen sind, bei uns mitzumachen, und wenn wir von ihren Fähigkeiten ebenfalls überzeugt sind, dann durchlaufen Sie ein spezielles Training, bei dem Sie die verschiedenen Abläufe in unserem Haus genauer kennen lernen. Anschließend beginnen sie mit der Arbeit. Über eins sollten Sie sich im Klaren sein: Das Ganze wird sicherlich kein Zuckerschlecken!«, warnte Louise nachdrücklich. »Wir alle hier nehmen unseren Job sehr ernst. Die Kollegen, die hier in Vollzeit beschäftigt sind, schuften täglich bis zu zwölf Stunden, manchmal auch mehr. Und auch die Ehrenamtlichen müssen sich mächtig ins Zeug legen.« Louise blickte Ophélie durchdringend an. »Nun, möchten Sie noch immer bei uns einsteigen?«

»Auf jeden Fall!« Ophélie nickte entschlossen. »Es hört sich so an, als ob dieser Job genau das wäre, wonach ich gesucht habe. Ich hoffe nur, dass ich Ihren Anforderungen gerecht werde.«

»Das werden wir schnell feststellen.« Louise erhob sich und lächelte aufmunternd. »Ich habe Ihnen das Ganze nicht erzählt, um Ihnen Angst einzujagen. Ich will nur von Anfang an mit offenen Karten spielen. Das hier ist ein Knochenjob! Wir haben zwar oft auch eine Menge Spaß miteinander, doch vieles, was wir tun, ist niederschmetternd, ermüdend und oftmals auch nicht ganz ungefährlich. Manchmal gehen wir abends nach Hause und fühlen uns großartig, an anderen Tagen hingegen finden wir keinen Schlaf vor lauter Frust. Wissen Sie, wir sehen jeden Tag eine Menge Leid ...«

»Mit etwas anderem habe ich nicht gerechnet.«

»Gut. Ich weiß nicht, ob es Sie interessiert, aber wir haben auch ein Außendienstprogramm.«

»Aha, und was genau ist das?«, erkundigte sich Ophélie und blickte Louise neugierig an.

»Die Mitarbeiter unserer beiden Außenteams fahren nachts durch die Stadt. Sie suchen nach jugendlichen Ausreißern oder Menschen, die zu krank sind – geistig oder körperlich –, um zu uns zu kommen. Letztere werden dann vor Ort mit Nahrung, Kleidung und Medikamenten versorgt. Das ist oft schwieriger, als man es sich vorstellt, denn manche Leute wollen sich partout nicht helfen lassen. Es kann vorkommen, dass unsere Mitarbeiter die ganze Nacht über neben jemandem auf der Straße sitzen und Überzeugungsarbeit leisten, damit derjenige ihre Hilfe annimmt. Der Großteil der Menschen ist jedoch sehr dankbar für unseren Einsatz.«

»Die Arbeit vor Ort ist bestimmt gefährlich, nicht wahr?«, fragte Ophélie unsicher. Sie konnte sich nicht vorstellen, selbst einen Job wie diesen auszuüben. Sie durfte kein Risiko eingehen – schließlich hatte sie eine elfjährige Tochter, um die sie sich kümmern musste.

»Das kann ich nicht leugnen. Die Außenteams fahren zwischen sieben und acht Uhr los und sind meist bis zum Morgengrauen unterwegs. Wie man mir berichtete, gab es schon unzählige brenzlige Situationen, doch bis jetzt ist noch niemand ernsthaft zu Schaden gekommen. Unsere Leute kennen die Straßen wie ihre Westentasche und wissen, worauf sie achten müssen.«

»Sind Ihre Kollegen bewaffnet?«, hakte Ophélie nach, und man hörte ihr an, dass ihr die Sache nicht ganz geheuer war. Andererseits bewunderte sie diese Leute für ihren Mut.

Louise lachte und schüttelte den Kopf. »Unsere Mitarbeiter sind einzig und allein mit ihrem Verstand und ihrem Mitgefühl bewaffnet. Wenn man so einen Job macht, muss man Idealist sein.« Sie machte eine beschwichtigende Handbewegung. »Aber Sie müssen sich darüber keine Gedanken machen, Mr.s MacKenzie. In diesem Haus gibt es noch jede Menge anderer Aufgaben zu erledigen. Wann möchten Sie denn anfangen?«

Ophélie dachte kurz darüber nach. Sie musste Pip heute erst um kurz nach drei von der Schule abholen. »Wann immer Sie möchten.«

»Wie wäre es, wenn Sie gleich jetzt mit der Arbeit beginnen würden? Sie könnten Miriam am Empfang zur Hand gehen. Miriam kann Ihnen eine Menge über die

Abläufe hier erzählen und wird Sie außerdem sicherlich einigen Leuten vorstellen. Was halten Sie davon?«
»Ausgezeichnet!«, sagte Ophélie voller Tatendrang.
»Prima!« Louise erhob sich und ging zur Tür.
Ophélie folgte ihr in die Halle. Dort erklärte Louise Miriam, der Empfangsdame, was Ophélie und sie ausgemacht hatten, und jene rief begeistert: »Wunderbar! Ich kann Ihre Hilfe wirklich gut gebrauchen! Ich habe einen ganzen Berg von Akten auf dem Tisch liegen, die eingeordnet werden müssten.«
Tatsächlich stapelten sich auf dem Tisch zahllose Unterlagen, Broschüren anderer Hilfsorganisationen und Briefe. Ophélie schätzte, dass sie tagelang mit dieser Aufgabe beschäftigt sein würde.
Sie begann sogleich mit der Arbeit, und während sie die Unterlagen sortierte, stellte sie fest, dass beinahe alle fünf Minuten jemand das Heim betrat oder es verließ, und jeder dieser Leute bat Miriam um irgendetwas. Die Neuankömmlinge benötigten Belege, Telefonnummern, Dokumente oder Formulare, andere wollten einen Rat oder einfach nur einen heißen Kaffee. Miriam stellte Ophélie in den folgenden Stunden vielen der anderen Mitarbeiter vor. Die meisten von ihnen waren jung – größtenteils Studenten –, doch es gab auch einige in Ophélies Alter.
Kurz bevor sich Ophélie für diesen Tag verabschiedete, um Pip von der Schule abzuholen, erschienen zwei Männer mittleren Alters in der Halle. Sie wurden von einer jungen Frau begleitet, die eine regelrechte Latina-Schönheit war. Als Miriam die drei bemerkte, hellte sich ihre Miene schlagartig auf. Einer der Männer war Afroamerikaner, der andere Asiate. Beide waren attraktiv und hoch gewachsen.
»Hier kommen unsere Cowboys!«, rief Miriam mit einem breiten Grinsen im Gesicht. »So nennen wir sie zumindest«, fügte sie an Ophélie gewandt hinzu.

Ophélie konnte kaum den Blick von der jungen Frau abwenden. Sie hatte noch niemals zuvor ein solch hübsches Gesicht gesehen. Doch als die Frau näher kam, bemerkte Ophélie eine Narbe, die die linke Hälfte ihres Gesichts entstellte.

»Ihr seid früh dran heute!«, sagte Miriam.

»Bevor wir losfahren, müssen wir noch den Lieferwagen durchchecken. Mit dem hatten wir gestern Nacht Probleme«, erwiderte der Asiate.

Miriam stellte den dreien Ophélie als eine neue ehrenamtliche Mitarbeiterin vor, und Ophélie begrüßte jeden mit festem Händedruck und warmem Lächeln.

»Du solltest sie unbedingt unserem Team zuteilen!«, bemerkte der afroamerikanische Mann grinsend. »Wir sind schließlich unterbesetzt, seit Aggie uns verlassen hat.«

Der Mann stellte sich als Jefferson vor, der andere als Bob, und die junge Latina hieß Milagra, doch sie wurde von allen nur Millie genannt. Schon nach ein paar Minuten verließen die »Cowboys«, wie Miriam sie tituliert hatte, das Heim wieder.

»Was genau machen die drei denn?«, fragte Ophélie Miriam interessiert und setzte sich wieder an den Schreibtisch, um die Akten weiterzusortieren.

»Das ist unser erstes Außenteam – unsere Helden, eben unsere Cowboys! Sie sind ein bisschen verrückt, aber das liegt wahrscheinlich daran, dass sie ständig dort draußen herumgurken, beinahe jede Nacht! Die drei sind wirklich unglaublich. Ich bin einmal eine Nacht lang mit ihnen durch die Stadt gefahren, und ich habe enormen Respekt vor dem, was sie tun. Man braucht dazu ganz schön viel Kraft.«

»Ist es für eine Frau nicht besonders gefährlich, nachts in diesen Gegenden unterwegs zu sein?«

»Millie kennt sich da aus. Sie war früher Polizistin, aber sie kann ihren Beruf nicht mehr ausüben, da sie vor einiger Zeit im Dienst angeschossen wurde. Der Schuss traf sie direkt in die Brust und zerfetzte ihre rechte Lunge – aber sie ist schon seit einiger Zeit wieder auf dem Damm und arbeitet seit ihrem Ausscheiden aus dem Polizeidienst für uns. Sie hat übrigens eine hervorragende Kampfsportausbildung hinter sich, und sie nimmt es mit jedem auf!«

»Hat sie diese Narbe auf der Wange bei einem Einsatz davongetragen?«

»Nein, die hat sie seit ihrer Kindheit. Sie ist als kleines Mädchen missbraucht worden. Von ihrem Vater. Als sie sich gegen ihn wehrte, hat er ihr mit einem Messer das Gesicht zerschnitten. Ich glaube, damals war sie elf. Vielleicht ist sie wegen ihrer schlimmen Erfahrungen zur Polizei gegangen.«

Ophélie war schockiert und fragte nicht weiter. Pip war ebenfalls elf Jahre alt. Kaum auszudenken, dass ihr jemals etwas Derartiges zustieß ... Entschlossen drängte Ophélie den grässlichen Gedanken beiseite und konzentrierte sich wieder auf ihre Arbeit.

Es war ein aufregender Tag für sie. Ohne Unterlass strömten obdachlose Menschen jeden Alters in das Heim, um eine Mahlzeit zu erbitten, um zu duschen, zu schlafen oder einfach nur für kurze Zeit in der Halle auszuruhen und mit anderen ein Schwätzchen zu halten. Während man einigen von ihnen kaum ansah, dass sie kein Zuhause hatten, waren andere völlig verwahrlost und starrten mit leerem Blick vor sich hin. Viele von ihnen waren ganz offensichtlich betrunken, und der eine oder andere machte auf Ophélie den Eindruck, als nähme er regelmäßig Drogen. Es war zwar verboten, innerhalb des Heims Alkohol oder Drogen zu konsumieren, doch das Wexler Center gewährte jedem Einlass.

Als Ophélie schließlich das Heim verließ, schwirrte ihr der Kopf vor lauter neuen Eindrücken. Sie hatte Miriam versprochen, schon am nächsten Tag wiederzukommen. Sie freute sich ungemein auf die Aufgaben, die vor ihr lagen. Es gab so viel zu tun und so viel zu lernen ... Sobald Pip eingestiegen war, erzählte sie ihrer Tochter aufgeregt von ihren Erlebnissen. Pip zeigte sich äußerst beeindruckt. Sie waren gerade zu Hause angekommen, da klingelte auch schon das Telefon. Pip war schneller am Apparat und nahm ab. Es war Matthew. Pip berichtete ihm sofort von Ophélies neuem Job.

Ophélie ging indessen in die Küche, um sich ein Sandwich zu machen. Seit ein paar Wochen hatte sie endlich wieder Appetit und hatte sogar ein wenig zugenommen – außerdem war die Mittagspause an diesem Tag ausgefallen, und seit dem Frühstück hatte sie nichts mehr gegessen.

»Matt lässt dich grüßen«, rief Pip ihr zu.

»Grüß ihn bitte zurück«, antwortete Ophélie.

»Matt findet es toll, was du machst!«, teilte Pip ihrer Mutter mit und erklärte ihrem Freund dann aufgeregt, dass sie für den Kunstunterricht eine Skulptur anfertigen musste. Eifrig erzählte sie ihm, was sie gerade beschäftigte – obwohl das Telefonieren natürlich kein wirklicher Ersatz dafür war, neben ihm im Sand zu sitzen und zu plaudern. Nach einiger Zeit überreichte sie ihrer Mutter den Hörer, und während Ophélie noch an einem Bissen ihres Sandwiches kaute, sagte Matt überschwänglich am anderen Ende der Leitung: »Gratuliere! Du hast deine Idee also tatsächlich in die Tat umgesetzt! Wie war dein erster Tag?«

»Spannend, anstrengend, beängstigend und auch traurig. Ich glaube, dieser Job ist genau das Richtige für mich! Außerdem sind die Leute, die dort arbeiten, wirklich nett, und die Obdachlosen waren ebenfalls alle sehr freundlich.«

»Du bist einfach unglaublich! Ich bin äußerst beeindruckt.«

»Hör auf damit! Ich habe nur ein paar Akten geordnet

und mich bemüht, nicht im Weg zu stehen. Ich weiß nicht, ob ich den Leuten dort eine echte Hilfe bin und ob sie mich am Ende der Woche überhaupt engagieren.«
»Natürlich tun sie das! Versprich mir nur, dich nicht in Gefahr zu begeben, Ophélie. Du musst auf dich aufpassen – allein schon wegen Pip.«
»Das weiß ich.« Louises Bemerkung hatte ihr schmerzlich vor Augen geführt, dass Pip nun ausschließlich von ihr abhängig war. »Wie sieht es am Strand aus?«, lenkte sie ab.
»Alles wirkt absolut ausgestorben ohne euch beide«, klagte Matthew. Obwohl das Wetter in den vergangenen beiden Tagen herrlich gewesen war, hatte er die Stunden am Meer nicht auskosten können. »Wie wäre es, wenn ich an diesem Wochenende zu euch nach San Francisco käme? Es sei denn, ihr habt Sehnsucht nach Safe Harbour ...«
»Ich glaube, Pip hat am Samstagvormittag Fußballtraining. Vielleicht könnten wir dich am Sonntag besuchen.«
»Dann wäre es doch einfacher, wenn ich zu euch käme, falls du nichts dagegen hast. Ich möchte euch natürlich nicht stören ...«
»Du störst uns doch nicht! Pip wird sich vor Freude überschlagen und ich auch!«, sagte Ophélie begeistert. Sie war bester Laune, trotz – oder gerade wegen – ihres anstrengenden Tages. Die Arbeit im Obdachlosenheim hatte sie regelrecht beflügelt.
»Wir könnten essen gehen. Dann kannst du mir alles über deine Arbeit erzählen.«
»Sehr gern! Ich kann in dieser Woche allerdings bestimmt noch keine wichtigen Aufgaben übernehmen. Und selbst nach der Trainingsphase werde ich wohl nicht viel mehr tun als überall dort auszuhelfen, wo es gerade nötig ist. Das bedeutet höchstwahrscheinlich, dass ich Telefonanrufe entgegennehme und Formulare

ausfülle. Aber immerhin würde das die anderen Mitarbeiter entlasten.«

»Ganz bestimmt! Über kurz oder lang bist im Heim unersetzlich, wart nur ab!«

»Danke, Matt«, sagte Ophélie und schmunzelte. Sie schien Matthew mit ihrer Begeisterung angesteckt zu haben. »Wann willst du denn am Samstag kommen?«

»Ich bin ungefähr um fünf Uhr bei euch, okay?«

»Ja, ich freue mich! Bis dann«, entgegnete Ophélie und gab Pip den Hörer zurück, damit sich ihre Tochter ebenfalls von Matthew verabschieden konnte. Dann ging Ophélie nach oben, um in einigen Informationsbroschüren zu schmökern, die man ihr im Center mitgegeben hatte.

Kurz darauf lag sie auf dem blütenweißen Laken ihres bequemen Bettes und las die neuesten Studien über Obdachlosigkeit und deren Ursachen. Dabei wurde Ophélie bewusst, wie viel Glück sie selbst gehabt hatte. Ihr riesiges Haus war mit edlen Antiquitäten ausgestattet, und sämtliche Räume waren groß und mit viel Liebe zum Detail eingerichtet. In ihrem Schlafzimmer hingen teure gelbe Gardinen vor dem Fenster, und in Pips Zimmer stand ein rosafarbenes Himmelbett, von dem viele junge Mädchen nur träumen konnten. Chads Refugium war ein typisches Jungenzimmer, angefüllt mit allerhand technischem Spielzeug und zahlreichen Büchern. In der unteren Etage befand sich eine ganz in braunem Leder gehaltene Bibliothek, und im Wohnzimmer gab es einen riesigen Kamin, eine geschmackvolle Essecke und einige wertvolle Gemälde. Gleich neben dem Wohnzimmer lag ein geräumiges Spielzimmer mit einem Billardtisch und einem riesigen Bildschirm für Videospiele. Auch die Küche war mit edlen Möbeln bestückt, ebenso wie die große Eingangshalle. Der weitläufige, wunderschöne Garten hinter dem Haus wurde sorgfältig von einem kundigen Gärtner gepflegt, und das Äußere des Hauses war nicht weniger eindrucksvoll als das Innere. Die majestätische Fassade des Gebäudes wurde von kleinen steinernen Figuren am Giebel abgerundet. Vor dem Haus standen darüber hinaus ein paar alte Bäume, die im Frühjahr herrlich blühten. Eine akkurat geschnittene Hecke vervollständigte das Bild der perfekten Vorstadtidylle. Dieses Haus war jedoch Teds Traum gewesen, nicht Ophélies. Sie machte sich nichts aus Antiquitäten und teuren Gemälden, doch nach der Lektüre der Broschüren sah sie ihr Zuhause plötzlich mit anderen Augen. Es war weitaus größer und schöner als die Häuser der meisten Leute, und es war Lichtjahre von der Welt der Obdachlosen entfernt, die das Wexler Center aufsuchten.

Während Ophélie vor sich hin starrte, betrat Pip ihr Zimmer und betrachtete ihre Mutter forschend.

»Geht es dir gut, Mom?«

»Ja, mach dir keine Sorgen.« Ophélie blickte ihre Tochter lächelnd an. »Ich habe gerade darüber nachgedacht, wie viel Glück wir im Leben gehabt haben. Weißt du, es gibt Menschen, die auf der Straße hausen müssen und die noch nie in einem richtigen Bett geschlafen haben. Sie haben weder ein Badezimmer noch bekommen sie regelmäßig zu essen. Manche von ihnen haben noch nicht einmal jemanden, der sie lieb hat. Das kann man sich nur schwer vorstellen, nicht wahr? Und doch leben diese Leute nur ein paar Meilen von hier ...«

»Das ist echt traurig, Mom.« Pip sah ihre Mutter mit ihren großen, bernsteinfarbenen Augen an und versuchte offenbar, sich in die Lage dieser Leute zu versetzen.

»Ja, da hast du Recht.«

Ophélie bereitete an diesem Abend einfache Koteletts mit Salat zu. Das Fleisch war zwar ein wenig angebrannt, doch sowohl Pip als auch sie selbst aßen mit gutem Appetit. Sie waren dankbar für eine solche Mahlzeit, die beileibe nicht jeder vor sich stehen hatte.

In dieser Nacht schlief Pip abermals in Ophélies Bett. Und dieses Mal bat sie ihre Mutter zuvor nicht um Erlaubnis, es herrschte eine Art stilles Einverständnis zwischen ihnen.

Als am folgenden Morgen der Wecker klingelte, sprangen Pip und Ophélie voller Energie aus dem Bett und freuten sich auf den Tag. Ophélie setzte Pip vor der Schule ab und fuhr dann sofort zum Obdachlosenheim. Sie konnte es kaum abwarten, dort mit anzupacken. Die Arbeit im Wexler Center war genau das, was sie brauchte. Zum ersten Mal seit langer Zeit gab es wieder etwas, wofür sie sich einsetzen wollte.

## 14

Die übrigen Tage der Woche verflogen geradezu. Während sich Pip langsam wieder an den Schulalltag gewöhnte, brachte sich Ophélie tatkräftig im Wexler Center ein. Am Freitagnachmittag bestand für keinen Mitarbeiter des Heims mehr ein Zweifel daran, dass sie ein großer Gewinn für das Team war und unbedingt eingestellt werden musste.

Ophélie einigte sich mit Louise darauf, in Zukunft immer montags, mittwochs und freitags zu arbeiten. In der nächsten Woche sollte Ophélie das mehrtägige Training durchlaufen, bei dem sie verschiedenen Mitarbeitern des Centers zugeteilt wurde. Ihnen durfte sie jeweils mehrere Stunden lang über die Schulter sehen. Ophélie wusste noch immer nicht genau, welche Aufgabe sie letztlich im Wexler Center übernehmen würde. Miriam hatte sich lautstark dafür eingesetzt, dass ihr Ophélie am Empfang unter die Arme griff. Louise hielt das für eine gute Idee, und kurz bevor Ophélie das Heim am Nachmittag verließ, fragte Louise sie schließlich, ob sie sich vorstellen könne, nach ihrer Trainingswoche weiterhin mit Miriam zusammenzuarbeiten. Ophélie willigte begeistert ein.

»Ich hab's geschafft!«, verkündete sie stolz, als sie Pip vor der Schule auflas. »Ich bin jetzt ehrenamtliche Mitarbeiterin im Wexler Center!« Sie strahlte von einem Ohr zum anderen, denn sie hatte aus eigener Kraft etwas erreicht, das ihr sehr am Herzen lag. Außerdem wusste sie, dass sie im Center wirklich gebraucht wurde.

»Das ist cool, Mom! Ich kann es kaum erwarten, Matt davon zu erzählen!« Matthew hatte Pip während ihres Telefongesprächs am vorherigen Tag gefragt, ob er am Samstag früher kommen dürfe, um ihr beim Fußballtraining zuzusehen. Pip war es jedoch lieber, dass sich Matthew ihr erstes reguläres Spiel der Saison anschaute, das in der Folgewoche stattfinden sollte. Pip spielte seit beinahe zwei Jahren in der Fußballmannschaft ihrer Schule – und das mit großem Erfolg. Sie war zwar klein und schmächtig, doch die fehlenden Zentimeter machte sie mit Schnelligkeit und Geschick mühelos wieder wett.

Am Freitagabend stattete Andrea ihnen einen Besuch ab. Sie hatte für mehrere Stunden einen Babysitter organisiert und genoss es, ein wenig Zeit für sich zu haben. Sie schwatzte und kicherte, und augenblicklich schien sich jeder Winkel des Hauses mit Leben zu füllen. Erst als sie zu dritt am Tisch saßen und zu Abend aßen, hatte Pip die Möglichkeit, ihrer Patentante zu berichten, dass Matt am folgenden Tag herkommen würde.

Andrea blickte Ophélie skeptisch an und zog eine Augenbraue in die Höhe. »Das hast du mir ja noch gar nicht erzählt! Der Kinderschänder macht eine Stippvisite?«

»Er möchte Pip wiedersehen«, erklärte Ophélie gleichmütig. »Es wäre übrigens nett, wenn du ihn nicht immer als Kinderschänder bezeichnen würdest.«

»Ich könnte ihn auch als deine neue Flamme bezeichnen«, sagte Andrea angriffslustig.

Ophélie schüttelte entschieden den Kopf. »Das solltest du besser bleiben lassen!«

»Nun mal im Ernst: Vielleicht habe ich mich geirrt.«

»Womit?«

»Ich dachte, der Typ sei völlig traumatisiert und würde Frauen nur noch mit der Kneifzange anfassen. Aber Männer rufen gewöhnlich nicht derart oft an und führen schöne Frauen zum Essen aus, um ihre kleine Tochter wiederzusehen. Da steckt mehr dahinter. Vertrau mir. Ich kenne mich mit Männern aus!«

Daran bestand für Ophélie kein Zweifel, doch ebenso wenig zweifelte sie daran, dass Matthew an keiner neuen Beziehung interessiert war. Sie hatte mit ihm aus-

führlich über seinen Unwillen, eine neue Bindung einzugehen, gesprochen. »Vielleicht ist Matt ja eine Ausnahme«, beharrte sie.
»Ich glaube vielmehr, er will dir einfach nur Zeit lassen. Sobald er meint, dass du über Teds Tod hinweg bist, wird er sich an dich ranmachen.«
»Ich hoffe, du irrst dich«, antwortete Ophélie mit fester Stimme und wechselte dann das Thema. Sie schilderte Andrea ihre Erlebnisse im Obdachlosenheim, und Andrea war sichtlich erleichtert, dass Ophélie einen Job gefunden hatte, der sie begeisterte.
Als es am nächsten Nachmittag an der Tür klingelte, eilte Ophélie die Treppe hinunter und öffnete. Vor ihr stand Matthew in einer Lederjacke, einem grauen Rollkragenpullover, einer dunklen Jeans und glänzenden schwarzen Schuhen. Ted hätte zu einem solchen Anlass ein ähnliches Outfit gewählt, dachte Ophélie unwillkürlich, doch er hätte niemals selbst seine Schuhe geputzt. Das war immer ihre Aufgabe gewesen.
Ihre Blicke trafen sich, und beide lächelten. Gleich darauf stürmte Pip die Treppe herunter, und Matthews Lächeln wurde noch eine Spur breiter. Ophélie beobachtete, wie er freudestrahlend die Arme ausbreitete und Pip an sich drückte. In diesem Moment wusste sie, dass Andrea mit ihrer Einschätzung falsch lag. Gleichgültig, wie gut ihre Freundin Männer zu kennen glaubte – Matthew ging es hauptsächlich um Pip. Die Erkenntnis erleichterte Ophélie.
Nachdem Pip Matt im gesamten Haus herumgeführt hatte, zeigte sie ihm ihr Zimmer und ihre neuesten Zeichnungen. Nach einiger Zeit kam Matthew zu Ophélie in die Küche, und diese hatte nun Gelegenheit, ihm vom Wexler Center zu erzählen. Sie schwärmte in den höchsten Tönen von ihren Kollegen, und Matt zeigte großes Interesse an der Einrichtung. Schließlich erwähnte sie sogar das Außenteam.

»Ich hoffe, du hast nicht vor, dich ihm anzuschließen!«, sagte Matthew und blickte Ophélie beunruhigt an. »Die Leute haben gewiss eine sehr wichtige und erfüllende Aufgabe, aber für dich ist es einfach zu gefährlich!«

»Das sehe ich ganz genau so! Jedes Mitglied der Außenteams ist speziell ausgebildet. Eine Mitarbeiterin – die einzige Frau im Team – war zum Beispiel früher Polizistin. Einer der Männer kommt ebenfalls von der Polizei und macht außerdem Kampfsport, genau wie die Frau. Und der Dritte im Bunde war bei der Navy. Die drei benötigen ganz bestimmt nicht die Hilfe von einer halben Portion wie mir!« Ophélie lachte, und Matthew fiel erleichtert in ihr Lachen ein.

Wenig später gesellte sich Pip wieder zu ihnen. Sie hatte einige Neuigkeiten aus der Schule und genoss es in vollen Zügen, dass er leibhaftig neben ihr saß. Als ihre Mutter hinausging, um eine Flasche Wein zu holen, fragte Pip Matt flüsternd, wie weit er mit ihrem Porträt gekommen sei.

»Es läuft hervorragend!«, gab Matthew leise zurück. Die Arbeit ging ihm gut von der Hand. Er bemühte sich, in dem Bild nicht nur Pips leuchtend rotes Haar und ihre geheimnisvollen bernsteinfarbenen Augen in den Vordergrund zu rücken, sondern auch ihre besondere Ausstrahlung einzufangen.

Kurz vor sieben Uhr brachen sie gemeinsam auf. Als sie gerade das Haus verlassen wollten, hielt Matthew jedoch plötzlich inne.

»Wir haben etwas vergessen!«, rief er und blieb wie angewurzelt stehen.

»Wir können Mousse nicht mitnehmen«, sagte Pip. Sie trug einen kurzen schwarzen Rock und eine rote Bluse. Matt war nicht entgangen, wie erwachsen sie in dieser Aufmachung wirkte, doch er ahnte nicht, wie viel Mühe sich Pip an diesem Abend tatsächlich mit ihrer Kleidung gegeben hatte. »In dem Restaurant sind Hunde nicht erlaubt«, erklärte Pip in belehrendem Ton.

»Das meine ich nicht – wir können unsere Reste ja für Mousse einpacken lassen. Wir haben etwas ganz anderes vergessen. Du hast mir die Grobi- und Kermit-Pantoffeln noch gar nicht gezeigt!« Matt blickte sie vorwurfsvoll an, und Pip musste lachen.

»Möchtest du sie denn wirklich unbedingt sehen?« Die Kleine strahlte über das ganze Gesicht. Matthew vergaß nie etwas, das sie ihm erzählte.

»Ich werde das Haus nicht verlassen, bevor ich diese Schuhe nicht begutachtet habe!«, verkündete Matthew entschieden. Er trat einen Schritt zurück und verschränkte die Arme.

Ophélie und Pip schauten sich unschlüssig an.

»Das ist mein Ernst!«, rief Matthew. »Her mit Grobi und Kermit!«

Pip kicherte und rannte nach oben, um die Hausschuhe zu holen. Eine Minute später kam sie mit beiden Paaren zurück und überreichte ihrer Mutter die Grobi-Ausführung.

Obwohl sich Ophélie schrecklich albern vorkam, zog sie die Schuhe widerspruchslos an, und Pip schlüpfte ebenfalls in ihre. Kurz darauf standen Mutter und Tochter in den riesigen, zotteligen Pantoffeln vor Matthew und grinsten ihn an.

»Die sind ja super!«, rief Matt begeistert. »Ich bin richtig neidisch. Glaubt ihr, die gibt es auch in meiner Größe?«

»Das kann ich mir kaum vorstellen«, entgegnete Ophélie kopfschüttelnd. »Ich hatte schon Schwierigkeiten, die Dinger in meiner Größe zu bekommen – und ich habe ziemlich kleine Füße!«

»Schade!«, sagte Matthew bedauernd.

Ophélie und Pip zogen rasch wieder ihre Straßenschuhe an, und die drei gingen zum Auto.

Sie verbrachten einen sehr schönen Abend und plau-

derten über alles Mögliche. Während sich Matt mit Pip über ihren Kunstunterricht unterhielt, wurde Ophélie abermals klar, wie schwer es für ihn sein musste, keinen Kontakt zu seinen Kindern zu haben. Er hatte eine wunderbare Art, mit Kindern umzugehen. Matt war fürsorglich, witzig und interessierte sich für alles, was Pip ihm erzählte. Er strahlte eine solche Wärme aus, und gleichzeitig war er niemals aufdringlich.
Als sie um halb zehn zurückkehrten, waren sie bester Laune. Matthew hatte sogar daran gedacht, die Reste des Abendessens für Mousse mitzunehmen. Gleich nachdem sie das Haus betreten hatten, eilte Pip in die Küche und füllte den Napf des Labradors.
»Der Abend war wunderbar«, sagte Ophélie seufzend und ließ sich im Wohnzimmer auf die Couch sinken. Matthew entfachte unterdessen ein Feuer im Kamin – so wie er es in Safe Harbour immer getan hatte. Einen Augenblick später stieß Pip wieder zu ihnen, und Ophélie sagte ihr, dass es nun Zeit sei, ins Bett zu gehen. Pip protestierte, doch während sie sprach, musste sie gähnen, und die beiden Erwachsenen brachen in Gelächter aus. Nachdem Pip verschwunden war, setzte sich Matt zu Ophélie auf die Couch. »Du hast dir einen wunderbaren Abend mehr als verdient«, knüpfte er an ihre vorangegangene Bemerkung an.
Ophélie lächelte und bot ihm ein weiteres Glas Wein an, doch Matt lehnte ab. Er trank seit neuestem viel weniger als früher.
»Dein Reich ist wirklich beeindruckend«, bemerkte Matthew und ließ seinen Blick durch den Raum schweifen. Die stilvollen Gemälde im Wohnzimmer gefielen ihm sehr gut, aber insgesamt war das Haus für seinen Geschmack ein wenig zu steif eingerichtet. Es erinnerte ihn entfernt an die Wohnung in New York, wo er mit Sally und den Kindern gelebt hatte. Ihr Apartment hatte direkt an der Park Avenue gelegen, und einer der besten

Innenarchitekten der Stadt hatte es damals für sie ausgestattet.

»Das Haus ist wirklich viel zu groß für Pip und mich«, sagte Ophélie nun, »aber ich bringe es nicht übers Herz, es zu verkaufen.«

»Du solltest nichts übereilen. Ich habe es oft bereut, dass ich unser Apartment in New York damals vorschnell verkauft habe. Aber nachdem Sally und die Kinder ausgezogen waren, schien es mir sinnlos, es zu behalten. Wir hatten einige sehr schöne Möbelstücke«, erinnerte sich Matt mit wehmütigem Unterton.

»Habt ihr die damals auch verkauft?«, fragte Ophélie.

»Nein, ich habe das gesamte Mobiliar Sally überlassen, und sie hat es mit nach Auckland genommen. Ich ahnte ja nicht, dass sie sofort mit Hamish zusammenziehen würde. Wahrscheinlich hat sie die Möbel ohne mit der Wimper zu zucken verhökert. Sally war noch nie sonderlich sentimental.« Er zuckte die Achseln. »Aber im Grunde ist es mir egal. Ich hätte mit den Antiquitäten in meinem Bungalow sowieso nichts anfangen können.«

Ophélie wunderte sich, wie gelassen Matt darüber sprach. Gleichzeitig wurde ihr seine Exfrau immer unsympathischer.

Um elf Uhr sagte Matthew, er müsse sich nun langsam auf den Weg machen. Dichter Nebel war aufgekommen, und die Sicht auf den Straßen wurde immer schlechter. Matt würde für die Strecke nach Safe Harbour länger brauchen als sonst.

Bevor er ging, warf er noch einmal einen Blick in Pips Zimmer. Die Kleine schlief tief und fest in ihrem Himmelbett. Zu ihren Füßen lag Mousse, und neben dem Bett standen ihre Kermit-Pantoffeln.

»Du kannst wirklich stolz sein auf deine Tochter«, sagte Matt mit einem warmen Lächeln, während er Ophélie die Treppe hinunter folgte. »Pip ist ein ganz besonderes Mädchen. Und ich kann mich glücklich schätzen, dass ich ihr am Strand begegnet bin.« Matthew konnte sich ein Leben ohne Pip inzwischen kaum noch vorstellen.

»Und wir können uns glücklich schätzen, dass wir dich kennen gelernt haben«, erwiderte Ophélie lächelnd. Sie dankte Matthew für den schönen Abend und küsste ihn auf die linke und die rechte Wange.

»Sagt mir Bescheid, wann genau das Fußballspiel stattfindet. Das will ich mir auf keinen Fall entgehen lassen.«

»Das machen wir.« Ophélie lachte. Sie wussten beide, dass Pip Matthew bis dahin noch unzählige Male anrufen würde.

Als Matt davonfuhr, blickte Ophélie ihm nach und winkte zum Abschied. Anschließend schloss sie die Tür und löschte das Licht in der unteren Etage. Pip hatte offensichtlich vor, in dieser Nacht in ihrem eigenen Bett zu schlafen. Ophélie wurde klar, wie sehr sie das bedauerte. Doch es war richtig, dass sich Pip ein gewisses Maß an Selbstständigkeit erhielt.

Während Ophélie in ihr großes, leeres Ehebett stieg, kam ihr in den Sinn, dass Pip nur noch wenige Jahre auf sie angewiesen sein würde. Ophélie konnte sich kaum vorstellen, wie ihr Leben aussehen sollte, wenn Pip ausgezogen war. Obwohl sie gute Freunde wie Andrea und Matthew hatte, ahnte sie, wie einsam sie sich dann fühlen würde. Der Gedanke erfüllte sie mit Schrecken, und sie spürte schmerzhafte Sehnsucht nach Ted in sich aufsteigen. In einsamen, verzweifelten Augenblicken wie diesem verstand Ophélie nur allzu gut, wie Chad oft empfunden haben musste. Einzig ihre Verantwortung für Pip hatte sie im vergangenen Jahr davon abgehalten, etwas Dummes zu tun ... Doch manchmal, im Dunkel der Nacht, hatte die Versuchung beinahe die Übermacht gewonnen. Der Tod war Ophélie oftmals wie eine süße Erlösung erschienen. Aber nun war sie froh, dieser Verlockung nicht nachgegeben zu haben. Mit dieser Überzeugung schlief sie ein.

## 15

Drei Tage später war für Ophélie der Augenblick gekommen: Sie musste sich von den anderen Teilnehmern der Selbsthilfegruppe verabschieden. Nach vier Monaten war die Zeit der Gruppensitzungen nun vorüber. An diesem Nachmittag bemühten sich alle Mitglieder, ihr letztes Treffen wie eine Feier zu begehen, und sie scherzten darüber, dass sie von Blake eigentlich ein Zertifikat über ihren Abschluss in Trauerbewältigung erhalten müssten. Doch die Vorstellung, sich in Zukunft nicht mehr auf die Hilfe und den Zuspruch gleich Gesinnter verlassen zu können, betrübte viele von ihnen, und Ophélie erging es nicht anders.

Die Teilnehmer umarmten sich zum Abschied, tauschten Telefonnummern und Adressen aus und versprachen einander, in Kontakt zu bleiben. Währenddessen verkündeten sie zuversichtlich ihre Zukunftspläne. Mr. Feigenbaum hatte inzwischen eine Freundin gefunden, eine Siebzigjährige, die er im Bridgeclub kennen gelernt hatte. Er spielte sogar mit dem Gedanken, sie zu heiraten, und Ophélie freute sich aufrichtig für ihn. Auch viele ihrer anderen Weggefährten waren entschlossen, in ihrem Leben nun einige Veränderungen vorzunehmen. Eine Frau erzählte ihnen, sie wolle eine Weltreise machen. Eine andere hatte vor, ihr Haus, mit dem viele Erinnerungen an ihren verstorbenen Mann verknüpft waren, zu verkaufen. Eine einsame alte Dame plante, mit ihrer Schwester zusammenzuziehen, und ein älterer Mann hatte sich nach dreißig Jahren endlich mit seiner Tochter versöhnt und würde sie fortan des Öfteren besuchen. Doch alle Mitglieder hatten noch einen weiten Weg vor sich und wussten, dass sie viel Kraft aufbringen mussten, um wieder dauerhaft Freude am Leben zu haben.

Ophélie hatte zwar ebenfalls die besten Aussichten,

doch während sie Blake Lebewohl sagte, konnte sie die Tränen kaum zurückhalten. Sie musste sich von einem Menschen verabschieden, der ihr wichtig geworden war, und sie spürte, wie das Gefühl der Leere sie unaufhaltsam erneut übermannte. Als sie ihre Tochter am Nachmittag von der Schule abholte, merkte Pip ihr an, wie niedergeschlagen sie war.
»Was ist los mit dir, Mom?« Pip blickte Ophélie besorgt an. Sie hatte diese Miene schon oft gesehen, und tief in ihrem Inneren schwelte die Angst, dass Ophélie wieder die Mauer um sich herum errichten könnte.
»Nichts.« Ophélie kam sich albern vor. »Heute war das letzte Treffen der Selbsthilfegruppe, und ich glaube, ich werde die anderen sehr vermissen. Manche sind mir wirklich ans Herz gewachsen. Ich weiß, ich habe mich öfter über die Leute beschwert, aber im Nachhinein weiß ich, dass ich es ohne sie nicht geschafft hätte.«
»Könnt ihr euch nicht weiterhin treffen?«, fragte Pip hoffnungsvoll. Sie wollte irgendetwas unternehmen, um den abwesenden, unheilvollen Ausdruck in den Zügen ihrer Mutter zu vertreiben. Aber sie wusste nicht, was, und fühlte sich hilflos – so wie während des gesamten vergangenen Jahres.
»Ich könnte wahrscheinlich zu einer anderen Gruppe gehen«, sagte Ophélie müde und zuckte ratlos die Achseln.
Pip spürte, wie Panik in ihr aufstieg. »Vielleicht solltest du das tun!«, rief sie mit schriller Stimme.
»Mach dir keine Sorgen, Pip. Ich komme schon zurecht.« Ophélie tätschelte mechanisch den Arm ihrer Tochter und lächelte gequält.
Schweigend fuhren sie nach Hause. Sobald sie dort angekommen waren, ließ Pip ihre Tasche fallen und stürzte ans Telefon. Konzentriert wählte sie Matthews Nummer.
Es hatte den ganzen Tag über geregnet, und dadurch

war Matt gezwungen, in seinem Bungalow an dem Porträt zu arbeiten. Er ging sofort ran.
»Hallo Matt, ich bin's.«
»Oh, hallo Pip! Wie geht's dir?«
Pip fiel sofort mit der Tür ins Haus. »Sie sieht schrecklich aus!«, klagte sie und hoffte, ihre Mutter würde nicht irgendwo im Haus einen anderen Hörer abnehmen und lauschen. »Ich habe Angst, Matthew. Es ist wie letztes Jahr. Damals ... weißt du ... als sie manchmal den ganzen Tag über im Bett lag ... und nichts gegessen und nicht mit mir geredet hat.« Während Pip sprach, füllten sich ihre Augen mit Tränen, und Matt hörte ihr an, wie verzweifelt sie war.
»Aber das ist doch jetzt etwas anderes, oder?«, hakte er nach. Als er Ophélie am Samstag gesehen hatte, war sie fröhlich und beinahe ausgelassen gewesen. Aber vielleicht hatte sie ihm auch nur etwas vorgemacht ...
»Ja, schon«, gab Pip zu. »Aber was ist, wenn es wieder so wird wie früher? Sie sieht echt ziemlich traurig aus!«
»Es war bestimmt schwer für sie, den anderen Teilnehmern der Gruppe Lebewohl zu sagen. Weißt du, deine Mutter hat sich heute von Menschen trennen müssen, die ihr viel bedeutet haben. Sie hat einen wichtigen Rückhalt verloren. Ich bin mir sicher, dass sie sich bald wieder fängt. Aber wenn es ihr tatsächlich weiterhin schlecht geht, komme ich sobald wie möglich vorbei und rede mit ihr.« Letztlich konnte er nichts für Ophélie tun, aber er wollte Pip vermitteln, dass kein Grund zur Panik bestand.
»Danke, Matt«, sagte Pip erleichtert. Das Gespräch mit ihm hatte sie beruhigt.
»Ruf mich morgen wieder an und erzähl mir, wie es läuft!«
»Das mach ich!« Pip legte mit der Überzeugung auf, dass Matthew für sie da sein würde, wenn sie ihn brauchte.
An diesem Abend bereitete Ophélie gerade lustlos das

Abendessen zu, da klingelte es an der Tür. Ophélie blickte überrascht auf und fragte sich, wer sie wohl so spät noch besuchen mochte. Vielleicht war es Andrea, die sich zu einer spontanen Stippvisite entschlossen hatte ...

Ophélie öffnete die Tür, und vor ihr stand ein großer, glatzköpfiger Mann mit Brille. Überrascht starrte sie ihn an. Er war Mitglied ihrer Selbsthilfegruppe und hieß Jeremy Atcheson. Sie war ihm noch nie außerhalb der Gruppensitzungen begegnet und war deshalb äußerst verdattert, ihn nun im Türrahmen zu erblicken.

»Hallo ... Jeremy«, stammelte sie und lächelte ihn unsicher an.

Er schielte über ihre Schulter hinweg ins Haus. Er schien außerordentlich nervös zu sein, und Ophélie konnte sich beim besten Willen nicht vorstellen, was er hier zu suchen hatte. Er war ein eher unscheinbarer Mann, der in den Sitzungen nur selten ein Wort hervorgebracht hatte.

»Hallo Ophélie«, erwiderte er, und auf seiner Oberlippe bildeten sich kleine Schweißperlen.

Ophélie konnte riechen, dass er Alkohol getrunken hatte.

»Darf ich hereinkommen?« Er lächelte schief, doch Ophélie erschien sein Lächeln eher wie ein anzügliches Grinsen. Zudem fiel ihr auf, dass er leicht schwankte.

»Ich koche gerade«, entgegnete sie zögernd. Er musste ihre Adresse der Liste entnommen haben, die an diesem Nachmittag in der Gruppe herumgegeben worden war.

»Großartig!«, rief er und lächelte noch breiter. »Ich habe heute noch nichts gegessen. Was gibt es denn?«

Ophélie fiel angesichts seiner Unverfrorenheit die Kinnlade hinunter, und sie war unfähig, etwas zu sagen. Jeremy machte Anstalten hereinzukommen, doch Ophélie zog instinktiv die Tür etwas weiter zu. Nichts lag ihr ferner, als Jeremy hereinzubitten.

»Es tut mir Leid, Jeremy, aber ich muss jetzt wieder zurück in die Küche. Ich erwarte jeden Moment Besuch.« Sie wollte gerade die Tür schließen, da schob Jeremy seinen Fuß zwischen die Tür und den Rahmen. Ophélie blieb schier das Herz stehen. Sie wusste nicht, ob sie den Kerl rausschubsen oder um Hilfe schreien sollte. Außer Pip und Mousse befand sich jedoch niemand im Haus, und natürlich erwartete sie keineswegs Besuch. Sie waren ganz allein. Sollte sie nach dem Hund rufen? Ophélie war mit der Situation völlig überfordert. Wie kam Jeremy nur dazu, sich derartig aufzuführen? In der Gruppe hatten sie doch vor allem anderen gelernt, einander mit Respekt zu begegnen ...

»Warum denn so eilig?«, fragte Jeremy, drückte die Tür auf und versuchte, Ophélie zur Seite zu drängen. Doch Ophélie stellte sich ihm mit dem Mut der Verzweiflung in den Weg, und Jeremy hielt in der Bewegung inne. Er stand nur wenige Zentimeter von Ophélie entfernt, und sie roch erneut seinen Schnapsatem. »Hast du eine Verabredung mit einem Mann?«

»Um ehrlich zu sein, ja«, krächzte Ophélie. Am liebsten hätte sie hinzugefügt, dass ihr ein zwei Meter großer Karatekämpfer einen Besuch abstattete, doch sie brachte vor Angst keinen Laut mehr heraus.

»Das ist doch Quatsch!«, brach es aus Jeremy hervor. »Du hast in der Gruppe dauernd gesagt, dass du keine neue Beziehung willst! Ich dachte, wir könnten zusammen zu Abend essen, und vielleicht änderst du deine Meinung ja dann ...«

»Es war sehr nett von dir vorbeizuschauen«, sagte Ophélie um Fassung ringend. »Aber ich fürchte, du musst jetzt gehen.«

»Das werde ich ganz bestimmt nicht tun! Und du möchtest das auch nicht wirklich, mein Schatz, nicht wahr? Wovor hast du Angst? Die Gruppentreffen sind doch vorüber – es ist also nicht länger verboten, sich zu verabreden. Oder hast du etwa Angst vor Männern? Bist du eine Lesbe?«

Er war betrunkener, als Ophélie gedacht hatte, und ihr wurde klar, dass sie in ernsthafter Gefahr schwebte. Wenn er ins Haus gelangte, würde er womöglich auf Pip oder sie selbst losgehen ... Diese Vorstellung gab Ophélie Kraft, und ohne weitere Vorwarnung stieß sie Jeremy zurück und knallte ihm die Tür vor der Nase zu. Im selben Augenblick erschien Mousse am oberen Ende der Treppe und begann zu bellen. Ophélie schob mit schweißnassen Händen die Kette vor das Schloss. Auf der anderen Seite der Tür konnte sie Jeremy fluchen hören.

»Verdammtes Flittchen! Denkst wohl, du wärst zu gut für mich, was?«

Ophélie zitterte am ganzen Körper. Sie erinnerte sich daran, dass Jeremy seinen Zwillingsbruder bei einem schrecklichen Unfall verloren hatte. Dieser war von einem Auto angefahren worden, und der Fahrer hatte Fahrerflucht begangen. Jeremy hatte während der Treffen nur wenig Persönliches preisgegeben, doch bei Ophélie war durch seine spärlichen Erzählungen der Eindruck entstanden, dass er den Schmerz über den Tod seines Bruders im Alkohol ertränkte.

Ophélie wusste nicht, was sie tun sollte, und so rief sie kurzerhand Matthew an. Sie erzählte ihm völlig atemlos, was passiert war, und fragte ihn, ob sie die Polizei rufen solle.

»Steht der Kerl immer noch vor deiner Tür?«, fragte Matthew bestürzt.

»Nein, ich glaube nicht. Ich habe gerade ein Auto wegfahren hören.«

»Dann solltest du wahrscheinlich nicht die Polizei, sondern euren Gruppenleiter benachrichtigen. Vielleicht kann er diesem Typen die Meinung sagen. Der Kerl war offensichtlich betrunken, aber das ist keine Entschuldigung dafür, sich wie ein Verrückter zu benehmen!«

»Er hat mich zu Tode erschreckt! Ich hatte solche Angst, dass er hereinkommt und Pip etwas antut.«

»Oder dir! Meine Güte, du solltest in Zukunft wirklich vorsichtiger sein ...« Es war schrecklich für Matthew, Pip und Ophélie in diesem Moment nicht beistehen zu können. »Euer Gruppenleiter soll sich diesen Kerl ordentlich zur Brust nehmen! Sag ihm ruhig, dass du den Typen anzeigst, wenn das noch einmal passiert. Und falls dieser Jeremy heute Abend noch einmal auftaucht, verständige sofort die Polizei, und dann rufst du mich an. Ich könnte mich auch sofort ins Auto setzen und auf eurer Couch schlafen – das würde mir nichts ausmachen.«

»Nein, das brauchst du nicht«, sagte Ophélie rasch und beruhigte sich langsam wieder. Sie konnte von Matthew nicht erwarten, dass er jederzeit zur Stelle war, wenn sie irgendein Problem hatten. Er war schließlich nicht ihr Bodyguard. Sie dankte Matt für seine Ratschläge, und sobald sie aufgelegt hatte, wählte sie die Nummer von Blake Thompson und schilderte ihm die Geschehnisse. Blake war schockiert, und er versprach, Jeremy am nächsten Tag anzurufen. Er wollte ihm ins Gewissen reden und ihm klar machen, dass er sich unmöglich verhalten hatte.

Nach dem Abendessen meldete sich Matthew noch mal, um sich zu erkundigen, wie es ihr ging. Sie sah die ganze Sache mittlerweile etwas gelassener und hatte Pip gegenüber nichts von dem ungebetenen Gast erwähnt, da sie ihrer Tochter keine Angst einjagen wollte.

Am darauf folgenden Morgen wirkte Ophélie entspannt und tatendurstig, und Pip war froh, dass die Lethargie des vorangegangenen Tages verflogen zu sein schien.

Blake rief Ophélie am Vormittag im Wexler Center an und berichtete ihr, dass er mit Jeremy gesprochen und ihm damit gedroht habe, eine einstweilige Verfügung

gegen ihn zu erwirken, falls er sich ihr noch einmal nähern sollte. Während des Gesprächs war Jeremy in Tränen ausgebrochen und hatte zugegeben, nach dem letzten Gruppentreffen schnurstracks in eine Bar marschiert zu sein und dort einen Drink nach dem anderen in sich hineingeschüttet zu haben. Als er zu Ophélies Haus fuhr, war er sturzbetrunken. Blake hatte Jeremy einige private Therapiestunden angeboten, was dieser auch annahm. Er hatte den Psychologen darum gebeten, sich an seiner Stelle bei Ophélie zu entschuldigen. Blake war zuversichtlich, dass sich solch ein Vorfall nicht wiederholen würde.
Ophélie bedankte sich bei Blake herzlich für seine Bemühungen, und war sehr erleichtert. Nach dem Telefonat konnte sie sich wieder mit voller Aufmerksamkeit ihrer Arbeit widmen.
Als sie an diesem Nachmittag nach Hause kam, fand sie vor ihrer Haustür einen Brief vor, in dem Jeremy noch einmal persönlich und äußerst wortreich um Verzeihung bat und ihr versprach, sie nie wieder zu belästigen.

Zwei Tage später betrat Ophélie wieder das Obdachlosenheim, und sofort waren ihre privaten Belange vergessen. Den ganzen Tag über war sie derart beschäftigt, dass sie kaum Zeit für eine Mittagspause fand. Ihre Trainingswoche war beinahe vorüber, und an diesem Tag arbeitete sie zum ersten Mal wieder mit Miriam am Empfang.
Im Laufe des Vormittags kümmerte sich Ophélie um zwei Neuaufnahmen. Zunächst erschien ein Ehepaar mit zwei Kindern in der Halle. Sowohl der Vater als auch die Mutter hatten erst vor kurzem ihre Jobs verloren und waren nun nicht mehr in der Lage, ihre Kinder zu ernähren, geschweige denn die Miete zu bezahlen. So hatte man sie aus ihrer Wohnung geworfen. Es gab niemanden, an den sie sich wenden konnten, doch sie be-

mühten sich sehr, wieder auf die Beine zu kommen. Die Mitarbeiter des Centers wollten sie nach Kräften dabei unterstützen. Sie halfen den Eltern dabei, sich arbeitslos zu melden und staatliche Hilfe zu beantragen, sie händigten ihnen Essensmarken aus und informierten darüber hinaus die Schulen der Kinder über die familiäre Situation. Die Kollegen schafften es sogar, die gesamte Familie dauerhaft in einem Wohnheim unterzubringen, wo sie in weniger als einer Woche einziehen sollte. Die Kinder konnten also bei ihren Eltern bleiben. Als Nächstes widmete sich Ophélie einer Mutter und ihrer Tochter. Die Frau war Mitte dreißig und schien Alkoholikerin zu sein, die Tochter war siebzehn, drogenabhängig und, wie Ophélie erfuhr, im vierten Monat schwanger. Das Mädchen und ihre Mutter lebten seit beinahe zwei Jahren auf der Straße. Miriam und eine der anderen Sozialarbeiterinnen verschafften den beiden einen Platz in einer Entzugsklinik. Vielleicht hatten sie ja nun eine Chance, ihr Leben wieder in den Griff zu bekommen.

Obwohl der Job anstrengend war und all ihre Kraft erforderte, machte Ophélie ihn gern. Es war ein wunderbares Gefühl, gebraucht zu werden. Nachmittags, wenn sie nach Hause kam, sprudelte sie stets über von ihren Erlebnissen. Mehr als alles andere bedauerte sie, dass Ted nicht da war, um ihren Erzählungen zu lauschen. Sie stellte sich oft vor, dass er stolz auf sie gewesen wäre. Pip war eine aufmerksame Zuhörerin. Allzu unschöne Details ließ Ophélie allerdings oftmals weg, um ihre Tochter nicht zu schockieren. Vor zwei Tagen war ein obdachloser Mann auf der Türschwelle des Centers zusammengebrochen und kurz darauf gestorben. Er litt an akuter Unterernährung und hatte außerdem eine Alkoholvergiftung. Diese bittere Erfahrung wäre Ophélie gern losgeworden, doch sie konnte Pip unmöglich mit einer solchen Geschichte belasten.

Es war Freitagnachmittag, und Ophélie wollte das Center gerade verlassen, da betrat Jeff Mannix, einer der Männer des ersten Außenteams, die Halle, um sich eine Tasse Kaffee zu holen.
»Na, wie läuft es bei dir? Viel zu tun diese Woche?«, fragte er gut gelaunt.
»Für mich sieht es so aus. Ich habe zwar keinen Vergleich, aber wenn noch mehr Leute kämen, müssten wir die Türen verrammeln, um nicht erdrückt zu werden.«
»Also alles wie immer.« Jeff lächelte und nippte an dem dampfenden Kaffee. Er war früh dran – das Außenteam fuhr nie vor sieben Uhr abends los –, doch er musste noch einige formelle Dinge erledigen und außerdem die Reserven der Lieferwagen auffüllen. Ophélie und er waren schnell in ein lebhaftes Gespräch vertieft und kamen auf den Mann zu sprechen, der hier am vergangenen Mittwoch verstorben war. Ophélie hatte das Ganze sehr mitgenommen, und das gab sie offen zu.
»Ich schäme mich fast, das zu sagen«, bemerkte Jeff, »aber ich erlebe solche Dinge so häufig, dass es mich kaum noch überrascht. Ich weiß gar nicht mehr, wie oft ich schon versucht habe, irgendwelche Leute auf der Straße aufzuwecken, und wenn ich sie herumdrehte, stellte ich fest, dass sie tot waren. Und zwar nicht nur Männer – auch Frauen.«
Auf der Straße lebten zwar tatsächlich überraschend viele Frauen, doch die Zahl der obdachlosen Männer war noch weitaus höher. Das lag daran, dass in Not geratene Frauen eher bereit waren, um Hilfe zu bitten und in Wohnheime zu ziehen. Ophélie hatte jedoch schreckliche Geschichten über allein stehende Frauen aufgeschnappt, die in Heimen von anderen Bewohnern vergewaltigt wurden. Und so etwas schien nicht selten vorzukommen.
»Man sollte meinen, man gewöhnt sich irgendwann daran«, sagte Jeff nun nachdenklich. »Aber das ist ein Irr-

tum.« Dann lächelte er. »Ich habe übrigens die ganze Woche nur Gutes über dich gehört.«
Ophélie spürte, wie ihr die Röte in die Wangen stieg. Tatsächlich war sie von ihren Kollegen sehr oft gelobt worden.
»Wann fährst du mal mit uns raus?«, fragte Jeff als Nächstes. »Du hast inzwischen mit jedem hier im Haus zusammengearbeitet, außer mit uns. Um dir aber einen vollständigen Eindruck von dem zu verschaffen, was das Center wirklich leistet, solltest du unbedingt mit Bob, Millie und mir auf Tour gehen – oder hast du Angst?« Jeff warf Ophélie einen herausfordernden Blick zu. Gleichgültig, wie sehr er den Einsatz seiner Kollegen respektierte, die Außenteams leisteten seiner Meinung nach die wichtigste Arbeit. Sie begaben sich jede Nacht aufs Neue in große Gefahr und halfen in einer Nacht mehr Menschen als das Personal im Heim in einer ganzen Woche.
»Ich weiß nicht, ob ich wirklich eine Unterstützung für euch wäre«, gab Ophélie offen zu. »Im Grunde bin ich sehr ängstlich. Ich wäre wahrscheinlich viel zu feige, auch nur den Wagen zu verlassen.«
»Anfangs vielleicht. Aber nach und nach wirst du deine Angst überwinden, und dann willst du nur noch das angehen, was getan werden muss. Ich bin mir allerdings nicht sicher, ob du richtig zupacken kannst«, stichelte Jeff in der Hoffnung, dass Ophélie das nicht auf sich sitzen lassen wollte. In der Einrichtung kursierten Gerüchte, dass Ophélie eine wohlhabende Frau war. Niemand wusste Genaueres, aber Ophélies Schuhe waren zweifellos teuer gewesen, und ihre Kleidungsstücke saßen stets perfekt, wie maßgeschneidert, und waren immer aufeinander abgestimmt. Dennoch schien Ophélie ebenso hart zu arbeiten wie alle anderen – sogar härter, wenn man Louise oder Miriam fragte.
»Was machst du zum Beispiel heute Abend? Hast du schon ein Date?«, fragte Jeff geradeheraus.

Obwohl sich Ophélie ein wenig unter Druck gesetzt fühlte, konnte sie sich ein Lächeln nicht verkneifen. Sie mochte Jeff. Er hatte eine große Klappe, aber er war mit ganzem Herzen bei der Sache. Ophélie bewunderte ihn für seinen selbstlosen Einsatz. Er riskierte für das Wohl anderer oftmals sein Leben.
»Ich habe keine Dates«, entgegnete Ophélie nun bestimmt. »Dafür habe ich eine elfjährige Tochter, um die ich mich heute Abend kümmere. Wir wollen ins Kino gehen.« Ophélie hatte Pip versprochen, an diesem Abend einen bestimmten Film mit ihr anzusehen.
»Du kannst auch morgen mit ihr ins Kino gehen! Fahr heute Nacht mit uns raus. Millie und ich haben uns erst gestern über dich unterhalten. Du musst wenigstens einmal dabei sein. Das wird dich für immer verändern.«
»Ganz besonders dann, wenn mir jemand die Kehle durchschneidet«, sagte Ophélie trocken, und Jeff lachte. Doch Ophélie meinte es vollkommen ernst. »Meine Tochter hat nur noch mich.«
»Das ist nicht gut«, sagte Jeff und runzelte die Stirn. »Es klingt, als ob du ein wenig Abwechslung gebrauchen könntest, Opie.« Jeff mochte Ophélies exotischen Namen, aber er hatte Schwierigkeiten, ihn auszusprechen, und hatte ihr aus diesem Grund jenen Kosenamen verpasst. »Komm schon, wir passen auch auf dich auf!«
»Ich kann meine Tochter nicht einfach allein lassen«, erwiderte Ophélie unentschlossen. Die Vorstellung, sich in dieser Nacht dem Außenteam anzuschließen, reizte sie, aber sie hatte auch ein mulmiges Gefühl bei dem Gedanken.
Jeff verdrehte die Augen. »Deine Tochter ist doch schon elf!« Sein breites Grinsen erhellte sein dunkelbraunes Gesicht. Jeff war ein attraktiver Mann. Vor einem Jahr war er aus der Navy ausgeschieden, wo er neun Jahre lang einen Kommandoposten innegehabt hatte. »Meine Güte, Opie! Als ich im Alter deiner Tochter war, musste

ich schon ganz allein meine fünf jüngeren Brüder versorgen!«

Ophélie hatte von den anderen Mitarbeitern gehört, dass Jeffs Mutter Prostituierte gewesen und früh verstorben war. Jeff hatte seine fünf jüngeren Brüder ganz allein aufgezogen, und jeder von ihnen hatte seinen Weg gemacht.

Ophélie dachte nun ernsthaft darüber nach, in dieser Nacht mit Jeff und dem Außenteam durch die Stadt zu kreuzen – obwohl sie Matthew versprochen hatte, das niemals zu tun.

»Komm schon, Opie, gib deinem Herzen einen Stoß!«, sagte Jeff. »Du wirst wahrscheinlich nie wieder hinter einem Schreibtisch sitzen wollen, wenn du erst einmal mit uns da draußen gewesen bist! Wir tun das, worum es hier eigentlich geht. Um sieben Uhr brechen wir auf. Sei rechtzeitig hier.« Es klang eher wie ein Befehl denn wie eine Bitte.

Ophélie entgegnete, sie wüsste noch nicht, ob sie es einrichten könnte, und verabschiedete sich hastig.

Als sie eine halbe Stunde später ihre Tochter von der Schule abholte, kämpfte sie noch immer mit sich.

»Was hast du den ganzen Tag im Heim so gemacht?«, wollte Pip wissen.

Wie immer erzählte Ophélie Pip eine abgeschwächte Version dessen, was tatsächlich geschehen war.

Sobald sie zu Hause waren, rief Ophélie ihre Putzhilfe Alice an. Alice erschien mehrmals in der Woche und hatte schon öfter ihre Dienste als Babysitterin angeboten. Nun fragte Ophélie die stets freundliche und zuverlässige Frau, ob sie um halb sieben zu ihnen kommen könne, um auf Pip aufzupassen, und Alice willigte sofort ein. Ophélie wusste nicht, wie Pip auf die Nachricht reagieren würde, dass sie an diesem Abend noch einmal zum Wexler Center müsse, doch als sie sie von ihren Plänen unterrichtete, sagte ihre Tochter, dass sie sowieso lieber am Samstagabend ins Kino gehen würde. Sie hatte schließlich am folgenden Morgen ein wichtiges Fußballspiel zu bestreiten und wollte dafür ausgeruht sein. Pip hakte nicht weiter nach, was ihre Mutter abends im Heim zu tun hatte, und Ophélie erklärte ihr lediglich, dass es sich um einen wichtigen Termin handelte.

Alice stand wie versprochen um halb sieben vor der Tür, und wenig später verließ Ophélie das Haus. Sie trug einen dicken Wollpullover, eine alte Winterjacke und ausgetretene Stiefel. Außerdem steckte sie eine gehäkelte Wollmütze und Handschuhe ein – für den Fall, dass es kalt wurde. Ophélie hatte bemerkt, dass das Außenteam stets mit einer Thermoskanne heißem Kaffee ausgerüstet war, und wollte gut vorbereitet sein.

Sie parkte in der Nähe des Centers, und als sie den Motor abstellte, überkam sie ein heftiges Gefühl der Beklommenheit. Wenn Matthew oder Pip wüssten, was sie in dieser Nacht vorhatte, wären sie entsetzt ...

Langsam lenkte Ophélie ihre Schritte zur Garage des Wexler Centers und entdeckte Jeff, Bob und Millie, die gerade dabei waren, Vorräte in die Lieferwagen zu laden. Ophélie konnte erkennen, dass es sich unter anderem um Medikamente, Schlafsäcke und Jacken aus der Altkleidersammlung handelte.

Als Jeff sie entdeckte, grinste er von einem Ohr zum anderen. »Na so was, hallo Opie! Willkommen im echten Leben!«

Ophélie wusste nicht, ob das als Kompliment oder als Kritik gemeint war, doch Jeff schien auf jeden Fall erfreut zu sein, sie zu sehen, und auch Millie und Bob lächelten ihr aufmunternd zu.

»Ich bin froh, dass du dich entschieden hast mitzukommen«, sagte Millie, während sie schwer atmend Kisten in den Wagen hob.

Ophélie krempelte die Ärmel hoch und ging den dreien

beim Beladen zur Hand. Wenig später waren die Lieferwagen vollständig mit Hilfsgütern bestückt, und das Team war zum Aufbruch bereit.

Ophélie sollte Bob begleiten. Sie setzte sich zu dem großen, ruhigen Asiaten in den zweiten Lieferwagen, doch Bob fuhr noch nicht los. Stattdessen fragte er: »Bist du dir sicher, dass du das tun willst?« Er wusste, über welche Überredungskünste Jeff verfügte, und wollte nicht, dass sich Ophélie zu irgendetwas gedrängt fühlte. Gleichzeitig bewunderte er sie für ihren Mut. Anders als Jeff, Millie und er selbst hatte Ophélie sicherlich keinerlei Erfahrungen in Selbstverteidigung. Es machte den Anschein, als ob sie aus einer gänzlich anderen Welt stammte, und doch war sie bereit, für andere etwas zu riskieren.

»Du musst nicht mitfahren«, erklärte er bedächtig. »Niemand wird dich für einen Feigling halten, wenn du lieber im Heim arbeiten willst.«

»Jeff schon!« Ophélie grinste ihm verschwörerisch zu, und Bob lachte.

»Das kann schon sein, aber wen kümmert das? Wenn du nicht mitkommst, geht die Welt davon nicht unter. Wir machen dir keine Vorwürfe. Du musst selbst entscheiden, was du tust.«

Ophélie dachte einen Moment lang über seine Worte nach. Sie betrachtete Bob von der Seite und stellte fest, dass sie sich bei ihm gut aufgehoben fühlte.

Der andere Lieferwagen fuhr hupend an ihnen vorbei. Jeff wurde offensichtlich ungeduldig.

»Also, bist du dabei?«, wiederholte Bob seine Frage.

Ophélie holte tief Luft und sagte mit fester Stimme: »Ja.«

»Also abgemacht!«, rief Bob und trat aufs Gaspedal.

# 16

Während der nächsten acht Stunden wurde Ophélies Mut auf eine harte Probe gestellt. Das Team fuhr mit den Lieferwagen in die ärmsten Viertel der Stadt, und dort begegnete Ophélie unendlich viel Leid, das sie bis ins Mark erschütterte. Unzählige Gesichter, in die sie blickte, waren mit Schorf und Wunden bedeckt, viele Menschen waren schwer krank, und die meisten trugen nichts als Lumpen. Barfüßig und halb nackt standen sie in der Kälte und blickten den Lieferwagen mit großen Augen entgegen. Das Außenteam durchkämmte jedoch auch andere Gebiete, in denen es den Obdachlosen ein wenig besser ging. Teilweise wirkten die Menschen, auf die sie zusteuerten, wie ganz normale Bürger. Des Öfteren fragte sich Ophélie irritiert, warum das Team diese Leute ansprach, und erst allmählich begriff sie, dass auch diese Menschen kein Zuhause hatten und unter Brücken oder auf Parkbänken schliefen.
Es war eine lange und harte Nacht für Ophélie. Und doch hatte sie niemals zuvor eine vergleichbare innere Befriedigung empfunden. Die meiste Zeit über blieb sie Bob dicht auf den Fersen. Er musste ihr jedoch gar nicht erst sagen, was sie zu tun hatte. Ophélie folgte einfach ihrer Intuition und ging – anfangs zögerlich, doch schließlich ohne Scheu – auf die Menschen zu und fragte sie, was sie am nötigsten bräuchten. Mit großem Engagement verteilte sie Schlafsäcke, warme Kleidung und Hygieneartikel unter den Bedürftigen. Doch manchmal wünschten sich die Menschen am meisten ein freundliches Wort, und auch das schenkte Ophélie ihnen. Jeff, Millie und Bob beobachteten ihre neue Mitarbeiterin verstohlen und nickten sich immer wieder vielsagend zu.
Später in dieser Nacht stießen sie in der Nähe des Ha-

fens auf ein großes Lager von jugendlichen Ausreißern. Das Außenteam unternahm in diesem Fall jedoch nichts. Bob notierte lediglich die genaue Ortsangabe auf einem Zettel und erklärte Ophélie, dass sich das zweite Außenteam, das sich ausschließlich um Ausreißer kümmerte, damit beschäftigen würde. Erfahrungsgemäß waren jedoch nur wenige Jugendliche bereit, ihr Leben auf der Straße aufzugeben. Sie misstrauten den Heimen und staatlichen Programmen noch mehr als die erwachsenen Obdachlosen. Am allermeisten fürchteten sie sich aber davor, wieder nach Hause gebracht zu werden, denn oftmals war das, wovor sie geflohen waren, weitaus schlimmer als das Leben auf der Straße.
»Viele der Jugendlichen sind schon seit Jahren obdachlos«, erklärte Bob. »Das zweite Außenteam bemüht sich sehr darum, sie wieder mit ihren Familien zusammenzuführen, aber meistens sind beide Seiten nicht daran interessiert. Die Eltern scheren sich in der Regel keinen Deut darum, wo sich ihre Kinder herumtreiben. Viele dieser Kids kommen aus dem ganzen Land nach San Francisco und schlagen sich durch, bis sie erwachsen sind.«
»Und was dann?«, fragte Ophélie mit gerunzelter Stirn. Bob zuckte mit den Schultern. »Die wenigsten schaffen den Schritt zurück in ein geordnetes Leben.«
Wenig später trafen sie auf eine schwer kranke Frau, die sich kaum noch auf den Beinen halten konnte, sich aber strikt weigerte, sich in ein Krankenhaus bringen zu lassen. Ophélie und die anderen konnten nichts weiter für die blasse, zitternde Frau tun, als ihr eine Decke um die Schultern zu legen und sie mit einigen Nahrungsmitteln zu versorgen. Als sie wieder in den Lieferwagen stiegen, konnte Ophélie die Tränen kaum noch zurückhalten.
»Ich kenne das Gefühl«, sagte Bob leise. »Ich heule manchmal auch noch. Besonders das Schicksal der Kinder geht einem zu Herzen … und das der Alten, die im

Winter kaum eine Überlebenschance haben. Wir können ihnen ihr Los nicht abnehmen, wir erleichtern es ihnen nur ein wenig. Mehr wollen sie allerdings auch oft gar nicht von uns. Sonst würden sie tagsüber ins Heim kommen und um Unterstützung bitten ...« Er seufzte. »Die Arbeit erscheint uns oft wie ein Tropfen auf den heißen Stein, aber für die Menschen, die von uns einen warmen Schlafsack kriegen, ist es viel mehr als das.«

»Wie konnte es nur so weit kommen?«

»Das ist eine gute Frage. Vor einigen Jahren wurde die staatliche Unterstützung gekürzt. Jeder Bürger erhält nur insgesamt fünf Jahre lang Sozialhilfe. Das hat viele von diesen Menschen zu Obdachlosen gemacht. Selbst jene, die im Grunde noch recht gesund aussehen, sind es meist nicht. Viele von ihnen leiden zudem an psychischen Erkrankungen, und die meisten trinken, um ihr Elend zu vergessen. Aber wer kann ihnen das verübeln? Wenn ich dort draußen leben müsste, würde ich wahrscheinlich auch Drogen nehmen. Wie sonst soll man das alles ertragen?«

Gegen Mitternacht steuerte das Außenteam ein Schnellimbiss-Restaurant an, um sich zu stärken. Als Ophélie ihren Hamburger entgegennahm, fühlte sie sich jedoch plötzlich schuldig. Dort draußen gab es unzählige Menschen, die Hunger litten und alles dafür gegeben hätten, in einen Hamburger beißen zu können ... Sie hatte auf einmal gar keinen Appetit mehr.

»Wie läuft es bei euch?«, fragte Jeff, während sie sich an einen Tisch setzten.

»Großartig! Ihr leistet hier wirklich tolle Arbeit!«, antwortete Ophélie voller Bewunderung. Sie war noch nie zuvor in ihrem Leben dermaßen bewegt und beeindruckt gewesen. Und Bob und den anderen imponierte Ophélies Art, mit den Leuten umzugehen. Sie begegnete den Obdachlosen mit Freundlichkeit und Mitgefühl, ohne sie in irgendeiner Weise von oben herab zu behandeln.

Als sie das Restaurant verließen, erwähnte Bob Jeff gegenüber, welch enormes Engagement Ophélie an den Tag legte, und Jeff nickte wissend. Er hatte Ophélie nicht ohne Hintergedanken gebeten, sie zu begleiten. Viele Mitarbeiter des Heims hatten ihm erzählt, wie sehr sich Ophélie einsetzte, und Jeff vermutete, dass ihre Talente bei der Arbeit am Empfang verschwendet wurden. Sein Plan war, sie als festes Mitglied des Außenteams zu gewinnen.

Nach ihrer Pause fuhren sie zum Potrero Hill. Auf dem Weg dorthin warnte Bob Ophélie ausdrücklich vor dieser Gegend und forderte sie auf, nicht zu weit hinter ihm zurückzubleiben. Es gab hier draußen einige aggressive Gestalten, die schon zuvor mit verschmutzten Nadeln auf Mitarbeiter des Teams losgegangen waren. Während Bob Ophélie diese Vorfälle schilderte, dachte diese schuldbewusst an Pip. Im Grunde war es verantwortungslos, sich hier aufzuhalten und sich dabei womöglich in Lebensgefahr zu begeben. Und doch war die Arbeit schon jetzt so etwas wie eine Droge für Ophélie. Noch bevor die Nacht vorüberging, war sie regelrecht süchtig danach.

Gegen drei Uhr stellten sie die Lieferwagen wieder in der Garage ab, doch Ophélie war noch nicht müde. Im Gegenteil, sie fühlte sich durch und durch lebendig – lebendiger als jemals zuvor in ihrem Leben.

»Danke, Opie«, sagte Bob anerkennend und stellte den Motor ab. »Du hast dich fabelhaft geschlagen!«

»Vielen Dank«, erwiderte Ophélie und lächelte schüchtern. Es bedeutete ihr viel, von Bob solch ein Kompliment zu erhalten. Sie mochte den sanften Kollegen lieber als Jeff. In der vergangenen Nacht hatte sie erfahren, dass Bobs Frau vor vier Jahren an Krebs gestorben war und er seine drei Kinder nun ganz allein aufziehen musste. Die Nachtschichten erlaubten es ihm, tagsüber für seine Kinder da zu sein, und die Risiken seiner Arbeit schienen ihn nicht abzuschrecken. Früher hatte er

bei der Polizei gearbeitet, er war es also gewohnt, in gefährlichen Situationen die Nerven zu behalten. Er und seine Frau hatten damals einiges an Geld zurückgelegt, und so konnte er es sich nun leisten, für den geringeren Lohn im Wexler Center zu arbeiten. Bob machte seinen Job gern, es lag ihm am Herzen, den Menschen zu helfen – ebenso wie Ophélie. Von vornherein war er ausnehmend freundlich zu ihr gewesen, und in den Stunden zwischen sieben und drei Uhr hatten sie sich über alles Mögliche unterhalten – als würden sie sich schon lange kennen.
Bob und Ophélie kletterten aus dem Lieferwagen und gingen zu Millie und Jeff hinüber, die ebenfalls gerade ausstiegen.
»Sehen wir dich am Montag wieder?«, fragte Jeff Ophélie in beiläufigem Ton.
Ophélie war überrascht. »Ich soll noch einmal mitkommen?«
»Nicht nur einmal.« Jeff wechselte einen Blick mit Millie, dann mit Bob. »Wir würden uns freuen, wenn du in Zukunft mit uns zusammenarbeiten würdest.«
»Was?«, entfuhr es Ophélie. Sie war völlig perplex. »Ich … also … Darüber muss ich erst nachdenken …« Sie fühlte sich geschmeichelt, und mehr als alles andere wollte sie etwas Sinnvolles tun, doch eigentlich war sie sich darüber im Klaren, dass sie dem Team nicht beitreten durfte. Es war Pip gegenüber nicht fair. Andererseits standen ihr all diese Menschen, die Gesichter, diese verlorenen Seelen vor Augen. Die Begegnungen hatten sie tief berührt. Es schien, als ob Ophélie diese Leute nach ihr rufen hörte …
»Ich könnte auf keinen Fall öfter als zweimal in der Woche. Wie gesagt habe ich eine kleine Tochter … Muss ich mich denn jetzt gleich entscheiden?« Ophélie fühlte sich in die Enge getrieben, doch sie spürte auch, wie wichtig es Jeff war, dass sie Mitglied der Gruppe wurde.

»Musst du wirklich noch darüber nachdenken?«, fragte Jeff. »Ich glaube, du weißt jetzt schon sehr genau, was du willst.«
Und damit lag er richtig. Ophélie wusste tatsächlich, was sie wollte. Aber sie durfte solch eine wichtige Entscheidung nicht in ihrem momentanen Zustand treffen. Die vergangenen Stunden hatten sie ziemlich aufgewühlt ...
»Komm schon, Opie, gib dir einen Ruck. Wir brauchen dich ...« Jeff blickte sie flehend an. »Die Menschen da draußen brauchen dich!«
»Okay«, gab Ophélie schließlich nach. »Aber nicht öfter als zweimal in der Woche!«
»Super!«, rief Jeff und strahlte übers ganze Gesicht.
»Man kann dir nur schwer etwas abschlagen!«
»Das hast du gut erkannt!«, erwiderte Jeff. »Du hast uns heute wirklich sehr geholfen, Opie, danke noch mal!« Er nickte seinen Kollegen zu und machte sich auf den Heimweg.
Millie verabschiedete sich ebenfalls und stieg in ihr Auto, das sie neben der Garage abgestellt hatte. Bob begleitete Ophélie noch zu ihrem Wagen.
»Falls es dir irgendwann zu viel werden sollte, kannst du jederzeit wieder aufhören«, sagte Bob und lächelte ihr aufmunternd zu. »Du hast dich jetzt nicht bis zu deinem Lebensende verpflichtet.«
Ophélie war sich durchaus bewusst, was ihre Zusage bedeutete. Und sie konnte sich bereits vorstellen, was ihre Freunde davon hielten.
»Wir freuen uns immer, wenn du mit uns rausfährst«, fügte Bob hinzu. »Aber sobald du das Gefühl hast, du schaffst es nicht mehr, sag uns einfach Bescheid. Man kann einen Job wie diesen nur so lange machen, wie man sich dabei wohl fühlt. Es wird sich alles finden, Opie. Wir sehen uns nächste Woche!« Bob winkte zum Abschied und begab sich dann zu seinem Truck, der ebenfalls vor dem Center geparkt war.

»Gute Nacht, Bob!«, rief Ophélie dankbar und fühlte sich mit einem Mal schrecklich müde. Die Aufregung der Nacht ließ langsam nach und machte einer angenehmen Erschöpfung Platz. Ophélie seufzte und fragte sich, ob sie ihre Entscheidung vielleicht bald schon bereuen würde. Doch dann stahl sich ein Grinsen auf ihr Gesicht. Sie gehörte nun tatsächlich zum Außenteam. Sie war ein Cowboy.

# 17

Als Ophélie in dieser Nacht nach Hause kam, erschien ihr das Haus, in dem sie nun schon seit Jahren lebte, in völlig neuem Licht. Der Überfluss, der Komfort, die frischen Farben, die Wärme, das Essen im Kühlschrank, die Riesenbadewanne und das heiße Wasser, das wie selbstverständlich aus dem Hahn floss – mit einem Mal empfand sie all das als unendlich wertvoll. Beinahe eine Stunde lang saß Ophélie in der Dunkelheit und dachte darüber nach; was sie erlebt und wofür sie sich entschieden hatte. Ihre bisherigen Sorgen wirkten plötzlich nebensächlich, und selbst die Vorstellung eines Lebens ohne Chad und Ted war weniger beängstigend als zuvor. Wenn sie in der Lage war, den Gefahren auf der Straße die Stirn zu bieten, dann würde sie auch mit allem anderen zurechtkommen ...
Ophélie stieg in ihr Bett, doch es lag schon jemand darin: Pip hatte sich offenbar wieder dazu entschlossen, bei ihrer Mutter zu schlafen. Ophélie kuschelte sich an ihre Tochter und fühlte sich stärker denn je.
Am darauf folgenden Morgen klingelte um acht Uhr der Wecker, und Ophélie fuhr erschrocken in die Höhe. Für einen kurzen Moment wusste sie nicht, wo sie sich befand. Sie hatte von den Menschen auf der Straße geträumt – kein Wunder nach der letzten Nacht.
»Wie viel Uhr ist es?«, fragte sie schlaftrunken. Ohne hinzusehen schaltete sie den Wecker aus und sank zurück in die Kissen.
»Acht. Ich habe um neun mein Fußballspiel, Mom.«
»Oh ... stimmt.« Ophélie hatte beinahe vergessen, dass sie auch in ihrem Privatleben Pflichten zu erfüllen hatte. Während sie aufstand und sich ankleidete, dachte sie über ihre Verantwortung als Mutter nach. Was sie letzte Nacht getan hatte, war wirklich mehr als leichtsinnig gewesen. Was würde mit Pip geschehen, wenn ihrer

Mutter etwas zustieß? Wie groß war die Gefahr wirklich? Aber ihre Kollegen hatten ausreichend Erfahrung, und natürlich gingen sie keinerlei unnötige Risiken ein ...

»Wann bist du gestern Nacht eigentlich nach Hause gekommen, Mom? Und was hast du gemacht?«, fragte Pip beim Frühstück.

»Ich habe das Außenteam begleitet.« Ophélie erzählte Pip einen Teil ihrer Erlebnisse.

»Ist das nicht gefährlich?« Pip blickte ihre Mutter besorgt an und stocherte in ihrem Rührei herum.

»Ein bisschen vielleicht.« Ophélie wollte Pip nicht anlügen. »Aber die Leute, mit denen ich zusammenarbeite, sind sehr vorsichtig und wissen genau, was sie tun.«

»Hast du vor, noch einmal mitzufahren?«

»Das würde ich sehr gern. Ist das okay?«

»Hat es dir denn Spaß gemacht?«

»Ja, und wie. Es gibt viele Leute da draußen, die dringend Hilfe benötigen.«

»Dann mach es, Mom. Aber bitte, pass auf dich auf!«

»Natürlich! Vielleicht probiere ich es eine Weile aus, und wenn es riskanter ist, als ich gedacht habe, höre ich wieder auf.«

»Das klingt gut.« Pip ging nach oben, um ihr Sportzeug zu holen, und auf der Treppe drehte sie sich noch einmal zu Ophélie um. »Ich habe Matthew übrigens zu dem Spiel eingeladen. Er hat gesagt, er wär pünktlich da.«

»Das Spiel fängt doch schon um neun an! Möglicherweise schafft er es nicht rechtzeitig ...« Ophélie wollte auf keinen Fall, dass Pip enttäuscht wurde. Rasch fügte sie hinzu: »Ich habe Andrea ebenfalls eingeladen. Wir beide werden dich kräftig anfeuern!«

»O je ... ich hoffe, ich spiele heute gut«, murmelte Pip und lief in ihr Zimmer. Sie zog sich einen Pullover über, griff nach ihrer Sporttasche und eilte wieder hinunter. Hastig folgte sie ihrer Mutter zum Wagen.

Ophélie ließ Mousse auf den Rücksitz springen, dann

setzten sie und Pip sich ins Auto, und sie machten sich auf den Weg zum Polofeld des Golden Gate Parks, wo das Fußballspiel stattfinden sollte. Es war ein eher trüber, nebliger Tag, doch hin und wieder brach die Sonne durch die dichte Wolkendecke.
Während der Fahrt drehte Pip das Radio auf und sang lauthals mit. Ophélie bemerkte es jedoch kaum. In Gedanken war sie noch immer mit den Ereignissen der vergangenen Nacht beschäftigt. Im Licht des neuen Tages kamen ihr die Schicksale und die Armut, die sie gesehen hatte, beinahe surreal vor.
Schon nach kurzer Zeit erreichten sie das Polofeld und stiegen aus. Während sie auf das Feld zusteuerten, stand plötzlich Matthew vor ihnen. Lächelnd breitete er die Arme aus und rief: »Guten Morgen, die Damen!«
Pip stieß einen Freudenschrei aus, rannte los und fiel ihm um den Hals.
Matt trug eine warme Daunenjacke, eine Jeans und Turnschuhe. Ophélie mochte seine unauffällige, lässige Art, sich zu kleiden. Sie beobachtete, wie Matt Pip väterlich umarmte. Als ihre Tochter davoneilte, um sich zu ihren Mannschaftskameraden zu gesellen, blickte er ihr lächelnd nach.
»Du musst heute sehr früh aufgestanden sein«, sagte Ophélie und küsste Matthew zur Begrüßung auf beide Wangen.
»So früh nun auch wieder nicht.« Matthew war es wichtig gewesen, zu Pips Spiel zu kommen. Vor seiner Scheidung hatte er sich auch keins von Roberts Rugbyspielen entgehen lassen, und selbst nachdem sein Sohn nach Auckland gezogen war, hatte Matt alles darangesetzt, Roberts Spiele so oft wie möglich zu verfolgen.
»Es bedeutet Pip sehr viel, dass du zuschaust«, erklärte Ophélie. »Danke, dass du sie nicht enttäuscht hast!« Matthew war wirklich der einzige Mensch, auf den sie sich hundertprozentig verlassen konnten.

»Ich hätte Pips Spiel um nichts in der Welt verpasst! Ich war übrigens früher Trainer.«

»Erzähl Pip das bloß nicht! Sonst nimmt sie dich noch für ihre Mannschaft unter Vertrag!« Ophélie lachte, und Matt fiel in ihr Lachen ein.

Dann gingen sie zum Spielfeldrand hinüber, und wenig später begann das Spiel. Pip schlug sich von Anfang an hervorragend. Schon kurz nach dem Anpfiff erzielte sie ein Tor, und Ophélie und Matthew jubelten dermaßen laut, dass Pip – einerseits peinlich berührt, andererseits mächtig stolz – zu ihnen hinüberblickte.

Kurz danach tauchte Andrea neben Ophélie und Matt auf. Sie trug das Baby, das in einem warmen Strampelanzug steckte, in einem Tragetuch vor der Brust. Ophélie stellte Andrea und Matthew einander vor, und sie unterhielten sich eine Zeit lang angeregt. Ophélie warf ihrer Freundin währenddessen immer wieder warnende Blicke zu. Sie wollte damit verhindern, dass Andrea Matt gegenüber irgendwelche zweideutigen Bemerkungen fallen ließ, und tatsächlich hielt Andrea ihr sonst so loses Mundwerk im Zaum. Irgendwann begann das Baby zu weinen. Andrea sagte, es sei an der Zeit, William zu stillen, und verabschiedete sich eilig. Ophélie war sich sicher, dass Andrea sie noch an diesem Abend anrufen würde, um ihr brühwarm ihren Eindruck von Matt mitzuteilen.

»Andrea ist Pips Patentante und außerdem meine beste Freundin«, erklärte Ophélie, sobald Andrea und William verschwunden waren.

»Pip hat mir schon von ihr und dem Kleinen erzählt. Wenn ich sie richtig verstanden habe, ist Andrea eher eine unkonventionelle Frau ...«

Ophélie ahnte, dass Matt mit dieser Bemerkung auf die künstliche Befruchtung anspielte. Er war wie immer äußerst diskret.

»Auf diese Weise ein Kind zu bekommen ist wirklich un-

konventionell. Andrea wollte allerdings nicht darauf warten, den richtigen Mann kennen zu lernen. Deswegen hat sie die Dinge selbst in die Hand genommen – und das hat sie keinen Tag lang bereut! Sie liebt William über alles.«
»Er ist wirklich sehr niedlich«, sagte Matthew.
Auf dem Platz ging es jetzt heiß her, und sie verfolgten wieder konzentriert das Spiel.
Pips Mannschaft gewann letztlich mit knappem Vorsprung. Als abgepfiffen wurde, kam die Kleine mit einem breiten Siegesgrinsen vom Spielfeld und ließ sich strahlend von Matthew und Ophélie auf die Schulter klopfen.
Matt schlug vor, nun zum Mittagessen zu gehen, und sie besuchten ein Pfannkuchenhaus, das Pip besonders mochte. Nach dem Essen musste Matthew sofort zurück nach Safe Harbour. Er wollte an diesem Tag noch an dem Porträt arbeiten, wie er Pip beim Abschied verschwörerisch zuraunte.
Ophélie und Pip fuhren ebenfalls nach Hause. In dem Augenblick, als Ophélie die Tür öffnete, klingelte das Telefon. Sie schmunzelte, denn sie wusste genau, wer es war.
»Jetzt kommt er also schon zu Pips Fußballspielen?«, fragte Andrea gespielt pikiert. »Ich glaube, du verschweigst mir was ...«
»Weißt du, ich komme mehr und mehr zu der Überzeugung, dass Matthew höchstwahrscheinlich in Pip verliebt ist – und sie in ihn! Ich muss also damit rechnen, dass Matt in naher Zukunft mein Schwiegersohn wird«, sagte Ophélie und kicherte. »Aber im Ernst: Ich verschweige dir gar nichts!«
»Dann bist du einfach verrückt! Der Typ ist der bestaussehende Mann, dem ich seit Jahren begegnet bin! Schnapp ihn dir, in Gottes Namen! Oder meinst du, er könnte vielleicht ...«

»Was?« Ophélie konnte Andrea nicht folgen.

»... schwul sein?«

»Das glaube ich kaum. Aber ich habe ihn noch nicht danach gefragt. Herrje, er war verheiratet und hat zwei Kinder! Und selbst wenn er schwul wäre – wen kümmert das?«

»Vielleicht hat er sich nach seiner Ehe aus Enttäuschung Männern zugewandt ...«, überlegte Andrea. »Auf jeden Fall bist du bescheuert, wenn du dir diesen Kerl durch die Lappen gehen lässt! Wenn du auch nur einen Moment lang zögerst, wird er dir vor der Nase weggeschnappt, so ist das bei diesen Typen!«

»Andrea, ich denke, dass er allein sehr zufrieden ist.«

»Vielleicht ist er depressiv. Er muss depressiv sein! Nimmt er Medikamente? Wenn nicht, sollte er das unbedingt tun. Dann käme womöglich etwas zwischen euch in Gang. Andererseits können die Nebenwirkungen von solchen Pillen manchmal recht unangenehm sein. Manche Antidepressiva unterdrücken zum Beispiel den Sexualtrieb. Aber alles halb so schlimm – wozu gibt es schließlich Viagra?«

Ophélie verdrehte die Augen, doch dann musste sie lachen. »Ich kann Matt das gern vorschlagen. Er wird sicherlich begeistert sein ... Aber ich glaube nicht, dass er depressiv ist. Er ist einfach nur sehr verletzt worden.«

»Das ist doch das Gleiche! Wie lange ist er schon geschieden? Neun Jahre? Es ist doch nicht normal, dass er immer noch Single ist. Er braucht dringend eine Frau, genauso wie du einen Mann brauchst!«

»Danke schön, Dr. Freud. Jetzt, da Sie mich über mein Innenleben aufgeklärt haben, fühle ich mich schon viel besser.«

»Irgendjemand muss ja den Durchblick behalten! Du kannst nicht für den Rest deiner Tage allein bleiben, Ophélie. Pip geht schon in ein paar Jahren ihre eigenen Wege.«

»Darüber habe ich auch schon nachgedacht«, murmelte Ophélie mit einem Mal ernüchtert. »Die Vorstellung macht mir Angst ... aber ich werde mich wohl an den Gedanken gewöhnen müssen. Zum Glück habe ich noch ein bisschen Zeit dazu.« Sie holte tief Luft. »Eins ist jedenfalls klar: Matthew ist nicht die Lösung für meine Probleme.«
»Warum nicht? Er scheint doch ein toller Hecht zu sein.«
»Verabrede du dich doch mit ihm! Und vergiss nicht, ein paar Viagra einzustecken! Matt ist dir bestimmt äußerst dankbar!«, sagte Ophélie und kicherte erneut.
»Vielleicht sollte ich mich tatsächlich mal mit ihm verabreden.«
»Genau! Warum setzt du dich nicht einfach ins Auto und düst nach Safe Harbour? Falls er dich nicht hereinlässt, könntest du seine Tür mit einer Axt kurz und klein schlagen – es beeindruckt ihn sicher enorm, wenn du ihn derart entschlossen vor sich selbst beschützen willst.«
»Tolle Idee.«
Sie lachten und plauderten noch ein wenig über dies und das.
Später an diesem Nachmittag gingen Pip und Ophélie ins Kino. Anschließend aßen sie noch gemeinsam zu Abend, und Punkt zehn Uhr lagen sie in Ophélies Bett und schliefen Arm in Arm ein.
Zu dieser Zeit arbeitete Matthew in Safe Harbour noch immer an Pips Porträt. Er entwarf gerade Pips Mund und versuchte sich daran zu erinnern, wie unwiderstehlich sie an diesem Morgen gelächelt hatte, als sie vom Spielfeld gekommen war. Pip war eine Augenweide, Matt verstand es als Herausforderung, sie auf die Leinwand zu bannen. Er genoss jede Sekunde mit ihr. Sie war ein kleiner Engel – und trotz ihres Alters oft richtig weise. Während er sie porträtierte, bemühte sich Matthew, all ihre Eigenschaften in sein Bild einfließen zu lassen. Er

war zufrieden mit seinem bisherigen Werk und konnte es kaum erwarten, Pip das Gemälde zu präsentieren.

Als am folgenden Morgen das Telefon schrillte, schlummerte er noch tief und fest. Schlaftrunken hob er den Hörer ab und meldete sich mürrisch.

»Es tut mir Leid, wenn ich dich geweckt habe«, entschuldigte sich Pip kleinlaut. »Ich dachte, du wärst schon wach.« Es war bereits zehn Uhr, und das erschien Pip eine angemessene Zeit zu sein, um jemanden anzurufen.

»Ist schon in Ordnung. Ich habe bis zwei Uhr an deinem Porträt gesessen. Ich bin fast fertig.«

»Mom wird begeistert sein!«, rief Pip aufgeregt. »Vielleicht können wir uns irgendwann mal allein treffen, nur du und ich, und dann zeigst du mir das Bild. Mom arbeitet in Zukunft zwei Nächte pro Woche, da kriegt sie das gar nicht mit.«

»Wieso arbeitet sie denn nachts?«, fragte Matthew überrascht. Ophélie hatte ihm noch nichts dergleichen erzählt.

»Sie fährt in einem Lieferwagen durch die Stadt und besucht die Obdachlosen auf der Straße, immer dienstags und donnerstags. Sie ist fast die ganze Nacht weg. Alice übernachtet dann bei mir.«

»Aha«, stieß Matt alarmiert hervor. Offenbar hatte sich Ophélie nun doch dem Außenteam angeschlossen. »Das klingt ja interessant«, schob er tonlos nach. Er wollte Pip gegenüber nicht zeigen, wie beunruhigt er war. »Ich würde dich sehr gern bald besuchen. Aber vielleicht sollten wir das an einem Abend machen, an dem deine Mutter ebenfalls Zeit hat. Sonst fühlt sie sich noch ausgegrenzt.«

»Kannst du nächste Woche?«

»Ich versuche, es einzurichten«, sagte er, doch wie sich später im Gespräch mit Ophélie herausstellte, ließ sich kein Termin für die kommende Woche finden. Matthew

hatte einige wichtige Dinge zu erledigen, und auch Ophélie war beschäftigter denn je. Sie hatte sich mittlerweile dazu entschlossen, weiterhin drei Tage pro Woche mit Miriam am Empfang zu arbeiten.
Am ersten Oktober rief Matthew Ophélie an und fragte, ob sie und Pip ihm am folgenden Samstag einen Besuch abstatten wollten.
Ophélie freute sich über seine Einladung, doch sie zögerte. »Weißt du ... Freitag jährt sich Teds und Chads Todestag«, erklärte sie. »Ich glaube, das wird für Pip und mich sehr schwierig. Ich würde dich ungern mit meiner Trauer behelligen. Vielleicht sollten wir besser noch eine Woche warten. Dann ist übrigens auch Pips Geburtstag.«
»Zu Pips Geburtstag komme ich ohnehin! Aber lass uns am Samstag etwas zusammen unternehmen, Ophélie. Es würde euch beiden gut tun, mal wieder nach Safe Harbour zu fahren. Das bringt euch bestimmt auf andere Gedanken. Weißt du was? Wir machen es so: Wenn du am Samstagmorgen aufwachst und feststellst, dass du dich tatsächlich miserabel fühlst, dann verschieben wir das Ganze. Aber zu Pips Geburtstag führe ich euch auf alle Fälle zum Essen aus – wenn du nichts dagegen hast.«
»Da wird Pip sicherlich aus dem Häuschen sein«, sagte Ophélie und stimmte seinem Vorschlag zu.
Ophélie erzählte Pip von Matts Vorhaben, an ihrem Geburtstag mit ihnen auszugehen, und die Kleine machte einen Freudensprung. Doch als sie von der Einladung fürs Wochenende hörte, reagierte sie verhalten. Sie sah dem Todestag schon seit Wochen mit Unbehagen entgegen. Ihrer Mutter ging es inzwischen zwar insgesamt besser, doch Pip befürchtete, dass der kommende Freitag alles zunichte machen könnte.
Ophélie und Pip hatten bereits darüber gesprochen, was sie an diesem besonderen Tag machen wollten, und sich

dazu entschlossen, in der St. Dominic's Kirche eine Messe für Ted und Chad lesen zu lassen. Darüber hinaus hatten sie keine Pläne. Leider bestand für sie nicht die Möglichkeit, Teds und Chads Grab zu besuchen, denn die beiden hatten keine Ruhestätte. Nachdem das Flugzeug explodiert und völlig ausgebrannt war, hatte man von Ted und Chad keinerlei Überreste gefunden. Ophélie konnte sich damals nicht dazu entschließen, auf einem Friedhof Gedenksteine setzen zu lassen. Sie war davon überzeugt, dass sie keine Grabstelle benötigten, um den beiden nahe zu sein. Sie trugen sie in ihren Herzen.

Am kommenden Freitag würden sie also zunächst zur Messe gehen und den übrigen Tag in aller Stille zu Hause verbringen, in Erinnerung an die gemeinsamen Erlebnisse mit Ted und Chad. Genau davor graute Pip. Und als der Todestag näher rückte, wuchs auch Ophélies Angst.

# 18

Am Morgen jenes Freitags wurde Ophélie von einigen vorwitzigen Sonnenstrahlen geweckt, die hell durch das Fenster ins Zimmer hineinschienen. Pip erwachte beinahe gleichzeitig. Beide sagten kein Wort und blickten in Gedanken versunken aus dem Fenster. Der unpassenderweise herrliche Morgen erinnerte sie an die Trauerfeier für Ted und Chad, die vor etwas weniger als einem Jahr an einem ähnlich sonnigen Tag stattgefunden hatte. Damals waren sämtliche Kollegen und Mitarbeiter von Ted gekommen, ebenso wie all ihre Freunde und viele von Chads Klassenkameraden und Lehrern. Tatsächlich konnte sich Ophélie jedoch kaum an diesen Tag entsinnen. Die gesamte Feier war wie im Nebel an ihr vorübergezogen. Ihr war lediglich das Meer aus Blumen im Gedächtnis geblieben und dass Pip ihre Hand die ganze Zeit über nicht losgelassen hatte. Von irgendwoher war Musik an Ophélies Ohr gedrungen. Ein Chor hatte das Ave-Maria gesungen. Die klaren Stimmen berührten sie damals tief, und sie wusste, sie würde dieses Lied für immer mit der Trauerfeier für ihren Ehemann und ihren Sohn in Verbindung bringen.
An diesem Freitagvormittag besuchten Ophélie und Pip nun also gemeinsam die Messe. Mit betretenen Gesichtern saßen sie nebeneinander auf der Bank und lauschten den Worten des Priesters. Als der Priester Teds und Chads Namen nannte, traten Tränen in ihre Augen, und sie umklammerte die Hand ihrer Tochter derart fest, dass Pip zusammenzuckte.
Nach der Messe entzündeten sie zwei große Kerzen für die beiden Toten. Anschließend fuhren sie schweigend nach Hause.
Die nächsten Stunden zogen sich schier endlos hin. Ophélie und Pip wussten nichts mit sich anzufangen und konnten auch nicht über ihre Trauer sprechen. Selbst

Mousse verhielt sich ausnehmend ruhig. Er fühlte offenbar, dass es seiner Herrin nicht gut ging, und er folgte ihr auf Schritt und Tritt, ohne einen Laut von sich zu geben. In dem großen Haus hätte man eine Stecknadel fallen hören können.

Weder Ophélie noch Pip brachten an diesem Tag einen Bissen hinunter. Als es am späten Nachmittag an der Tür klingelte, sprangen sie beide abrupt auf. Vor der Tür stand ein Blumenboote, der zwei wunderschöne Sträuße in der Hand hielt. Auf der beigefügten Karte stand: Ich denke an euch. *In Liebe, Matthew.*

»Ich habe ihn auch lieb«, sagte Pip leise, während sie die Karte las.

Ophélie seufzte.

Beide trotteten mit den Blumen hinauf, jeder in sein Zimmer. Kurze Zeit später hörte Pip, wie Ophélie hemmungslos weinte. Sie warf sich aufs Bett, steckte den Kopf unters Kissen und hielt sich die Ohren zu.

Am Abend konnten sie es kaum erwarten, schlafen zu gehen. Wie selbstverständlich kroch Pip neben ihrer Mutter unter die Decke. Kurz darauf schlummerte sie bereits, und es war wie eine Erlösung.

Als am folgenden Morgen das Telefon läutete, saßen Pip und Ophélie bereits am Küchentisch vor ihrem Frühstück, das sie bisher noch nicht angerührt hatten. Es war Matthew.

»Ich frage dich lieber nicht, wie der gestrige Tag verlaufen ist«, sagte er vorsichtig, nachdem er Ophélie begrüßt hatte.

»Es war beinahe noch schlimmer, als ich gedacht habe. Aber wenigstens ist der Tag jetzt vorüber. Vielen Dank übrigens für die Blumen.«

»Ich wollte euch gestern nicht stören, deswegen habe ich nicht angerufen.«

»Das war wahrscheinlich auch besser so, ich wäre keine gute Gesprächspartnerin gewesen.«

»Darum ging es mir auch gar nicht. Ich hätte euch gern ein wenig aufgemuntert. Aber vielleicht kann ich das ja heute nachholen. Ich würde mich freuen, wenn ihr heute zu mir nach Safe Harbour kommen würdet. Was meinst du?«

»Ich weiß nicht …« Ophélie war absolut nicht in der Stimmung für einen Ausflug. Der gestrige Tag hatte ihre Kraftreserven völlig aufgezehrt. Doch als sie Pip einen Seitenblick zuwarf und den hoffnungsvollen Ausdruck in ihrem Gesicht sah, wurde ihr klar, dass ihrer Tochter ein Besuch bei Matt wahrscheinlich sehr gut tun würde.

Im nächsten Moment rief Pip auch schon: »Ich will zu Matt! Bitte, Mom!« Sie blickte ihre Mutter flehentlich an, und Ophélie nickte.

»Also gut«, sagte sie. »Aber wir werden nicht allzu lange bleiben. Ich bin furchtbar müde und möchte mich später noch hinlegen.«

Pip wusste, was hinter der vermeintlichen Müdigkeit ihrer Mutter steckte, doch sie hoffte, dass Matthew sie aufheitern würde.

»Wir werden so um die Mittagszeit bei dir sein«, setzte Ophélie hinzu und bot Matt an, etwas zum Mittagessen mitzubringen.

Matthew versicherte ihr jedoch, dass dies nicht nötig sei. Er hatte vor, Omeletts zu machen, und falls Pip das nicht mochte, hätte er für alle Fälle Brot und Erdnussbutter im Schrank.

Als Ophélie und Pip vor Matthews Bungalow vorfuhren, saß er in einem Schaukelstuhl auf der Veranda und erwartete sie bereits. Er sprang sofort auf, und Pip flog in seine Arme. Ophélie küsste ihn zur Begrüßung wie immer auf beide Wangen.

»Du siehst nicht gut aus«, bemerkte Matt besorgt und bot Ophélie seinen Platz im Schaukelstuhl an, wo sie sich ohne Widerspruch niederließ. Dann breitete er fürsorglich eine Wolldecke über ihre Beine und bestand darauf, dass sie sich einfach nur entspannte. Ophélie lächelte ihn dankbar an und schloss die Augen.

Matt begab sich mit Pip in die Küche, und die Kleine half ihm, Pilze und Kräuter für die Omeletts zu hacken. Anschließend deckte Pip den Tisch, und als sie damit fertig war, ging sie auf die Veranda, um ihre Mutter zum Essen zu holen.

Als Ophélie kurze Zeit später die Küche betrat, stellte Matt erleichtert fest, dass sie schon ein wenig gelöster aussah als bei ihrer Ankunft. Während des Mittagessens war sie zwar sehr still, doch mit dem Nachtisch – Erdbeeren mit Sahne – zauberte Matthew ein Lächeln auf ihr Gesicht.

»Ich habe seit Ewigkeiten keine Erdbeeren mehr gegessen«, murmelte sie.

Später machte Matthew Tee, und Ophélie ging zu ihrem Wagen, um einen Zeitungsartikel über das Wexler Center zu holen, den sie Matt gern zeigen wollte. Darin wurde auf anschauliche Weise erklärt, welche Arbeit das Heim leistete.

Sobald sie zurückkam, reichte sie Matthew den Artikel, und er las ihn sorgfältig durch. »Das ist wirklich eine bemerkenswerte Institution«, sagte er, nachdem er fertig war. »Was genau sind denn deine Aufgaben dort?« Matthew dachte daran, was Pip ihm gegenüber erwähnt hatte, doch mittlerweile war er der festen Überzeugung, dass sie etwas falsch verstanden haben musste.

»Sie geht auf die Straße und hilft den armen Leuten!«, antwortete Pip anstelle ihrer Mutter. »Das hab ich dir doch schon erklärt!«

»So, hast du das?«, fragte Ophélie und blickte ihre Tochter tadelnd an.

Pip begriff, dass sie etwas ausgeplaudert hatte, das offenbar ein Geheimnis war, und biss sich zerknirscht auf die Unterlippe.

»Ist das wahr, Ophélie?«, brach es aus Matthew heraus. »In dem Artikel steht, dass sich die Mitarbeiter der Außenteams um die Leute kümmern, die nicht in der Lage sind, selbst zum Center zu kommen. Sie fahren durch die unsichersten Viertel der Stadt! Ophélie, das ist doch Wahnsinn! Wieso machst du das?« Er klang völlig entsetzt und blickte sie vorwurfsvoll an.
»Es ist nicht halb so gefährlich, wie es sich anhört«, gab Ophélie leise zurück. Sie hatte geahnt, dass Matthew nicht begeistert sein würde – deshalb hatte sie ihm bisher auch verschwiegen, was sie genau tat. »Das Team ist hervorragend ausgebildet. Zwei der Leute, mit denen ich zusammenarbeite, sind Expolizisten –«
»Das ist noch lange keine Garantie für deine Sicherheit!«, unterbrach Matthew sie barsch.
»Wie wäre es, wenn wir einen Spaziergang am Strand machen würden?«, fragte Ophélie in der Hoffnung, das Thema zu beenden.
Matthew willigte ein wenig unwirsch ein, und kurz darauf machten sie sich auf den Weg. Pip rannte mit Mousse weit voraus. Sie ahnte, dass sich Matt und ihre Mutter ungestört unterhalten wollten.
Matthew und Ophélie spazierten in gemächlichem Tempo am Wasser entlang, und schon nach kurzer Zeit schnitt Matt das heikle Thema erneut an.
»Bitte versprich mir, dass du deine Tätigkeit beim Außenteam wieder aufgibst!«, sagte er eindringlich. »Ich weiß, ich habe kein Recht, dir irgendetwas vorzuschreiben, aber ich appelliere an deinen gesunden Menschenverstand! Oder hast du dir etwa diesen Job ausgesucht, weil du unterbewusst mit Selbstmordgedanken spielst?«
Ophélie starrte ihn verdutzt an. Matthews heftige Reaktion erstaunte sie. Bisher hatte sie ihn stets als besonnenen, friedfertigen Menschen erlebt. Doch nun stand er wutschnaubend neben ihr und erhob erneut seine Stimme.

»Du darfst dieses Risiko einfach nicht eingehen, Ophélie!«, beschwor Matt sie. »Pip hat nur noch dich! Ich flehe dich an, denk noch einmal darüber nach!«

»Ich weiß, dass es riskant ist«, antwortete Ophélie ruhig und machte eine beschwichtigende Handbewegung. »Warum regst du dich so auf? Viele Dinge sind riskant. Segeln zum Beispiel ...«

»Das kann man doch gar nicht miteinander vergleichen!«, rief Matthew aufgebracht. »Ich frage mich, wieso die Verantwortlichen im Center dich bei so etwas mitmachen lassen. Du bist schließlich keine Expolizistin und hast keine Kampfsportausbildung! Wie können sie dich so leichtfertig diesen Gefahren aussetzen?« Während er sprach, überschlug sich seine Stimme, und Ophélie zuckte angesichts deren Lautstärke zusammen.

Pip tanzte weit vor ihnen über den Sand. Sie war glücklich, wieder am Strand zu sein, genau wie Mousse. Der Labrador jagte Möwen nach, stürmte die Dünen hinauf und hinunter und trug stolz dicke Treibholzstücke im Maul. Doch Matthew schenkte weder dem Hund noch Pip Aufmerksamkeit.

»Die Leute im Center scheinen genauso verrückt zu sein wie du!«, rief er erbost.

»Matthew, ich bin erwachsen, ich weiß, was ich mir zutrauen kann. Wenn ich irgendwann feststelle, dass es zu gefährlich ist, höre ich sofort auf!«

»Aber dann könnte es schon zu spät sein! Ich bin wirklich überrascht, wie unvernünftig du bist!«

»Falls mir tatsächlich etwas passieren sollte, wirst du Andrea heiraten müssen, und ihr beide kümmert euch um Pip. Das wäre auch für William eine tolle Lösung ...« Ophélie grinste und hoffte, Matthew mit ein wenig Humor den Wind aus den Segeln zu nehmen.

»Ich finde das ganz und gar nicht lustig!«, sagte er unwillig.

Sie schwiegen eine Weile lang und machten sich allmählich auf den Weg zurück zum Bungalow. Pip folgte ihnen mit einigem Abstand.
Schließlich nahm Matt den Faden wieder auf. »Ich werde nicht locker lassen«, warnte er sie und seufzte. »Deine Arbeit am Empfang macht dir doch Spaß! Warum reicht es dir nicht, dich auf diese Weise einzusetzen? Das ist doch eine sinnvolle Sache! Aber dieser Außendienst ... das ist etwas für Draufgänger – für Leute, die keine Kinder haben ...«
»Mein Partner ist Witwer und hat drei kleine Kinder«, erwiderte Ophélie und hob trotzig das Kinn.
»Dann hat er wahrscheinlich ebenfalls eine unterschwellige Todessehnsucht! Vielleicht ginge es mir ähnlich, wenn meine Frau gestorben wäre und ich drei kleine Kinder allein aufziehen müsste. Aber du darfst auf keinen Fall dort weiterarbeiten, Ophélie! Es macht mich wahnsinnig, mir das auch nur vorzustellen! Ich werde künftig wahrscheinlich jedes Mal, wenn du mit dem Außenteam losfährst, Blut und Wasser schwitzen. Denk doch an Pip ... und an mich!« Die letzten beiden Worte rutschten ihm versehentlich heraus.
»Pip hätte es dir nicht verraten dürfen.«
Matthew schüttelte verzweifelt den Kopf. »Ich bin verdammt froh, dass sie das getan hat! Du hättest es mir bestimmt bis in alle Ewigkeit verschwiegen. Offenbar muss dir aber irgendjemand mal den Kopf waschen, Ophélie! Du könntest angegriffen werden – oder dich mit einer lebensbedrohlichen Krankheit anstecken! Versprich mir, dass du das Ganze noch einmal überdenkst!«
»In Ordnung. Aber ich finde, du übertreibst ein wenig. Die Mitarbeiter des Teams sind äußerst verantwortungsbewusst.« Sie erzählte Matthew nicht, dass die Gruppe lediglich aus vier Personen bestand. Oftmals mussten sie sich während der Arbeit trennen, und wenn

ein Einzelner in Gefahr geriet, war es für die anderen beinahe unmöglich, rechtzeitig zur Stelle zu sein. Falls einer von ihnen mit einer Waffe oder einem Messer bedroht würde, hätte er zudem keinerlei Möglichkeit, sich zu wehren, denn sie waren allesamt nicht bewaffnet. Es blieb ihnen nichts anderes übrig, als stets die Augen offen zu halten und ein Gespür für potenzielle Gefahren zu entwickeln.

»Ich übertreibe ganz und gar nicht, Ophélie!«, sagte Matt nun mit Nachdruck.

»Aber ich begebe mich doch nicht wissentlich in Gefahr, Matthew«, erklärte Ophélie und überlegte, wie sie ihm begreiflich machen konnte, dass sie diesen Job keineswegs leichtfertig übernommen hatte. »Ich bin eine Nacht lang mit dem Team unterwegs gewesen und habe festgestellt, wie gut ich mich dabei fühle, all diesen Menschen dort draußen ein wenig helfen zu können. Vielleicht solltest du auch einmal mitkommen und dir selbst ein Bild machen«, schlug sie vor, doch Matthew schüttelte entsetzt den Kopf.

»Ich bin nicht so mutig wie du!«, rief er und machte eine abwehrende Handbewegung. Ophélie schien einfach nicht zu verstehen, worum es ihm ging – doch wie sollte sie auch? Pip und sie hatten inzwischen einen ganz besonderen Platz in seinem Herzen eingenommen. Er fürchtete nichts mehr, als dass ihnen etwas zustieß. Ein zweites Mal würde er einen herben Verlust kaum wegstecken ...

Als sie den Bungalow betraten, machte sich Matthew gleich daran, Holzscheite in den Kamin zu legen und diese anzuzünden. Danach stand er einfach nur da und starrte in die aufzüngelnden Flammen.

»Ich weiß nicht, was ich noch sagen oder tun kann, um dich davon abzuhalten«, sagte er ohne Ophélie direkt anzusehen. »Aber vielleicht fällt mir ja noch etwas ein.«

Pip stand neben ihnen und trat unruhig von einem Fuß auf den anderen. Matt bemerkte ihren verunsicherten Blick und beschloss, sich vorerst nicht mehr zu dieser Sache zu äußern. Auch Ophélie wollte nicht weiter darüber diskutieren.

In den folgenden Stunden war Matt auffallend schweigsam, und als Pip und Ophélie ihn am Abend verließen, war die Besorgnis noch immer nicht aus seinen Augen gewichen. Bevor sie sich verabschiedeten, verabredeten sie sich noch für Pips Geburtstag in der kommenden Woche.

»Es tut mir Leid, dass ich mich verplappert habe«, sagte Pip reumütig, sobald sie ins Auto gestiegen waren.

»Schon in Ordnung, Liebling. Mein Job ist kein Geheimnis.«

»Ist er denn so gefährlich, wie Matthew sagt?«

»Eigentlich nicht«, erwiderte Ophélie. Wenn sie mit Bob, Millie und Jeff unterwegs war, fühlte sie sich absolut sicher. »Wir geben gut auf uns Acht, und außerdem ist während der Arbeit noch nie jemand ernsthaft verletzt worden.«

Pip nickte und wirkte beruhigt. »Das solltest du Matt noch einmal sagen. Ich glaube, er macht sich wirklich große Sorgen um dich.«

»Ja, den Eindruck habe ich auch. Ich finde das ja sehr rührend, aber ich werde auf keinen Fall -«

»Ich habe Matthew sehr lieb«, unterbrach Pip sie leise.

Ophélie warf ihrer Tochter einen prüfenden Blick zu. Es war nun schon das zweite Mal innerhalb von wenigen Tagen, dass Pip dies sagte. Es lag wahrscheinlich daran, dass sich seit langer Zeit niemand mehr dermaßen intensiv um Pip gekümmert hatte wie Matt. Selbst Ted hatte sich niemals so viel Zeit für seine Tochter genommen.

Pip rief Matthew noch am gleichen Abend an, um sich bei ihm für den schönen Tag zu bedanken. Nach einigen

Minuten bat Matt sie, den Hörer an Ophélie weiterzugeben. Ophélie hatte wenig Lust, sich erneut Matts Vorwürfe anzuhören, doch dann straffte sie die Schultern und wappnete sich für das Gespräch.

»Ich habe noch einmal über alles nachgedacht«, begann Matt ohne Umschweife, »und mir ist bewusst geworden, dass ich ziemlich wütend auf dich bin. Du verhältst dich absolut naiv und verantwortungslos. Irgendwer muss dich zur Vernunft bringen! Da ich anscheinend nicht dazu in der Lage bin, solltest du vielleicht mit jemand anderem reden. Hast du schon mal überlegt, dir eine neue Selbsthilfegruppe zu suchen?«

»Es war mein Gruppenleiter, der mir vorgeschlagen hat, für das Obdachlosenheim zu arbeiten«, sagte Ophélie mühsam beherrscht, und Matthew stöhnte innerlich.

»Aber es war bestimmt nicht seine Idee, dass du dem Außenteam beitrittst!«

»Matt, beruhige dich! Ich verspreche dir, mir wird nichts Schlimmes zustoßen.«

»Wie willst du mir so etwas versprechen? Du kannst wohl kaum vorhersagen, was dort draußen passiert!«

»Natürlich nicht. Aber ich könnte genauso gut morgen von einem Bus überfahren werden oder im Bett einen Herzinfarkt erleiden. Du kannst nicht alles kontrollieren, Matthew. Das solltest du eigentlich am besten wissen.«

»Ophélie, spiel die Risiken doch nicht so herunter! Du weißt so gut wie ich, dass du bei der Arbeit jederzeit ... erschossen oder erstochen werden könntest!« Matt redete sich regelrecht in Rage, und deswegen beendete Ophélie das Gespräch bald darauf. Sie war entschlossen, ihre Kollegen nicht im Stich zu lassen.

Matthew war sich dieser Tatsache schmerzlich bewusst. Er grübelte tagelang, wie er Ophélie von seinem Standpunkt überzeugen könnte. Eine Woche später bot sich dazu Gelegenheit.

Anlässlich Pips Geburtstag fuhr er nach San Francisco und führte Pip und Ophélie zum Dinner in ein kleines italienisches Restaurant. Die Kellner sangen Happy Birthday für Pip und gratulierten ihr. Matthew schenkte der Kleinen einige Pinsel und Farben, die sie sich gewünscht hatte, und außerdem bekam Pip ein T-Shirt mit der Aufschrift *Du bist mein bester Freund.* Matt hatte den Schriftzug selbst gestaltet und aufgemalt, und Pip war angesichts dieses besonderen Geschenks völlig aus dem Häuschen. Es war ein wunderschöner Abend, und Ophélie wusste, dass sie die ausgelassene, sorglose Stimmung allein Matthew zu verdanken hatten. Im Jahr zuvor war Pips Geburtstag – kurz nach dem Tod von Ted und Chad – äußerst deprimierend gewesen, doch nun hatte Matt dafür gesorgt, dass sich dies nicht wiederholte.

Pip durfte am folgenden Wochenende mit vier ihrer Schulfreundinnen eine Schlafparty veranstalten, und sie sprach schon seit Tagen davon. Doch Ophélie wusste: Nichts war Pip wichtiger als der Abend mit Matt. Ophélie hatte sich ebenfalls auf ihn gefreut, doch sie fürchtete auch, dass er ihr noch einmal ins Gewissen reden würde.

Die drei verließen erst zu später Stunde das Lokal, und als sie zu Hause ankamen, war Pip hundemüde. Sie konnte sich kaum noch auf den Beinen halten, und Ophélie und Matt brachten sie sogleich ins Bett. Anschließend gingen sie zurück ins Wohnzimmer und setzten sich auf die Couch.

»Du weißt sicher, was ich mit dir besprechen möchte, nicht wahr?«, begann er unverzüglich und blickte sie ernst an.

Ophélie nickte. Plötzlich wünschte sie sich, Pip wäre noch nicht im Bett verschwunden. »Ja, mir ist klar, was du sagen willst.« Sie lächelte ihn resigniert an. »Eigentlich haben wir unsere Standpunkte aber schon mehr als deutlich gemacht, oder?«

»Soll das heißen, du hast dir das Ganze nicht noch einmal durch den Kopf gehen lassen?«

»Doch. Aber ich habe meine Meinung nicht geändert. Matt, bisher ist noch nie etwas geschehen –«

»Das hat nichts zu bedeuten! Deine Kollegen haben eben einfach Glück gehabt!«

»Es mag sich verrückt anhören, aber ...« Sie brach ab und blickte ihn unsicher an.

»Was?«

»Ich ... ich bin davon überzeugt, dass Gott auf mich aufpasst, wenn ich mit dem Team unterwegs bin. Er würde nicht zulassen, dass mir etwas passiert. Nicht während ich eine solch wichtige Aufgabe erledige.«

»Vielleicht ist er manchmal aber auch viel zu beschäftigt, um ständig ein Auge auf dich zu haben! Überall auf der Welt gibt es Menschen, die ihn um Hilfe anflehen. Denk nur an all die Hungersnöte, Überschwemmungen, Kriege ... Er muss sich um diese Leute ebenfalls kümmern – nicht nur um dich!«, sagte Matthew, und Ophélie konnte ein Schmunzeln nicht unterdrücken. Er bemerkte es, und ihm wurde bewusst, wie absurd ihre Diskussion geworden war. Ein Lächeln huschte über sein Gesicht. »Du machst mich noch wahnsinnig!«, rief er aus. »Ich kenne niemanden, der so sturköpfig ist wie du – und so couragiert«, fügte er hinzu, »... und so leichtsinnig! Ophélie, ich habe einfach furchtbare Angst, dass dir etwas zustößt. Du und Pip, ihr bedeutet mir inzwischen sehr viel.«

»Du bedeutest uns auch sehr viel! Du hast dafür gesorgt, dass Pip einen wunderbaren Geburtstag erleben durfte«, sagte Ophélie dankbar. Beim Abendessen hatte eine ausgelassene Stimmung geherrscht, und Ophélie bedauerte es, dass ihre Arbeit nun abermals zum Streitpunkt zwischen ihr und Matthew geworden war. Dennoch war sie entschlossen, nicht nachzugeben. »Ich weiß es zu schätzen, dass du dir Sorgen um

mich machst. Aber glaub mir, ich weiß, was ich tue.«
Matt nickte und schien einzusehen, dass er nichts ausrichten konnte. »Okay, aber bitte sei vorsichtig!«
»Natürlich.«
Ein paar Minuten lang schwiegen sie. Sie saßen mit einem Glas Wein in der Hand vor dem Kamin und genossen die wohltuende Wärme der Flammen. Schließlich durchbrach Ophélie die Stille und brachte das Gespräch auf Pips Schlafparty. Die Kleine hatte ihrem Freund natürlich bereits davon erzählt, und Matt fand die Idee hervorragend. Die Situation entspannte sich mehr und mehr, und Ophélie stellte erneut fest, wie wohl sie sich in Matthews Gesellschaft fühlte. Sie konnte ganz sie selbst sein und spürte, dass Matt keinerlei Erwartungen hegte – ganz anders als Ted, der eine genaue Vorstellung von einer perfekten Ehefrau gehabt und von ihr verlangt hatte, diese zu erfüllen.
Auch Matt genoss ihre Gespräche. Die Debatte um Ophélies Tätigkeit hatte zwar zu einigen Unstimmigkeiten geführt, doch ihre Freundschaft war anscheinend davon nicht erschüttert worden.
Bevor Matthew an diesem Abend heimfuhr, ging Ophélie noch einmal zu Pip hinauf, um nachzusehen, ob alles in Ordnung war. Währenddessen wurde ihr bewusst, was für eine wichtige Rolle Matt mittlerweile in ihrem Leben spielte, und sie fragte sich, wie das weitergehen sollte. Doch rasch verdrängte sie diese Gedanken wieder. Sie wollte sich jetzt nicht damit auseinander setzen.
Wenig später verabschiedete sich Matt und fuhr nach Safe Harbour zurück. Während er auf den Highway zusteuerte, grinste er zufrieden. Er war selbst ein wenig erstaunt über das, was er gerade getan hatte. Die Idee war ihm gekommen, als er allein im Wohnzimmer gesessen hatte. Er hatte sich gedankenverloren im Raum umgeschaut, und plötzlich war sein Blick an einer Foto-

grafie hängen geblieben, die auf dem Tisch neben dem Kamin stand. Ohne lange nachzudenken hatte er sich erhoben und sie eingesteckt. Jetzt lag das Bild in dem silbernen Rahmen auf dem Beifahrersitz. Matt blickte immer wieder lächelnd auf das jungenhafte Gesicht auf dem Foto, und Chad schien zurückzulächeln.

# 19

In den folgenden drei Wochen ergab sich für Pip und Ophélie keine weitere Gelegenheit, sich mit Matthew zu treffen. Er schien ebenso beschäftigt zu sein wie sie, doch er telefonierte weiterhin jeden Tag mit Pip. Auch Ophélie rief ihn des Öfteren an. Sie achtete während ihrer Gespräche jedoch stets darauf, das Außenteam mit keinem Wort zu erwähnen, um weiteren Diskussionen aus dem Weg zu gehen.
Dann nahte der Vater-Tochter-Abend. Pünktlich stand Matt an dem Tag vor der Tür – in einem schwarzen Anzug, einem feinen, hellblauen Hemd und mit einer bordeauxroten Krawatte. Nachdem er Ophélie kurz Hallo gesagt hatte, bot er Pip galant den Arm, führte sie zu seinem Wagen und hielt ihr formvollendet die Tür auf. Pip strahlte vor Stolz.
Ophélie war mit Andrea verabredet. Sie trafen sich in einem kleinen Sushi-Restaurant in der Stadt, wo sie schon oft zusammen gegessen hatten. Andrea hatte für diesen Abend erneut einen Babysitter engagiert und genoss ihre wenigen freien Stunden.
»Was gibt's Neues?«, fragte sie ihre Freundin, kaum dass sie saßen.
»Ich habe im Obdachlosenheim momentan sehr viel zu tun. Und Pip kommt in der Schule gut zurecht.«
»Du weißt genau, dass ich das nicht gemeint habe! Wie läuft es mit Matthew?«
»Er geht heute Abend mit Pip zu dieser Vater-Tochter-Veranstaltung in der Schule«, antwortete Ophélie und blickte Andrea mit Unschuldsmiene an. Sie wusste natürlich genau, was ihre Freundin tatsächlich interessierte.
»Das hast du mir schon erzählt, du Biest! Wie steht es zwischen dir und Matt? Ist schon irgendwas passiert?«
»Natürlich nicht. Ich habe dir doch gesagt, dass er wahrscheinlich mein Schwiegersohn wird.«

»Ja, ja. Sehr witzig. Du hast wirklich den Verstand verloren!«

Ophélie grinste nur, und Andrea lehnte sich stöhnend zurück. Seit kurzem hatte sie eine neue Affäre, wie so oft mit einem ihrer Kollegen aus der Kanzlei. Der Mann war zwar verheiratet – wie die meisten Männer, mit denen sie sich in den vergangenen Jahren eingelassen hatte – doch für Andrea war das noch nie ein Hindernis gewesen.

»Willst du mir etwa weismachen, du hast noch nicht mit dem Gedanken gespielt, wenigstens ein einziges Mal mit Matt allein auszugehen?«, fragte Andrea.

»Genau das!«, erwiderte Ophélie bestimmt. »Ich will mit niemandem ausgehen. Ich bin nach wie vor Teds Frau – und daran wird sich auch nichts ändern!« Was sie für Matthew empfand, war völlig irrelevant. Eine neue Bindung stand einfach nicht zur Debatte.

»Womöglich hat sich Ted nicht ausschließlich als dein Mann betrachtet«, warf Andrea ein. »Wie hätte er sich wohl verhalten, wenn du gestorben wärst? Glaubst du etwa, er hätte dir ewig nachgeheult?«

Ophélie strich sich unangenehm berührt durchs Haar und wich Andreas Blick aus. »Es ist unwichtig, was Ted getan hätte«, erwiderte sie achselzuckend. »Ich kann eben nicht aus meiner Haut heraus.«

»Vielleicht ist Matt doch nicht der Richtige für dich! Was ist mit deinen Kollegen im Obdachlosenheim? Gibt es da irgendjemanden, den du magst? Wie ist der Leiter des Heims denn so?«

Ophélie lachte. »Ich mag *sie* sehr.«

Andrea machte eine resignierende Handbewegung. »Ich gebe auf! Es ist hoffnungslos mit dir!«

»Stimmt! Aber nun erzähl mir mal von deinem neuen Abenteuer.«

»Er passt hervorragend zu mir! Seine Frau bekommt im Dezember Zwillinge. Er sagt, sie sei eine hohle Nuss, au-

ßerdem kriselt es schon seit Jahren zwischen den beiden. Deswegen ist sie offenbar auch schwanger geworden – um die Ehe zu retten. Ziemlich bescheuert, wenn du mich fragst, aber so etwas hört man ja immer. Er und ich sind sehr gegensätzlich, aber wir haben trotzdem viel Spaß miteinander. Wenn die Zwillinge erst da sind, wird er wahrscheinlich kaum noch Zeit für mich haben, aber im Augenblick läuft es sehr gut zwischen uns. Stell dir vor, seit Juni hatte er keinen Sex mehr mit seiner Frau. Er hat also eine Menge aufzuholen ...«
Ophélie hörte ihrer Freundin zu und schüttelte verständnislos den Kopf. Andreas Lebenseinstellung war das genaue Gegenteil ihrer eigenen, sie hatte völlig andere Werte und Ideale. Gleichgültig, wie schwierig das Zusammenleben mit Ted manchmal auch gewesen war, sie hatte sich ihm stets verpflichtet gefühlt. Sie war absolut loyal gewesen, und ihr war es nie auch nur in den Sinn gekommen, ihren Mann zu betrügen. Und selbst als Ted einmal schwach geworden und auf die Annäherungsversuche einer anderen Frau eingegangen war, hatte das ihre Liebe nicht zerstören können.
Der Gedanke, nun allein stehend zu sein, erschreckte Ophélie. Die meisten ungebundenen Frauen, die sie kannte, waren auf der Suche nach einem neuen Mann, und ihr Privatleben bestand hauptsächlich aus zahllosen Verabredungen und enttäuschten Hoffnungen. Dieser ganze Flirtzirkus stieß Ophélie jedoch geradezu ab, und sie konnte nicht nachvollziehen, wie man sich diesem Spiel ausliefern konnte. Keinesfalls würde sie mit einem verheirateten Mann vorlieb nehmen, der nur eine kleine Abwechslung suchte. Junggesellen gab es in ihrem Alter aber nur sehr wenige, und den meisten ging es ausschließlich um Sex. Da saß sie lieber abends gemütlich mit Pip vor dem Fernseher ...
Ophélie schnitt nun ein anderes Thema an, und die beiden Frauen verbrachten einen netten Abend miteinander.

Matthew und Pip kamen an diesem Abend erst um halb elf nach Hause. Ophélie erwartete sie bereits. Als die beiden das Haus betraten, kicherten sie ausgelassen, und Pips gerötetes Gesicht sowie Matthews gelockerte Krawatte sagten Ophélie, dass sie sich bestens amüsiert hatten. Die beiden erzählten, sie hätten Hühnchen gegessen und sich mit Pips Klassenkameradinnen und deren Vätern glänzend unterhalten. Später hatten alle zu Rap-Musik getanzt.
»Ich muss gestehen, die Musik war nicht wirklich mein Fall«, sagte Matthew grinsend, während Ophélie ihm ein Glas Wasser einschenkte. Pip war gerade zu Bett gegangen, und sie machten es sich im Wohnzimmer bequem.
»Es hat aber trotzdem riesigen Spaß gemacht. Wusstest du eigentlich, dass deine Tochter erstklassig tanzen kann?«
»Das hat sie wahrscheinlich von mir. Ich habe früher auch getanzt«, sagte Ophélie und wunderte sich im Stillen, dass Pip daran Gefallen fand – schließlich hatte sie die Ballettstunden gehasst ...
»Und inzwischen nicht mehr?«, fragte Matthew.
»Ich habe seit Jahren nicht mehr getanzt. Ted hasste formelle Tanzveranstaltungen ebenso wie Diskos.« Ophélie seufzte, denn ihr wurde bewusst, dass sie wahrscheinlich nie wieder tanzen gehen würde – zumindest nicht ohne Partner. Und da sie nicht vorhatte, sich auf eine neue Beziehung einzulassen, war ihre Tanzkarriere anscheinend am Ende. Doch das war nicht weiter tragisch. Pip war ihr offenbar eine würdige Nachfolgerin.
»Vielleicht sollten wir bald mal zusammen tanzen gehen – nur damit du es nicht verlernst«, schlug Matthew vor.
Ophélie grinste. Matt zog sie gewiss nur auf. Der Abend mit Pip hatte ihn offensichtlich in eine übermütige Stimmung versetzt.
»Ich glaube kaum, dass man so etwas jemals verlernt.

Was aber diese moderne Musik angeht, bin ich absolut deiner Meinung. Mir gefällt das auch nicht. Pip stellt jeden Morgen auf dem Weg zur Schule das Radio an, und sowohl diese grässliche Rap-Musik als auch die immense Lautstärke treiben mich regelmäßig in den Wahnsinn!«

Sie plauderten noch eine Weile lang miteinander, und diesmal erwähnte Matthew das Außenteam – zu Ophélies großer Erleichterung – mit keiner Silbe. Sie arbeitete nun schon seit einigen Wochen als feste Mitarbeiterin in der Gruppe, und es hatte noch keinerlei ernsthafte Vorkommnisse gegeben. Darüber hinaus waren Bob und sie inzwischen gute Freunde geworden. Während ihrer Schichten unterhielten sie sich oft über ihre Kinder, und Ophélie gab ihrem Kollegen hin und wieder Ratschläge, wie er den Bedürfnissen der Kleinen am besten gerecht werden konnte. Bob hatte ihr zudem erst vor kurzem anvertraut, dass er sich nun öfter mit einer Freundin seiner verstorbenen Frau traf, die er sehr gern zu haben schien.

Als Matthew Ophélie schließlich verließ, war es beinahe Mitternacht. Der Himmel war sternenklar, und als Ophélie Matt zu seinem Wagen begleitete, nahm sie sich einen Moment lang Zeit, um nach oben zu blicken. Matthew tat es ihr gleich, und gemeinsam bestaunten sie die blinkenden Himmelskörper über ihnen.

Schließlich verabschiedete sich Matthew. Bevor er jedoch losfuhr, hielt Ophélie ihn zurück. Sie bedeutete ihm, das Fenster herunterzukurbeln, und Matthew kam dieser Aufforderung sofort nach.

»Das hätte ich beinahe vergessen!«, sagte Ophélie. »Ich wollte dich noch etwas fragen. Hast du schon Pläne für Thanksgiving?«

»Ich mache es so wie immer: Ich ignoriere sämtliche Feiertage!«

Ophélie konnte sich gut vorstellen, was dahinter steckte.

Seit seine Kinder aus seinem Leben verschwunden waren, empfand Matt Feiertage wahrscheinlich als unerträglich. Doch wenn er Thanksgiving mit Pip und ihr verbrachte, würde er vielleicht wieder Gefallen daran finden.

»Besteht die Möglichkeit, dass du deine Meinung noch änderst? Pip, Andrea und ich werden hier bei uns feiern – ganz zwanglos. Ich würde mich freuen, wenn du auch kämst.«

»Es ist wirklich lieb von dir, mich einzuladen, aber an solchen Festen bin ich für gewöhnlich zu nichts zu gebrauchen. Ihr könnt mich ja am Tag danach in Safe Harbour besuchen.«

»Ja, gern.« Ophélie wollte Matt auf keinen Fall bedrängen. Sie war ein wenig enttäuscht über seine Absage, denn sie sah den Feiertagen ebenfalls mit Unbehagen entgegen und hätte gern ihre engsten Freunde um sich geschart. Sie bemühte sich jedoch, sich nichts anmerken zu lassen.

»Danke, dass du mit Pip zu dem Vater-Tochter-Abend gegangen bist«, sagte sie nun und lächelte tapfer.

»Es war sehr lustig! Ich werde von nun an öfter mal eine Rap-CD auflegen und dazu wild die Hüften schwingen! Nächstes Mal bin ich dann besser vorbereitet ...«

Ophélie kicherte bei der Vorstellung. Und dass Matthew bereits plante, auch im folgenden Jahr mit Pip zu dieser Veranstaltung zu gehen, berührte sie. Es war schon merkwürdig, wie dieser Fremde sie in der Krisenzeit zu stützen vermocht hatte. Doch im Grunde war Matt längst kein Fremder mehr – er war Teil ihrer Familie geworden.

# 20

Thanksgiving rückte näher, und es wurde ein schrecklicher Tag für Ophélie. An Feiertagen wurde ihr der Verlust von Ted und Chad besonders bewusst.
Als Ophélie mittags mit Pip und Andrea am Küchentisch saß, beteten sie gemeinsam und bedankten sich, wie es Tradition war, für Gottes Gaben. Anschließend bat Ophélie um den Segen für ihren Sohn und ihren Ehemann, und währenddessen brach sie in Tränen aus. Pip, die es nicht ertragen konnte, ihre Mutter so verzweifelt zu sehen, musste ebenfalls weinen. Selbst Andrea stiegen Tränen in die Augen, und Baby William begann laut zu schreien. Mousse blickte verstört drein und verkroch sich unterm Tisch. Sie boten ein kläglisches Bild, und plötzlich prustete Ophélie los. Pip und Andrea starrten sie zunächst schockiert an, dann fielen sie in das Gelächter ein und konnten gar nicht mehr aufhören zu lachen. Nach einer Weile wischten sie sich die Tränen aus den Augen.
»Genug geheult! Jetzt gibt's was zu essen«, sagte Ophélie.
Der traditionelle Truthahn war ihr nicht wirklich gelungen, doch da keiner von ihnen großen Appetit hatte, fiel das kaum auf. Sie hatten sich entschlossen, in der Küche zu essen, da der sieben Monate alte William in seinem Kinderstühlchen stets für eine Menge Chaos bei den Mahlzeiten sorgte und womöglich die wertvolle Esszimmereinrichtung ruiniert hätte. Ophélie war jedoch noch aus einem anderen Grund froh, dass sie nicht im Esszimmer saßen. Dort am Tisch hatte Ted an Thanksgiving immer den Truthahn angeschnitten. Chad hatte beinahe jedes Jahr mit miesepetrigem Gesicht neben ihm gesessen und sich darüber beschwert, dass er eine Krawatte tragen musste. Ophélie wollte möglichst nicht daran erinnert werden.

Am frühen Abend machte sich Andrea mit dem Baby auf den Heimweg, und Pip ging in ihr Zimmer, um zu zeichnen. Es war auch für sie ein schwerer Tag gewesen. Nach einiger Zeit lief sie hinaus, um sich in der Küche ein Sandwich zu machen, da entdeckte sie ihre Mutter auf dem Flur. Augenscheinlich wollte Ophélie gerade Chads Zimmer betreten.
»Bitte geh nicht rein, Mom«, flüsterte Pip. »Es macht dich nur noch trauriger.« Sie wusste, dass sich ihre Mutter noch immer regelmäßig auf Chads Bett legte und ihre Nase in seinem Kissen vergrub. Sie verharrte dort meist stundenlang und ließ ihren Tränen freien Lauf. Pip konnte ihr Schluchzen stets durch die geschlossene Tür hören, und es nahm sie jedes Mal sehr mit.
»Ich wollte mich gar nicht lange drin aufhalten«, sagte Ophélie in entschuldigendem Tonfall, und als sie den verzweifelten Ausdruck im Gesicht ihrer Tochter sah, fühlte sie sich plötzlich schuldig, weil sie Pip mit ihrem Kummer belastete.
Pip drehte sich wortlos um, verschwand wieder in ihrem Zimmer und schloss leise die Tür hinter sich. Ophélie kämpfte erneut gegen die Tränen an. Einen Augenblick lang verharrte sie noch vor Chads Tür, dann ging sie zurück in ihr Schlafzimmer. Reglos blieb sie vor dem offenen Kleiderschrank stehen und starrte auf Teds Anziehsachen. Dieser Schrank barg nicht weniger Erinnerungen als Chads Zimmer. Ophélie konnte dem Drang kaum widerstehen, eins von Teds Hemden herauszunehmen und daran zu schnuppern. Sie wollte etwas anfassen, das ihm gehört hatte, irgendetwas, das nach Ted roch und ihn für einen kleinen Moment zurückbrachte. Es war ein schier unstillbares Bedürfnis, das wahrscheinlich niemand verstehen konnte, der nicht einen ähnlichen Verlust erlebt hatte.
Ophélie griff wahllos nach einem Jackett und drückte es an sich. Beinahe fühlte es sich an, als ob sie Ted in

den Armen hielte. Sie nahm das Jackett vom Bügel und zog es kurz entschlossen an. Die Ärmel waren ihr viel zu lang, und als sich Ophélie in dem großen Spiegel betrachtete, kam sie sich vor wie ein kleines Kind, das die Kleider ihrer Mutter anprobierte. Gedankenlos steckte sie die Hände in die Taschen. Dabei stieß sie mit der rechten Hand auf ein Stück Papier. Ohne zu zögern zog sie es heraus. Es war ein Kuvert, und im ersten Augenblick glaubte sie, Ted habe es dort für sie hinterlassen, doch das war natürlich Unsinn. Mit zitternden Fingern nahm sie den Bogen heraus und faltete ihn auseinander. Es war ein getippter Brief, am Computer verfasst. Am Ende der Seite stand ein einzelner Buchstabe als Unterschrift.
Ophélie zögerte, den Text zu lesen, denn er war ganz offensichtlich nicht für sie bestimmt, aber sie konnte einfach nicht anders. Ophélies Augen wanderten langsam die ersten Zeilen entlang. Zunächst war sie irritiert – der Text begann mit *Ted, mein Liebling*. Ihre Brust zog sich schmerzhaft zusammen, und was dort stand, machte sie fassungslos.

*Ted, mein Liebling,*
*mir ist schon klar, dass du dich genauso überrumpelt fühlst wie ich, doch manchmal sind gerade jene Dinge, die uns anfangs wie die schlimmsten Katastrophen erscheinen, die größten Glücksfälle. Ich habe das alles nicht geplant, aber inzwischen glaube ich, dass uns dieser Weg vorherbestimmt ist. Ich werde nicht jünger, und wahrscheinlich ist das meine allerletzte Chance, Mutter zu werden. Dieses Kind bedeutet mir unendlich viel, vor allem, weil es von dir ist.*
*Ich weiß, ich weiß – so hatten wir uns das Ganze nicht vorgestellt. Anfangs wollten wir nur ein wenig Spaß miteinander haben, doch eigentlich war es von vornherein mehr als das, nicht wahr? Wir haben so viel gemeinsam,*

sind uns so ähnlich. Außerdem kann niemand besser als ich nachvollziehen, wie schwierig die vergangenen Jahre für dich waren – vor allem durch Ophélies schreckliche Gluckenhaftigkeit und ihre Hysterie in Bezug auf Chad. Ich habe es dir noch nie gesagt, aber ich glaube, der Junge hätte niemals versucht, sich das Leben zu nehmen, wenn Ophélie ihn dir nicht derart entfremdet hätte. Ihr ständiges, paranoides Gefasel von einer schlimmen Krankheit hat einen Keil zwischen dich und deinen Sohn getrieben. Genau wie du bin ich davon überzeugt, dass Chad nicht wirklich krank ist. Vielmehr glaube ich, dass diese »Selbstmordversuche« einfach nur Hilferufe waren. Der Junge hat schwer unter dem Übereifer seiner Mutter zu leiden und konnte ihre erdrückende Fürsorge vermutlich einfach nicht länger ertragen. Kein Wunder, dass er sich merkwürdig benimmt ... Es wäre wirklich das Beste, man würde ihn Ophélies Einflussbereich entziehen. Ich habe schon einen Plan: Wenn wir zusammenbleiben – und das hoffe ich natürlich –, sollte Pip bei Ophélie bleiben, und du und ich nehmen Chad zu uns. Ich bin sicher, dass er bei uns sehr viel besser aufgehoben ist als bei ihr und sich womöglich endlich richtig entfalten könnte. Er hat unglaubliches Potenzial, das hast du ja ebenfalls bereits festgestellt, aber dadurch, dass ihm ständig eingetrichtert wird, er sei krank, liegen seine Talente völlig brach. Chad ist uns, dir und mir, viel ähnlicher als Ophélie. Es ist mehr als offensichtlich, wie wenig sie ihn und seine Bedürfnisse versteht. Wahrscheinlich liegt das daran, dass Chad weitaus intelligenter ist als sie, vielleicht sogar intelligenter als wir beide zusammen. Wenn es also auch in deinem Sinne ist, und davon gehe ich aus, sollte Chad in Zukunft bei uns leben.

Für uns beide ist dies erst der Anfang, mein Liebling. Deine Ehe mit Ophélie ist am Ende. Doch im Grunde ist eure Beziehung ja schon seit Jahren nicht mehr in Ordnung, oder liege ich da falsch? Ophélie erkennt das nicht

*oder will es nicht erkennen. Sie klammert sich noch immer an ihre Vorstellung von der perfekten kleinen Familie. Dabei ist sie völlig abhängig von dir und den Kindern und hat überhaupt keinen eigenen Willen. Sie benutzt euch alle, um sich lebendig zu fühlen, und merkt nicht, wie sehr sie euch die Energie raubt. Wenn man ernsthaft darüber nachdenkt, kommt man unwillkürlich zu dem Schluss, dass es ihr eigentlich nur gut tut, wenn du sie verlässt. Dann begreift sie hoffentlich endlich, wie sinnentleert ihr Leben ist, und vielleicht unternimmt sie ja etwas dagegen. Letztlich tust du ihr also einen Gefallen.*
*Wir beide ergänzen uns auf wunderbare Weise, und dieses Kind schweißt uns für immer zusammen. Mir ist klar, dass du dich noch nicht entschieden hast, aber ich bin überzeugt, du träumst ebenfalls von einem gemeinsamen Leben mit mir. Du musst nur ehrlich zu dir selbst sein und dir eingestehen, wie stark die Liebe zwischen uns ist. Weißt du noch, wie es mit uns anfing? Du konntest einfach nicht die Finger von mir lassen, und das hat sich bis heute nicht geändert. Dieses Kind wäre niemals entstanden, wenn wir nicht füreinander geschaffen wären, mein Liebling.*
*Bis das Baby kommt, bleiben uns noch sechs Monate, um alles zu regeln. Nichts wünsche ich mir sehnlicher, als mit dir zusammen zu sein, Ted. Ich liebe und bewundere dich, und ich weiß, dass du dasselbe für mich empfindest.*
*Das Schicksal bietet uns eine Chance für einen Neubeginn! Das Leben, das wir schon immer führen wollten – mit einem Partner, der uns respektiert und versteht – ist greifbar nahe.*
*Ich verspreche dir, wenn du dich für mich entscheidest – und daran glaube ich ganz fest –, wirst du glücklicher sein als jemals zuvor. Die Zukunft, mein Liebling, gehört uns. So, wie ich dir gehöre.*
*In ewiger Liebe, A.*

Der Brief war eine Woche vor Teds Tod geschrieben worden. Ophélie schlug das Herz bis zum Hals, und ihre Knie begannen zu zittern. Es war unfassbar. Das konnte nicht wahr sein! Es musste sich um einen bösen Streich handeln.

Ophélie bebte mittlerweile am ganzen Körper, ihre Finger krallten sich in das Papier. Plötzlich schien sich alles um sie herum zu drehen, und sie musste sich an der Wand abstützen. Wer konnte diesen infamen Brief nur verfasst haben? Dann fügten sich die Puzzlestücke in ihrem Kopf jäh zusammen. Plötzlich wurde ihr klar, wer die Briefschreiberin war. Die Erkenntnis traf sie wie ein Schlag, und am liebsten hätte sie laut aufgeschrien.

Das Kind, von dem die Verfasserin gesprochen hatte, war inzwischen geboren. Es hatte exakt sechs Monate nach Teds Tod das Licht der Welt erblickt. William Theodore. Das Kind war nach seinem Vater benannt worden. Teds zweiter Vorname war William gewesen. Andrea hatte lediglich die Reihenfolge der Namen vertauscht. Sie hatte zwar behauptet, sie wolle dem verstorbenen Mann ihrer besten Freundin damit Tribut zollen, aber in Wahrheit steckte etwas ganz anderes dahinter: Ted war der Vater ihres Kindes!

Ophélie schnappte nach Luft. Andrea hatte Ted offenbar manipuliert, ihm eingeredet, dass Chad tatsächlich gesund sei. Gleichzeitig hatte sie Ophélie auf grausame Weise abqualifiziert. Der Brief war ein Stich in Ophélies Herz, ausgeführt von der Frau, die sie achtzehn Jahre lang für ihre beste Freundin gehalten hatte. Der Gedanke war unerträglich. Andrea hatte sie betrogen. Ebenso wie Ted. Als er starb, hatte er sie, Ophélie, schon längst nicht mehr geliebt.

Ophélie wurde mit einem Mal furchtbar übel. Sie rannte ins Badezimmer und übergab sich in die Toilette. Dann sank sie zu Boden, die Stirn gegen die kühlen Kacheln gedrückt, und wünschte sich, sie wäre ebenfalls tot.

Plötzlich stand Pip neben ihr. »Mom, was ist denn los?« In ihrer Stimme schwang Panik.

»Nichts«, krächzte Ophélie, erhob sich schwankend und spritzte sich am Waschbecken kaltes Wasser ins Gesicht.

»Willst du dich hinlegen?«

»Keine Sorge, mir geht es gut.« Natürlich war das eine Lüge. Es würde ihr nie wieder gut gehen. In ihrem Kopf drehte sich alles. Was wäre geschehen, wenn Ted nicht gestorben wäre? Hätte er sie tatsächlich verlassen? Und hätte er Chad mitgenommen? Der Brief stellte ihre gesamte Ehe infrage und ließ sie zu einer lächerlichen Farce werden – ganz zu schweigen von ihrer Freundschaft zu Andrea. Ophélie vermochte nicht zu begreifen, wie die beiden ihr das hatten antun können.

»Mommy, kann ich dir irgendwie helfen?« Es klang, als ob Pip jeden Moment in Tränen ausbrechen würde. Seit sie ein Kleinkind gewesen war, hatte sie ihre Mutter nicht mehr Mommy genannt.

»Ich muss noch mal weg«, flüsterte Ophélie und wandte sich zu ihrer Tochter um. Pip erschrak. Ihre Mutter war kreidebleich und hatte blutunterlaufene Augen. »Kommst du für eine Weile allein zurecht?«

»Wohin gehst du denn? Soll ich mitkommen?«

»Nein, es dauert nicht lange. Bleib einfach mit Mousse im Haus.« Ophélie war wild entschlossen, Andrea unverzüglich zur Rede zu stellen. Plötzlich spürte sie eine unbezwingbare Kraft in sich. Nun verstand sie, warum manche Menschen aus Eifersucht oder Hass Morde begingen. Doch sie wollte Andrea nicht töten. Sie wollte ihr nur noch ein letztes Mal gegenüberstehen. Andrea hatte nicht nur ihre Ehe mit Füßen getreten, sondern auch Ophélies wertvolle Erinnerungen, ihr Andenken an Ted zerstört.

Ophélie verließ das Badezimmer und ging schnurstracks hinunter. Sie schlüpfte wahllos in ein Paar Schuhe, griff nach ihrem Jackett und dem Schlüsselbund und eilte hinaus. Pip blieb am oberen Ende der

Treppe stehen und blickte ihrer Mutter angsterfüllt nach. Dann setzte sie sich auf die oberste Stufe und zog Mousse an sich. Der Labrador leckte ihr über die Wange und stupste sie aufmunternd mit der Nase an. Gemeinsam würden sie darauf warten, dass Ophélie zurückkam.

Ophélie setzte sich in den Wagen und fuhr – ohne auf Ampeln oder Vorfahrtsregeln zu achten – mit extrem überhöhter Geschwindigkeit zu Andreas Haus. Sie sprang aus dem Auto, rannte die Stufen zur Eingangstür hinauf und klingelte Sturm. Sie trug noch nicht einmal einen Pullover über ihrer dünnen Bluse – das Jackett hatte sie im Wagen liegen gelassen –, doch sie fühlte den kalten Wind nicht. Es verstrich keine Minute, bis Andrea die Tür öffnete. Sie trug William auf dem Arm und lächelte Ophélie überrascht an.

»Hi, was machst –« Andrea hielt mitten im Satz inne, denn Ophélie fixierte sie mit einem durchdringenden, anklagenden Blick. »Was ist los?«, fragte Andrea. »Ist irgendwas passiert? Wo ist Pip?«

»Ja, es ist was passiert.« Ophélie zog den Brief aus ihrer Hosentasche, und ihre Hand zitterte so sehr, dass sie ihn beinahe fallen ließ. »Ich habe den Brief gefunden.«

Aus Andreas Gesicht wich jegliche Farbe. Sie unternahm keinen Versuch, irgendetwas abzustreiten. Wie erstarrt standen sich die beiden Frauen gegenüber.

»Möchtest du hereinkommen?« Andrea hätte ihrer Freundin gern alles erklärt, doch als sie ansetzte, hob Ophélie abwehrend die Hand. Sie wollte nichts hören und rührte sich nicht von der Stelle.

»Wie konntest du nur?«, stieß Ophélie schließlich voller Verachtung hervor. »Wie konntest du das ein Jahr lang durchziehen und die ganze Zeit über vorgeben, meine Freundin zu sein? Du erwartetest ein Kind von Ted und hast mir verklickert, du hättest dich künstlich befruchten lassen! Und dann hast du auch noch Chad dazu benutzt, Ted zu manipulieren!« Ophélie starrte Andrea entgeistert an. »Wahrscheinlich hast du ihn noch nicht mal geliebt. Du liebst niemanden, Andrea. Nicht Ted, nicht mich – wahrscheinlich noch nicht einmal deinen Sohn! Was bist du nur für ein Mensch? Du hättest mir Chad ohne jeden Skrupel weggenommen, nur um Ted zu beeindrucken. Chad war krank, Andrea, schwer krank! Nicht auszudenken, wie er auf die Trennung reagiert hätte! Er hätte wahrscheinlich erneut versucht, sich umzubringen. Für dich war er doch nur eine Marionette bei deinen Spielchen. Ich finde keine Worte für das, was du getan hast, du Miststück! Du hast das Einzige kaputtgemacht, was mir noch geblieben war – den Glauben daran, dass Ted mich geliebt hat.« Ophélie fuhr sich verzweifelt durchs Haar. »Ich will, dass du dich in Zukunft von Pip und mir fern hältst. Ruf uns nie wieder an und wage es ja nicht, irgendwann vor meiner Tür zu stehen! Für mich bist du gestorben. Du Flittchen!« Ophélie spie das letzte Wort aus, dann brach ihre Stimme. Tränen rannen über ihre Wangen.

Andrea entgegnete zunächst nichts. Während des gesamten vergangenen Jahres hatte sie sich immer wieder den Kopf darüber zerbrochen, was Ted mit ihrem Brief angestellt haben mochte. Doch da der Brief niemals wieder auftauchte, ging sie davon aus, dass Ted ihn weggeworfen hatte – zumindest hoffte sie das.

»Bitte hör mir zu«, sagte Andrea schließlich beschwörend. »Es tut mir unendlich Leid, dir so wehgetan zu haben! Trotzdem bereue ich nicht, was ich getan habe. Ohne die Affäre mit Ted hätte ich William nicht bekommen, und er ist das Beste, was mir je passiert ist. Er trägt keine Schuld.«

»Mir ist dein Baby völlig egal – genauso wie du!«, schrie Ophélie. Natürlich stimmte das nicht. Sowohl Andrea als auch der kleine William bedeuteten ihr sehr viel, und gerade deshalb war dies alles so schmerzhaft für sie. Es zerriss ihr das Herz. Ted war Williams Vater! Erst mit diesem Wissen fiel Ophélie auf, dass das Baby ihm sogar ein wenig ähnlich sah.

»Lass mich noch eins sagen, Ophélie.« Andrea schaute Ophélie direkt in die Augen. »Bevor Ted starb, hatte er sich noch nicht für mich entschieden. Er hat mir sogar einmal erklärt, dass er sich nicht vorstellen könne, dich jemals zu verlassen. Er wusste, wie viel er dir zu verdanken hatte. Andererseits war er ein Egoist. Wenn er etwas wollte, dann nahm er es sich. Und er wollte mich. Doch ich glaube, für ihn war das Ganze nur ein Spiel.« Sie machte eine Pause, um ihre Worte wirken zu lassen. »Für mich sah die ganze Sache allerdings etwas anders aus. Ich war von Anfang an völlig verrückt nach ihm. Verstehst du? *Ich* habe ihn verführt. Er ist zwar darauf eingegangen, aber ich habe das Ganze initiiert. Ich bin mir nicht sicher, ob er wirklich etwas für mich empfunden hat. Um ehrlich zu sein: Ich glaube nicht, dass er überhaupt irgendjemanden geliebt hat. Er war durch und durch Narzisst. Aber wenn er tatsächlich Gefühle für jemanden hatte, dann für dich. Das hat er mir gegenüber auch angedeutet. Ich möchte, dass du das weißt, Ophélie. Ich habe ihm diesen Brief geschrieben, um ihn davon zu überzeugen, dass er zu mir gehört. Aber ich glaube heute, dass ich im Grunde keine Chance hatte.«

»Ich will dich *niemals wiedersehen!*« Ophélie betonte die letzten Silben nachdrücklich und sah Andrea dabei hasserfüllt an. Dann machte sie auf dem Absatz kehrt und eilte mit bebenden Gliedern zurück zu ihrem Auto. Sie wandte sich nicht mehr um.

Andrea sah ihr mit verschleiertem Blick nach. Ein Schluchzen entrang sich ihrer Kehle. Am liebsten wäre sie ihrer Freundin nachgerannt und hätte sie um Verzeihung angefleht, doch sie wusste, dass Ophélie es ernst meinte. Sie würde nie wieder ein Wort mit ihr wechseln. Andrea wischte sich die Tränen aus den Augenwinkeln. Zumindest kannte Ophélie endlich die Wahrheit. Höchstwahrscheinlich hatte Ted seine Frau doch mehr geliebt, als für Außenstehende ersichtlich gewesen war. Andrea hatte für ihn ihre Freundschaft zu Ophélie aufs Spiel gesetzt – und letztlich beide verloren.

# 21

Ophélie konnte sich später nicht mehr daran erinnern, wie sie zurück nach Hause gekommen war. Wie ferngesteuert parkte sie den Wagen in der Auffahrt und ging hinein. Pip saß noch immer auf der obersten Stufe der Treppe und umschlang Mousse mit beiden Armen.
»Was ist denn los? Wo bist du gewesen?«, fragte Pip mit schriller Stimme, sobald ihre Mutter in der Tür erschien. Wenn es überhaupt möglich war, sah Ophélie jetzt noch blasser aus als zuvor.
Ophélie stakste schweigend an Pip vorüber und betrat mit schwerfälligem Schritt ihr Schlafzimmer. Sie trug offenbar eine Zentnerlast auf den Schultern. »Was los ist?«, wiederholte sie mit leerem Blick, während sie mühsam einen Fuß vor den anderen setzte. »Wenn ich das selbst nur wüsste ...«, murmelte sie geistesabwesend. In Gedanken sah sie Andrea und Ted zusammen über sie lachen. Mehr als ein Jahr lang hatte sie nichts von dem hinterhältigen Betrug der beiden geahnt ... Wie unendlich naiv sie doch gewesen war!
Pip folgte ihrer Mutter ins Schlafzimmer, doch Ophélie schenkte ihr keine Beachtung. Wie in Zeitlupe zog sie sich die Schuhe aus.
»Ich gehe jetzt ins Bett«, war alles, was Ophélie sagte. Dann ließ sie sich in die Kissen sinken, löschte das Licht und starrte stumpf an die Decke.
Pip stand wie gelähmt da und schaute ihre Mutter im Halbdunkel des Raums mit weit aufgerissenen Augen an. Der Roboter war zurückgekehrt. Pips größte Angst war wahr geworden. Sie hätte am liebsten geschrien, doch ihre Kehle war wie zugeschnürt. Dann rannte sie nach unten und rief Matt an. Als er sich meldete, schluchzte sie bereits hemmungslos. Matt konnte Pip zuerst gar nicht verstehen, denn sie stammelte nur un-

zusammenhängend, doch ihm wurde schnell klar, dass etwas Schlimmes geschehen sein musste.

»Irgendwas stimmt nicht ... mit Mom ... sie ist so ... ich habe Angst!«

Matthew blieb vor Schreck beinahe das Herz stehen. Pip hatte noch niemals derartig verzweifelt geklungen.

»Ist sie verletzt?«, fragte er atemlos. »Sag es mir schnell, Pip! Sollen wir den Notarzt rufen?«

»Ich weiß nicht. Ich glaub nicht, aber ... sie will nicht sagen, was passiert ist.« Pip berichtete Matthew, wie ihre Mutter im Bad zusammengebrochen und wenig später ohne Erklärung weggefahren war.

Matthews Sorge wuchs mit jedem Wort der Kleinen, und er forderte Pip auf, Ophélie umgehend ans Telefon zu holen. Doch als Pip die Klinke zum Schlafzimmer hinunterdrückte, bemerkte sie, dass die Tür von innen zugesperrt war. Sie rief nach ihrer Mutter, aber Ophélie antwortete nicht. Pip rannte wieder ans Telefon, und sie schluchzte so heftig, dass Matt sie nun überhaupt nicht mehr verstehen konnte. Irgendwann begriff er, dass sich Ophélie eingeschlossen hatte. Etwas Schreckliches musste vorgefallen sein. Sollte er die Polizei verständigen? Doch er wollte nichts überstürzen. Er bat Pip in mühsam beherrschtem Ton, noch einmal zu Ophélie hinaufzugehen und sie dazu zu bewegen aufzumachen.

Pip klopfte wieder und wieder an die Tür ihrer Mutter, und schließlich hörte sie ein Geräusch im Zimmer. Im nächsten Augenblick öffnete Ophélie langsam die Tür. Pip merkte ihr an, dass sie geweint hatte, aber sie schaute längst nicht mehr so schlecht aus wie zuvor.

Pip griff nach ihrer Hand. »Matthew ist am Telefon. Er möchte mit dir reden.«

»Sag ihm, dass ich zu müde bin«, antwortete Ophélie und betrachtete ihr Kind, als ob sie es zum ersten Mal sähe. »Es tut mir Leid ... es tut mir so Leid ...« Ihr wurde plötzlich bewusst, wie sehr ihr Verhalten Pip verunsichern musste. »Richte Matthew aus, dass ich jetzt nicht mit ihm sprechen kann. Ich werde ihn morgen anrufen.«

»Er hat gesagt, wenn du nicht ans Telefon gehst, kommt er her.«

Ophélie seufzte, schlurfte zu ihrem Nachttisch hinüber und nahm den Hörer ab.

»Hallo«, sagte sie gepresst, und Matthew lief es angesichts der Traurigkeit in ihrer Stimme eiskalt den Rücken hinunter.

»Ophélie, was ist passiert? Pip ist völlig aufgelöst! Möchtest du, dass ich vorbeikomme?«

Ophélie wusste, dass Matt das augenblicklich tun würde, wenn sie ihn darum bat. Aber sie wollte jetzt niemanden sehen. Selbst Pips Anwesenheit störte sie. Sie hatte sich noch nie zuvor so leer gefühlt – noch nicht einmal an dem Tag, als Ted und Chad gestorben waren.

»Es geht mir gut«, sagte sie wenig überzeugend. »Du musst nicht extra hierher fahren.«

»Erzähl mir, was geschehen ist!«

»Das kann ich nicht.« Ihre Stimme war nur noch ein leises Hauchen.

»Um Himmels willen! Bitte sag mir doch, was dir fehlt!«

Ophélie schluchzte auf, und Matthew konnte es kaum ertragen, ihr nicht helfen zu können. »Ich bin in einer halben Stunde bei dir!«, rief er knapp.

»Nein! Ich möchte allein sein.« Ophélie klang nun schon bestimmter.

»Aber du musst dich um Pip kümmern ...«

»Ich weiß.« Ophélie konnte nicht aufhören zu weinen.

»Ich würde mich am liebsten sofort ins Auto setzen, doch ich möchte mich nicht aufdrängen. Ich wünschte, du würdest mir endlich sagen, was eigentlich los ist!«

»Ich kann jetzt nicht darüber reden.«

»Glaubst du denn wirklich, du kommst allein zurecht?«

Was hatte Ophélie nur dermaßen aus der Bahn geworfen? Etwa der Feiertag? Wahrscheinlich war Ophélie der Verlust ihres Mannes und ihres Sohnes noch einmal unerbittlich vor Augen geführt worden. Was Matthew nicht wusste: An diesem Tag war Ophélies gesamte Welt zusammengebrochen.

»Ich weiß es nicht«, erwiderte Ophélie.

»Soll ich Hilfe holen?« Matthew überlegte noch immer, den Notarzt anzurufen – oder vielleicht Andrea.

»Nein, ist schon in Ordnung. Ich brauche nur ein wenig Zeit.«

»Hast du irgendetwas da, das du zur Beruhigung einnehmen kannst?« Die Vorstellung, dass Ophélie Tabletten nahm, gefiel Matthew zwar nicht, doch in ihrem momentanen Zustand war es vielleicht angebracht.

»Ich brauche nichts zur Beruhigung! Ich bin tot! Sie haben mich umgebracht!«, schrie Ophélie unvermittelt und schluchzte erneut laut auf.

»Wer?«

»Ich will nicht darüber sprechen. – Ted ist tot«, sagte sie scheinbar ohne Zusammenhang.

»Das weiß ich …« Ihr Zustand war ernster, als Matt gedacht hatte. Einen Augenblick lang überlegte er, ob Ophélie womöglich betrunken war.

»Ich meine, er ist fort. Für immer. Und auch unsere Ehe ist endgültig vorbei. Ich frage mich, ob sie jemals wirklich existiert hat.«

»Ich verstehe«, sagte Matt, nur um sie zu besänftigen.

»Nein, das kannst du gar nicht! Ich verstehe es ja selbst kaum! Ich habe einen Brief gefunden.«

»Von Ted?«, fragte Matthew entgeistert. »So etwas wie einen Abschiedsbrief?« Plötzlich kam ihm ein Gedanke: Ob sich Ted möglicherweise das Leben genommen und Chad mit in den Tod gerissen hatte? Das wäre zumindest eine Erklärung für Ophélies Niedergeschlagenheit.

»Einen Brief, der mir den Todesstoß versetzt hat.«

Matthew furchte ratlos die Stirn. Das alles ergab keinen Sinn. »Ophélie, meinst du, du überstehst diese Nacht?«
»Habe ich denn eine Wahl?«
»Ja, ich würde sofort zu dir kommen, wenn du das willst.« Matt machte Ophélie erneut dieses Angebot – obgleich er Safe Harbour an diesem Abend nur ungern verlassen wollte. Etwas Unvorhergesehenes war geschehen, doch er konnte Ophélie in dieser Situation unmöglich davon erzählen.
»Ich werde es schon irgendwie schaffen ...« Eine weitere Nacht voller Trauer machte keinen Unterschied. Nichts schien mehr von Bedeutung zu sein.
»Ich möchte, dass Pip und du morgen zu Besuch kommt.« Sie hatten schon seit längerem geplant, sich am folgenden Tag zu treffen, und nun war es Matt wichtiger denn je, dass sie diese Verabredung einhielten.
»Ich glaube nicht, dass ich dazu in der Lage bin.« Die Fahrt nach Safe Harbour kam Ophélie im Augenblick vor wie eine Weltreise.
»Lass uns das morgen früh besprechen. Und in zirka einer Stunde melde ich mich noch mal, um zu hören, wie es dir geht. Vielleicht solltest du heute Nacht allein schlafen. Ich habe den Eindruck, als würdest du ein wenig Zeit für dich brauchen.«
»Ich werde Pip gleich fragen, was ihr lieber ist – aber du musst nicht noch mal anrufen. Es geht mir schon wieder gut.«
»Davon bin ich noch nicht so recht überzeugt«, entgegnete Matt besorgt. »Lass mich bitte noch einmal mit Pip sprechen.«
Ophélie sagte Pip Bescheid, und die Kleine nahm in der unteren Etage erneut den Hörer ab. Matthew wies sie an, ihn sofort zu benachrichtigen, falls sich die Lage wieder zuspitzte.
»Sie sieht schon etwas besser aus«, versicherte Pip, und man konnte ihr die Erleichterung anhören.

Als sie kurz darauf nach oben lief, sah sie Licht im Zimmer ihrer Mutter und näherte sich vorsichtig. Ophélie winkte Pip, die unschlüssig in der Tür stand, zu sich heran. Sie war noch immer sehr blass im Gesicht, doch sie bemühte sich um einen normalen Ton.
»Es tut mir wirklich Leid. Ich … ich habe heute einen großen Schrecken bekommen.« Sie fand keine Worte, mit denen sie ihrer Tochter hätte beschreiben können, was geschehen war. Sie würde ihr niemals die ganze Wahrheit erzählen. Was sie heute erfahren hatte, betraf auch Pip, schließlich war Andreas Sohn ihr Halbbruder.
»Ich habe auch Angst, Mom«, sagte Pip leise und legte sich zu ihrer Mutter aufs Bett. Ophélies Haut fühlte sich eiskalt an, und Pip zog vorsichtig die Bettdecke über ihren steifen Körper. »Brauchst du irgendetwas?«
Ophélie schüttelte den Kopf. Trotzdem erhob sich Pip wieder, eilte hinunter in die Küche und brachte ihrer Mutter ein Glas Wasser. Ophélie nahm einen kleinen Schluck, nur um ihrer Tochter einen Gefallen zu tun.
»Es ist alles okay. Möchtest du heute Nacht bei mir schlafen?« Obwohl sie lieber allein gewesen wäre, wusste sie, dass es Pip beruhigen würde, bei ihr zu sein.
Pip lächelte erfreut und kroch zu ihrer Mutter unter die Decke. Lange Zeit lagen sie Arm in Arm da. Keine von ihnen fand Schlaf, zu viel war an diesem Tag vorgefallen. Plötzlich schrillte das Telefon. Pip ging ran. Es war Matthew, der sich wie versprochen erkundigte, wie es Ophélie inzwischen ging. Pip versicherte ihm, dass sie zurechtkamen, und bedankte sich bei ihm für seine Hilfe. Bevor sich Matthew verabschiedete, sagte er zum ersten Mal: »Ich hab dich lieb.« Er wusste: In dieser Nacht brauchte Pip Trost Und außerdem tat es ihm selbst gut, diesen Satz endlich einmal auszusprechen.
Anschließend kuschelte sich Pip wieder an ihre Mutter, doch es dauerte noch eine geraume Weile, bis sie einschlummerte. Immer wieder warf sie ihrer Mutter be-

sorgte Blicke zu – voller Furcht, dass Ophélie abermals die Mauer um sich errichtete.

Thanksgiving war für Matthew weitaus positiver verlaufen als für Ophélie und Pip. Vormittags hatte er an Pips Porträt gearbeitet, und gegen Mittag klopfte es an der Tür. Matt hob erstaunt den Kopf und fragte sich, wer das wohl sein mochte. Er erwartete niemanden, und zu seinen wenigen Nachbarn hatte er keinerlei Kontakt. Wahrscheinlich hatte sich jemand in der Tür geirrt. Matthew ignorierte das Klopfen, doch wenig später pochte es erneut, diesmal kräftiger. Matt seufzte, schlenderte zur Tür und öffnete.
Vor ihm stand ein großer junger Mann mit braunen Augen, dunklem Haar und kurzem Bart. Während Matthew den Fremden näher betrachtete, erschien ihm dessen Gesicht plötzlich seltsam vertraut. Langsam wurde ihm klar, dass er es schon einmal gesehen hatte – vor vielen Jahren, im Spiegel. Die Situation kam ihm völlig unwirklich vor. Er hatte den Eindruck, als ob er sich selbst gegenüberstünde.
»Dad?« Es war Robert! Sein Sohn, der dreizehn Jahre alt gewesen war, als Matt ihn zuletzt gesehen hatte.
Matthew brachte kein Wort hervor. Statt zu sprechen zog er Robert kurzerhand an sich und hielt ihn so fest, dass er selbst kaum noch Luft bekam. Er hatte keine Ahnung, wie Robert ihn gefunden hatte und warum er ihn überhaupt besuchte, doch er war überglücklich, ihn endlich wieder in die Arme schließen zu können.
»O mein Gott«, flüsterte Matthew tief bewegt und lockerte seinen Griff. Er konnte kaum glauben, dass dies kein Traum war. Er hatte insgeheim immer fest daran geglaubt, dass sie sich eines Tages wiedersehen würden, und nun stand Robert tatsächlich vor ihm. »Was machst du hier?«
»Ich gehe in den Staaten zur Uni – in Stanford in Südka-

lifornien. Seit Monaten bin ich schon auf der Suche nach dir. Ich hatte deine Adresse verloren, und Mom sagte, sie habe sie ebenfalls verlegt.«

»Das hat sie behauptet?« Matthew sah Robert verblüfft an. Dann erinnerte er sich, dass sie noch immer in der Tür standen. »Komm erst einmal rein.« Er machte eine einladende Handbewegung.

Robert trat ein und setzte sich auf die Ledercouch. Er war unendlich froh, seinen Vater nach all den Jahren wiedergefunden zu haben.

»Mom sagte, sie hätte deine Spur verloren, nachdem du aufgehört hattest, uns zu schreiben.«

»Sie schickt mir jedes Jahr eine Weihnachtkarte! Sie weiß, wo ich wohne.«

Robert blickte seinen Vater irritiert an, und Matthew schauderte.

»Sie hat mir erzählt, sie hätte seit Ewigkeiten nichts von dir gehört …«

»Was? Ich habe dir und Vanessa doch noch jahrelang geschrieben. Ihr habt nie darauf reagiert!«

»Wir haben dir geschrieben – und du hast nie geantwortet!«

»Das stimmt nicht! Deine Mutter erklärte mir damals, ihr wolltet mich nicht länger treffen und mir auch nicht schreiben. Sie hat mir vor zwei Jahren mitgeteilt, dass ich euer Familienleben durcheinander bringe und Hamish voll und ganz in der Lage ist, meine Rolle zu übernehmen. Damals hatte ich euch schon jahrelang Briefe geschickt, ohne jemals eine Antwort zu erhalten. Schließlich hat Sally mich sogar gefragt, ob Hamish euch adoptieren dürfe, aber das habe ich strikt abgelehnt. Ihr seid meine Kinder, und das werdet ihr auch immer bleiben. Nach jahrelanger Funkstille habe ich eurer Mutter jedoch abgenommen, dass ihr an einer Beziehung zu mir nicht mehr interessiert seid, und habe es aufgegeben, euch zu schreiben. Deine Mutter meinte, ihr beide

wärt ohne mich unbelasteter, und deshalb habe ich euch in Ruhe gelassen. Sie und ich sind allerdings immer in Kontakt geblieben.«
Robert war fassungslos. Er und Matt verbrachten den gesamten Nachmittag damit, sich gegenseitig zu berichten, was sie in den vergangenen Jahren erlebt hatten und welche Lügen ihnen aufgetischt worden waren. Letztlich lag auf der Hand, was dahinter steckte. Sally hatte Matthews Briefe an seine Kinder immer abgefangen. Gleichzeitig hatte sie Matthew davon überzeugt, dass seine Kinder ohne ihn besser dran seien. Sally hatte Matthew auf clevere Weise aus dem Leben seiner Kinder ausgeschlossen. Fünf Jahre lang war sie damit durchgekommen, doch nun war die Intrige aufgeflogen. Robert erzählte Matthew, dass er seit dem vergangenen September nach ihm fahnde und seine Adresse erst vor drei Tagen ausfindig gemacht habe. Er machte sich selbst ein Geschenk zum Thanksgiving, indem er zu seinem Vater fuhr und ihn überraschte. Seine größte Sorge hatte darin bestanden, Matthew würde ihn nicht hereinlassen. Robert hatte niemals begriffen, warum sein Vater aus seinem Leben verschwunden war. Er hatte sich hierher aufgemacht, um genau das zu klären, doch niemals hätte er damit gerechnet, dass sein Vater jahrelang vergeblich versucht hatte, mit ihm und seiner Schwester in Kontakt zu treten.
Als sie das Ausmaß dessen, was geschehen war, erfassten, brachen beide in Tränen aus.
Robert zeigte Matthew Fotos von Vanessa, die inzwischen eine bildhübsche junge Frau geworden war.
»Sollen wir sie anrufen?«, fragte Robert aufgekratzt.
»Vanessa?«, gab Matt überflüssigerweise zurück. Sein Herz begann schneller zu schlagen.
Schon griff Robert nach dem Hörer und wählte eine Nummer in Neuseeland. »Ich habe eine Überraschung für dich«, sagte er kurz darauf zu seiner Schwester. Wäh-

rend er sprach, hielt er Matts Hand. »Hier ist jemand, der dich gern sprechen würde.« Er überreichte seinem Vater das Telefon.

»Hi Nessie«, sagte Matthew mit belegter Stimme. Daraufhin herrschte einen Augenblick lang Stille in der Leitung.

»Dad? Bist du das?« Vanessa hörte sich noch genauso an wie früher, nur ein wenig erwachsener. Matt bemerkte, dass sie mit den Tränen kämpfte – ebenso wie er. »Hat Robert dich also gefunden! Ich hatte immer solche Angst, du wärst gestorben und niemand wüsste davon. Mom hat auch versucht herauszubekommen, wo du steckst, aber du warst wie vom Erdboden verschluckt ...«

Matthew holte geräuschvoll Luft. Die ganze Zeit über hatte Sally seine Unterhaltszahlungen eingestrichen und ihm jedes Jahr eine Weihnachtskarte geschickt, um ihm ihr Familienglück unter die Nase zu reiben. Er konnte kaum fassen, wie abgebrüht diese Frau war ...

»Schatz, ich lebe seit Jahren am selben Ort«, sagte Matt. »Es sieht so aus, als ob eure Mutter uns alle für dumm verkauft hat. Ich habe euch zig Briefe geschrieben und niemals eine Antwort erhalten.«

»Wir haben keinen einzigen Brief von dir bekommen!«, sagte Vanessa verwirrt.

»Ich weiß. Erzähl deiner Mutter bitte nicht, dass wir ihr auf die Schliche gekommen sind. Ich will vorher selbst mit ihr reden. Im Moment bin ich einfach nur froh, dass ich mit dir sprechen kann. Und ich möchte die Chance nutzen, um dir etwas zu sagen, dass ich dir fünf Jahre lang nicht sagen konnte: Ich hab dich furchtbar lieb. Und ich würde dich so gern wiedersehen ...« Die Sehnsucht in seiner Stimme war kaum zu überhören. »Weißt du was? Ich komme dich bald besuchen!«

»Wow! Das wäre der Hammer!« Vanessa klang wie ein ganz normales junges Mädchen – etwas älter als Pip. Matt wünschte sich in diesem Moment, seine kleine

Freundin und ihre Mutter würden seine Kinder eines Tages kennen lernen.

»Ich rufe dich in ein paar Tagen wieder an«, versprach Matt. »Es gibt so viel zu erzählen. Robert hat mir übrigens ein Bild von dir gezeigt – du siehst umwerfend aus! Du hast Moms Haar.« Doch glücklicherweise hatte Vanessa darüber hinaus nicht viel mit ihrer Mutter gemeinsam. Bei dem Gedanken an Sally verfinsterte sich Matts Blick. Er hätte ihr am liebsten auf der Stelle an den Kopf geworfen, was er von ihr hielt, doch das wäre bestimmt keine so gute Idee. Bevor er mit ihr sprach, musste er sich wieder beruhigen. Auch Hamish würde er sich vorknöpfen. Matthew nahm an, dass sein ehemaliger Freund in Sallys Plan eingeweiht gewesen war, obwohl sich das Robert eigentlich nicht vorstellen konnte. Wie er beteuerte, hatte sich Hamish ihm und Vanessa gegenüber stets untadelig verhalten.

Matt unterhielt sich noch einige Minuten lang mit Vanessa, dann überreichte er seinem Sohn wieder den Hörer. Robert erklärte seiner Schwester in knappen Worten, was er an diesem Nachmittag herausgefunden hatte. Vanessa konnte kaum glauben, wie rücksichtslos ihre eigene Mutter sie hintergangen hatte, doch sie zweifelte ebenso wenig wie Robert an Matthews Aussage. Robert hatte den Schmerz in den Augen seines Vaters gesehen. Die vergangenen Jahre hatten ihm viel abverlangt.

Matt und Robert plauderten noch stundenlang, und als Pip Matt am Abend anrief, platzte sie mitten in das anregende Gespräch.

»Wer war das?«, erkundigte sich Robert bei seinem Vater, nachdem dieser aufgelegt hatte. Er wollte alles über das Leben seines Vaters erfahren, auch über seine Freunde.

»Ein kleines Mädchen, das ich im Sommer am Strand kennen gelernt habe. Ich habe mich mit ihr und ihrer Mutter angefreundet. Offenbar ist bei ihnen heute

Abend etwas Schlimmes passiert. Aber ich bekomme nichts aus Ophélie heraus ...«
»Seid ihr zusammen?«, hakte Robert grinsend nach.
Matt schüttelte den Kopf. »Nein, wir sind lediglich gut befreundet. Sie hatte es im vergangenen Jahr nicht leicht. Ihr Mann und ihr Sohn sind bei einem tragischen Unfall ums Leben gekommen.«
»Das tut mir Leid. Du bist also ungebunden?«, fragte er mit glühenden Wangen. Robert war selig, dass er seinen Vater endlich gefunden hatte. Matt hatte ihm bereits ein Sandwich und ein Glas Wein angeboten, doch Robert war viel zu aufgeregt, um etwas zu sich zu nehmen.
»Ja, ich habe keine Freundin.« Matthew seufzte. »Ich lebe hier wie ein Einsiedler.«
»Und du malst noch immer«, bemerkte Robert und betrachtete das Porträt von Pip, das auf einer Staffelei in der Mitte des Raums stand. »Wer ist das?«
»Das kleine Mädchen, das gerade angerufen hat.«
»Sie sieht aus wie Nessie, als sie in dem Alter war«, sagte Robert nachdenklich. Die faszinierenden Augen des Mädchens auf dem Bild nahmen ihn sofort gefangen, und das Lächeln des Kindes war schlichtweg bezaubernd.
»Ja, das ist mir auch schon aufgefallen. Dieses Porträt soll eine Geburtstagsüberraschung für ihre Mutter sein.«
»Es ist dir hervorragend gelungen! Bist du sicher, dass die Dame nicht vielleicht doch mehr als eine gute Freundin ist?« Die Art, wie sein Vater über dieses Mädchen und seine Mutter sprach, ließen Robert an Matts Worten zweifeln.
»Absolut sicher! Aber wie steht es mit dir? Hast du eine Freundin?«
Robert erzählte seinem Vater von dem Mädchen, in das er verliebt war. Dann berichtete er von seinen Kursen in Stanford, seinen Freunden und seinen Hobbys. Am

liebsten wollten die beiden innerhalb von einem Tag alles nachholen, was sie in fünf Jahren versäumt hatten.
Als Robert müde und zufrieden in Matthews Bett fiel, dämmerte es bereits. Matt machte es sich unterdessen auf der Couch bequem. Robert hatte ursprünglich nicht vorgehabt, über Nacht bei seinem Vater zu bleiben, doch sie waren derart in ihre Unterhaltung vertieft gewesen, dass sie gar nicht gemerkt hatten, wie die Zeit verstrich. Und zu dieser späten Stunde wollte sich Robert nicht mehr auf den Rückweg machen.
Sobald sie am darauf folgenden Morgen erwachten, machte Matthew Frühstück. Während des Essens nahmen sie ihr Gespräch vom Vortag wieder auf, doch dann musste sich Robert schweren Herzens verabschieden. Er wollte seinen Vater schon bald wieder besuchen, und Matt versprach, bereits in der folgenden Woche nach Stanford zu kommen.
»Du wirst mich nie wieder los!«, warnte Matthew seinen Sohn lachend. Seit Jahren war er nicht mehr so glücklich gewesen – und Robert erging es genauso.
»Ich wollte dich niemals loswerden, Dad«, sagte Robert leise. »Ich fürchtete lange Zeit wirklich, du wärst tot. Anders konnte ich mir nicht erklären, dass du dich nicht mehr bei uns gemeldet hast. Ich wusste, dass du uns nicht einfach so im Stich lassen würdest. Es musste einen schwer wiegenden Grund geben. Jetzt kenne ich ihn.«
»Ich danke Gott dafür, dass du mich ausfindig gemacht hast. Ich hatte vor, Nessie und dich in ein paar Jahren noch einmal anzurufen, um herauszufinden, ob ihr eure Meinung womöglich geändert habt. Ich hatte noch nicht wirklich aufgegeben, das musst du mir glauben!«
Robert nickte und umarmte seinen Vater zum Abschied. Als er um halb elf abfuhr, lag das schönste Thanksgiving seines Lebens hinter ihm.
Und Matt fühlte sich wie ein neuer Mensch. Er war nun

wieder Vater. Er konnte es kaum erwarten, Ophélie und Pip davon zu erzählen. Doch zuerst wollte er herausfinden, was am vergangenen Tag mit Ophélie geschehen war und wie es ihr heute ging.

Kaum dass es einmal geklingelt hatte, war Pip auch schon am Telefon. Sie klang sehr ernst, doch bei weitem nicht so hysterisch wie am Abend. Sie berichtete Matthew mit leiser Stimme, dass sich ihre Mutter wieder gefangen habe. Dann holte sie Ophélie ans Telefon.

»Wie geht es dir?«, fragte Matthew, sobald Ophélie ihn begrüßt hatte.

»Das ist eine gute Frage. Ich fühle mich wie gelähmt.«

Matthew wartete darauf, dass Ophélie ihren Zustand näher beschrieb, doch sie schwieg.

»Kommt ihr heute nach Safe Harbour?«, fragte er schließlich.

»Ich bin mir nicht sicher«, sagte Ophélie unentschlossen.

»Ein Strandspaziergang täte euch bestimmt gut. Aber ich könnte euch natürlich auch besuchen. Was dir lieber ist ...«

Ophélie zögerte noch immer. Es würde ihr gewiss schwer fallen, sich auf den Straßenverkehr zu konzentrieren, doch die Vorstellung, am Strand spazieren zu gehen, gefiel ihr. Sie musste raus – fort von allem, was sie an Ted erinnerte. Sie war noch unschlüssig, ob sie Matthew verraten sollte, was sie am vergangenen Tag herausgefunden hatte. Die ganze Sache war unglaublich erniedrigend ...

»Wir kommen«, sagte Ophélie schließlich. »Aber ich weiß nicht, ob ich über die Sache reden möchte. Ich will eigentlich nur ein wenig Atem schöpfen.« In ihrem Haus hatte sie das Gefühl, dass ihr jedes Möbelstück, jedes noch so kleine Detail die Luft nahm.

»Du musst dich mir nicht anvertrauen, wenn du das nicht möchtest. Komm her und entspann dich.«

Ophélie benötigte weitaus länger als gewöhnlich, um sich anzuziehen. Als sie schließlich vor Matthews Bungalow vorfuhren, war es schon Mittag. Matthew erschrak beim Anblick der beiden. Pip sah verstört aus, und Ophélie schien die ganze Nacht über kein Auge zugetan zu haben. Sie hatte offenbar wahllos ein paar Klamotten übergestreift und war ungeschminkt.

Pip rannte auf Matthew zu und klammerte sich wie eine Ertrinkende an ihm fest.

»Jetzt bin ich bei dir, Pip«, flüsterte Matthew und drückte sie fest an sich. »Alles wird gut.«

Matt sah verstohlen zu Ophélie hinüber. Sie war neben dem Wagen stehen geblieben und starrte ins Leere. Matthew löste sich von Pip, ging zu Ophélie hinüber und legte vorsichtig den Arm um sie. Sie schreckte wie aus einem tiefen Schlaf auf und folgte Matthew widerstandslos ins Haus.

Sobald sie das Wohnzimmer betreten hatten, wanderte Pips Blick neugierig durch den Raum. Anscheinend suchte sie nach dem Porträt. Sie schaute Matthew fragend an. Der wies mit dem Kinn verschwörerisch in Richtung des Schrankes, wo er das Bild zuvor verstaut hatte. Pip zwinkerte ihm lächelnd zu.

Zum Mittagessen servierte Matthew Sandwiches. Während sie aßen, sagte Ophélie kein einziges Wort. Pip und Matt bestritten die Unterhaltung allein. Nachdem sie mit dem Essen fertig waren, schlug Matthew Pip vor, mit Mousse an den Strand zu gehen. Er hoffte, Ophélie würde mit der Sprache rausrücken, wenn sie allein waren. Pip verstand den Wink und verließ kurz darauf das Haus. Matt machte schweigend Tee und setzte sich dann wieder zu Ophélie. Er wollte sie keineswegs bedrängen. Wenn Ophélie so weit war, würde sie ihm sicher von selbst ihr Herz ausschütten.

»Ich schäme mich, dass ich mich letzte Nacht so aufgeführt habe«, begann sie nach einer Weile.

»Du hast Pip einen riesigen Schrecken eingejagt – und mir auch.«
»Ich weiß. Wie gesagt, ich schäme mich zutiefst. Es war so, als wäre Ted ein zweites Mal gestorben.«
»Lag es an dem Feiertag?«
»Nein.« Wie konnte sie Matthew nur erklären, wie hintergangen sie sich fühlte? Doch sie ahnte, dass Matthew sie verstehen würde. Er hatte schließlich etwas Ähnliches erlebt.
Ophélie griff nach ihrer Handtasche, zog Andreas Brief daraus hervor und reichte ihn Matthew. Mit traurigem Blick forderte sie ihn auf, ihn zu lesen.
Als Matthew fertig war, sah er Ophélie betroffen und sprachlos an. Am liebsten hätte er sie in den Arm genommen. Nun wusste er, was sie in solch tiefe Verzweiflung gestürzt hatte. Er nahm ihre Hand und drückte sie. Lange saßen sie einfach nur so da.
So wie Ophélie hatte auch Matthew schnell begriffen, dass der Brief von Andrea stammen musste. Und dass Ted Williams Vater war. Es war unfassbar.
Nach einiger Zeit bemerkte Matthew: »Niemand weiß, wie sich Ted entschieden hätte. Aus dem Brief geht klar hervor, dass er seinen Entschluss noch nicht gefasst hatte.«
»Das hat Andrea ebenfalls gesagt«, flüsterte sie und begann wieder zu zittern.
»Du hast mit ihr gesprochen?«
»Gleich nachdem ich den Brief gelesen hatte, bin ich zu ihr gefahren. Ich habe ihr gesagt, dass sie mir nie mehr unter die Augen treten soll. Sie ist für mich gestorben. Ich glaube, meine Ehe war ebenfalls schon lange tot. Aber ich wollte es einfach nicht wahrhaben. So wie Ted nicht einsehen wollte, dass Chad wirklich krank war. Wir beide waren anscheinend unschlagbar darin, Dinge zu verdrängen, die uns nicht in den Kram passten.«
»Das ist in deinem Fall doch verständlich. Du hast Ted

geliebt. Und er hat dich bestimmt auch geliebt – trotz allem. Davon bin ich fest überzeugt.«
»Das werde ich niemals mit Sicherheit wissen.« Das war das Allerschlimmste.
»Du musst einfach daran glauben. Ein Mann verbringt nicht zwanzig Jahre seines Lebens mit einer Frau, für die er nichts empfindet.«
»Vielleicht hätte er mich wegen Andrea aber dann doch verlassen.« Je länger Ophélie allerdings darüber nachdachte, desto unwahrscheinlicher erschien ihr diese Möglichkeit. Ted hatte niemanden außer sich selbst geliebt – damit hatte Andrea Recht gehabt. Es war gut möglich, dass sich Ted von Andrea und dem Baby zugunsten seines bequemen Lebens abgewandt hätte.
»Er hatte vor zehn Jahren schon einmal eine Affäre«, erzählte Ophélie Matt nun tonlos. »Damals, als bezüglich Chad zum ersten Mal der Begriff ›manisch-depressiv‹ fiel. Ich glaube, Ted hat mich dafür gehasst, dass ich nicht locker gelassen habe und mit unserem Sohn zu so vielen Ärzten gerannt bin. Die Affäre war eine Art Rache dafür – vielleicht auch eine Flucht. Während Pip, Chad und ich in Frankreich Urlaub machten, hat er mich betrogen. Ich glaube nicht, dass ihm die Frau viel bedeutet hat, aber für mich war es natürlich ein Schlag ins Gesicht.« Sie senkte den Kopf. »Trotzdem habe ich ihm vergeben. Ich habe ihm immer alles vergeben. Im Grunde wollte ich stets nur eins: seine Frau sein.«
»Du solltest versuchen, die ganze Sache zu vergessen«, sagte Matt. »Das wird bestimmt nicht leicht, aber wenn du weiter darüber nachgrübelst, tust du dir nur selbst weh. Es geht nicht mehr um Ted. Es geht jetzt nur noch um dich und Pip.«
»Sogar im Tod hat Ted noch Macht über mich. Es ist ihm gelungen, mein Leben nachträglich in Trümmer zu legen.«

Es war dumm von Ted, den Brief zu behalten, dachte Matthew. Ted hätte damit rechnen müssen, dass Ophélie diesen Beweis seiner wiederholten Untreue finden würde. Matt fragte sich plötzlich, ob Ted es vielleicht sogar darauf angelegt hatte, damit seine Frau ihm die Entscheidung abnahm. Aber er hütete sich, das Ophélie gegenüber zu äußern.
»Und was willst du Pip erzählen?«, fragte er nun.
»Nichts. Irgendwann werde ich ihr allerdings erklären müssen, warum Andrea uns nicht mehr besuchen kommt.«
Matt nickte. Er hielt noch immer Ophélies Hand. Sie sah furchtbar zerbrechlich und niedergeschlagen aus – wie ein kleiner Vogel mit gebrochenem Flügel.
»Ich glaube, ich war vergangene Nacht kurz davor, den Verstand zu verlieren«, sagte Ophélie mit erstickter Stimme. »Es tut mir aufrichtig Leid, Matt, dass ich dich mit alldem belaste …«
»Mach dir darüber keine Gedanken. Du weißt doch hoffentlich, wie sehr ihr mir am Herzen liegt.« Abgesehen von seinen Kindern war ihm niemand wichtiger als Pip und Ophélie. Da fiel Matt ein, dass er Ophélie noch gar nichts von dem gestrigen Ereignis erzählt hatte. »Ich habe übrigens große Neuigkeiten. Gestern war auch für mich ein einschneidender Tag, wenn auch eher im Positiven«, erklärte er mit mühsam zurückgehaltener Freude. »Ich hatte gestern hohen Besuch, wie eigentlich üblich an Feiertagen. Es war das beste Thanksgiving, das ich je erlebt habe!«
»Wer hat dich denn besucht?« Ophélie versuchte, sich zusammenzunehmen und auf Matts Worte einzugehen.
»Mein Sohn!«
Ophélie starrte ihn überrascht an. Daraufhin gab Matt die ganze Geschichte zum Besten, und sie lauschte mit wachsendem Erstaunen.
»Dass eine Mutter ihren Kindern so etwas antut!«, rief

Ophélie schließlich entrüstet. »Außerdem konnte sich Sally doch denken, dass die Sache irgendwann auffliegt!«

»Sie muss davon ausgegangen sein, dass die Kinder irgendwann aufhören würden, nach mir zu fragen. Robert und Vanessa haben offenbar beide geglaubt, ich sei tot. Mein Sohn hat trotzdem versucht, mich ausfindig zu machen, zum Glück mit Erfolg. Er ist ein außergewöhnlicher Junge! Ich möchte unbedingt, dass Pip und du ihn kennen lernt. Vielleicht könnten wir ja alle zusammen Weihnachten feiern«, schlug Matt hoffnungsvoll vor. Er hatte schon den ganzen Morgen über mit diesem Gedanken gespielt.

»Ich dachte, du ignorierst die Feiertage ...«

Matt lächelte. »Jetzt sieht alles ganz anders aus. Ich werde übrigens schon bald nach Auckland fliegen, zu Vanessa.«

»Das freut mich, Matt!«, sagte Ophélie und drückte seine Hand. Sie waren beide von Menschen hintergangen worden, denen sie vertraut hatten, doch vielleicht wendete sich doch noch alles zum Guten ...

Kurz darauf kam Pip von ihrem Spaziergang zurück. Sie sah sofort, dass ihre Mutter und Matt Händchen hielten, und grinste schelmisch. »Soll ich noch mal zum Strand gehen?«, fragte sie vorlaut.

»Ich wollte gerade vorschlagen, dass wir alle zusammen einen Strandspaziergang machen«, erwiderte Matt.

»Muss ich mitkommen?«, nörgelte Pip und ließ sich auf die Couch fallen. »Mir ist kalt.« In Wahrheit wollte sie Matt und ihrer Mutter erneut die Gelegenheit geben, sich zu zweit zu unterhalten.

»Natürlich kannst du auch hier bleiben. Deine Mom und ich schnappen nur kurz frische Luft.« Matt warf Ophélie einen fragenden Blick zu, und sie nickte.

Sie zogen ihre Mäntel an und verließen das Haus. Sobald sie draußen waren, legte Matt den Arm um Ophélies

Schulter und zog sie dicht zu sich heran. Ophélie lehnte sich an ihn und genoss das Gefühl der Geborgenheit. Sie wusste: Wenn sie ins Straucheln geriet, würde Matt sie jederzeit auffangen. Er war ihr bester Freund – der einzige Mensch, dem sie noch vertrauen konnte.

# 22

Am Montag nach Thanksgiving besuchte Matthew seinen Sohn in Stanford, und auf dem Rückweg nach Safe Harbour schaute er bei Pip und Ophélie vorbei. Pip kam gerade von der Schule nach Hause, und Ophélie hatte sich den Tag freigenommen. Sie fühlte sich den Anforderungen im Obdachlosenheim noch nicht wieder gewachsen und wollte sich noch ein wenig erholen. Es schien ihr, als ob sich ihr gesamtes Leben schlagartig verändert hätte, und sie musste nun einen Weg finden, damit fertig zu werden. Erst am Morgen hatte sie sämtliche Kleidungsstücke von Ted in Müllsäcke gestopft. Es war ihre Art, ihren Ehemann hinauszuwerfen. Während Ophélie ein Jackett nach dem anderen in die Tüten steckte, fühlte sie sich plötzlich wie befreit. Sie musste nun nach vorn blicken. Sie konnte sich nicht für immer an einen Mann klammern, der sie betrogen und schamlos hintergangen hatte. Ophélie begriff erst jetzt, wie verzerrt ihr Bild von ihrer Ehe – von ihrem gesamten Leben! – gewesen war. Es war an der Zeit aufzuwachen.

Bald nachdem Pip Matt begrüßt hatte, verschwand sie in ihrem Zimmer, um ihre Hausaufgaben zu machen. Matthew setzte sich mit Ophélie an den Küchentisch. Sie berichtete ihm von ihrer unbändigen Wut auf Ted, und Matthew hörte ihr schweigend zu. Er war inzwischen davon überzeugt, dass Ophélies verstorbener Ehemann ein regelrechter Mistkerl gewesen war, doch diesen Gedanken behielt er für sich. Ophélie musste ihre eigenen Schlüsse ziehen.

Als Ophélie ihre Tirade beendet hatte, wechselte sie rasch das Thema. Sie fragte Matt, ob er Lust habe, ihren Geburtstag in der kommenden Woche mit ihr und Pip zu feiern. Matthew willigte sofort ein. Er schlug vor, einen Tisch in einem edlen Restaurant in der Stadt zu reservieren. An diesem Tag wollte er Pip und Ophélie nach Strich und Faden verwöhnen. Sie verdienten einen unbeschwerten, fröhlichen Abend.

Anschließend erzählte Ophélie, dass sie vor zwei Tagen einen Brief von Andrea bekommen hatte. Andrea erwartete nicht, dass Ophélie ihr vergab, doch sie wollte ihre Freundin wissen lassen, wie viel ihr die Freundschaft bedeutete und wie sehr sie alles bedauerte.

»Sie tut mir fast ein bisschen Leid«, sagte Ophélie, doch dann verengten sich ihre Augen. »Aber es ist einfach zu viel vorgefallen. Ich will nichts mehr mit ihr zu tun haben.« Sie blickte Matt forschend an. »Wahrscheinlich hältst du mich jetzt für halsstarrig und herzlos, aber ich kann einfach nicht aus meiner Haut.«

»Ganz im Gegenteil: Ich verstehe dich sehr gut«, versicherte Matthew. »Ich glaube, ich würde mich genauso verhalten.«

Dann eröffnete er Ophélie, dass er plante, noch an diesem Abend Sally anzurufen.

»Es sieht so aus, als ob wir beide in unserem Leben dringend Klarschiff machen müssten«, murmelte Ophélie.

»Ja, da hast du Recht.« Matthew hatte schon den ganzen Tag lang darüber nachgedacht, was er seiner Exfrau an den Kopf werfen wollte. Sally hatte ihm nicht nur seine Kinder weggenommen, sondern auch fünf Jahre seines Lebens geraubt. Dafür gab es keine Entschuldigung. Ophélie war vollkommen seiner Meinung. Matt ging es eigentlich nur darum, seinem Ärger Luft zu machen, und er war nicht bereit, sich Sallys Ausflüchte anzuhören.

Sie unterhielten sich noch den ganzen Nachmittag über, und schließlich bot Ophélie Matthew an, zum Abendessen zu bleiben. Er nahm gern an und ging ihr beim Kochen zur Hand. Gleich nach dem Essen brach er auf, und beim Abschied betonte er, wie sehr er sich auf ihr Treffen in der nächsten Woche freute. Auch Pip konnte den Geburtstag ihrer Mutter kaum erwarten.

Später an diesem Abend rief Matthew Ophélie noch einmal an. Er hatte gerade mit Sally telefoniert und klang völlig erschöpft.
»Was hat sie gesagt?«, fragte Ophélie ungeduldig.
»Anfangs bestand sie auf ihrer Version der Geschichte – und stellte damit ihre eigenen Kinder als Lügner dar!«, berichtete Matthew mit zornigem Unterton. »Aber damit war sie bei mir natürlich an der falschen Adresse. Als sie das begriff, fing sie an zu weinen. Ungefähr eine Stunde lang hat sie geheult wie ein Schlosshund und behauptet, sie hätte das alles zum Wohl ihrer Kinder getan. Sie wollte angeblich Vanessa und Robert die Möglichkeit geben, Hamish voll und ganz als neuen Vater zu akzeptieren, ohne dass ich ständig dazwischenfunke. Ich war ihr schlicht und ergreifend im Weg. Und so hat sie eben Schicksal gespielt ...« Matt massierte sich gequält die Schläfen. »In der Woche nach deinem Geburtstag fliege ich nach Auckland und besuche Vanessa. Ich werde ein paar Tage dort bleiben. Sally hatte schließlich nichts mehr gegen meinen Besuch einzuwenden und hat sogar versprochen, Vanessa für die Feiertage in die Staaten zu schicken. Das heißt, meine beiden Kinder sind über Weihnachten bei mir!«, erklärte Matt atemlos. »Ich würde gern ein Haus in Tahoe für uns mieten, dann können wir Ski fahren. Es wäre toll, wenn Pip und du uns begleiten würdet. Kann Pip Ski laufen?«
»O ja, sie ist ein Ass!«
»Und du?«
»Ich mache dabei keine besonders gute Figur, und ich hasse Skilifte – ich habe nämlich Höhenangst.«
»Keine Sorge, ich pass schon auf dich auf! Ich bin zwar ebenfalls kein großer Skifahrer, aber ich dachte, dass es ganz schön werden könnte. Ich würde mich wirklich freuen, wenn ihr mitkämt.«
Ophélie spürte, wie wichtig ihm das war. »Sind deine Kinder denn damit einverstanden? Immerhin verbrin-

gen sie nach all den Jahren ihren ersten Urlaub mit ihrem Vater?«

»Ich werde sie fragen, aber ich kann mir nicht vorstellen, dass sie etwas dagegen haben. Ich bin sicher, dass sie euch mögen. Ich habe Robert übrigens schon viel von euch erzählt!«

Wenig später erkundigte sich Matthew, ob sie am Dienstagabend wie üblich mit dem Außenteam unterwegs sei, und Ophélie bejahte seine Frage.

»Die letzten Tage waren sehr hart für dich. Warum gibst du dir nicht ein wenig mehr Zeit, um alles zu verdauen?« Er konnte den Gedanken, dass sich Ophélie bei ihrer Tätigkeit zahllosen Gefahren aussetzte, noch immer kaum ertragen.

»Wenn ich nicht mit rausfahre, ist das Team unterbesetzt. Außerdem wird mich die Arbeit ablenken.«

Matthew seufzte. Er wusste, dass sie sich nicht umstimmen ließ, und gab es auf.

Wie immer verlief Ophélies Schicht in der folgenden Nacht ohne irgendwelche Zwischenfälle. Auch am Donnerstag blieb alles ruhig.

Die Zeit verging wie im Flug, und ehe sich Ophélie versah, hatte sie Geburtstag. Pip war dermaßen aufgeregt, dass sie in der Schule kaum stillsitzen konnte. Sobald Matthews Auto am späten Nachmittag bei ihnen vorfuhr, rannte Pip ihm entgegen, und gemeinsam trugen sie das Porträt ins Haus. Ophélie musste sich die Augen zuhalten, bis Matthew und Pip das Gemälde von dem Packpapier befreit hatten. Dann erst durfte sie die Augen öffnen. Ihr Blick fiel sofort auf das Bild, und sie schnappte überrascht nach Luft.

»Du meine Güte, ist das schön! Pip! ... Matt! ...«, stammelte sie, und in ihren Augenwinkeln sammelten sich Tränen. Sie konnte den Blick kaum von dem wunderschönen Gemälde abwenden. Matthew war es gelungen, nicht nur Pips elfenhaftes Gesicht und ihre ge-

heimnisvollen, bernsteinfarbenen Augen naturgetreu abzubilden, sondern auch ihre besondere Ausstrahlung einzufangen.
Ophélie mochte das Porträt gar nicht allein im Haus zurücklassen. Und am liebsten hätte sie es gleich aufgehängt. Mit einer solch überschwänglichen Reaktion hatte Matt beileibe nicht gerechnet, und er war sehr stolz auf sein Werk.
Schließlich machten sie sich auf den Weg ins Restaurant. Ophélie ließ es sich nicht nehmen, ihm und Pip immer wieder für das wunderbare Geschenk zu danken.
Sie verlebten einen herrlichen Abend. Als sie nach Hause kamen, war Pip zum Umfallen müde. Sie gab ihrer Mutter und Matt noch einen Gutenachtkuss und verschwand in ihrem Zimmer.
»Ich weiß nicht, wie ich dir danken soll«, sagte Ophélie zu Matt. »Das ist das schönste Geschenk, das ich je bekommen habe!«
»Ein schönes Geschenk – für eine unglaubliche Frau«, sagte Matt und ließ sich neben ihr auf der Couch nieder. Ophélie war von Grund auf ehrlich und hatte ihre Prinzipien – ganz anders als Sally. Matthew nahm Ophélies Hand. Was er nun vorhatte, würde Ophélie womöglich verschrecken, doch er hoffte, dass ihr Vertrauen und ihre Zuneigung zu ihm groß genug waren, dass sie darauf einging. Er suchte Ophélies Blick und beugte seinen Kopf zu ihr hinab. Dann küsste er sie. Er hatte seit Jahren keine Frau mehr geküsst, und er war ein wenig aus der Übung.
Ophélie war völlig überrumpelt. Dennoch entzog sie sich ihm nicht. Stattdessen verhielt sie sich ganz ruhig, und erst nach einer Weile erwiderte sie den Kuss. Als sich Matt schließlich wieder von ihr löste, atmeten sie beide schwer. Ophélie blickte ihn verwirrt an, und sie erschien ihm verletzlicher denn je. Liebevoll zog er sie in seine Arme.

»Was machen wir hier, Matt? Ist das nicht verrückt?«
»So würde ich das nicht nennen«, antwortete er sanft. »Ich fühle mich schon lange zu dir hingezogen – wahrscheinlich länger, als mir selbst bewusst ist. Ich wollte dich allerdings nicht bedrängen. Du bist so schrecklich verletzt worden …«
»Du doch auch«, flüsterte sie und streichelte seine Wange. Plötzlich fiel ihr ein, wie glücklich Pip über diese Entwicklung sein würde, und lächelte verschmitzt. Auf Matthews fragenden Blick hin verriet sie ihm, was ihr durch den Kopf ging.
»Pip wird völlig aus dem Häuschen sein! Ich muss dir etwas gestehen: Ich bin nicht nur in dich verliebt!« Er grinste. »Sondern auch in deine bezaubernde Tochter!«
Ophélie stieß ihn spielerisch in die Seite.
»Ich kann es kaum erwarten, bis ihr meine Kinder kennen lernt«, fuhr Matt fort.
»Das geht mir genauso«, sagte Ophélie und strahlte ihn an.
Matthew küsste sie abermals. »Alles Gute zum Geburtstag, mein Schatz.«
Als Matthew Ophélie an diesem Abend verließ, wusste sie: Dies war der schönste Geburtstag ihres Lebens gewesen.

## 23

Am Dienstag nach ihrem Geburtstag war Ophélie wieder mit dem Außenteam unterwegs. Es fiel ihr in dieser Nacht jedoch schwer, sich zu konzentrieren, und das entging auch Bob nicht. Hin und wieder warf er seiner Kollegin besorgte Seitenblicke zu und runzelte die Stirn.

Kurz nach Mitternacht überprüften sie einige zurechtgezimmerte Hütten, in denen sich zahlreiche Obdachlose häuslich eingerichtet hatten. Wie immer stellte das Team sicher, dass die Menschen in diesen provisorischen Behausungen ausreichend mit Decken und Medikamenten versorgt waren. Dazu schauten sie in jeden einzelnen Schlupfwinkel hinein und fragten den jeweiligen Bewohner nach seinen Bedürfnissen. Diese Aufgabe erforderte höchste Konzentration – wenn man nicht hundertprozentig bei der Sache war, konnte es gefährlich werden. Bob fiel auf, dass Ophélie teilweise völlig abwesend und verträumt vor sich hinstarrte, und das bereitete ihm ein wenig Sorgen. Die meisten Obdachlosen waren zwar äußerst freundlich und dankbar, doch unter ihnen gab es auch vereinzelt Unruhestifter, die auf Ärger aus waren. Zudem hatte das Team unter Dieben zu leiden, die sich des Öfteren in einer unbeaufsichtigten Minute über die Vorräte in den Lieferwagen hermachten. Mehr als ein Drittel der Bestände wurde regelmäßig gestohlen. Für die Außenmitarbeiter war es also das oberste Gebot, stets wachsam zu sein – die Sicherheit des gesamten Teams hing vom Verhalten jedes Einzelnen ab.

Auch Ophélie wusste um die Gefahren, doch in dieser Nacht fiel es ihr schwer, mit den Gedanken nicht abzuschweifen. Matthews Kuss ging ihr nicht aus dem Kopf.

»Hey Opie! Halt die Augen auf, Mädchen! Was ist denn los mit dir?«, fragte Bob und hakte sich kameradschaftlich bei seiner Kollegin unter.

»Tut mir Leid. Ich werde mich ab jetzt zusammenreißen«, versprach Ophélie und blickte Bob verlegen an.
»Du musst vorsichtiger sein! Was spukt dir denn im Kopf herum? Bist du etwa verknallt?« Bob kannte den euphorischen Ausdruck, der in Ophélies Augen lag, denn er war selbst verliebt. Mittlerweile hatte sich zwischen ihm und der Freundin seiner verstorbenen Frau eine Beziehung entwickelt, und er fühlte sich manchmal wie berauscht. Doch während der Arbeit musste er diese Gefühle natürlich unterdrücken.
Ophélie lächelte. Sie war schon den gesamten Tag über in Gedanken bei Matt gewesen. Ihr Kuss hatte sie durcheinander gebracht, und sie ging wie auf Wolken. Matthew verkörperte all das, wonach sie sich immer gesehnt hatte – gleichzeitig fürchtete sie sich. Liebe bedeutete Verletzlichkeit und oftmals Schmerz. Als sie von Teds und Andreas Betrug erfahren hatte, waren es genau diese Emotionen gewesen, die sie gnadenlos in die Knie gezwungen hatten. Andererseits war es mehr als verlockend, ihre Empfindungen einfach zuzulassen und sich Matthew hinzugeben.
»Vielleicht bin ich tatsächlich verknallt«, erwiderte sie nun und zwinkerte Bob zu.
»So, so.« Er grinste.
Sie stiegen in den Wagen und machten sich auf den Weg zum Potrero Hill. In dieses Viertel fuhren sie für gewöhnlich erst sehr spät, denn dann waren die meisten Krawallmacher bereits volltrunken und schliefen ihren Rausch aus.
»Willst du mir irgendwas erzählen?«, hakte Bob interessiert nach. In den vergangenen drei Monaten, in denen Ophélie und er nun schon zusammenarbeiteten, hatte er großen Respekt und Zuneigung für die zierliche Frau entwickelt. Sie war intelligent und stets ehrlich und konnte, trotz ihrer geringen Größe, beherzt zugreifen.

»Ich hoffe, der Mann, an den du schon die ganze Zeit denkst, hat dich auch verdient.«
»Danke, Bob, das ist ein nettes Kompliment.«
Der Asiate seufzte. Offenbar wollte Ophélie nicht weiter über ihre Gefühlslage sprechen, und es lag ihm fern, noch weiter in sie zu dringen.
Bis zum Ende ihrer Schicht bemühte sich Ophélie redlich, aufmerksam zu sein, und so gingen die übrigen Stunden der Nacht ohne bemerkenswerte Geschehnisse vorüber. Auf dem Heimweg wanderten Ophélies Gedanken jedoch wieder zu Matt. Sie musste sich eingestehen, dass sie sich in ihn verliebt hatte. Doch sie konnte ihre Bedenken nicht abschütteln. Matthew und sie hatten eine Tür aufgestoßen, ohne zu wissen, was sich dahinter verbarg. Falls sich ihre Liebe nicht bewährte und die Romanze irgendwann endete, würde sie Matt als Freund verlieren ...
Als Ophélie ihre Tochter am folgenden Morgen zur Schule fuhr, bemerkte Pip, dass ihre Mutter merkwürdig still und nachdenklich war.
»Alles okay, Mom?«, fragte sie und drehte die Lautstärke des Radios herunter. Pip wusste noch immer nicht, was am Abend von Thanksgiving vorgefallen war. Sie hatte sich wieder und wieder den Kopf darüber zerbrochen. Es musste irgendetwas mit Andrea zu tun haben, denn ihre Mutter hatte ihr vor zwei Tagen mitgeteilt, dass Andrea nicht länger zu ihrem Freundeskreis gehörte. Pip war schockiert gewesen, doch Ophélie hatte sich geweigert, irgendwelche Details preiszugeben. Ungläubig hatte Pip noch einmal nachgehakt und gefragt: »Ich werde Andrea nie wiedersehen?« Ihre Mutter hatte daraufhin bloß genickt.
»Ja, alles bestens«, erwiderte Ophélie nun, obwohl das nicht wirklich der Wahrheit entsprach.
Während des gesamten Vormittages hatte sie Mühe, sich auf die Neuaufnahmen im Heim zu konzentrieren. Der

Schlafmangel machte ihr wie an allen Tagen nach den Nachtschichten sehr zu schaffen. Miriam fragte sie schließlich, was los sei, aber Ophélie winkte ab. Sie wollte mit ihrer Kollegin nicht darüber reden. Wenig später rief Matthew an, und auch er merkte sofort, dass irgendetwas nicht in Ordnung war.
»Was ist los?«, fragte er ohne Umschweife.
»Ich habe nachgedacht.«
»Was soll das heißen? Muss ich mir Sorgen machen?«
»Ich habe Angst.«
»Wovor?« Matthew schluckte. Seit er Ophélie geküsst hatte, war er im siebten Himmel. Viel zu lange hatte er seine Gefühle ignoriert und sich eingeredet, er wolle nichts weiter als Freundschaft, aber schließlich hatte er sich eingestanden, dass er in Wahrheit in Ophélie verliebt war.
»Soll das ein Witz sein?«, fragte Ophélie. »Ich habe tausend Ängste, vor dir, vor mir, dem Leben, dem Schicksal ... Enttäuschung, Betrug, Tod ... Soll ich fortfahren?«
»Nein. Darüber sollten wir ausführlich sprechen, wenn wir uns sehen.« Es klang, als ob Ophélie ernsthafte Zweifel an ihrer aufkeimenden Liebe bekommen hätte.
»Was kann ich tun, um dir die Angst zu nehmen?«, fragte er vorsichtig.
Ophélie schloss die Augen. »Ich weiß nicht, ob du das überhaupt kannst. Gib mir einfach Zeit. Ich habe erst vor kurzem feststellen müssen, dass ich hinsichtlich meiner Ehe in einer Traumwelt gelebt habe. Ich habe Panik, noch einmal einer Illusion zu erliegen, verstehst du? Vielleicht tut es mir nicht gut, wenn ich mich so schnell wieder an jemanden binde.«
Ophélies Worte schnitten Matthew tief ins Herz. »Gib uns zumindest eine Chance! Wir beide haben es verdient, endlich glücklich zu sein. Mach bitte nicht alles kaputt, bevor es überhaupt angefangen hat!«
»Ich will es versuchen.« Mehr konnte sie nicht verspre-

chen. Im Grunde ihres Herzens glaubte sie, dass Matthew mit einer anderen Frau glücklicher sein würde als mit ihr, mit einer, die unkompliziert und nicht dermaßen traumatisiert war wie sie.

Am Samstag kam Matthew in die Stadt und führte Pip und Ophélie zum Essen aus. Sie verabredeten sich sofort für den Sonntag, dann sollten Ophélie und Pip Matthew in Safe Harbour besuchen.

Robert war an diesem Tag ebenfalls dort, und Matthew konnte kaum glauben, wie prächtig sich die drei auf Anhieb verstanden.

Robert sprach offen darüber, wie enttäuscht er von seiner Mutter war, doch er glaubte, dass er ihr irgendwann verzeihen konnte. Vanessa fiel es hingegen schwer, weiterhin mit Sally unter einem Dach zu leben, wie Robert erzählte. In den vergangenen zwei Wochen hatte sie kein Wort mit ihrer Mutter gewechselt.

Auf dem Heimweg grübelte Ophélie wieder schweigend vor sich hin. Sie war verwirrter als zuvor. Matthew hatte an diesem Tag immer wieder den Arm um sie gelegt, und als sie am Strand spazieren gegangen waren, hatte er ihre Hand gehalten. Glücklicherweise hatte er Ophélie nicht darum gebeten, Stellung zu beziehen. Sie wäre vollkommen überfordert gewesen.

Matt spürte das. Er sehnte sich zwar danach, Ophélie seine Liebe zu gestehen, doch er nahm sich fest vor, geduldig zu sein. Sie brauchte noch eine Weile, um sich über ihre Gefühle klar zu werden.

Am Montagabend klingelte genau in dem Augenblick Matthews Telefon, als er Ophélie anrufen wollte. Leider war nicht Ophélie am Apparat, sondern Sally. Zuerst erkannte Matt ihre Stimme kaum, denn sie schluchzte herzzerreißend und brachte kaum einen vollständigen Satz heraus.

»Sally, bist du's? Was ist passiert?« Matt hoffte inständig,

dass Vanessa nichts zugestoßen war. »Nun sag schon, was los ist!« Er verstand lediglich die Wörter »Tennisplatz« und »umgekippt«, und seine Sorge wuchs. Sally stammelte weinend weiter, und Matthew begriff allmählich, dass sie über ihren Mann und nicht über ihre Tochter sprach.
»Was? Ich kann dich nicht verstehen. Was ist mit Hamish?« Warum rief Sally ausgerechnet ihn an?
Sally stöhnte auf. »Er ist tot! Er ... hatte vor einer Stunde einen Herzinfarkt ... auf dem Tennisplatz. Man hat noch versucht, ihn wiederzubeleben, aber sie konnten ... ihn nicht retten. Er ist tot!« Wieder brach sie in heftiges Schluchzen aus.
Matthew musste sich erst mal setzen. Er war wie vor den Kopf geschlagen.
»Matt? Bist du noch dran?« Sally redete weiter und erzählte irgendetwas von der bevorstehenden Beerdigung. Robert sollte unbedingt für die Trauerfeier nach Hause kommen. Immerhin war Hamish wie ein Vater für ihn gewesen.
Matthew ließ den Kopf in die Hände sinken. »Soll ich nach Stanford fahren und Robert Bescheid sagen?«
»Nein, ich habe ihn bereits angerufen«, entgegnete Sally. Offenbar war sie nicht auf den Gedanken gekommen, dass Matt die Nachricht seinem Sohn gewiss schonender überbracht hätte.
»Wie hat er es aufgenommen?«
»Keine Ahnung, wir haben nicht lange telefoniert. Aber Robert hat Hamish vergöttert!«
Matthew verdrehte die Augen. Es war typisch für Sally, dass sie maßlos übertrieb. Dennoch war ihm bewusst, dass sein Sohn sehr an Hamish gehangen hatte. »Ich rufe ihn sofort an«, versicherte er ihr und wollte schon auflegen. Da fragte Sally: »Würdest du zur Beerdigung kommen?« Einen Moment lang war Matthew völlig perplex. Dann antwortete er empört: »Du hast Nerven!«

»Schon gut! Reg dich nicht auf! Dein Besuch bei Vanessa muss dann wohl ausfallen – es sei denn, du möchtest doch an der Beerdigung teilnehmen. Vielleicht könnten Vanessa und ich und die Kinder Weihnachten in die Staaten kommen«, überlegte Sally laut.
Matthew hatte geplant, am Donnerstag nach Auckland zu fliegen, doch offenbar musste er seine Pläne ändern. Er war mehr als enttäuscht, dass er seine Tochter nun doch nicht sehen würde, aber dann sagte er sich, dass es nach fünf Jahren auf ein oder zwei Wochen wohl nicht ankam.
»Ich besuche sie ein andermal, sobald sich alles etwas beruhigt hat. Aber Nessie soll auf jeden Fall Weihnachten bei mir verbringen.« Matt wollte keinen Zweifel daran lassen, dass er ausschließlich an einem Treffen mit seiner Tochter interessiert war. Dass Sally überhaupt die Stirn hatte, sich bei ihm einzuladen, noch dazu mit Kind und Kegel! »Ich nehme an, du hast jetzt viele Dinge zu regeln«, fügte er nachdrücklich hinzu.
»Ich wage gar nicht daran zu denken, was Hamishs Tod für unsere Agentur bedeutet«, bemerkte Sally verzagt. Offensichtlich hatte sie sich ein wenig gefasst.
»Ohne Frage ist das ist ein harter Schlag für euer Geschäft«, sagte Matthew mit bitterem Unterton, doch Sally überhörte das geflissentlich. »Verkauf die Agentur doch einfach, Sal. Das habe ich damals schließlich auch getan. Keine große Sache. Du findest schon einen anderen Job. Alles halb so wild.« Dies waren genau jene Worte, die Sally vor zehn Jahren ihm gegenüber verwendet hatte. Aber daran erinnerte sie sich natürlich nicht mehr. Sie hatte schon viele Leute vor den Kopf gestoßen, doch entweder war es ihr gleichgültig gewesen oder sie hatte es nicht einmal bemerkt.
»Meinst du wirklich, ich sollte verkaufen?«, fragte sie ernst. Sie schien mit ihm darüber diskutieren zu wollen, Matthew hingegen konnte es kaum abwarten, endlich seinen Sohn anzurufen.

»Das musst du selbst wissen. Mein Beileid, Sally.« Mit diesen Worten legte Matt auf.
Dann wählte er Roberts Nummer. Sein Sohn war zwar nicht in Tränen aufgelöst, aber er klang geschockt.
»Es tut mir so Leid, Robert. Ich weiß, wie nahe Hamish dir gestanden hat.«
»Mir ist klar, dass er deine Ehe zerstört hat, Dad. Aber zu Nessie und mir ist er immer sehr nett gewesen. Mom ist völlig am Ende …«
Matthew schnaubte. Sally hatte am Telefon zwar jämmerlich geheult, aber es war mehr als deutlich gewesen, dass sie sich bereits eine Stunde nach dem Tod ihres Mannes schon wieder intensiv Gedanken um ihre Zukunft machte. Sie schaffte es immer wieder, sich auf das Wesentliche zu konzentrieren und ihren eigenen Vorteil niemals aus dem Blick zu verlieren. Sentimentalen Gefühlen räumte sie dabei niemals allzu viel Platz ein. Aus diesem Grund hatte sie sich seinerzeit auch für Hamish entschieden. Hamish hatte mehr Geld, mehr Häuser und mehr Freizeit gehabt als er. Sally konnte die Wahl nicht besonders schwer gefallen sein. Bei dem Gedanken kam Matthew noch immer die Galle hoch. Sally hatte ihm alles genommen, was ihm wichtig gewesen war, und er wusste genau: Sie hatte es keine Sekunde lang bereut.
»Fliegst du zur Beerdigung hin?«, fragte Matthew nun seinen Sohn, und Robert zögerte.
»Das sollte ich eigentlich tun – schon allein für Mom. Allerdings habe ich in der kommenden Woche einige wichtige Prüfungen. Ich habe schon mit Vanessa darüber gesprochen, und sie meint, Mom wird es verkraften, wenn ich nicht dabei bin. Es sind genügend andere Leute da. Was denkst du, Dad?«
»Das musst du entscheiden, ich will dir da nicht reinreden. Möchtest du denn, dass ich zu dir nach Stanford komme?«

»Nicht nötig, Dad. Mir geht's gut. Es kam nur so überraschend ... Hamish hatte zwar schon zwei Herzinfarkte und inzwischen auch einen Herzschrittmacher, aber trotzdem kann ich es kaum fassen.« Robert holte tief Luft. »Allerdings war es offensichtlich, dass Hamish nicht besonders gut auf sich Acht gab. Er hat gern und viel getrunken, außerdem rauchte er wie ein Schlot und war seit Jahren übergewichtig. Mom hat immer prophezeit, dass es wahrscheinlich irgendwann mit ihm so enden würde.«
»Sag mir einfach Bescheid, wenn du mich brauchst, und ich setze mich sofort in den Wagen.«
»Danke, Dad.«
Matthew hängte auf und saß lange einfach nur da und starrte vor sich hin. Dann rief er Ophélie an. Er konnte es sich selbst nicht erklären, doch Hamishs Tod ging ihm sehr nahe. Höchstwahrscheinlich deshalb, weil seine Kinder darunter litten. Und außerdem war Hamish einst sein Freund gewesen.
Matt berichtete Ophélie aufgewühlt, was geschehen war, und sie bemühte sich, ihn zu trösten. Doch dann fragte sie sich, ob die Tatsache, dass Sally nun Witwe war, etwas zwischen ihr selbst und Matt ändern würde. Vor langer Zeit hatte er Sally schließlich geliebt ... Und nun war sie wieder frei. Sally war erst fünfundvierzig und würde garantiert bald nach einem neuen Mann Ausschau halten ...
»Sally spielt tatsächlich mit dem Gedanken, um die Weihnachtszeit herum mit Vanessa und den anderen Kindern in die Staaten zu kommen«, erzählte Matthew nun. »Ich hoffe, sie überlegt sich das noch mal.«
»Was will sie denn hier?«, fragte Ophélie misstrauisch.
»Keine Ahnung. Mir auf die Nerven gehen wahrscheinlich.« Matthew lachte, aber Ophélie fiel nicht in sein Lachen ein. Nachdem sie sich verabschiedet hatten, verharrte sie noch für geraume Weile neben dem Telefon und dachte über das nach, was sie soeben erfahren hatte.

Die übrige Woche verlief für Ophélie außerordentlich hektisch. Die Arbeit für das Wexler Center war kurz vor den Feiertagen anstrengender denn je. Die Obdachlosen tranken mehr als sonst, und das Wetter war schlecht. Innerhalb von nur einer Nacht fand das Außenteam vier Tote in den behelfsmäßigen Unterkünften. Und im Heim herrschte Hochbetrieb, denn es gab zahlreiche Neuaufnahmen.
Matthew war nicht weniger beschäftigt als Ophélie. Er besuchte Robert, und beinahe jeden Tag telefonierte er mit Vanessa und Pip. Zudem rief ihn Sally einige Male an, offenbar ausschließlich, um zu plaudern. Matthew bemühte sich stets, diese Gespräche so schnell wie möglich zu beenden. Es war ihm ein Rätsel, wieso ihm seine Exfrau plötzlich all ihre Sorgen und Nöte anvertraute.
Am folgenden Sonntag entspannten sich Pip, Ophélie und Matthew am Strand von ihrer anstrengenden Woche. An diesem Tag schien zum ersten Mal seit langem wieder die Sonne, und das Thermometer kletterte ein wenig nach oben. Die drei unternahmen einen ausgiebigen Spaziergang, und Matt erzählte Ophélie, dass er für die Feiertage ein Haus in Tahoe gemietet hatte. Dort wollte er mit seinen Kindern ein paar schöne Tage im Schnee verleben. Er hoffte, dass sich Ophélie mit Pip anschließen würde.
»Denkt Sally noch immer darüber nach, Weihnachten herzukommen?«, fragte Ophélie beiläufig. Sie hatte sich während der vergangenen Tage den Kopf darüber zerbrochen. Es überraschte sie selbst, dass ihr Sallys plötzliches Wiederauftauchen so viel ausmachte – schließlich wusste sie, dass sich Matt nicht mehr für seine Exfrau interessierte. Andererseits ließ sich ihre gemeinsame Vergangenheit nicht so einfach ausradieren ...
»Falls sie wirklich aufkreuzt – ich nehme sie nicht auf!«, erwiderte Matthew mit Nachdruck. »Aber wie steht's mit euch? Hast du dich schon entschieden?«
Ophélie dachte ungern an das bevorstehende Fest. »Ich

bin noch nicht sicher. Unsere Familie wird immer kleiner. Letztes Jahr haben wir Weihnachten mit Andrea verbracht ...« Damals war Andrea im fünften Monat schwanger gewesen. Ophélie fröstelte bei der Erinnerung daran. Wie hätte sie seinerzeit ahnen können, dass das Kind, das Andrea unter dem Herzen trug, von Ted war? »Ich denke, Pip und ich werden die Tage in aller Stille zu Hause verbringen.«

»Schade.«

Pip war mit Mousse weit vorausgelaufen und nun damit beschäftigt, Muscheln zu sammeln. Nach einem Blick auf die Kleine beugte sich Matthew zu Ophélie hinab und küsste sie. Sobald sich ihre Lippen berührten, beschleunigte sich sein Puls, und er zog Ophélie näher an sich heran. Doch als ihr Kuss intensiver tiefer wurde, löste sich Matt wieder von ihr. Er wollte Ophélie auf keinen Fall bedrängen. Matt ahnte, dass Ophélies Zuneigung zu ihm in ständigem Konflikt mit ihren Ängsten stand. Doch gleichgültig, wie schwer es ihm auch fiel, sie nicht ständig zu berühren und zu umarmen – er war entschlossen, auf Ophélie zu warten. Gleichzeitig spürte er, dass auch sie ihn begehrte. Er sah es in ihrem Blick und hörte es in ihrer Stimme: Ophélie kämpfte ebenso gegen ihr Verlangen an wie er.

Auf dem Rückweg zum Bungalow erzählte Matt Pip von den geplanten Ferien in Tahoe, und die Kleine war begeistert. Sie wollte unbedingt auch dorthin. Bis zum Abend war es ihr gelungen, ihre Mutter von Matthews Vorschlag zu überzeugen. Ophélie willigte ein, am ersten Weihnachtstag mit Pip nachzukommen.

Matt war überglücklich, doch ihm lag noch etwas anderes auf dem Herzen. Wenig später sprach er Ophélie auf jene Sache an, die ihm nach wie vor schlaflose Nächte bereitete.

»Ich wünsche mir von dir nur eins zu Weihnachten«, sagte er ernst.

»Und das wäre?«, fragte sie lächelnd. Sie hatte die meisten ihrer Weihnachtseinkäufe bereits erledigt und war gespannt, ob sie nun doch noch einmal losziehen musste.

»Ich möchte, dass du beim Außenteam aussteigst.« Ophélie seufzte und schüttelte den Kopf. Matt ließ in diesem Punkt einfach nicht locker.

»Matt, die Arbeit dort bedeutet mir sehr viel – abgesehen davon, dass die anderen wahrscheinlich auf die Schnelle niemand anderen finden würden.«

»Weißt du, warum es so schwierig ist, Leute für diesen Job zu finden?«, fragte Matt und blickte Ophélie finster an. »Weil die meisten Leute intelligent genug sind, sich nicht auf diesen Wahnsinn einzulassen!« Mehr als einmal hatte Matthew vermutet, dass hinter Ophélies strikter Weigerung, das Außenteam zu verlassen, ein unterbewusster Todeswunsch steckte. Doch was immer ihre wahren Gründe waren, Matthew hatte beschlossen, sie von seiner Meinung zu überzeugen. Er fand es toll, dass sie sich im Obdachlosenheim engagierte, aber es beunruhigte ihn zutiefst, dass sie nachts auf der Straße herumgeisterte. »Wenn die anderen im Team so verrückt sind, sich ständig diesen Gefahren auszusetzen, dann lass sie doch! Aber für dich gibt es auch andere Möglichkeiten, den Obdachlosen zu helfen.«

»Nichts im Center ist so wichtig wie die Arbeit der Außenteams. Sie gehen auf die Menschen in Not zu und geben ihnen, was sie brauchen. Die Leute, die wirklich schlimm dran sind, schaffen es einfach nicht bis ins Heim«, erklärte Ophélie eindringlich. »Du willst offenbar einfach nicht begreifen, dass die Menschen auf der Straße keine Kriminellen sind. Viele von ihnen sind unschuldige Kinder und alte Leute. Ich kann sie jetzt nicht einfach ihrem Schicksal überlassen und mir einreden, dass sich schon jemand anders um sie kümmern wird. Was, wenn niemand meine Stelle übernimmt?«

Ihr entschlossener Gesichtsausdruck zeigte Matt, dass es keinen Sinn hatte, weiter auf sie einzureden.

»Gibt es noch etwas anderes, das ich dir zu Weihnachten schenken könnte?«, fragte Ophélie in dem Bemühen, das Thema zu wechseln.

»Nein. Aber wenn du mir meinen Wunsch nicht erfüllst, versohlt dir der Weihnachtsmann den Hintern, und du gehst beim Fest völlig leer aus!« Matthew lächelte, obwohl ihm nicht danach zumute war.

Ophélie lachte über Matthews Scherz. Sie ahnte nicht, dass in seinem Schrank bereits ein ganz besonderes Präsent auf sie wartete. Matt hatte außerdem ein neues Fahrrad für Pip besorgt und hoffte, dass sie sich darüber freuen würde. Sie war in einem schwierigen Alter – irgendwo zwischen Barbie und Rap-CDs.

Tags darauf erhielt Matthew ein Geschenk, das er sich ganz und gar nicht gewünscht hatte: Sally rief ihn an und setzte ihn davon in Kenntnis, dass sie schon am folgenden Tag mit Vanessa und ihren beiden jüngsten Kindern in San Francisco eintreffen würde. Sie hatte eine Suite im Ritz gebucht. Hamishs vier Kinder würden mit ihrer leiblichen Mutter Weihnachten feiern.

Matthew war entsetzt. Der Gedanke, dass Sally bald vor ihm stehen würde, behagte ihm ganz und gar nicht.

Sobald Matthew aufgelegt hatte, rief er Ophélie an, um sich bei ihr über Sallys unverfrorenes Verhalten auszulassen. Ophélie machte sich gerade für die Nachtschicht fertig, ausnahmsweise arbeitete sie auch heute. Alice war bereits da, um auf Pip aufzupassen.

»Wie soll ich denn auf so etwas reagieren?«, fragte Matt gereizt. »Am besten ignoriere ich Sally einfach – so weit wie möglich.«

Beim Gedanken an die Ankunft von Matthews Exfrau verfinsterte sich Ophélies Miene. Es war kaum wahrscheinlich, dass Matt ihr tatsächlich aus dem Weg gehen konnte. Ophélie vermutete, dass Sally irgendetwas im

Schilde führte. Sie wollte sich wieder an ihren Ex heranpirschen, was sonst hatte sie dazu getrieben, die Feiertage in den Staaten zu verbringen?
»Sally kommt garantiert her, um sich von dir trösten zu lassen«, bemerkte Ophélie so unbeteiligt wie möglich.
»Mach dich nicht lächerlich! Wahrscheinlich langweilt sie sich einfach.« Matt wusste selbst nicht so recht, was hinter Sallys bevorstehendem Besuch steckte, aber er wollte Ophélie keinesfalls unnötig beunruhigen.

Am nächsten Tag trafen Vanessa, Sally und ihre beiden jüngsten Kinder im Ritz ein, und sobald Sally ihre Suite betreten hatte, wählte sie Matts Nummer. Mit vor Liebenswürdigkeit honigsüßer Stimme begrüßte sie ihn und fragte, ob er zum Tee vorbeikommen wolle. Der Flug sei zwar sehr anstrengend gewesen, doch sie könne es kaum erwarten, ihn wiederzusehen. Matthew war von ihren Worten nicht wirklich überrascht, trotzdem wusste er nicht, wie er sich verhalten sollte. Versuchte Sally tatsächlich, wieder mit ihm anzubändeln, oder ging es ihr lediglich um ein freundschaftliches Miteinander – um der Kinder willen?
»Sag Nessie, ich erwarte sie in einer Stunde in der Hotelhalle«, erklärte Matt und ignorierte Sallys Einladung. Noch heute würde er Vanessa in die Arme schließen ... Er war so aufgekratzt, dass er beinahe vergaß, sich von Sally zu verabschieden.
Als Matt die Halle des Ritz betrat, wandten einige der anwesenden Damen neugierig die Köpfe nach ihm um. Er trug einen feinen Anzug, blitzsauber polierte Schuhe und sah einfach umwerfend aus. Unruhig ließ er den Blick durch den Raum schweifen. Was, wenn er seine Tochter nicht wiedererkannte? Doch dann entdeckte er sie. Vanessa stand in der Nähe der Rezeption und schaute ihm gespannt entgegen. Sie hatte noch immer das Gesicht eines kleinen Mädchens, doch bereits den

Körper einer Frau. Matthew eilte mit großen Schritten auf sie zu und zog sie stürmisch an sich. Vanessa schloss zitternd die Arme um ihren Vater, vergrub ihr Gesicht in seiner Schulterbeuge und schluchzte. Matt kamen ebenfalls die Tränen. Eine ganze Zeit lang standen sie so da und hielten sich einfach nur fest. Schließlich machte sich Matt von Vanessa los, um sie genauer in Augenschein zu nehmen.

»Daddy ... du hast dich kaum verändert ...« Vanessa lächelte ihn an und konnte dennoch nicht aufhören zu weinen.

Matthew dachte bei sich, dass er noch niemals ein hübscheres Mädchen gesehen hatte als seine Tochter. All die Gefühle, die er fünf Jahre lang verdrängt hatte, überfielen ihn nun mit aller Macht. Er hatte sie so sehr vermisst ...

»Du hast dich durchaus verändert!«, rief er anerkennend. Vanessa hatte eine sehr weibliche, geradezu Aufsehen erregende Figur. Sie trug einen kurzen Rock, hochhackige Schuhe und dezentes Make-up. An ihren Ohren blinkten kleine Diamantstecker, höchstwahrscheinlich ein Geschenk von Hamish. Matthew wusste, dass Hamish den Kindern gegenüber niemals kleinlich gewesen war.

»Sollen wir hier im Hotel einen Kaffee trinken? Oder möchtest du lieber woanders hingehen?« Matthew war es völlig gleichgültig, wo sie den Nachmittag verbrachten – Hauptsache, sie waren zusammen. Vanessa zögerte, und da bemerkte Matthew, dass seine Tochter nicht allein gekommen war. Am anderen Ende der Halle wartete Sally, zusammen mit einer Frau, offenbar das Kindermädchen der beiden kleinen Jungen, die ebenfalls dabeistanden. Die Jahre waren nahezu spurlos an Sally vorübergegangen. Obgleich sie ein wenig zugenommen hatte, war sie noch immer eine attraktive Frau. Matthew hatte sich gewünscht, das Wiedersehen mit seiner Tochter ungestört genießen zu können, doch Sally besaß tatsächlich die Unverschämtheit, sich dazwischenzudrängen. Strahlend kam sie nun auf ihn zu. Matthew schnaubte ärgerlich, und Vanessa warf ihrer Mutter einen bitterbösen Blick zu. Sally trug ein knallrotes Kleid und edle Pumps, dazu einen Nerzmantel und riesige Diamantohrringe.

»Verzeih mir, Matt!«, zwitscherte sie. »Ich hoffe, ich störe nicht ... Ich konnte einfach nicht widerstehen. Ich wollte so gern, dass du die Jungs kennen lernst.«

Als Matthew die beiden Jungen zuletzt gesehen hatte, waren sie noch sehr klein gewesen. Aber er war nicht hier, um sich mit Sallys Söhnen zu beschäftigen, sondern mit seiner eigenen Tochter. Er begrüßte die beiden Kleinen mit einem warmen Lächeln und nickte dem Kindermädchen freundlich zu. Die Kinder konnten schließlich nichts dafür, dass sich ihre Mutter unmöglich benahm. »Ich glaube, Vanessa und ich wären jetzt gern ein wenig allein, Sally«, sagte er dann. »Wir haben uns sicherlich viel zu erzählen.«

»Natürlich! Das verstehe ich voll und ganz!«, flötete Sally, doch Matt bezweifelte das. Offenbar hatte sie Vanessas Zorn schon seit Wochen einfach ignoriert. Vanessa hatte ihrer Mutter noch immer nicht verziehen und hatte sich geschworen, das auch niemals zu tun.

»Ich dachte, vielleicht könnten wir alle morgen Abend zusammen essen gehen – wenn du noch nichts anderes vorhast«, schlug Sally vor und schenkte Matthew ein Lächeln, das er vor vielen Jahren als unwiderstehlich empfunden hatte. Doch inzwischen wusste er, dass sich hinter dieser lieblichen Fassade ein Haifisch verbarg, der jederzeit zubeißen konnte.

»Ich werde es dich wissen lassen«, antwortete er unbestimmt und führte Vanessa dann mit entschlossenem Schritt zu einem der Tische in der Empfangshalle. Einen Augenblick später beobachtete er, wie Sally, das Kindermädchen und die beiden Jungs das Hotel durch die Drehtür verließen und in eine wartende Limousine stiegen. Sally war eine reiche Frau – noch weitaus vermögender als zuvor. Und obwohl es oberflächlich betrachtet so aussehen mochte, als ob sie alles besaß – gutes Aussehen, Köpfchen, Geschmack und jeglichen Luxus –, fehlte ihr doch das Wichtigste: Herz.

»Es tut mir alles so Leid, Dad!«, murmelte Vanessa. Sie bewunderte ihren Vater dafür, dass er gerade derart ruhig geblieben war. Sie selbst hasste ihre Mutter mit all der Energie, die eine Sechzehnjährige aufbringen konnte. »Wir müssen morgen nicht mit ihr zu Abend essen«, fuhr Vanessa fort. »Ich würde viel lieber mit dir allein sein.«

»Das geht mir genauso«, erwiderte Matthew. »Ich habe kein Interesse daran, der Vertraute deiner Mutter zu werden, aber andererseits möchte ich mit ihr auch keinen Krieg führen.«

In den folgenden Stunden unterhielten sie sich wie unter Hochdruck miteinander. Matthew saugte jedes Wort Vanessas auf wie ein trockener Schwamm. Er wollte alles von seiner Tochter wissen: wer ihre Freunde waren, welche Schulfächer sie mochte, wovon sie träumte. Als Vanessa ihm gestand, wie sehr Robert und sie sich schon darauf freuten, das Weihnachtsfest mit ihm in Tahoe zu verbringen – ohne ihre Mutter –, war Matt überglücklich. Sally plante offenbar, zu Weihnachten mit ihren beiden jüngsten Kindern nach New York zu reisen, um dort Freunde zu besuchen. Es schien, als ob sie mit ihrem Leben nach Hamishs Tod nicht mehr viel anzufangen wusste und auf der Suche nach neuen Impulsen war.

Am nächsten Tag rief Sally Matthew abermals an und lud ihn noch einmal zum Dinner ein. Matt reagierte jedoch gar nicht darauf und schwärmte stattdessen von Vanessa.

»Sie hat sich in eine erstaunliche junge Frau verwandelt!«
»Vanessa ist ein liebes Mädchen«, stimmte Sally ihm zu.
»Matt, ich bin nur noch vier Tage in der Stadt ...«
Matthew schwieg, und Sally seufzte theatralisch. »Erzähl mir wenigstens, wie es dir geht! Wie lebst du so?«
»Mir geht es großartig, danke«, antwortete Matt knapp. Er verspürte keinerlei Bedürfnis, mit Sally sein Privatleben zu erörtern. »Hast du dich mittlerweile entschieden, ob du in Auckland bleiben willst?«
»Nein, noch nicht. Aber ich werde auf jeden Fall die Agentur verkaufen. Ich habe einfach keine Kraft mehr, Matt. Es ist an der Zeit, sich zur Ruhe zu setzen und sich was zu gönnen.«
»Klingt doch fabelhaft.«
»Ich nehme an, du bist noch immer als Künstler tätig? Du hast so ein unverschämtes Talent!«, schmeichelte sie. Dann zögerte sie einen Moment lang. Sobald sie weiterredete, klang sie kindlich und bedrückt. Matthew erinnerte sich daran, dass dies eine von Sallys Taktiken war, ihn zu etwas zu überreden. »Matt ...« Sie hielt erneut inne. »Ist es dir wirklich so zuwider, heute Abend mit uns zu essen? Ich möchte doch nur endlich das Kriegsbeil begraben ...«
»Das ist sehr nobel von dir«, sagte er müde. Sallys Art strengte ihn furchtbar an. »Trotzdem glaube ich nicht, dass ein gemeinsames Abendessen eine gute Idee ist. Ich wüsste nicht, worüber wir uns unterhalten sollten. Schlafende Hunde soll man nicht wecken ...«
»Ich würde dir gern begreiflich machen, wie Leid mir alles tut. Ich habe wirklich viel nachzuholen, nicht wahr?« Sie sprach leise und eindringlich und gab ihrer Stimme ein gewisses zaghaftes Timbre.
Am liebsten hätte Matt sie angefahren, dass sie mit dieser Masche bei ihm nicht landen konnte. Stattdessen sagte er kühl: »Du musst mir jetzt nichts mehr erklären, Sally. Dafür ist es längst zu spät.«

»Ich möchte mich einfach nur mit dir treffen. Vielleicht können wir Freunde werden.«
»Warum? Wir haben doch beide Freunde.«
»Wir haben zwei Kinder miteinander, Matt! Allein schon ihretwegen sollten wir uns zusammenraufen.«
Matthews Kiefermuskeln spannten sich an. Merkwürdigerweise war Sally dieser Gedanke innerhalb der vergangenen fünf Jahre offenbar kein einziges Mal gekommen. »Wozu soll das gut sein?«
»Wir waren fünfzehn Jahre verheiratet, und nun schaffen wir es noch nicht mal, eine vertrauensvolle Basis zu finden?«
»Es fällt mir schwer, jemandem zu vertrauen, der mich mit meinem Freund betrogen und mir absichtlich meine Kinder entfremdet hat.«
»Ich weiß, ich weiß. Ich habe viele Fehler gemacht«, sagte sie geziert. »Falls es dich tröstet – Hamish und ich waren niemals glücklich miteinander. Wir hatten viele Probleme.«
Matt lief ein kalter Schauer über den Rücken. Sally hatte ihn für einen Mann verlassen, mit dem sie unglücklich gewesen war? Warum hatte sie Hamish nur so überstürzt geheiratet? Wäre sie nicht so vorschnell gewesen, hätte sich womöglich alles anders entwickelt ... »Auf mich hat es immer den Eindruck gemacht, als ob ihr eine sehr harmonische Ehe führt. Und Hamish war dir und den Kindern gegenüber doch stets sehr großzügig.«
»Großzügig war er durchaus, aber zwischen uns stimmte die Chemie einfach nicht – nicht so wie zwischen dir und mir. Außerdem hat er gesoffen wie ein Loch, und das hat ihn ja schließlich auch umgebracht«, sagte Sally ohne jedes Mitgefühl. »Wir hatten in den letzten Jahren auch keinen Sex mehr.«
»Sally, hör auf damit! Das will ich alles gar nicht wissen!«, rief Matt aufgebracht. Der Gedanke, dass die Scheidung völlig unnötig gewesen war – dass sie noch

lange miteinander hätten glücklich sein können! –, saß ihm wie eine Pfeilspitze im Herzen.

»Entschuldige, ich habe vergessen, wie prüde du bist«, bemerkte Sally spitz. Matthew sprach zwar nicht gern über Sex, doch er war alles andere als prüde. Sally wusste das natürlich, doch sie wollte Matt aus der Reserve locken. In sexueller Hinsicht hatte sie ihn tatsächlich vermisst. Hamish war stets damit zufrieden gewesen, mit einer Flasche Wein und einem Porno ins Bett zu gehen.

»Wir sollten jetzt Schluss machen. Es ist vorbei, Sally. Wir können die Uhr nicht zurückdrehen.«

»Unsinn! Es ist nicht vorbei, und das weißt du ganz genau.«

Matthew zuckte zusammen. Sally hatte ihn an seinem wunden Punkt getroffen. Nach der Scheidung hatte er sich jahrelang gewünscht, Sally würde zu ihm zurückkommen. Gleichgültig, wie sehr sie ihn hintergangen hatte – seine Gefühle für sie waren nicht verschwunden. Bis zu dem Tag, als er Ophélie kennen gelernt hatte. Oder liebte er Sally womöglich noch immer und wollte sich das nicht eingestehen?

»Red nicht so einen Quatsch!«, rief er wütend – vor allem, um sich selbst von der Unsinnigkeit ihrer Worte zu überzeugen. »Das mit uns beiden ist Geschichte!«

»Matt, bitte ...«, flüsterte Sally. Sie hatte Matt aus ihrem Leben verbannt, doch ihr Verlangen nach ihm war noch immer sehr stark.

»Wir können uns auch morgen zu zweit auf einen Drink treffen. Ich will dich einfach nur sehen! Warum sträubst du dich so dagegen?«

Matthew stöhnte. Obwohl er sich selbst dafür hasste, fühlte er sich mit einem Mal versucht, Sallys Angebot anzunehmen.

»Wir haben uns doch erst gestern gesehen«, wandte er schwach ein.

»Nein, du hast mich nicht wirklich wahrgenommen, nur Hamishs Witwe.«

»Das ist doch das Gleiche ...«

»Nein, keineswegs. Und das ist dir auch klar, Matt.«

Es entstand eine Pause, und die Stille war ohrenbetäubend. Matthew hätte schreien mögen. Sally raubte ihm den letzten Nerv. Sie schaffte es immer wieder, ihm ihren Willen aufzuzwingen, denn sie wusste, welche Knöpfe sie bei ihm drücken musste.

»Also gut – wenn du dann endlich Ruhe gibst!«, knurrte er. »Aber nicht länger als eine halbe Stunde! Wir begraben das Kriegsbeil, und dann verschwindest du wieder aus meinem Leben, verstanden?« Es war kaum zu fassen. Sally hatte ihn ein weiteres Mal rumgekriegt.

»Danke, Matt«, säuselte sie. »Morgen Abend um sechs in meiner Suite? Dort können wir uns in aller Ruhe unterhalten.«

»Bis dann«, sagte Matthew ungehalten, zornig darüber, dass er nachgegeben hatte.

Sally legte auf und lächelte. Eine halbe Stunde reichte für das, was sie vorhatte, vollkommen aus. Morgen Abend würde sich alles ändern.

## 24

Am darauf folgenden Tag machte sich Matthew zeitig auf den Weg nach San Francisco und war eine Viertelstunde zu früh im Ritz. Unruhig schritt er in der Halle auf und ab, blickte immer wieder auf die Uhr und wünschte sich, er wäre nicht hergekommen. Doch es war wichtig, Sally noch einmal gegenüberzutreten und ein für alle Mal herauszufinden, was er für sie empfand. Um Punkt sechs Uhr stand er vor Sallys Suite und klopfte an die Tür. Sally, bekleidet mit einem eng anliegenden schwarzen Kleid und hohen, sexy Stiefeln, öffnete prompt. Matthew konnte nichts dagegen tun, dass sein Blick anerkennend an ihrer atemberaubenden Figur hinabwanderte. Sally war eine spektakuläre Erscheinung.

»Hi Matt«, sagte sie betont locker und bat ihn herein. Sie bot ihm einen Platz auf der Couch und einen Martini an, sie hatte nicht vergessen, dass er diesen Drink besonders gern mochte. Nachdem sie sich ebenfalls eingeschenkt hatte, setzte sie sich Matt gegenüber auf einen Sessel. In den ersten Minuten waren beide ziemlich verlegen, doch der Martini half ihnen schon nach kurzer Zeit, sich ein wenig zu entspannen.

»Warum hast du eigentlich nicht wieder geheiratet?«, fragte Sally in beiläufigem Tonfall und spielte verführerisch mit ihrer Olive.

»Nach dir hatte ich von Frauen erst mal die Nase voll«, erwiderte Matt trocken. Gleichzeitig konnte er aber nicht umhin, Sallys Beine zu bewundern. Sie waren ebenso wohlgeformt wie früher, und der kurze Rock des Kleides verbarg kaum etwas von ihnen. Matt stellte mit Erschrecken fest, wie sehr er sich noch immer zu Sally hingezogen fühlte. »Ich habe in den vergangenen zehn Jahren sehr zurückgezogen gelebt«, fuhr er mit heiserer Stimme fort. »Beinahe wie ein Eremit.«

»Warum tust du dir das nur an?«

»Es war meine freie Entscheidung. Ich wohne am Strand, und ich male. Hin und wieder freunde ich mich mit Kindern und ihren Hunden an, die vorbeikommen.« Er lächelte still in sich hinein und erinnerte sich daran, wie er Pip kennen gelernt hatte – und wie sich Ophélie aufgeregt hatte, als sie von ihrer Freundschaft Wind bekam ... Die Erinnerung rüttelte Matt plötzlich auf. Ophélie war zehn Mal so attraktiv wie Sally – und ganz gewiss ein viel wertvollerer Mensch.

»Hast du je daran gedacht, nach New York zurückzugehen?« Sally, die in Auckland niemals wirklich heimisch geworden war, spielte selbst mit dem Gedanken, wieder an die Ostküste zu ziehen.

»Niemals!«, antwortete Matt entschieden. »Das liegt hinter mir, wie so vieles ...« Der Gedanke an Ophélie hatte ihn daran gemahnt, Sally gegenüber wachsam zu sein. Sie legte es zweifellos darauf an, ihn erneut um den kleinen Finger zu wickeln. Doch wohin sollte das alles führen?

»Wie wäre es mit Paris oder London?«

»Falls ich das Leben am Meer irgendwann einmal leid sein sollte, wäre Europa sicherlich eine interessante Alternative. Aber momentan fühle ich mich sehr wohl in Safe Harbour. Außerdem studiert Robert in der Nähe, ein weiteres Argument für Kalifornien.« Vanessa hatte ihm zudem erzählt, sie wolle in zwei Jahren ebenfalls ein Studium in den Staaten aufnehmen, höchstwahrscheinlich sogar auch in Kalifornien.

»Ich bin überrascht, dass dich dieses Einsiedlerdasein nicht langweilt, Matt. Früher warst du doch gern unter Leuten.«

Als kreativer Kopf der größten Werbeagentur von New York hatte Matthew jahrelang ganz oben auf jeder Gästeliste gestanden. Um ihre zahlreichen wichtigen Kunden bei Laune zu halten, hatten er und Sally darüber hinaus mehrere Male im Jahr eine Jacht gechartert, um dort glamouröse Partys und Empfänge auszurichten. Doch Matthew verspürte bei dem Gedanken daran keinerlei Sehnsucht. Dieses Leben war längst Vergangenheit, und er weinte ihm keine Träne nach.

»Wahrscheinlich bin ich inzwischen einfach erwachsen geworden.«

»Du siehst keinen Tag älter aus als damals«, gurrte Sally, fuhr sich verführerisch durchs Haar und schürzte die Lippen. Matt ließ sie dabei nicht aus den Augen, doch sie stellte ernüchtert fest, dass ihre Taktik auf ihn nicht die gewünschte Wirkung zu haben schien. Matt lehnte sich zurück und nahm – anscheinend völlig unbeeindruckt – noch einen Schluck Martini.

»Danke sehr, du auch nicht.« Sallys Reize ließen Matt ganz und gar nicht kalt, doch er würde den Teufel tun, sich das anmerken zu lassen. Tatsächlich sah Sally besser aus denn je. Die zusätzlichen Kilo standen ihr hervorragend, sie betonten ihre weiblichen Formen. »Was hast du nun vor? Bleibst du in Neuseeland?«, fragte Matt schließlich.

»Ich bin mir noch nicht sicher. Hamish ist ja gerade erst beerdigt worden ...« Sally brachte es fertig, bei diesen Worten ihre Unterlippe zittern zu lassen. Aber Matt fiel nicht auf ihre Vorstellung der trauernden Witwe herein. Er wusste genau, wie sich eine Frau verhielt, die unter dem Tod ihres Mannes litt – er hatte es in den vergangenen Monaten bei Ophélie mitbekommen. Sally hingegen wirkte eher wie eine aus dem Gefängnis entlassene Schwerverbrecherin, die sich ihrer wiedererlangten Freiheit freute.

»Ich bin so einsam, Matt«, jammerte Sally und schnäuzte sich dezent in ein Papiertaschentuch. »Ich weiß, es ist wahrscheinlich verrückt, aber ich habe mich gefragt ...« Ihre Augen bohrten sich in seine. Sie musste den Satz nicht beenden. Matthew kannte sie gut genug, um zu wissen, worauf sie hinauswollte.

»... ob wir es noch einmal miteinander versuchen könnten«, vollendete Matt ihren Satz. Nachdenklich starrte er in sein Glas, und Sally nickte heftig. »Ich habe so lange davon geträumt, dass du mir diesen Vorschlag machst«, fuhr er fort. »Ich glaube, tief in meinem Herzen habe ich immer gehofft, dass du irgendwann zu mir zurückkommst. Und nun ist dieser Traum zum Greifen nah. Aber weißt du was?«

»Was?« Sally beugte sich gespannt vor. Sie hing geradezu an Matthews Lippen.

»Mittlerweile sehe ich das alles anders. Versteh mich nicht falsch, du bist eine bildschöne Frau, und wenn ich noch drei oder vier Martini trinke, lande ich höchstwahrscheinlich mit dir im Bett ... Doch was dann? Du bist immer noch du, und ich bin immer noch ich. Alles, was uns auseinander gebracht hat, steht nach wie vor zwischen uns. Wenn wir tatsächlich wieder zusammen wären, würde ich dich wahrscheinlich über kurz oder lang zu Tode langweilen. Und du wärst mir viel zu anstrengend und gingst mir schrecklich auf den Wecker.« Matt erwähnte nicht, dass er Sally außerdem für intrigant, bösartig und egozentrisch hielt. Er wollte keinen Streit. »Die Wahrheit ist: Egal, wie sehr ich dich mal geliebt habe, ich will nie wieder etwas mit dir anfangen. Ich wünsche mir eine Frau, die mich aufrichtig liebt, und ich bin mir nicht sicher, ob du das jemals getan hast. Liebe ist kein Objekt, über das man verhandeln kann, sondern ein Geschenk.« Matthew sprach völlig ruhig und blickte Sally offen in die Augen.

»Du warst schon immer viel zu romantisch«, tadelte sie ihn und strich sich irritiert eine Strähne ihres blonden Haars aus dem Gesicht. So hatte sie sich den Verlauf des Abends nicht vorgestellt.

»Und du bist kein bisschen romantisch!«, konterte er.

»Womöglich ist genau das unser Problem. Mir sind die Gefühle in einer Partnerschaft am wichtigsten, während du immer die praktischen Dinge im Blick hast. Kaum, dass du den einen Mann unter die Erde gebracht hast, buddelst du den alten wieder aus ...« Matt räusperte sich. Er wollte eigentlich nicht zynisch werden oder Sally Vorhaltungen machen, doch der letzte Satz war ihm einfach so rausgerutscht.

Sally überging seinen Kommentar. »Wie wäre es mit einer Affäre?«, fragte sie ungerührt.

Matthew betrachtete Sally eindringlich und fühlte unendliches Mitleid in sich aufsteigen. Seufzend sagte er: »Früher oder später würdest du einen aufregenderen, reicheren oder jüngeren Kerl finden und mir wieder die kalte Schulter zeigen.«

Sally schwieg, schenkte sich ärgerlich Martini nach – bereits zum dritten Mal – und trank das Glas in einem Zug aus. Matt hatte von seinem Drink nur ein paar Schlucke genommen. Offenbar war er nicht nur über Sally, sondern auch über den ausgiebigen Genuss von Martini hinweg.

»Was sollen wir also deiner Meinung nach tun?«, fragte Sally in angesäuertem Ton.

»Wir tun genau das, was wir vorhatten: Wir begraben das Kriegsbeil, wünschen uns gegenseitig Glück und gehen unserer Wege. Du solltest nach New York ziehen, ein bisschen Spaß haben, dir einen neuen Ehemann suchen und deine Kinder großziehen. Auf Vanessas oder Roberts Hochzeit sehen wir uns dann wieder.«

»Aber was wird aus dir, Matt? Willst du etwa in deiner Bude am Strand verrotten?«

»Vielleicht. Mir gefällt es dort.«

»Meine Güte! Du redest wie ein alter Tattergreis! Wahrscheinlich sitzt du den ganzen Tag über in einem Schaukelstuhl auf der Veranda und starrst nachdenklich aufs Meer ...«

Matt schmunzelte, denn das tat er wirklich hin und wieder. Sallys völliges Unverständnis für diese Art von Entspannung bestärkte ihn in seiner Absage.

»Gibt es eine andere Frau?«, fragte Sally schrill.

»Das tut nichts zur Sache. Wenn ich dich noch lieben würde, ließe ich sofort alles stehen und liegen. Aber das ist nicht der Fall, Sally. Ich war jahrelang davon überzeugt, dass ich niemals aufhören würde, dich zu lieben, aber ich begreife langsam, dass es lediglich sentimentale Erinnerungen waren, die mich an dich gefesselt haben. Und von diesen Fesseln werde ich mich nun befreien. Sobald ich durch diese Tür gehe« – er wies mit dem Kopf in Richtung des Eingangs – »lasse ich alles hinter mir und fange von vorn an.« Mit diesen Worten stand er auf, beugte sich zu ihr hinab, küsste sie auf die Stirn und steuerte auf die Tür zu. Dann drehte er sich noch einmal zu ihr um und sah sie ein letztes Mal an.

»Leb wohl, Sally«, sagte er sanft. »Viel Glück.« Damit wandte er sich endgültig um.

»Ich hasse dich!«, rief sie ihm hysterisch nach, doch Matt reagierte nicht darauf. Lächelnd öffnete er die Tür, trat hinaus und schloss sie hinter sich. Es war vorbei. Der Bann war gebrochen. Von nun an gehörte Sally der Vergangenheit an.

# 25

Am Tag vor Heiligabend war Matthew bei Pip und Ophélie zu Gast. Sie wollten schon an diesem Tag ihre Weihnachtsgeschenke austauschen und ein wenig zusammen feiern. Der Tannenbaum war festlich geschmückt, und Ophélie hatte darauf bestanden, zum Dinner Gänsestopfleber und Buttercremekuchen zu servieren, wie es in Frankreich an Weihnachten Tradition war.

In der vergangenen Woche hatten Matthew und Ophélie kaum Zeit gefunden, sich ausführlich miteinander zu unterhalten. Matt hatte Ophélie gegenüber noch nichts von dem Treffen mit Sally erwähnt – und das, obwohl er sich seit diesem Tag wie beflügelt fühlte. Er hatte sich selbst von einer schweren Last befreit und strahlte eine außergewöhnliche Ruhe und Zufriedenheit aus. Ophélie warf ihm immer wieder neugierige Blicke zu, denn sie hatte sofort bemerkt, dass irgendetwas an Matthew anders war als zuvor.

Die Bescherung sollte um neun Uhr stattfinden, doch Pip konnte noch nicht einmal bis nach dem Abendessen warten. Sie hatte sich schon seit Tagen darauf gefreut, Matthews Gesicht zu sehen, wenn er ihr Geschenk auspackte. Mit geröteten Wangen übergab sie ihm ihr Präsent schon am späten Nachmittag. Aufgeregt sprang sie vor ihm auf und ab, klatschte in die Hände und beobachtete, wie Matt den Karton von dem Papier befreite. Sobald Matthew erkannte, um was es sich handelte, brach er in schallendes Gelächter aus. In dem Karton befanden sich riesige, zottelige Bibo-Hausschuhe.

»Die sind der Wahnsinn!«, rief er und umarmte Pip stürmisch. Er zog die Schuhe sofort an, und sie passten wie angegossen. »In Tahoe tragen wir alle drei diese Schuhe! Ihr müsst eure unbedingt mitbringen!«

Pip versprach es ihm. Nun wollte Matt seiner kleinen

Freundin ebenfalls sein Geschenk überreichen. Er ging hinaus und kam kurz darauf mit einem prächtigen Fahrrad zurück. Pip fand vor Begeisterung kaum Worte. Sie stieg sofort auf und fuhr mit dem Rad quer durchs Wohnzimmer. Ophélie fürchtete jedoch um ihr teures Porzellan auf dem Tisch und scheuchte Pip nach draußen.

»Wie steht es mit dir?«, fragte Matthew Ophélie, als sie wenig später mit zwei Gläsern Weißwein anstießen. »Bist du bereit für dein Geschenk?« Er wusste, dass sein Präsent möglicherweise unliebsame Erinnerungen heraufbeschwor, doch er hoffte inständig, dass Ophélies Freude überwiegen würde. Er übergab ihr das Paket, und sie nahm es neugierig entgegen. Ungeduldig riss sie das Papier auf, und dann fiel ihr Blick auf das Gemälde. Ophélie schnappte nach Luft, und ihre Hand fuhr an den Mund. Es war ein Porträt von Chad. Ein wunderbares, lebensechtes Abbild ihres Sohnes. Sie fiel Matthew um den Hals und begann hemmungslos zu weinen.

»O Matt ... vielen Dank ... danke ...« Sie konnte den Blick kaum von dem gelungenen Porträt abwenden. Es schien, als ob Chad ihr plötzlich lächelnd gegenüberstünde. Das Bild machte ihr zwar schmerzhaft bewusst, wie sehr sie ihren Sohn noch immer vermisste, doch gleichzeitig tat es unglaublich gut, ihm auf diese Weise wieder in die Augen sehen zu können.

»Wie hast du das nur hingekriegt? Du kanntest ihn doch gar nicht ...«

Matthew zog die Fotografie von Chad, die er vor einigen Wochen aus Ophélies Wohnzimmer stibitzt hatte, aus seiner Tasche hervor. »Entschuldige bitte. Ich habe wohl eine kleptomanische Ader.«

Ophélie musste lachen. »Wochenlang habe ich nach dem Bild gesucht! Ich dachte schon, Pip hätte es genommen ...« Sie platzierte das Foto wieder auf dem Tisch neben dem Kamin, wo es zuvor gestanden hatte. »Matthew, wie kann ich dir das jemals wieder gutmachen?«

»Das musst du nicht. Ich liebe dich, und ich bereite dir gern eine Freude.« Matthew lag noch mehr auf der Zunge – wenn in diesem Moment nicht die Tür aufgeflogen wäre und Pip auf ihrem Fahrrad das Zimmer gestürmt hätte. Mousse lief bellend hinter ihr her.
»Mein Fahrrad ist das tollste der Welt!«, rief sie und kollidierte beinahe mit dem Esszimmertisch. Mit quietschenden Bremsen kam sie schließlich direkt vor Matthew und Ophélie zum Stehen. Als ihr Blick auf das Porträt von Chad fiel, weiteten sich ihre Augen.
»Das ... es sieht ihm so ähnlich!«, stammelte sie.
Ophélie ergriff die Hand ihrer Tochter und zusammen betrachteten sie das Bild eine Zeit lang schweigend. Dann bemerkte Ophélie den verbrannten Geruch, der aus der Küche kam, sie sprang mit einem Schrei auf und rannte hinaus.
Matthew und Pip setzten sich grinsend an den Tisch, und Ophélie präsentierte ihnen wenig später den äußerst knusprigen Gänsebraten sowie die Leberpastete. Trotz des ein wenig misslungenen Essens verbrachten sie einen wunderbaren Abend. Gleich nachdem Pip zu Bett gegangen war, gab Ophélie Matthew ihr Geschenk: eine Armbanduhr ihres Vaters aus den Fünfzigerjahren – ein Familienerbstück, das Chad irgendwann erhalten hätte. Matthews gerührter Gesichtsausdruck verriet Ophélie, dass er dieses Geschenk zu schätzen wusste.
»Ich weiß nicht, was ich sagen soll!« Er küsste Ophélie auf die Wange. »Ich liebe dich.«
»Ich liebe dich auch, Matt ... frohe Weihnachten«, flüsterte sie und lehnte sich glücklich an ihn.

Heiligabend war für Pip und Ophélie ein unangenehmer Tag. Trotz all ihrer Bemühungen um eine fröhliche Stimmung wanderten ihre Gedanken immer wieder zu jenen beiden Menschen, die nicht mehr bei ihnen waren. Die Abwesenheit von Ted und Chad – und auch von

Andrea – wurde ihnen erneut schmerzlich vor Augen geführt, und die Stille im Haus war kaum zu ertragen. Pip und Ophélie waren froh, als sich der Tag endlich dem Ende neigte. Schon am nächsten Morgen würden sie nach Tahoe fahren, um mit Matthew und seinen Kindern zu feiern.

Nachdem Pip eingeschlafen war, lag Ophélie noch lange wach und dachte an Matt. Sie war niemals zuvor einem liebenswürdigeren, umsichtigeren und attraktiveren Mann begegnet. Es war unbestreitbar, dass sie sich in ihn verliebt hatte, doch sie wusste noch immer nicht, wie sie sich ihm gegenüber verhalten sollte. Seit Thanksgiving hatte sie den Glauben an die Liebe verloren. Es schien, als ob eine Partnerschaft unausweichlich in Enttäuschung und Schmerz endete – und Ophélie wollte so etwas nie wieder erleben, ganz egal, wie zuverlässig Matthew auch war.

Pip und Ophélie machten sich am folgenden Morgen gut gelaunt auf den Weg nach Tahoe. Matthew hatte ein elegantes, großes Haus gemietet – extra mit zwei Schlafzimmern für Ophélie und Pip.

Als sie ankamen, waren Vanessa und Robert auf der Piste, und Matthew empfing sie mit heißem Kakao und einer Platte Sandwiches. In seinem grauen Strickpullover und der lässigen Jeans sah er geradezu unverschämt gut aus, wie Ophélie feststellte.

»Habt ihr an die Kermit- und Grobi-Schuhe gedacht?«, fragte Matthew als Erstes.

»Natürlich!«, rief Pip.

»Ich habe meine Bibo-Pantoffeln auch dabei.«

Sie grinsten sich an, und ohne ein weiteres Wort zogen Matthew, Pip und Ophélie ihre lustigen Hausschuhe an und spazierten lachend vor dem Kamin auf und ab.

Kurz darauf trafen Matthews Kinder ein. Ophélie fiel sogleich auf, wie hübsch Vanessa war. Mit einem warmen Lächeln streckte sie ihr die Hand entgegen. Vanessa strahlte sie an. Die Freundin ihres Vaters war ihr auf Anhieb sympathisch, sie machte einen herzensguten Eindruck. Dann begrüßte Vanessa Pip. Das kleine Mädchen mit den faszinierenden bernsteinfarbenen Augen schien aufgeweckt und unkompliziert zu sein.

Als Vanessa ihrem Vater später bei den Vorbereitungen für das Abendessen half, sagte sie: »Ich kann gut verstehen, warum du Ophélie so gern magst, Dad. Sie ist wirklich ein außergewöhnlicher Mensch. Aber manchmal sieht sie furchtbar traurig aus – sogar wenn sie lächelt. Man will sie am liebsten auf der Stelle in den Arm nehmen.«

Matt nickte. Ihm ging es ebenso.

»Und Pip ist einfach einmalig!«, fügte Vanessa hinzu. »Sie ist sehr weit für ihr Alter ...«

Bevor die Nacht anbrach, hatten sich die beiden Mädchen miteinander angefreundet, und Vanessa bot Pip an, in ihrem Zimmer zu schlafen. Pip war begeistert. Sie fand Vanessa »supercool«.

Nachdem die Mädchen und Robert im Bett verschwunden waren, saßen Ophélie und Matthew noch stundenlang vor dem Kamin. Sie unterhielten sich über Musik und Kunst, über die neuesten politischen Entwicklungen, ihre Kinder und ihre Träume. Sie wollten sich noch viel besser kennen lernen und möglichst alles vom anderen erfahren. Als sie gerade beschlossen hatten, schlafen zu gehen, zog Matthew Ophélie noch einmal an sich und küsste sie leidenschaftlich. Er mochte sich kaum von ihr trennen – andererseits achtete er noch immer darauf, sie keinesfalls zu bedrängen. Er fragte sich, ob sie ahnte, wie sehr er sich danach sehnte, die Nacht mit ihr zu verbringen.

Am folgenden Morgen verließen die fünf gemeinsam das Haus und reihten sich in die Schlange vor dem Skilift ein, der nicht weit vom Haus entfernt lag. Robert hatte am Tag zuvor zufällig ein paar Freunde vom College getroffen, mit denen er heute auf einer Hütte verabredet war. Vanessa und Pip wollten zu zweit die Pisten unsicher machen, und so blieben Ophélie und Matt schließlich allein zurück.

»Ich bin dir bestimmt nur ein Klotz am Bein«, sagte Ophélie. Sie trug einen engen schwarzen Skianzug und eine dicke Wollmütze, mit der sie einfach zum Anbeißen aussah, wie Matthew fand.

»Das bist du nicht!«, beteuerte Matthew. »Ich habe seit fünf Jahren nicht auf Skiern gestanden. Wahrscheinlich wirst du mich ganz schnell abhängen!«

Wie sich herausstellte, standen sie sich in ihren Fähigkeiten auf den Brettern in nichts nach. Es wurde ein entspannter, angenehmer Vormittag. Gegen Mittag trafen sie sich mit den Kindern zum Lunch, und alle erzählten einander, wie viel Spaß sie gehabt hatten. Während Robert und die Mädchen auch den gesamten Nachmittag auf der Piste verbrachten, gingen Matt und Ophélie zusammen spazieren. Doch als es zu schneien begann, kehrten sie nach Hause zurück.

Matthew entfachte ein Feuer im Kamin, und Ophélie legte eine CD auf. Dann machten sie es sich mit zwei Bechern heißem Tee auf der Couch gemütlich. Ophélie stellte abermals fest, wie gern sie mit Matthew zusammen war, und sagte ihm das auch.

»Mir geht es mit dir genauso«, erwiderte Matt sanft. Er fand, dass dies der passende Augenblick war, um Ophélie von dem Treffen mit Sally zu berichten. In knappen Worten schilderte er ihr daraufhin, was in Sallys Suite geschehen war.

»Hat dich ihr Angebot denn in keiner Weise gereizt?«, wollte Ophélie wissen, nachdem er geendet hatte, und warf Matt einen forschenden Blick zu.

»Ich will ehrlich sein: Sallys freizügiges Outfit und ihr erotisches Gebaren haben mich nicht kalt gelassen, aber die Versuchung war nicht so groß, wie ich selbst be-

fürchtet hatte. Die ganze Situation war irgendwie merkwürdig und eigentlich nur traurig. Sally hat sich mir regelrecht an den Hals geworfen. Aber ich begehrte sie nicht, sie tat mir einfach nur Leid.«
Ophélie war erleichtert. »Warum hast du mir bisher noch nichts davon erzählt?«
»Ich musste die ganze Geschichte erst einmal verdauen. Es war eine gute Entscheidung, Sally allein zu treffen und die Sache endlich zu klären. Zum ersten Mal seit zehn Jahren fühle ich mich frei.«
»Das freut mich«, sagte Ophélie leise und wünschte sich, sie könnte die Erinnerungen an ihre Ehe ebenfalls einfach hinter sich lassen. Doch sie hatte keine Gelegenheit mehr, sich mit ihrem Mann auseinander zu setzen und somit für sich selbst einen Schlussstrich zu ziehen.
Als die Kinder an diesem Tag vom Skifahren nach Hause kamen, empfing Ophélie sie mit einem opulenten Abendessen. Später saßen sie alle um den Kamin herum und unterhielten sich. Vanessa schwärmte von den Jungs in ihrer Schule. Mit einigen von ihnen war sie bereits ausgegangen. Pip stellte ihr unablässig Fragen und streifte sie immer wieder mit bewundernden Blicken. Robert konnte es sich indessen nicht verkneifen, seine Schwester ein wenig aufzuziehen, und Matthew und Ophélie schmunzelten. Als Außenstehender hätte man meinen können, man beobachte eine ganz normale Familie, mit zwei Erwachsenen und drei Kindern, die einander sehr verbunden waren.
Matthew und Ophélie verschwanden irgendwann in der Küche, um Tee zu kochen.
»Ist es nicht harmonisch bei uns?«, fragte Matthew lächelnd, und Ophélie nickte. Er wünschte, dieser Abend würde niemals enden. Die Behaglichkeit und das liebevolle Miteinander, das seit dem ersten Tag zwischen ihnen geherrscht hatte, war genau das, wonach er sich in den vergangenen Jahren geradezu verzehrt hatte. Falls

Ophélie ihre Ängste überwand, war ein neues, wundervolles Familienleben zum Greifen nahe ...

Am Silvesterabend besuchten sie ein nahe gelegenes Restaurant und gingen anschließend zu einer Party in einem Hotel. Die Feiernden dort trugen größtenteils noch ihre Skikleidung, und nur einige wenige hatten sich, so wie Matt und Ophélie, in Schale geworfen. Ophélie trug ein schickes schwarzes Kostüm und einen passenden Hut. Matthew mochte es, wie sie sich kleidete, und konnte den Blick kaum von ihr abwenden.

Ophélie erlaubte ihrer Tochter an diesem Abend ausnahmsweise, ein Glas Champagner zu trinken, und Pip war ganz aus dem Häuschen – und später ein bisschen beschwipst. Als die Uhr zwölf schlug, fielen sich alle in die Arme, küssten sich auf beide Wangen und wünschten sich ein frohes neues Jahr.

Später in dieser Nacht saßen Matt und Ophélie aneinander gekuschelt vor dem Kamin und blickten verträumt in das nur noch schwach glimmende Feuer. Matthew hatte das Gefühl, noch niemals in seinem Leben so glücklich gewesen zu sein, und auch Ophélie war von einer tiefen inneren Ruhe erfüllt. Der Schmerz und die Enttäuschungen des letzten Jahres waren innerhalb der vergangenen Tage nach und nach von ihr abgefallen.

»Zufrieden mit dem Silvesterfest?«, fragte Matthew.

Die Kinder waren bereits ins Bett gegangen. Pip schlief wie immer in den letzten Tagen bei ihrer neuen Freundin im Zimmer. Sie himmelte sie an wie eine ältere Schwester, und da Vanessa ausschließlich Brüder hatte, war es auch für sie eine spannende Erfahrung, mit Pip zusammen zu sein.

»Zufrieden ist gar kein Ausdruck. Es war ein wunderschöner Abend!«, erwiderte Ophélie.

Matthew beugte sich zu ihr hinab und küsste sie, und dieser Kuss war tiefer und leidenschaftlicher als all ihre bisherigen. Seine Hände fuhren vorsichtig über Ophé-

lies Rücken, ihren Nacken und durch ihr Haar, und Ophélie spürte, wie sehr er sie begehrte. Seit Teds Tod hatten sich Ophélies sexuelle Gelüste in einer Art Winterschlaf befunden, doch Matthews Hände erweckten sie nun zu neuem Leben.
»Wenn uns jetzt jemand erwischt, kriegen wir riesigen Ärger«, flüsterte Matthew.
Ophélie kicherte und kam sich vor wie ein junges Mädchen.
Matthew holte tief Luft. Es erforderte all seinen Mut, Ophélie die nächste Frage zu stellen, doch es schien der richtige Augenblick zu sein, und sein Verlangen nach ihr war inzwischen übermächtig. »Kommst du mit mir in mein Schlafzimmer?«, raunte er.
Ophélie blickte ihn lange an und nickte schließlich. Matt stieß erleichtert die Luft aus. Seit Wochen sehnte er sich danach, Ophélie seine Liebe auf diese Weise zeigen zu können.
Sie erhoben sich. Matt nahm Ophélies Hand, und auf Zehenspitzen huschten die beiden durch den Flur, um die Kinder nicht zu wecken. Sobald sie in Matthews Zimmer waren, schloss er die Tür und verriegelte sie. Dann nahm er Ophélie in den Arm, hob sie hoch und trug sie zu seinem Bett hinüber, wo er sie vorsichtig auf die Kissen bettete. Anschließend legte er sich neben sie.
»Ich liebe dich so sehr, Ophélie«, hauchte er und begann, Ophélie behutsam auszuziehen. Innerhalb von einer Minute entledigten sie sich ihrer Kleidung und krochen unter die Decke.
»Ich liebe dich auch, Matthew«, flüsterte Ophélie mit bebender Stimme. Sie zitterte am ganzen Körper, und Matthew zog sie vorsichtig an sich. Er spürte, dass sie furchtbare Angst hatte. Wie konnte er sie nur beruhigen? Alles, was er wollte, war, sie glücklich zu machen.
»Es ist alles okay, Liebling. Bei mir bist du sicher … Dir wird nichts Schlimmes geschehen, das verspreche ich

dir.« Er küsste sie zärtlich und schmeckte die Tränen, die ihr über die Wangen liefen. »Ich würde dir niemals wehtun ... Vertrau mir.«

Das tat Ophélie, doch sie misstraute dem Schicksal. Es fand gewiss einen Weg, ihr Schmerz zuzufügen und ihre Liebe zu zerstören. Matthew würde sie irgendwann betrügen, verlassen – oder sterben ...

»Matt, nicht ...«, flüsterte sie gepresst. Sie konnte nicht mit ihm schlafen – konnte ihn nicht so nah an sich heranlassen. Der Gedanke, sich ihm zu öffnen und dadurch verletzlich zu sein, versetzte sie in Panik.

»Es ist schon in Ordnung. Ich liebe dich«, wiederholte er leise. »Wir können warten ... Es besteht kein Grund zur Eile.«

Ophélie schluckte. Es tat ihr unendlich Leid, Matthew derartig enttäuschen zu müssen. Doch sie war einfach noch nicht so weit, und vielleicht würde sie niemals so weit sein ...

Lange Zeit hielt Matt sie nun schweigend im Arm und spürte ihre warme Haut an seiner. Sein Verlangen nach ihr war größer denn je, aber er würde sich in Geduld üben. Ophélie einfach nur berühren zu dürfen war schon ein großes Geschenk.

Als sich Ophélie Stunden später aus Matthews Armen löste, dämmerte es bereits. Sie hatten die ganze Nacht über eng umschlungen dagelegen und dem Herzschlag des anderen gelauscht. Ophélie zog sich nun leise an, und ihre Nacktheit war ihr keineswegs peinlich. Sie küsste Matthew noch einmal innig, dann schlüpfte sie hinaus und eilte in ihr Zimmer. Sie wollte noch ein wenig schlafen.

Nach zwei Stunden wachte sie jedoch mit einem unguten Gefühl im Magen wieder auf. Sie schämte sich Matt gegenüber für ihr Verhalten. Nachdem sie mit ihm auf sein Zimmer gegangen war, hatte er doch annehmen müssen, sie wolle ihn ebenso sehr wie er sie ...

Sie stand auf, duschte rasch und zog sich in Windeseile an. Wie ein unreifer Teenager hatte sie sich aufgeführt, und dafür musste sie sich bei Matthew entschuldigen. Als sie nach unten kam, war er damit beschäftigt, Frühstück zu machen. Er blickte auf und lächelte sie voller Zuneigung an. Dann kam er auf sie zu und legte den Arm um sie, und in diesem Moment wusste Ophélie, dass er ihr die Zurückhaltung nicht übel nahm. Im Gegenteil – in der vergangenen Nacht hatten sie eine neue Stufe der Intimität erklommen.

Sie verbrachten den Tag mit den Kindern auf der Piste und verloren kein Wort über die Vorkommnisse. Am Abend gab es ein großes Abschiedsessen. Vanessa würde am folgenden Tag wieder nach Auckland fliegen, und Pip und Ophélie kehrten zurück nach San Francisco. In zwei Tagen ging für Pip die Schule wieder los. Robert hatte noch zwei Wochen Ferien und plante einen Kurztrip mit einigen Freunden.

Matthew würde ebenfalls am nächsten Tag nach Hause fahren. Sie hatten eine wunderbare Woche zusammen verbracht. Zwischen Ophélie und ihm war zwar noch vieles unausgesprochen, doch Matt war sich sicher, dass sie früher oder später zueinander finden würden.

Auch Ophélie dachte unablässig darüber nach, was geschehen war – oder eben nicht geschehen war. Ihr war klar: Wenn Matt sie letzte Nacht gedrängt hätte, wäre ihre aufkeimende Beziehung zerstört worden. Doch Matthew war ein kluger Mann und hatte das Richtige getan. Ophélie zweifelte nicht daran, dass er sie aufrichtig liebte.

Als sie sich am Morgen darauf voneinander verabschiedeten, machten sie sich keinerlei Versprechungen. Die Liebe zwischen ihnen war noch jung und benötigte Zeit zu wachsen. Doch beide hofften auf eine gemeinsame Zukunft.

## 26

Nachdem Matthew Vanessa am Flughafen abgesetzt hatte, fuhr er zu Pip und Ophélie, die inzwischen zu Hause angelangt waren. Der Abschied von seiner Tochter war ihm nicht leicht gefallen, und es würde ihm gut tun, mit Ophélie einen Kaffee zu trinken und ein bisschen zu plaudern. Dann würde er schweren Herzens wieder in seinen Bungalow am Strand zurückkehren, in sein einsames Einsiedlerleben. Die Tage in Tahoe hatten ihm mehr als deutlich vor Augen geführt, wie sehr er sich nach einem harmonischen Familienleben sehnte.

Als er nun das Wohnzimmer betrat, fiel ihm sogleich auf, dass Ophélie die Porträts von Pip und Chad an einem Ehrenplatz aufgehängt hatte.

»Dort kommen sie richtig zur Geltung, nicht wahr?« Ophélie lächelte begeistert. »Hast du den Abschied von Vanessa gut hinter dich gebracht?« Ophélie hatte die fröhliche Sechzehnjährige während ihres Urlaubs lieb gewonnen und Robert ebenso. Genau wie ihr Vater waren die beiden höflich und liebenswürdig und hatten klare Werte und Prinzipien.

»Es geht so. Für mich war es sehr schwer. Vanessa hat sich aber tapfer geschlagen«, antwortete Matthew. »Zum Glück werde ich schon in ein paar Wochen nach Auckland fliegen, um sie zu besuchen. Sie mag dich und Pip übrigens sehr gern.«

»Wir haben sie ebenfalls ins Herz geschlossen!«, erklärte Ophélie. Dann blickte sie ihn verlegen an. »Es tut mir Leid, wie ich mich vorletzte Nacht benommen habe.« Es war das erste Mal, dass sie das Thema anschnitt. »Ich wollte dich nicht zum Narren halten, Matt. Als ich dir auf dein Zimmer folgte, dachte ich wirklich, ich wäre so weit. Aber ich habe mich geirrt.«

Matthew war das Gespräch unangenehm. Er glaubte,

eine solche Unterhaltung könne Ophélie dazu verleiten, voreilige Entscheidungen zu treffen. Mehr als alles andere fürchtete er, sie könne sich endgültig von ihm abwenden. »Du hast mich nicht zum Narren gehalten, Ophélie. Es war nichts weiter als schlechtes Timing. Du brauchst einfach noch mehr Zeit.«

»Und wenn ich niemals so weit bin?«, äußerte sie betrübt ihre Befürchtung. Ihre Ängste waren übermächtig, und sie fragte sich, ob sie sie jemals überwinden könnte.

»Dann werde ich dich trotzdem lieben«, versicherte er ihr. »Setz dich bitte nicht unter Druck. Es gibt schon genug Dinge, über die du dir den Kopf zerbrichst. Mach dir um mich keine Gedanken.« Er lächelte sie aufmunternd an, beugte sich zu ihr hinüber und küsste sie.

Ophélie schloss die Augen und genoss seine Zärtlichkeit. Sie liebte Matthew, das stand außer Frage, doch sie hatte noch immer regelrecht Panik davor, sich erneut jemandem auszuliefern.

»Hast du morgen Abend schon was vor?«, erkundigte sich Matthew nun.

Ophélie wollte ihm schon antworten, doch dann hielt sie inne.

»Das Außenteam?«, hakte Matt nach.

»Ja«, bestätigte sie und begann, mit hektischen Bewegungen den Kaffee aufzusetzen.

»Ich wünschte, du würdest endlich damit aufhören! Was muss nur passieren, damit du endlich einsiehst, dass du mit deinem Leben spielst?«

»Mir wird schon nichts geschehen«, sagte Ophélie im Brustton der Überzeugung. Sie hielt ihre Arbeit längst nicht mehr für gefährlich. Sie kannte sich auf den Straßen inzwischen sehr gut aus – sie war ein Cowboy.

Matt seufzte. Offenbar hatte Ophélie ihre Meinung nicht geändert. Doch nach dem wunderschönen Urlaub wollte er sich nicht mit ihr streiten und ließ die Sache erst mal auf sich beruhen.

Am darauf folgenden Abend saß Ophélie pünktlich um sieben Uhr neben Bob im Lieferwagen. Sie hatten ihre Vorräte aufgestockt und einige zusätzliche Medikamente und Kondome in ihr Sortiment aufgenommen. Die Lieferwagen waren in dieser bitterkalten Nacht zum Bersten gefüllt.
»Wie geht's dir, Opie?«, fragte Bob im Plauderton, sobald sie sich auf den Weg gemacht hatten. »Wie hast du Weihnachten verbracht?«
»Der Heiligabend war schwer für uns.«
Bob nickte. Kurz nach dem Tod seiner Frau hatte er die Feiertage ebenfalls als unerträglich empfunden.
»Am ersten Weihnachtstag sind wir dann mit ein paar guten Freunden nach Tahoe gefahren, zum Skilaufen«, fügte Ophélie hinzu. »Das war herrlich.«
»Skifahren ist doch ziemlich teuer, oder nicht?«, hakte Bob nach.
Ophélie schwieg betreten. Im Vergleich zu Bob war sie steinreich. Bob hatte drei kleine Mäuler zu stopfen, und sie wusste, wie wenig man beim Wexler Center verdiente.
»Wie läuft es übrigens mit diesem Mann, von dem du mir partout nichts erzählen willst?«
»Welcher Mann?« Ophélie blickte Bob unschuldig an, und er kniff ihr spielerisch in den Arm.
»Hör bloß auf, die Ahnungslose zu spielen! Vor einiger Zeit hattest du so einen ganz besonderen Ausdruck in den Augen. Sah aus, als ob es dich ganz schön erwischt hätte! Und das hast du ja auch so gut wie gestanden. Also, rück endlich raus mit der Sprache!«
»Okay, okay«, gab sie lächelnd nach. »Also: Er ist einfach wundervoll, und ich bin ziemlich verliebt in ihn, aber leider auch ein schrecklicher Feigling. Ich kann mich einfach nicht auf ihn einlassen. Es ist zu viel passiert ...«
Sie stockte. Sie konnte Bob unmöglich offenbaren, dass ihr Mann sie mit ihrer besten Freundin betrogen und

diese obendrein geschwängert hatte, genauso wenig, dass diese in schändlicher Weise über sie hergezogen und sie als inkompetente Mutter tituliert hatte, die als Einzige die Schuld an den Problemen ihres Sohnes trug. Allein der Gedanke daran schnürte Ophélie noch immer die Kehle zu. Sie hatte sich schon hundert Mal gefragt, ob Andrea womöglich Recht hatte und Chads Krankheit weniger dramatisch verlaufen wäre, wenn sie die ganze Sache anders angepackt hätte. Ophélie hatte den Brief letztlich zerrissen und verbrannt, damit Pip ihn niemals zufällig fand. Wenn überhaupt, sollte ihre Tochter die Wahrheit von ihr persönlich erfahren.

»Ich weiß, was du meinst«, sagte Bob nun. »Ich hab auch schon eine ganze Menge Mist erlebt. Aber letztlich bin ich darüber hinweggekommen – und das wirst du auch!« Ophélie seufzte. »Wie läuft es denn mit deiner Freundin?«

»Wir wollen heiraten!«, platzte Bob heraus und strahlte von einem Ohr zum anderen.

»Das ist ja toll!«, rief Ophélie. »Wissen deine Kinder schon davon?«

»Natürlich. Sie verstehen sich sehr gut mit Pamela, sie kennen sie ja auch schon ihr ganzes Leben lang.«

»Und wann soll die Hochzeit stattfinden?«

»Das steht noch nicht fest. Es ist Pamelas erste Ehe, und sie möchte ein riesengroßes Ding draus machen – verständlicherweise. Mir wäre es allerdings lieber, wenn wir einfach nur zum Standesamt gehen und die ganze Sache schnell hinter uns bringen würden.«

»Sei doch kein Spielverderber! Du solltest dich darauf freuen. Höchstwahrscheinlich ist es das letzte Mal, dass du heiratest.«

»Das will ich hoffen! Pam ist einfach zauberhaft. Ich bin ihr total verfallen – und gleichzeitig ist sie meine beste Freundin, verrückt, was?«

»Es ist doch toll, wenn das zusammentrifft«, bemerkte

Ophélie nachdenklich. Matthew war mittlerweile ebenfalls ihr bester Freund. Eigentlich sprach nichts dagegen, sich mit ihm zusammenzutun – wenn nur ihre zahllosen Ängste nicht wären ... In diesem Moment beneidete sie Bob um seine Unbekümmertheit.

Kurz danach begannen sie mit ihrer Arbeit. Sie verteilten Decken, Essen und Medikamente, und es kam zu keinerlei Zwischenfällen. Der reibungslose Ablauf überzeugte Ophélie einmal mehr davon, wie unnötig Matthews Bedenken waren.

Gegen Mitternacht hielten sie an einem Imbiss, um einen heißen Kaffee zu trinken und etwas zu essen. Es herrschten extrem niedrige Temperaturen, und die Obdachlosen litten schwer unter der Kälte.

»Wenn das so weitergeht, frieren noch meine Zehen ab!«, beschwerte sich Bob, als sie den Imbiss kurz darauf wieder verließen.

Sie fuhren als Nächstes den Hafen und den Bahnhof an, suchten zahlreiche Hütten auf und erreichten schließlich die Sixth Street, wo Bob nur sehr ungern ausstieg. Hier befand sich ein regelrechter Drogenumschlagplatz, und manchmal war es für Ophélie und ihre Kollegen schwierig, Hilfsbedürftige von Kriminellen zu unterscheiden. Es konnte durchaus passieren, dass das Team ein paar Drogendealer bei ihren Machenschaften störte und so in eine brenzlige Lage geriet.

Sie bogen in eine verlassene Nebenstraße ein. Millie hatte am Ende der Gasse ein paar Obdachlose entdeckt, und sie und Jeff sprangen aus dem Lieferwagen, um sie anzusprechen und zu fragen, was sie brauchten. Bob und Ophélie blieben im Auto sitzen. Hier hatten sich lediglich einige wenige Leute versammelt, die Jeff und Millie allein versorgen konnten. Jeff signalisierte ihnen jedoch wenig später, dass er noch einen zusätzlichen Schlafsack benötigte, und Ophélie stieg daraufhin aus.

»Ich kümmere mich schon drum«, rief sie Bob zu und schnappte sich einen Schlafsack.
»Warte mal!«, schrie Bob ihr nach, kletterte ebenfalls aus dem Wagen und folgte ihr mit schnellem Schritt.
Jeff und Millie warteten am anderen Ende der Gasse auf sie, und Ophélie war nicht mehr weit von ihnen entfernt, da trat plötzlich ein Mann aus einem Hauseingang und riss Ophélie an der Schulter zu sich herum. Bob rannte los. Der Mann ergriff Ophélies Arm und starrte sie mit wildem Blick an, doch merkwürdigerweise hatte Ophélie keine Angst vor ihm. Sie sah ihm direkt in die Augen und brachte es fertig, ihn anzulächeln.
»Brauchen Sie einen Schlafsack oder eine Jacke?« Ganz offensichtlich war der Mann im Drogenrausch. Ophélie wollte mit ihrer freundlichen Ansprache ihre Hilfsbereitschaft signalisieren.
»Nein, Baby, ich brauch keine Jacke. Was hast du denn sonst noch anzubieten?« Der Mann fixierte Ophélie mit argwöhnischem Blick. Er schien nervös zu sein.
»Essen, Medikamente, Regenjacken, Schals, Mützen, Socken, Decken ... was immer Sie möchten.«
»Verkaufst du diesen Scheiß?«, fragte der Mann mit zornigem Unterton.
In diesem Moment erreichte Bob die beiden.
»Nein«, erwiderte Ophélie ruhig. »Wir verschenken die Sachen.«
»Und warum?«, hakte der Mann feindselig nach.
Bob stand mucksmäuschenstill neben ihnen. Er konnte geradezu riechen, dass Ärger in der Luft lag, doch solange Ophélie die Situation unter Kontrolle hatte, wollte er sich nicht einmischen.
»Wir dachten, Sie könnten vielleicht etwas davon gebrauchen.«
Der Mann schaute Bob misstrauisch an. »Wer ist dieser Kerl?« Er hielt noch immer Ophélies Arm umklammert, und sein Griff verstärkte sich. »Ist er ein Bulle?«

»Nein. Wir sind vom Wexler Center – einem Obdachlosenheim. Wie kann ich Ihnen helfen?«

»Du kannst mir einen blasen, du Miststück! Ich will keins von deinen Scheißgeschenken!«

»Das reicht jetzt!«, mischte sich Bob mit fester Stimme ein. Jeff und Millie hatten die Szene ebenfalls beobachtet und näherten sich langsam vom anderen Ende der Straße. »Lass sie los, Mann«, fügte Bob bestimmt hinzu.

»Wer bist du? Ihr Zuhälter?«, schleuderte ihm der Mann entgegen.

»Du willst doch sicher keine Scherereien, also lass sie einfach los!«, forderte Bob den Mann auf und bedauerte, dass er keine Waffe bei sich trug.

Jeff und Millie schlossen nun zu ihnen auf. Das verunsicherte den Mann sichtlich, und er zog Ophélie noch näher an sich heran.

»Was soll das werden?«, fauchte er. »Wollt ihr mich in die Enge treiben? Ihr seid doch alle Bullen!«

»Sind wir nicht!«, sagte Jeff laut. »Ich war früher bei der Navy, und ich trete dir mächtig in den Arsch, wenn du meine Kollegin nicht auf der Stelle loslässt!«

Doch anstatt dies zu tun, zerrte der Mann Ophélie in Richtung des Hauseinganges, wo Bob noch einen weiteren Mann erspähte. Dies war eine jener Situationen, die er am allermeisten an seinem Job hasste. Sie hatten offenbar einen Drogendealer und seinen Kunden bei einem Geschäft gestört.

»Uns ist scheißegal, was ihr hier treibt!«, setzte Jeff nach und folgte dem Mann langsam. »Wir verteilen nur Hilfsgüter für Obdachlose. Wenn du keine willst, bitte schön, aber lass uns wenigstens in Ruhe unsere Arbeit machen.« Es blieb ihnen nichts anderes übrig, als den Mann mit guten Worten davon zu überzeugen, Ophélie aus seinem Griff zu entlassen. Außer ihren Argumenten hatten sie keinerlei Handhabe gegen ihn. Doch der Mann, der

nun auch Ophélies zweiten Arm gepackt hatte, schien immer misstrauischer zu werden.
»Und die?«, schrie der Mann und wies mit dem Kopf auf Millie. »Wollt ihr mir etwa erzählen, die wäre auch nicht bei der Polizei?«
»Sie war früher Polizistin«, erklärte Jeff. »Aber das ist lange her.«
»Verarsch mich nicht! Die ist ein Bulle – genau wie die hier!« Mit diesen Worten stieß er Ophélie von sich.
Die heftige Bewegung überraschte sie, und sie stürzte beinahe. Und plötzlich fielen Schüsse. Keiner von ihnen hatte bemerkt, dass der Mann seine Pistole gezogen hatte. Innerhalb von einer Sekunde feuerte er drei Mal und lief dann davon.
Der Mann, der im Hauseingang gestanden hatte, machte sich ebenfalls schleunigst aus dem Staub. Alles geschah furchtbar schnell, und die Aufmerksamkeit des Teams richtete sich auf den fliehenden Schützen. Jeff und Millie spurteten ihm instinktiv nach, doch im Grunde ergab es keinen Sinn, den Mann zu stellen, denn sie waren nicht bewaffnet. Was sollten sie tun, wenn sie ihn wirklich einholten?
»Opie, sehen wir zu, dass wir in den Wagen kommen!«, rief Bob und wandte sich dem Lieferwagen zu. Als Ophélie ihm nicht folgte, drehte er sich ungehalten zu ihr um und wollte sie schon zurechtweisen, da registrierte er, dass sie auf der Straße zusammengebrochen war. Überall war Blut. Es sickerte durch Ophélies Kleidung und verteilte sich in einer großen Lache auf dem Boden.
»Scheiße!«, stieß Bob hervor und eilte mit zitternden Beinen zu seiner Kollegin. Obwohl sein Verstand ihm etwas anderes sagte, hoffte er, dass es sich lediglich um einen Streifschuss handelte. Schließlich konnten auch oberflächliche Wunden stark bluten ... Er fiel neben Ophélie auf die Knie, tastete mit bebenden Fingern nach ihrem

Puls und glaubte einen Augenblick lang, sie sei tot. Doch dann spürte er, dass ihr Herz noch schwach schlug. Sie war noch am Leben.

Bob schrie so laut er konnte nach Millie und Jeff, und die beiden tauchten kurz danach wieder auf. Der Mann war ihnen in der Dunkelheit entwischt, und mittlerweile war er wahrscheinlich über alle Berge. Als sie Ophélie am Boden in einer riesigen Blutlache liegen sahen, blieben sie wie angewurzelt stehen.

»Verdammt!«, fluchte Jeff und schlug die Hände über dem Kopf zusammen.

Millie starrte schockiert auf das grauenhafte Bild, das sich ihnen bot. Doch dann riss sie sich zusammen und sagte knapp: »Jeff, ruf über Handy einen Krankenwagen – ich laufe zum Ende der Gasse, um ihn hierher zu lotsen.«

Jeff tat, wie ihm geheißen, und kniete sich dann neben Bob. Vorsichtig legte er ihm eine Hand auf die Schulter. »Kommt sie durch?«

»Es sieht nicht gut aus «, presste Bob mühsam hervor. Er war wütend auf sich selbst. Es war nicht nur unverantwortlich gewesen, Ophélie diese unübersichtliche Nebenstraße mit den vielen dunklen Hauseingängen allein betreten zu lassen – er hätte bei der Auseinandersetzung mit dem Dealer auch viel früher dazwischengehen müssen.

»Sie hat eine kleine Tochter«, flüsterte Bob.

»Ich weiß, Mann … Wo zum Teufel bleibt der Krankenwagen?«

»Schon im Anmarsch. Ich hör die Sirenen.« Bob überprüfte erneut Ophélies Puls, der stetig schwächer wurde. Wenige Momente später traf der Krankenwagen ein. Die Sanitäter verschafften sich schnell einen Überblick und hoben Ophélie dann im Eiltempo auf eine Trage.

Bob rannte unterdessen zum Lieferwagen, um den Sanitätern zum Krankenhaus zu folgen. Während er den Motor anließ, sandte er ein Stoßgebet zum Himmel. Jeff und Millie fuhren ebenfalls hinter dem Krankenwagen her, der mit Höchstgeschwindigkeit durch die nächtlichen Straßen von San Francisco raste. Noch nie zuvor hatte es während ihrer Schichten einen solch ernsten Zwischenfall gegeben.

»Glaubst du, sie schafft es?«, fragte Millie Jeff, während sie hochkonzentriert den Verkehr im Auge behielt und sich darum bemühte, den Krankenwagen nicht aus den Augen zu verlieren.

Jeff schüttelte langsam den Kopf. Es fiel ihm schwer, das zuzugeben, doch er glaubte nicht, dass Ophélie eine Chance hatte. »Nein«, sagte er mit Tränen in den Augen. »Der Typ hat dreimal aus nächster Nähe auf sie geschossen. Das kann niemand überleben.«

»O doch«, erwiderte Millie grimmig. Sie dachte an ihre eigene schwere Verwundung, die sie den Job gekostet und sie zur Invaliden gemacht hatte. Doch sie hatte überlebt. Und vielleicht würde Ophélie ja ebenfalls dem Tod noch einmal entrinnen.

Schon nach wenigen Minuten erreichten sie das Krankenhaus. Jeff, Millie und Bob sprangen aus den Lieferwagen und eilten den Sanitätern nach, die die Trage mit Ophélie auf einem Rollgestell vor sich herschoben. Man hatte Ophélies Pullover zerschnitten, und sie war halbnackt. Sie blutete so stark, dass man kaum ausmachen konnte, wo sie getroffen worden war. Umgehend brachte man sie in einen OP, wo sofort mit einer Operation begonnen wurde.

Millie, Bob und Jeff setzten sich schweigend in den Warteraum der Abteilung. Sie wussten, dass sie Ophélies Tochter benachrichtigen mussten, aber es erschien ihnen zu grausam, einem Kind mitten in der Nacht eine solche Nachricht zu überbringen.

»Was sollen wir tun?«, wandte sich Jeff an seine Kollegen. Da er das Außenteam leitete, fiel ihm die schwierige Aufgabe zu, eine Entscheidung zu treffen.

»Meine Kinder würden sofort wissen wollen, was mit mir passiert ist«, sagte Bob leise.
Die anderen beiden nickten.
Jeff holte daraufhin sein Handy heraus und atmete tief durch. »Wie alt ist ihre Tochter?«, fragte er Bob.
»Zwölf. Sie heißt Pip.«
»Soll ich das übernehmen?«, bot Millie an. Vielleicht war es für ein kleines Mädchen einfacher, mit einer Frau zu reden. Doch wie man es drehte: Es war entsetzlich, von einem wildfremden Menschen zu erfahren, dass die eigene Mutter angeschossen worden war und nun im Krankenhaus mit dem Tod rang.
Jeff schüttelte den Kopf und wählte Ophélies Nummer. Während er sprach, starrten die anderen beiden bewegungslos auf die Tür des OPs. Zumindest war noch niemand herausgekommen, um ihnen zu sagen, dass Ophélie gestorben war. Doch Bob war sicher, dass es nicht mehr lange dauern konnte.

Um zwei Uhr nachts läutete in Matthews Bungalow das Telefon, und Matt schreckte aus dem Schlaf hoch. Müde griff er nach dem Hörer.
»Matt.« Es war Pip. Ein einziges Wort von ihr genügte, um ihn augenblicklich in Alarmbereitschaft zu versetzen. Irgendetwas war passiert.
»O nein!«, stöhnte er. Mit einem Mal wusste er, was geschehen war. Noch bevor Pip weitersprach, war sich Matt sicher, dass es etwas mit Ophélie und dem Außenteam zu tun haben musste.
»Es geht um Mom«, bestätigte Pip seine Befürchtung.
»Sie ... Sie ist im Krankenhaus. Jemand hat auf sie geschossen.«
Matt stockte der Atem. »Mein Gott!«, flüsterte er. Dann besann er sich und sprang aus dem Bett. »Weißt du irgendetwas Genaues?«
»Nein. Moms Teamleiter hat hier angerufen, ... und ...

und er hat zuerst mit Alice gesprochen und dann mit mir. Er ... hat gesagt, Mom hätte drei Schüsse abgekriegt!«
Matt bekam weiche Knie, und er musste sich an der Wand abstützen. »Ist sie noch am Leben?«
»Ja«, erwiderte Pip mit erstickter Stimme.
Matthew fragte, ob Pip den Namen der Klinik wisse, und glücklicherweise hatte Alice diesen sowie die Abteilung und die Telefonnummer notiert. Stotternd gab Pip ihm nun alles durch.
»Hat der Mann auch gesagt, wie es passiert ist?«
»Nein ... Was sollen wir denn jetzt machen, Matt?«
»Ich komme, so schnell ich kann.«
»Nimmst du mich mit ins Krankenhaus?«
»Natürlich. Zieh dich schon mal an, ich bin in einer halben Stunde da.« Er zögerte. »Ich hab dich lieb, Pip.« Er hätte gern noch mehr gesagt, um Pip zu beruhigen, aber er wollte nicht noch mehr Zeit verlieren und legte eilig auf. In Windeseile schlüpfte er in seine Kleider, spurtete aus dem Haus und brauste los. Vom Wagen aus rief er über Handy im Krankenhaus an. Man konnte ihm jedoch nichts anderes mitteilen, als dass sich Ophélie in einem kritischen Zustand befand. Sie wurde noch operiert.
Matthew raste mit Höchstgeschwindigkeit über den Highway und erreichte Ophélies Haus schon nach fünfundzwanzig Minuten. Er hupte heftig, um Pip auf sich aufmerksam zu machen. Schon nach wenigen Augenblicken kam sie aus dem Haus gerannt. Sie war kreideweiß, doch sie schien nicht geweint zu haben. Wahrscheinlich hatte sie einen Schock.
»Wie geht es dir?«, fragte Matthew besorgt, und Pip zuckte geistesabwesend die Achseln. Ihre großen Augen starrten ins Leere. Matt hoffte, sie würde nicht ohnmächtig werden.
Er trat aufs Gaspedal und fuhr los. Während der Fahrt

kreisten seine Gedanken immer wieder um Ophélies nächtliche Tätigkeit. Auf fatale Weise hatte sie die Gefahren ihrer Arbeit unterschätzt. Nun war genau das eingetreten, was er die ganze Zeit über befürchtet hatte. Doch letztlich Recht behalten zu haben verschaffte ihm keinerlei Genugtuung. Was, wenn Ophélie nicht überlebte? Sie war immerhin von drei Kugeln getroffen worden!

Sobald Matts Wagen vor dem Krankenhaus zum Stehen kam, stiegen sie eilig aus und liefen hinein. Mit dem Aufzug fuhren sie auf die Station. Jeff, Bob und Millie, die noch immer in dem Warteraum saßen, blickten ihnen traurig entgegen. Sie wussten sofort, wer die beiden sein mussten. Das Mädchen war ihrer Mutter wie aus dem Gesicht geschnitten, und der Mann war offenbar Ophélies »heimlicher Freund«, schoss es Bob durch den Kopf.

»Pip?« Bob erhob sich und kam auf sie zu. »Ich bin Bob.«

»Das hab ich mir gedacht.« Ophélie hatte so oft über Bob und die anderen gesprochen, dass Pip ihn, Jeff und Millie sogleich erkannt hatte.

Matthew stellte sich den dreien rasch vor. Ophélies Kollegen waren zwar nicht schuld an der ganzen Geschichte, doch Matthew konnte sich einer gewissen Wut auf sie nicht erwehren. War es nicht dieser Jeff gewesen, der Ophélie dazu überredet hatte, dem Team beizutreten?

»Wo ist meine Mom?«, fragte Pip erstaunlich beherrscht.

»Sie wird gerade operiert«, erklärte Millie sanft.

»Wie steht es um sie?«, fragte Matthew und wandte sich Jeff zu.

»Das wissen wir nicht. Seit sie mit der Operation begonnen haben, hat niemand mehr mit uns gesprochen.«

Einige Augenblicke lang standen sich die drei schweigend gegenüber, schließlich setzten sie sich. Pip griff nach Matthews Hand, und Millie streichelte vorsichtig Pips Schulter.

»Wir haben den Kerl, der auf sie geschossen hat, leider nicht erwischt«, sagte Millie nach einer Weile.

»Nein, aber wir wissen genau, wie er aussieht!«, fügte Jeff grimmig hinzu. »Wir kriegen dieses Schwein, da bin ich sicher. Er ist ganz bestimmt in irgendeiner Verbrecherkartei der Polizei registriert. Wir werden uns sämtliche Fotos ansehen ...«

Matthew rieb sich erschöpft die Augen und fragte sich, welchen Unterschied es machte, ob sie ihn gefasst hatten oder nicht – das änderte nichts daran, dass Ophélie womöglich sterben würde ...

Immer wieder erkundigte sich Matt bei vorbeieilenden Schwestern nach Ophélies Zustand, aber sie konnten ihm nichts weiter sagen, als dass die Patientin noch immer im OP war.

Ophélies Operation dauerte letztlich über sieben Stunden. Um halb zehn am Morgen kam endlich ein Arzt zu ihnen. Matthew stählte sich innerlich gegen das, was dieser Mann ihnen mitteilen würde. Pip drängte sich eng an Matts Seite. Sie hatte seine Hand während der vergangenen Stunden kein einziges Mal losgelassen.

»Sie lebt«, sagte der Arzt unumwunden, und alle atmeten erleichtert auf. »Ihre Verletzungen sind jedoch sehr schwer. Die erste Kugel hat ihre Lunge durchbohrt und ist hinten wieder ausgetreten. Die zweite hat sie in die Schulter getroffen und das Rückgrat nur sehr knapp verfehlt. Die dritte Kugel hat sie im Unterbauch erwischt und dort schwere Verletzungen verursacht. Es ist ein Wunder, dass sie es bis jetzt geschafft hat.«

»Kann ich sie sehen?«, fragte Pip mit schwacher Stimme. Der Arzt schüttelte den Kopf. »Noch nicht. Sie ist jetzt auf der Intensivstation und braucht Ruhe. In ein paar Stunden, wenn sie aus der Narkose erwacht und ihr Zustand stabil bleibt, kann sie Besuch empfangen. Erwarten Sie aber nicht zu viel.« Er warf Matthew, den er für Ophélies Mann hielt, einen ernsten Blick zu. »Es war wirklich eine äußerst schwierige Operation.«

»Wird sie doch noch sterben?«, fragte Pip gepresst, und ihre kleine Hand klammerte sich verzweifelt an Matthews.

»Wir hoffen, dass sie durchkommt«, antwortete der Arzt unbestimmt und blickte Pip mitfühlend an. »Die erste Hürde – die Operation – hat sie genommen, also besteht Grund zur Hoffnung.«

Pip lächelte dankbar und setzte sich wieder. Sobald der Arzt gegangen war, schlug Matt ihr vor, sie erst einmal nach Hause zu fahren, damit sie etwas schlafen konnte, doch davon wollte Pip nichts hören. Sie würde warten, bis ihre Mutter aus der Narkose erwachte.

Gegen Mittag teilte ihnen eine Schwester mit, dass sie Ophélie nun sehen könnten. Matthew und Pip sprangen eilig auf und folgten der Schwester auf die Intensivstation. Kurz darauf betraten sie Ophélies Zimmer.

Matthews Herz raste. In dem großen Bett wirkte Ophélie wie ein kleines, verlorenes Mädchen. Überall waren Maschinen und Monitore aufgebaut, die ihre Vitalfunktionen überwachten, und ihr gesamter Körper schien mit Kanülen und Verbänden bedeckt zu sein.

Pip und Matthew blieben am Fußende des Bettes stehen.

»Ich hab dich lieb, Mommy«, flüsterte Pip.

Matthew, der noch immer ihre Hand hielt, kämpfte mit den Tränen und hoffte, dass Pip dies nicht bemerkte. Er musste der Kleinen gegenüber stark sein – obgleich er am liebsten auf die Knie gefallen wäre und hemmungslos geweint hätte.

Für eine Weile standen sie einfach nur da und starrten Ophélie stumm an, dann sagte ihnen die Schwester, dass sie nun wieder gehen müssten. Da brach Pip in Tränen aus. Der Anblick ihrer bewusstlosen Mutter erschütterte sie zutiefst. In diesem Moment öffnete Ophélie plötzlich die Augen. Es schien, als hätte sie die Verzweiflung ih-

rer Tochter gespürt. Sie blickte zuerst Pip und dann Matthew an und lächelte ihnen aufmunternd zu. Dann schlossen sich ihre Augen wieder.
»Mommy?«, rief Pip aufgeregt. »Kannst du mich hören?« Ophélie nickte. Die Bewegung bereitete ihr starke Schmerzen, und sie wusste nicht, ob sie sprechen konnte. Um ihrer Tochter willen versuchte sie es. »Ich liebe dich, Pip«, flüsterte sie. Sie machte die Augen erneut auf und schaute Matthew entschuldigend an. Er hatte in Bezug auf das Außenteam die ganze Zeit über Recht gehabt. Er war sicherlich sehr böse auf sie.
»Hallo Matt«, sagte sie leise, aber dann verließ sie die Kraft, und sie schlief wieder ein.
Inzwischen rannen auch Matthew Tränen über die Wangen. Er weinte jedoch vor allem vor Erleichterung. Vielleicht kam Ophélie ja tatsächlich durch.
»Wie geht es ihr?«, überfielen die anderen sie, sobald Matthew und Pip wieder den Wartesaal betraten. Als Jeff, Bob und Millie die Tränen auf den Gesichtern der beiden registrierten, erschraken sie heftig.
»Sie hat mit uns gesprochen!«, berichtete Pip und wischte sich über die Augen.
»Wirklich?« Bob konnte es kaum fassen. »Was hat sie gesagt?«
»Sie hat gesagt, dass sie mich lieb hat.« Pip lächelte. »Sie wird es schaffen!« Doch sowohl ihr als auch den anderen war klar, dass Ophélie noch längst nicht über den Berg war.
Kurze Zeit später verließen Jeff, Bob und Millie das Krankenhaus. Bevor sie in dieser Nacht wieder hinausfuhren, mussten sie noch ein wenig schlafen. Die Vorfälle hatten nichts daran geändert, dass es dort draußen unzählige Leute gab, die ihre Hilfe benötigten.
Die Schießerei sollte dennoch einige Veränderungen in den Strukturen des Wexler Centers nach sich ziehen. Sämtliche Mitarbeiter zeigten sich völlig schockiert

von dem, was geschehen war, und für den späten Nachmittag war eine Besprechung im Obdachlosenheim anberaumt worden, bei der es um die Sicherheit der Außenteams gehen würde. Bob und Jeff hatten Louise Anderson bereits darum gebeten, von nun an während der Arbeit Pistolen tragen zu dürfen. Alle Mitarbeiter der Außenteams besaßen einen Waffenschein und wollten sich nicht länger ungeschützt den Gefahren auf der Straße aussetzen. In der heutigen Versammlung sollte zudem besprochen werden, ob ehrenamtliche Helfer ohne Kampfsportausbildung und Waffenschein für die Außenteams überhaupt noch infrage kamen.

Matthew und Pip verbrachten auch den gesamten Nachmittag im Krankenhaus und durften Ophélie noch zwei weitere Male besuchen. Beim ersten Mal schlief Ophélie tief und fest, und später hatte sie sichtlich große Schmerzen. Eine Schwester wollte ihr Morphium spritzen und bat Matt und Pip zu gehen.

Matt überredete Pip schließlich dazu, sich von ihm nach Hause bringen zu lassen, damit sie sich ein wenig ausruhen konnte. Mousse begrüßte sie stürmisch an der Haustür, doch Pip strich ihm nur kurz über den Kopf.

Wenig später saßen sich Pip und Matt am Küchentisch gegenüber und bemühten sich, etwas zu essen. Pip war so erschöpft, dass sie kaum einen Bissen herunterbekam, und Matthew ging es ebenso.

»Können wir gleich wieder ins Krankenhaus fahren?«, fragte Pip nervös. Der Gedanke, dass ihrer Mutter während ihrer Abwesenheit etwas zustoßen könnte, bereitete ihr großes Unbehagen.

»Wie wäre es, wenn wir erst einmal duschen?«, schlug Matthew vor. »Wir sollten unbedingt auch ein bisschen schlafen ...«

»Ich bin nicht müde«, entgegnete Pip tapfer, und Matthew gab nach. Er wusste, dass es keinen Sinn machte,

mit Pip darüber zu diskutieren. Hinzu kam, dass er es selbst kaum erwarten konnte, wieder an Ophélies Bett zu sitzen.
Sie duschten eilig und brausten zurück zum Krankenhaus. Dort setzten sie sich wieder in den Wartebereich vor der Intensivstation.
Die Schwester berichtete ihnen, dass Jeff, Bob und Millie bereits ebenfalls ein weiteres Mal da gewesen waren, Ophélie hatte jedoch geschlafen. Sie befand sich noch immer in einem kritischen Zustand.
Eine Zeit lang saßen Pip und Matt nun dort Hand in Hand und starrten vor sich hin. Irgendwann legte Pip den Kopf auf Matts Schulter und schlummerte kurz darauf ein. Matthew betrachtete sie liebevoll und fragte sich, was aus ihr werden sollte, falls Ophélie starb. Der Gedanke schnürte ihm die Kehle zu, doch er musste den Tatsachen ins Auge blicken. Wenn es möglich war, würde er Pip zu sich nehmen und mit ihr in eine Wohnung in der Stadt ziehen ...
Um zwei Uhr nachts rüttelte eine Schwester Matt an der Schulter. Er war eingenickt, aber als er den ernsten Gesichtsausdruck der Schwester bemerkte, war er schlagartig hellwach.
»Ihre Frau möchte Sie sehen«, sagte die Schwester, und Matthew verbesserte sie nicht. Vorsichtig löste er seine Hand aus Pips Griff und folgte der Schwester.
Ophélie war wach und lächelte Matt schwach zu. Matthew wurde von schrecklicher Angst erfasst. Wollte sich Ophélie etwa von ihm verabschieden? Er näherte sich dem Bett und beugte sich zu ihr hinab. Zärtlich streichelte er ihre Wange.
»Es tut mir so Leid, Matt.« Es fiel Ophélie offenbar schwer zu atmen, und ihre Stimme war nicht mehr als ein leises Flüstern. »Du hattest Recht ... es war zu gefährlich.« Sie stockte. »Kümmerst du dich um Pip?«
Matthew begann zu zittern. Er hatte es geahnt ... Ophé-

lie befürchtete zu sterben und wollte sicher sein, dass Pip gut untergebracht war.
»Natürlich, das weißt du doch.« Seine Stimme brach. »Ophélie, ich liebe dich ... Bitte bleib bei uns! ... Wir brauchen dich ... Du musst wieder gesund werden.«
»Das werde ich«, versprach sie und schlief ein.
Matt stand mit schweren Gliedern auf und ging.
Am folgenden Morgen brachte Matthew Pip wieder nach Hause. Vorher kaufte er sich ein paar Kleidungsstücke in der Stadt, denn er wollte nicht extra nach Safe Harbour fahren, um sich umzuziehen. Nicht einmal eine Stunde lang wollte er Pip allein lassen.
Sobald er Zeit dafür fand, meldete sich Matthew bei Robert, um ihm von den Vorkommnissen zu erzählen. Dann sprach er mit Alice und bat sie, in den nächsten Tagen regelmäßig mit dem Hund spazieren zu gehen. Außerdem rief er in Pips Schule an und erklärte, warum Pip nicht kommen konnte. Auf Ophélies Anrufbeantworter waren mehrere Nachrichten von Mitarbeitern des Wexler Centers, doch Matthew hatte momentan kein Interesse daran, mit diesen Leuten zu reden.
Am späten Vormittag fuhren sie zum Krankenhaus zurück, und am Abend verkündete die Schwester, dass es Ophélie schon ein wenig besser ginge. Bob, Jeff und Millie besuchten Ophélie abermals und fanden, dass sie schon besser aussähe. Nachdem sie gegangen waren, hüllte Matthew Pip in eine warme Wolldecke, die er mitgebracht hatte, und Pip sah ihn dankbar an.
»Ich hab dich so lieb, Matt!«
»Ich dich auch, Pip«, erwiderte er leise.
»Liebst du meine Mom auch?« Pip war bis jetzt nicht klar, was zwischen Matt und ihrer Mutter eigentlich vorging.
»Ja, das tu ich.«
»Heiratet ihr, wenn sie wieder gesund ist?«
Matthew schwieg.
»Sie braucht dich, Matt. Und ich brauch dich auch.«

Ihre Worte trieben Matt Tränen in die Augen, und er wusste nicht, was er Pip sagen sollte. Vor dem Unglück war sich Ophélie nicht sicher gewesen, was sie für ihn empfand ...
»Ich würde sie sehr gern heiraten, Pip«, antwortete er aufrichtig.
»Ich glaube, sie liebt dich auch. Sie hat aber wahrscheinlich Angst, du könntest sterben, wie mein Dad. Außerdem hat sie schlechte Erfahrungen gemacht. Weißt du, Dad war nicht immer nett zu ihr. Er hat sie oft angeschrien, vor allem wegen Chad. Vielleicht hat Mom Angst, dass du auch gemein zu ihr sein könntest, wenn ihr erst verheiratet seid. Mein Dad war anfangs auch sehr lieb, aber hinterher war er meistens mürrisch und hat viel geschimpft.« Pip legte die Stirn in Falten und überlegte. »Versprich ihr doch einfach, dass du immer nett zu ihr bist, dann sagt sie bestimmt Ja!«
Matthew wusste nicht, ob er lachen oder weinen sollte. Er beugte sich zu Pip hinab und küsste sie auf die Stirn. »Falls sich deine Mutter weigert, mich zu heiraten, mache ich einfach dir einen Antrag!«
Pip wurde rot. »Du bist viel zu alt für mich! Aber dafür bist du eigentlich noch ganz süß ... also, als Vater, meine ich.«
»Du bist ebenfalls sehr süß.«
»Fragst du sie?«, hakte Pip nach. Sie war entschlossen, nicht locker zu lassen.
»Ja, irgendwann bestimmt. Aber ich denke, ich sollte zumindest warten, bis es ihr wieder gut geht.«
Pip dachte darüber nach und schüttelte dann den Kopf. »Sie würde bestimmt schneller wieder gesund werden, wenn sie etwas hätte, auf das sie sich freuen könnte.«
»Da ist was dran. Aber ich habe meine Zweifel, ob sie Ja sagt ...« Falls sich Ophélie bedrängt fühlte, könnte dies ihre Genesung behindern. Matthew erinnerte sich noch sehr genau daran, wie verängstigt Ophélie in jener

Nacht in Tahoe gewesen war. Vielleicht würde sie ähnlich panisch reagieren, wenn er sie um ihre Hand bat ... Matthew starrte grübelnd vor sich hin, und Pip nickte kurz darauf wieder ein.

Später in dieser Nacht rief Matt seinen Sohn noch einmal an und brachte ihn auf den neuesten Stand. Robert, der von den Ereignissen völlig schockiert war, bot abermals an, nach San Francisco zu kommen, um seinem Vater beizustehen und Ophélie zu besuchen, doch Matthew fürchtete, dass dies für Ophélie zu anstrengend wäre, und lehnte deshalb ab.
Bei den lokalen Radiosendern war die Schießerei in der Innenstadt an diesem Tag das Topthema. Sie berichteten regelmäßig über den Zustand der ehrenamtlichen Mitarbeiterin des Wexler Centers.

Gegen Mitternacht tauchte Jeff im Krankenhaus auf und erzählte Matt im Flüsterton – aus Rücksicht auf die schlafende Pip –, dass der Mann, der auf Ophélie geschossen hatte, inzwischen gefasst worden war. Seine Kollegen und er hatten an diesem Tag sämtliche Karteien der örtlichen Polizei durchforstet und waren dabei tatsächlich auf den Kerl gestoßen. Überraschenderweise saß er bereits hinter Schloss und Riegel. Er war noch in jener Nacht, keine drei Blocks von der Stelle entfernt, wo sich die Schießerei ereignet hatte, von zwei Streifenbeamten auf frischer Tat dabei ertappt worden, wie er von einem anderen Dealer Drogen kaufte. Er war sofort festgenommen worden. An diesem Nachmittag hatte man ihn Millie, Jeff und Bob vorgeführt, und alle drei hatten ihn eindeutig identifiziert. Da der Mann bereits mehrmals vorbestraft war, würde er für lange Zeit ins Gefängnis wandern.
Als Pip und Matthew Ophélie am nächsten Morgen wieder besuchen durften, fragte sie die beiden als Erstes,

wann sie endlich nach Hause dürfe. Offenbar ging es ihr schon sehr viel besser, doch sie verkannte ihren Zustand. Kurz danach kam der behandelnde Arzt herein und teilte ihnen mit, dass Ophélie nicht länger in Lebensgefahr schwebte. Matthew war derartig erleichtert, dass ihm erneut die Knie weich wurden und er sich erst einmal setzen musste. Ophélie forderte Pip und Matt auf, nach Hause zu fahren und ausgiebig zu schlafen. Sie war zwar immer noch sehr blass, aber sie hatte nicht mehr so starke Schmerzen wie zuvor, und so konnten Pip und Matthew sie guten Gewissens allein lassen. Sie versprachen jedoch, schon am Nachmittag wiederzukommen.

Als sie die Intensivstation gerade verlassen wollten, blickte Pip Matthew prüfend an und fragte, ob er nichts mit ihrer Mutter zu besprechen hätte.

»Jetzt?« Matthew fuhr sich nervös durchs Haar. »Wäre das nicht etwas überstürzt?«

»Es kann doch nicht schaden, es jetzt zu versuchen. Schließlich kriegt sie noch Beruhigungsmittel ...« Sie zwinkerte ihm verschwörerisch zu.

Matthew war völlig perplex und brach in schallendes Gelächter aus. »Offensichtlich glaubst du, sie würde meinen Antrag niemals annehmen, wenn sie bei klarem Verstand ist!«, rief er, und Pip fiel in sein Lachen ein. Sie waren beide in gelöster Stimmung. Ophélie hatte es tatsächlich geschafft.

»Es ist eine gute Gelegenheit«, nahm Pip hat den Faden wieder auf. »Du weißt doch, wie dickköpfig sie sein kann. Außerdem hat sie Riesenangst, wieder zu heiraten.«

»Wenn sie doch nur etwas mehr Vertrauen zu mir gehabt hätte ...«

»Also?«

»Heute noch nicht, Pip.«

»Feigling.«

Sie fuhren nach Hause, und Mousse freute sich wie verrückt, sie zu sehen. Er verstand natürlich nicht, warum er in den vergangenen Tagen derartig vernachlässigt worden war. Matthew bereitete ein schmackhaftes Mittagessen zu, und dann legten sie sich schlafen. Sie hatten seit mehr als sechzig Stunden nicht mehr in einem Bett gelegen.
Erst spät an diesem Abend fuhren sie ins Krankenhaus zurück. Sobald sie dort ankamen, teilte die Krankenschwester ihnen mit, dass sich Ophélies Zustand ein bisschen verschlechtert hatte. Sie litt unter schrecklichen Schmerzen, und man hatte ihre Morphiumdosis erhöht. Die Schwester beruhigte sie jedoch rasch wieder: Ein Rückfall war nicht ungewöhnlich – eine solch komplizierte Operation konnte der Körper schließlich nicht so einfach verkraften. Insgesamt gesehen hatte sich Ophélie erstaunlich schnell erholt, versicherte die ältere Frau. Nun schlief die Patientin tief und fest. Pip und Matthew warfen nur kurz einen Blick in Ophélies Zimmer, und dann schickte die Schwester sie wieder nach Hause.
In dieser Nacht fanden Pip und Matt ein wenig Schlaf, doch beide wachten früh am Morgen auf. Nach einem üppigen Frühstück fuhren sie wieder zum Krankenhaus. Sie wurden gleich zu Ophélie durchgelassen und waren unendlich erleichtert festzustellen, dass es ihr schon wieder besser ging. Die Krankenschwester erzählte ihnen gut gelaunt, dass sich Ophélie bereits über alles Mögliche beschwere, was ihrer Erfahrung nach ein gutes Zeichen war. Sobald Ophélie Matt und Pip hereinkommen sah, schenkte sie ihnen ein breites Lächeln.

»Na, was treibt ihr beide so?«, fragte sie im Plauderton. Pip und Matthew strahlten sie glücklich an. »Matt hat mir Pfannkuchen zum Frühstück gemacht!«, erzählte Pip ihrer Mutter.

»Prima! Die hätte ich jetzt auch gern«, erwiderte Ophélie. Sie wusste, dass sie noch lange keine feste Nahrung zu sich nehmen durfte. Dann wandte sie sich Matthew zu. »Ich danke dir, dass du dich um Pip gekümmert hast. Mir tut das alles schrecklich Leid! Ich habe mich sehr dumm benommen. Die Arbeit mit dem Außenteam war wohl doch riskanter, als ich dachte.«
Matthew wollte nicht darauf herumreiten, dass er sie von vornherein gewarnt hatte. Stattdessen sagte er: »Jeff hat mir übrigens erzählt, dass ehrenamtliche Mitarbeiter ohne entsprechende Ausbildung nicht länger für die Außenteams tätig sein dürfen. Das hätten sie sich eher überlegen sollen!«
»Weißt du, alles geschah blitzschnell. Als ich zusammenbrach, war mir überhaupt nicht klar, dass der Mann auf mich geschossen hatte.«
Eine Zeit lang unterhielten sie sich nun darüber, wie viel Glück Ophélie gehabt hatte. Während des Gesprächs warf Pip Matthew immer wieder bedeutsame Blicke zu, die er entschlossen ignorierte.
Während des Mittagessens in der Kantine des Krankenhauses sprach er Pip daraufhin an. »Ich kann sie nicht einfach so bitten, meine Frau zu werden.«
»Das solltest du aber!«
»Und warum?«
»Weil alles ganz schnell vorbei sein kann. Ihr vergeudet nur Zeit.«
Matt dachte darüber nach. »Und wenn sie Nein sagt?«
»Dann heirate ich dich eben! Da wird Mom ganz schön blöd gucken.«
Sie lachten. Und als sie nach dem Essen wieder zur Intensivstation gingen, schickte Pip Matthew allein in Ophélies Zimmer.
»Ich kann dir nichts versprechen«, sagte Matt fahrig, bevor er die Klinke hinunterdrückte. Ophélie hatte bereits mehr als deutlich gemacht, dass sie noch nicht bereit

war, sich auf eine Beziehung mit ihm – geschweige denn auf eine Ehe! – einzulassen. Er durfte sich nicht von den romantischen Vorstellungen einer Zwölfjährigen zu einer Torheit drängen lassen.
»Du bist der größte Angsthase, den ich kenne!«, rief Pip ihm nach.
Matt sah sie ärgerlich an und betrat dann leise Ophélies Zimmer.
»Wo ist Pip?«, fragte Ophélie besorgt.
»Sie schläft auf den Stühlen im Warteraum«, log er und kam sich albern dabei vor. Doch dann fragte er sich plötzlich, ob Pip womöglich Recht hatte. Die vergangenen Tage konnten alles verändert haben. Sie hatten ihnen beiden vor Augen geführt, wie kurz das Leben war und dass man besser nichts auf morgen verschob. Vielleicht sollte er einfach alles auf eine Karte setzen ...
»Ihr beide habt meinetwegen sehr viel durchgemacht«, sagte Ophélie nun zerknirscht. »Aber ich hätte wirklich nicht damit gerechnet, dass etwas dermaßen Furchtbares passiert.« Der Arzt hatte ihr erklärt, dass es noch lange dauern würde, bis sie wieder ganz genesen war.
»Wegen Leuten wie diesem durchgedrehten Kerl hatte ich immer Angst um dich«, murmelte Matthew.
»Ich weiß ... Und deine Angst war mehr als gerechtfertigt.« Sie streichelte liebevoll seine Wange. »Ich bin so froh, dass Pip dir damals über den Weg gelaufen ist.«
»Wenn ich mich recht entsinne, warst du seinerzeit alles andere als begeistert.«
»Das stimmt. Damals dachte ich, du wärst ein Verbrecher!«
Matthew atmete tief durch und nahm Ophélies Hand.
»Und was denkst du heute über mich?«, fragte er sanft.
»Du bist der beste Freund, den ich jemals hatte ... Und ich liebe dich«, antwortete sie und blickte ihn zärtlich an. Sie liebte ihn mehr, als sie in Worten jemals ausdrücken konnte. Doch sie hatte auch das Gefühl, einen

Mann wie Matthew gar nicht zu verdienen. In den vergangenen Wochen hatte sie ihm viel Kummer bereitet.
»Ich liebe dich auch, Ophélie.« Matthew wusste, dass nun der Augenblick gekommen war. Jetzt oder nie, dachte er und holte schon Luft, doch dann zögerte er. Was, wenn Ophélie ihm einen Korb gab? Irgendwo in seinem Kopf hörte er Pip rufen, er sei ein Angsthase. Schlagartig wurde ihm klar, dass sie damit vollkommen richtig lag. Er durfte nicht den gleichen Fehler machen wie Ophélie und sich von seiner Furcht davon abhalten lassen, sein Glück beim Schopf zu fassen.
Dann fragte er: »Liebst du mich genug, um mich zu heiraten?«
Ophélie hob überrascht den Blick und starrte ihn an.
»Hast du das gerade wirklich gesagt, oder bin ich vom Morphium so sehr benebelt?«
»Wenn ich es nun wirklich gesagt hätte – würde dich das freuen?«
Ophélie traten Tränen in die Augen. Sie hatte noch immer furchtbare Angst, sich auf eine neue Beziehung einzulassen, aber im Licht der vergangenen Tage erschien ihr ihre Furcht plötzlich klein und nebensächlich. Sie wäre beinahe erschossen worden und hatte es überstanden – da konnte sie auch mit allem anderen fertig werden.
»Ja! Ja, ich liebe dich von ganzem Herzen! Und du machst mich mit deinem Antrag überglücklich«, flüsterte sie, und eine einzelne Träne rann ihre Wangen hinab. »Aber bitte, Matt, versprich mir, mich niemals zu verlassen! Und nicht vor mir zu sterben!«
»Ersteres kann ich dir versprechen«, raunte er und küsste sie leicht auf die Lippen. »Ich muss dir aber auch eine Bedingung stellen: Würdest du dich in Zukunft bitte nicht noch einmal anschießen lassen? Weißt du, ich bin nicht der Einzige, der sterben könnte«, sagte er und blickte sie ernst an. »Ich könnte es nicht ertragen, dich zu verlieren, Ophélie ... Ich liebe dich so sehr!«

Erneut küsste er sie, diesmal innig und voller Verlangen. In diesem Augenblick betrat die Krankenschwester das Zimmer und sagte streng, Ophélie brauche nun etwas Ruhe.

Matt erhob sich. Bevor er ging, fragte er: »Also ist es jetzt offiziell? Willst du mich heiraten?« Er wollte ein klares Ja aus ihrem Mund hören.

»Ja, das will ich«, erwiderte sie mit klarer Stimme. Sie war so weit. Sie war bereit, mit ihm ein neues Leben zu beginnen.

»Ophélie ...«, sagte Matt gerührt, aber die Krankenschwester bedeutete ihm ungeduldig, endlich den Raum zu verlassen. Matt blieb nichts anderes übrig, als ihr zu gehorchen. Doch er war nun der glücklichste Mann der Welt.

»Ich bin verlobt!«, erklärte Ophélie der Schwester stolz und strahlte übers ganze Gesicht.

»Ich dachte, Sie wären schon längst verheiratet!«, entgegnete die Krankenschwester verwirrt.

»Das bin ich auch ... Ich meine, ich war es ... Und bald werde ich es wieder sein«, erklärte Ophélie aufgeregt. Sie hatte erst lebensgefährlich verletzt werden müssen, um sich darüber klar zu werden, was sie wirklich wollte.

»Meinen Glückwunsch!«, sagte die Krankenschwester und überprüfte dann Ophélies Temperatur.

Matthew erreichte indessen den Warteraum. Pip erwartete ihn bereits ungeduldig.

»Lass mich raten«, empfing sie ihn mit tadelndem Blick. »Du hast dich nicht getraut, richtig?«

Matthew bemühte sich, sein Pokerface aufzusetzen. Doch dann konnte er seine Freude nicht länger verstecken. »Falsch geraten!«

Pips Augen weiteten sich. »Hast du sie wirklich gefragt?«

»Klar.«

Pip sprang auf. »Was hat sie gesagt?« Sie hielt vor lauter Spannung den Atem an.

»Ja! Sie hat Ja gesagt!«, rief er und zog Pip übermütig an sich.
»Wow! Wir heiraten!«
»Jawohl! Wir heiraten!«, jubelte Matt, hob Pip hoch und wirbelte sie überschwänglich herum. Dann setzte er sie atemlos ab. »Danke für deine Hartnäckigkeit. Ohne dich hätte ich wahrscheinlich erst in einem oder zwei Jahren den Mut aufgebracht, sie zu fragen.«
»Letztendlich war es also gut, dass sie angeschossen wurde ...«, sagte Pip nachdenklich. »Also, du weißt schon, wie ich das meine.«
»Das heißt aber nicht, dass sie das jemals wiederholen sollte!«
»Ganz bestimmt nicht!«, bestätigte Pip. »Jetzt ist ja alles geregelt!«
Nun mussten sie nur noch einen Termin finden.

# 27

Ophélie musste insgesamt drei Wochen lang im Krankenhaus bleiben. Während dieser Zeit wohnte Matthew bei Pip in der Clay Street. Schon nach einigen Tagen war es zur Routine geworden, dass Matthew die Vormittage, wenn Pip in der Schule war, bei Ophélie im Krankenhaus verbrachte. Nachmittags holte er Pip von der Schule ab und brachte sie zu ihrer Mutter.
Als Ophélie schließlich heimkehrte, trug Matthew sie die Treppe hinauf in ihr Zimmer. Sie musste sich noch immer schonen und würde noch lange nicht wieder voll belastbar sein. Man hatte ihre Lunge retten können, und auch ihre Schulter würde wieder vollständig heilen. Ihre Verletzungen im Unterbauch jedoch waren sehr schwer gewesen. Man hatte ihr einen Teil eines Eierstocks entfernen müssen, doch die Ärzte schlossen nicht aus, dass Ophélie wieder schwanger werden konnte.
Louise Anderson hatte Ophélie im Krankenhaus besucht und sich dafür entschuldigt, sie einer solchen Gefahr ausgesetzt zu haben. Ophélie erinnerte sie jedoch daran, dass es ihre Entscheidung gewesen war, das Risiko einzugehen. Sie hatte längst beschlossen, ihre Arbeit am Empfang des Centers wieder aufzunehmen, sobald sie wieder auf den Beinen war.
Matthew hatte sich mittlerweile in der Bibliothek häuslich eingerichtet. Nun, da Ophélie wieder zu Hause war, brauchte sie ihn mehr denn je, und deshalb würde er – zu Pips Entzücken – auch weiterhin bei ihnen bleiben. Matt und Ophélie schmiedeten eifrig Hochzeitpläne. Sie hatten vor, im Juni zu heiraten, da Vanessa dann Ferien hatte und ebenfalls an der Feier teilnehmen konnte. Sowohl sie als auch Robert freuten sich von ganzem Herzen für ihren Vater.
»Wir werden wieder eine richtige Familie!«, sagte Pip immer wieder aufgeregt zu ihrer Mutter, und Ophélie

nickte jedes Mal lächelnd. Matthew und sie planten bereits ihre Flitterwochen, die sie in Frankreich verbringen wollten. Sie spielten mit dem Gedanken, die Kinder mitzunehmen, und Pip war von dieser Idee natürlich absolut begeistert.

Es war an einem Nachmittag etwa sechs Wochen nach der Schießerei. Matthew holte Pip gerade von der Schule ab, und Ophélie ruhte sich in ihrem Bett aus. Entspannt blätterte sie in einer Illustrierten. Sie fühlte sich schon viel besser, doch sie konnte noch immer nicht Auto fahren und hatte das Haus nie länger als für ein paar Minuten verlassen. Meist hatte sie an Matts Arm einen kleinen Spaziergang auf der Straße gemacht. Für sie war es schon ein Erfolg, zum Abendessen allein die Treppe hinuntergehen zu können.

Plötzlich klingelte das Telefon. Ophélie hob in der Hoffnung ab, es sei Bob, der mit ihr plaudern wollte. Doch damit lag sie völlig daneben. Es war Andrea. Ophélie wurde heiß und kalt zugleich. Ein innerer Impuls riet ihr, einfach aufzulegen, aber Andrea verhinderte das, indem sie hastig sagte: »Bitte hör mir nur eine Minute lang zu! Es ist wichtig. Ich wollte mich schon länger melden ... Ich war ebenfalls im Krankenhaus.« Die Art, wie Andrea das sagte, ließ Ophélie frösteln.

»Hattest du einen Unfall?«, fragte Ophélie kühl, doch Andrea spürte ihre Besorgnis. Sie waren viele Jahre lang beste Freundinnen gewesen und kannten einander in- und auswendig.

»Nein. Ich bin krank.«

»Was hast du denn?«

Es entstand eine scheinbar endlose Pause. Andrea hatte Ophélie schon seit Wochen anrufen wollen, aber nie den Mut aufgebracht. Und dann hatte sie aus dem Radio erfahren, dass Ophélie schwer verletzt worden war ... Doch nun musste ihre Freundin es erfahren.

»Ich habe Krebs«, sagte Andrea leise. »Es wurde vor zwei Monaten festgestellt. Du weißt ja, dass ich seit Monaten ständig Bauchschmerzen habe, aber ich dachte immer, der Stress wäre daran schuld. Offenbar ist es aber Gebärmutterkrebs. Ich habe bereits Metastasen in der Lunge, und auch meine Knochen sind befallen. Es breitet sich sehr schnell aus.«

Ophélie vermochte kaum zu atmen. Gleichgültig, wie wütend sie auf Andrea war – diese Nachricht erschütterte sie zutiefst.

»Hast du eine Chemotherapie gemacht?«, fragte Ophélie kaum vernehmlich.

»Ja, und im Moment mache ich wieder eine. Ich habe außerdem zwei Operationen hinter mir und einige Bestrahlungen, aber ich glaube nicht ... Ich werde es wahrscheinlich nicht schaffen.« Sie machte eine Pause und sammelte Kraft für ihre nächsten Worte. »Ich weiß, du hasst mich wahrscheinlich, aber ich muss dir trotzdem eine Frage stellen.«

Ophélie schwieg. Ihr stiegen Tränen in die Augen. Sie ahnte, worum Andrea sie bitten wollte.

»Ich habe wahrscheinlich nur noch ein paar Monate ... Würdest du William nach meinem Tod zu dir nehmen?«

Ophélie schluchzte laut auf. Das Leben war so ungerecht! Andrea war erst fünfundvierzig Jahre alt, und der kleine William würde durch ihren Tod zur Vollwaise werden.

»Vielleicht bestraft Gott mich für das Leid, das ich dir zugefügt habe«, fuhr Andrea mit zittriger Stimme fort. »Mir tut das alles so schrecklich Leid! Aber bitte versprich mir, dass du dich um William kümmern wirst«, flehte sie.

»Ich versprech es dir«, sagte Ophélie. Wer hätte besser als sie nachempfinden können, was in Andrea vorging? Erst vor kurzem hatte sie selbst Matthew die gleiche Frage gestellt. Andrea hatte ebenfalls keine Verwandten

und auch keine anderen Freunde, denen sie William anvertrauen konnte. Zudem war Ophélie seine Patentante. Natürlich würde er bei ihr ein neues Zuhause finden.
»Wo ist William jetzt? Und wer hat in den vergangenen Monaten auf ihn aufgepasst?«
»Ich habe ein Aupairmädchen angestellt«, antwortete Andrea. Sie klang schrecklich müde. »Ich möchte, dass er bei mir bleibt – bis zuletzt.«
In diesem Moment betrat Matthew Ophélies Zimmer und blickte sie fragend an. Ophélie saß weinend auf ihrem Bett und schien am Boden zerstört zu sein. Um sie bei ihrem Telefonat nicht zu stören, verließ er schnell wieder den Raum. Sie würde ihm später erzählen, was geschehen war.
»Kann ich irgendetwas für dich tun?«, fragte Ophélie nun. Ihr Entschluss, Andrea niemals wiederzusehen, war in diesem Moment null und nichtig. Es würde gewiss schwierig werden, ihrer ehemaligen Freundin gegenüberzutreten, doch Ophélie wollte sich auf jeden Fall mit ihr versöhnen.
»Ich würde mich gern mit dir treffen«, brachte Andrea mühsam hervor. »Es geht mir allerdings die meiste Zeit über sehr schlecht. So eine Chemotherapie ist wirklich kein Spaziergang.«
»Ich kann noch immer nicht lange das Haus verlassen, aber sobald ich dazu in der Lage bin, komme ich dich besuchen.«
»Das wäre schön. Ich werde noch heute ein neues Testament aufsetzen und dich zum Vormund für William bestimmen – natürlich nur, wenn du damit einverstanden bist. Bist du sicher, dass du damit klarkommst? Vielleicht hasst du ihn ja dafür, was ich dir angetan habe. Er wird dich ständig daran erinnern, was geschehen ist ...«
»Ich hasse ihn nicht, und dich genauso wenig«, beteuerte Ophélie. »Ich war einfach nur zutiefst verletzt und traurig.« Trotzdem wollte sie Andrea vergeben.

»Ich melde mich bald wieder bei dir und halte dich auf dem Laufenden, wie es um mich steht«, versprach Andrea. »Ich werde dem Aupairmädchen außerdem auftragen, dich anzurufen, falls ich es selbst irgendwann nicht mehr kann ...«
»Du musst jetzt stark sein, Andrea. Gib nicht auf!«
»Ich versuche es«, sagte Andrea und konnte die Tränen ebenfalls nicht länger zurückhalten. »Ich danke dir. Ich weiß, dass du gut für William sorgen wirst.«
»Darauf kannst du dich verlassen.« Ophélie zögerte. Sollte sie Andrea von ihren Plänen erzählen? »Matthew und ich sind übrigens zusammen. Wir wollen im Juni heiraten«, verkündete sie schließlich.
Es entstand eine lange Pause, dann stieß Andrea einen tiefen Seufzer aus. Ophélies Worte beruhigten sie ungemein. Nun wusste sie, dass sie Ophélies Leben nicht völlig zerstört hatte. Ihre Freundin würde wieder glücklich werden. »Ich freue mich so für dich!«, brach es aus ihr heraus. »Matt ist so nett! Ich wünsche euch beiden das Allerbeste!«
»Vielen Dank. Ich rufe dich bald wieder an. Pass auf dich auf.«
»Du bedeutest mir sehr viel«, flüsterte Andrea. »Bitte verzeih mir.«
»Schon geschehen«, sagte Ophélie und legte auf. Langsam ließ sie den Hörer sinken und starrte ins Leere.
Wenig später streckte Matthew erneut den Kopf durch die Tür. Als er Ophélie völlig abwesend auf dem Bett sitzen sah, ging er hinein. »Was ist los?«, fragte er besorgt.
»Das war Andrea.«
Matthew setzte sich auf die Bettkante und verschränkte die Arme vor der Brust. »Hat sie sich bei dir entschuldigt? Bereut sie, was getan hat?« Er war noch immer wütend auf Andrea.
Während er sprach, wurde Ophélie klar, dass sie etwas Wichtiges vergessen hatte. Spontan hatte sie Andrea

versprochen, William aufzunehmen, dabei hätte sie zuerst Matt fragen müssen, was er davon hielt. »Sie ist todkrank«, flüsterte sie.

»Was?« Er blickte sie schockiert an.

»Sie weiß es seit zwei Monaten. Sie hat Gebärmutterkrebs – und er hat sich so gut wie überall in ihrem Körper ausgebreitet. Wahrscheinlich bleiben ihr nicht mehr als ein paar Monate. Sie hat mich gefragt, ob ich mich nach ihrem Tod um William kümmern würde. Und ich habe Ja gesagt.« Sie sah Matthew forschend an. »Bist zu damit einverstanden? Wenn du dagegen bist, rufe ich sie sofort an und sage ihr ab.«

Matthew senkte den Kopf und dachte darüber nach. Es wäre sicherlich eine große Herausforderung, zu Beginn ihrer Ehe ein Kleinkind zu adoptieren, aber er konnte zweifellos verstehen, warum Ophélie offenbar nicht lange gezögert hatte. William war ja nicht nur Teds Kind, sondern auch Pips Halbbruder.

»Im Grunde haben wir keine Wahl. William ist ein entzückender kleiner Kerl, und er braucht uns«, sagte er schließlich.

Ophélie nickte und lächelte ihn erleichtert an. Sie beschlossen, Pip zunächst nichts von alldem zu erzählen. Sie hatte während der vergangenen Wochen genug durchgemacht und sollte nicht noch zusätzlich mit Andreas Krankheit belastet werden.

Ophélie erhielt einige Tage später einen Brief von Andrea, in dem diese sich bei ihrer Freundin noch einmal ausführlich bedankte. Ophélie wollte sich daraufhin bei ihr melden, doch sie schob den Anruf immer wieder auf. Zwei Wochen später fuhr Matthew mit Pip und Mousse nach Safe Harbour. Es war zwar erst März, trotzdem kletterte das Thermometer bereits erstaunlich hoch. Sie gingen am Strand spazieren, ließen sich irgendwann im Sand nieder und unterhielten sich über die bevorstehende Hochzeit. Die Zeremonie sollte im kleinen Kreis am Strand vor Matts Bungalow stattfinden. Nur die Kinder sollten anwesend sein, und ein Priester, den Matthew persönlich kannte, würde sie trauen.

Zwei Tage darauf fuhr Matthew erneut nach Safe Harbour, und diesmal nahm er Ophélie mit. Er überzeugte sie davon, dass die Seeluft ihr gut tun würde, doch er hatte sie nicht nur deswegen hergebracht. Nach einem mittellangen Spaziergang betraten sie den Bungalow, und Matthew legte Musik auf. Ophélie ahnte, was er vorhatte, und diesmal war sie bereit dazu. Sie hatten sehr lange auf diesen Moment gewartet ...

Matthew zog sie in seine Arme und küsste sie innig. Ophélie erwiderte seinen Kuss voller Verlangen und genoss seine zärtlichen Berührungen. Ihr Puls beschleunigte sich. Matt nahm sie bei der Hand, und sie folgte ihm in sein Schlafzimmer. Dort entkleidete er sie vorsichtig, zog sie aufs Bett und schlüpfte mit ihr unter die Decke. Dann gaben sie sich endlich ihrer Leidenschaft hin. Nicht nur ihre Körper verschmolzen miteinander, sondern auch ihre Herzen. Das hatten sie schon lange ersehnt, und auf dieses überwältigende Gefühl waren all ihre Hoffnungen für die Zukunft gebaut. Die ganze Nacht lang hielten sie einander eng umschlungen. Dort, in Safe Harbour, wurde ihr Traum Wirklichkeit.

## 28

Ophélie hatte seit dem Tag, an dem sie von Andreas Erkrankung erfahren hatte, womöglich tausend Mal den Hörer in die Hand genommen, um ihre Freundin anzurufen. Doch ihr eigener Zustand und die Angst, neue Hiobsbotschaften zu vernehmen, hielten sie davon ab. Zudem hatte sie einiges zu erledigen. So musste sie an einer ersten Anhörung im Prozess gegen den Mann, der auf sie geschossen hatte, teilnehmen. Nach einem anstrengenden Vormittag im Gericht war Ophélie am Ende ihrer Kräfte. Sie hatte sich eigentlich fest vorgenommen, sich noch an diesem Nachmittag bei Andrea zu melden, doch sie war völlig erschöpft.

Kaum, dass sie zu Hause war, klingelte das Telefon. Es war Andreas Aupairmädchen.

»Ich wollte Andrea heute anrufen«, sagte Ophélie erfreut. »Wie geht es ihr?«

»Ähm ...« Die junge Frau fühlte sich offensichtlich unwohl in ihrer Haut, doch schließlich sagte sie: »Andrea ist gestern Morgen gestorben.«

Ophélie fühlte sich, als ob ein Ziegelstein gegen ihren Kopf geschleudert worden wäre. »O mein Gott! Ich dachte ... Sie hat mir gesagt, ihr blieben noch ein paar Monate«, stammelte sie. »Ich hatte keine Ahnung, dass es so schlimm um sie stand.« Vor beinahe genau einem Jahr war William zur Welt gekommen. Es war ein wunderbarer, aufregender Tag gewesen, und Ophélie hatte Andrea noch niemals zuvor so glücklich erlebt. Ophélie schloss die Augen. Genau so wollte sie Andrea in Erinnerung behalten – als fröhlichen Menschen, der stets positiv dachte.

»Hat sich schon jemand um die Trauerfeier gekümmert?« Ophélie überlegte, ob sie die Organisation in die Hand nehmen solle. Sie schüttelte fassungslos den Kopf. Wie oft hatten ihre Freundin und sie zusammen Kinder-

geburtstage und Partys geplant? Und nun musste sie Einladungen zu Andreas Beerdigung verschicken ... Das Aupairmädchen erklärte Ophélie jedoch, dass Andrea verbrannt werden wollte. Ihre Asche sollte im Meer verstreut werden. Es würde keinen Gottesdienst, keinen Grabstein und keine Trauergemeinde geben. Ophélie verstand, warum Andrea dies so gewünscht hatte. Auf diese Weise war es für alle Hinterbliebenen leichter. Andrea hatte sich vor ihrem Tod selbst um den Verkauf ihrer Eigentumswohnung und ihrer anderen Besitztümer gekümmert. Es war bereits alles geregelt. Das Aupairmädchen bot Ophélie an, William später an diesem Tag zu ihr zu bringen. Ophélie stimmte zu. Nachdem sie aufgelegt hatte, wurde ihr klar, dass nun kein Weg daran vorbeiführte, mit Pip zu sprechen.
Sie wartete in der Küche darauf, dass ihre Tochter mit Matthew von der Schule heimkam. Sobald Pip den Raum betrat, erkannte die Kleine am Gesichtsausdruck ihrer Mutter, dass etwas passiert war. Matthew war bereits informiert. Ophélie hatte ihn eine halbe Stunde zuvor auf seinem Handy angerufen und ihm erzählt, dass Andrea gestorben war.
»Was ist los?«, fragte Pip mit weit aufgerissenen Augen. Mit einem Mal hatte sie schreckliche Angst, dass ihre Mutter ihr nun mitteilen würde, dass die Hochzeit geplatzt sei.
»Ich habe schlechte Nachrichten«, sagte Ophélie tonlos. Pip blickte sie fragend an.
»Es geht um Andrea. Sie ... ist tot.«
Pip schaute ihre Mutter schockiert an und brachte kein Wort heraus.
»Sie war sehr krank«, fuhr Ophélie fort. »Und gestern ist sie gestorben. Sie hat mich vor über zwei Wochen angerufen und mir erzählt, dass sie Krebs hat. Ich wollte dir damals nichts sagen, weil du schon so viel durchmachen musstest.«

Pip nickte. »Warst du immer noch böse auf sie?«
»Nein. Nachdem sie mir gesagt hatte, wie es um sie stand, habe ich mich mit ihr versöhnt.«
»Das ist gut.« Pip legte die Stirn in Falten. »Du hast mir immer noch nicht verraten, was sie dir Schlimmes angetan hat.«
Ophélie wechselte einen Blick mit Matthew. Sollten sie Pip die Wahrheit sagen? Matt schüttelte leicht den Kopf.
»Das werde ich dir eines Tages erzählen, wenn du erwachsen bist«, erklärte Ophélie.
»Es muss etwas sehr Schlimmes gewesen sein«, überlegte Pip laut. Sie kannte ihre Mutter gut genug, um zu wissen, dass sie sonst nicht nachtragend war.
Ophélie schwieg.
»Und was ist mit William?«, wollte Pip wissen.
»Er wird künftig bei uns leben«, erklärte Ophélie ruhig.
Pip sah ihre Mutter einen Moment lang wie versteinert an. »*Bei uns?*«
»Sein Aupairmädchen bringt ihn noch heute vorbei.«
Über Pips Gesicht huschte ein Lächeln. »Das ist ja toll!«
Matthew und Ophélie waren erleichtert, dass sie es so gut aufnahm.
Das Aupairmädchen erschien wenig später mit William und all seinen Spielsachen und seiner gesamten Garderobe. Ophélie und Pip erwarteten die beiden an der Tür. Ophélie nahm den Kleinen auf den Arm und drückte ihn an sich. William hatte sich in den vergangenen Monaten prächtig entwickelt und war ein ganzes Stück gewachsen. Ophélie bat die junge Frau herein und führte sie ins Wohnzimmer.
»Darf ich Ihnen einen Kaffee anbieten?«
»Sehr gern,« antwortete sie.
Ophélie eilte in die Küche und kam kurz darauf mit einer Kanne zurück. Matthew trug ein Tablett mit Tassen.
»Matthew Bowles«, stellte er sich vor.
»Lisa Smith.«

Die beiden schüttelten sich die Hand.
Ophélie fragte Lisa, ob sie schon eine neue Stelle habe, was diese verneinte. Ophélie warf Matt einen fragenden Blick zu. Er nickte.
»Wie wäre es, wenn sie bei uns anfingen?« Im Haushalt würde in Zukunft sehr viel zu tun sein, und Ophélie fühlte sich dieser Anforderung noch nicht wieder gewachsen.
Lisa zögerte nicht lange und nahm das Angebot freudestrahlend an.
Ophélie führte sie nach oben, wo zwei Zimmer leer standen. Lisa gefiel es auf Anhieb in dem geräumigen Haus. Sie hatte ihre Sachen im Auto und lief eilig nach unten, um sie zu holen.
Während sie sich in ihrem neuen Zimmer häuslich einrichtete, brachte Ophélie mit Pips Hilfe Williams Habseligkeiten in dem Raum nebenan unter. Seine Möbel würden sie am nächsten Tag abholen.
Am Abend lagen Matthew und Ophélie nebeneinander im Bett. Matt war schon vor einigen Tagen von der Bibliothek in Ophélies Schlafzimmer gezogen. Nun wandte er sich Ophélie mit einem breiten Grinsen zu.
»Wie schnell sich alles verändert hat …«
»Ja, erstaunlich, nicht wahr? Im Augenblick habe ich das Gefühl, dass alles passieren könnte. Stell dir nur vor, ich würde schwanger!« Ophélie sprach natürlich nur im Scherz. Da William jetzt ein Teil ihrer Familie war, hatten sie erst einmal alle Hände voll zu tun.
»Man weiß nie, was als Nächstes geschieht«, sagte Matthew lächelnd. »Und irgendwie gefällt mir das.«
»Mir auch.« Ophélie kuschelte sich an ihn, und ein paar Minuten später schliefen alle Bewohner des Hauses tief und fest.

# 29

Der Hochzeitstag im Juni war sonnig, und man sah nicht eine Wolke am Himmel. Der Tag war wie geschaffen für ein solch denkwürdiges Ereignis. Am Horizont schaukelten einige Fischerboote auf den Wellen, und der Strand war beinahe menschenleer.
Ophélie trug ein einfaches, bodenlanges weißes Kleid aus feiner Spitze. Matthew und Robert erschienen in schicken schwarzen Anzügen, und William, auf Lisas Arm, hatte einen süßen weiß-blauen Matrosenanzug an. Ophélie fiel auf, wie ähnlich er seiner Mutter sah, und darüber war sie froh. Er ähnelte zwar auch Ted ein wenig, doch sie hoffte, dass Pip das erst mal nicht auffallen würde. Die Kleine ahnte nicht, dass William ihr Halbbruder war, und sie sollte es auch in nächster Zeit nicht erfahren.
Die Stimmung war fröhlich und ausgelassen. Schon am folgenden Tag würden sie alle gemeinsam nach Frankreich fliegen. Zuerst wollten sie ein paar Tage in Paris verbringen und dann einige Wochen lang die schönsten Städte und Regionen des Landes besuchen. Sie hatten eine außergewöhnliche Reise vor sich, doch Matthew hatte darauf bestanden, diesen Urlaub zu organisieren und zu bezahlen. In den letzten Jahren hatte er kaum Gelegenheit gehabt, Geld auszugeben, und dies wollte er nun nachholen. Sie alle konnten es kaum erwarten, endlich aufzubrechen.
Gleich nach ihrer Rückkehr wollten Ophélie und Matthew zudem nach einem neuen Haus für ihre kleine Familie Ausschau halten. Seinen Bungalow in Safe Harbour würde Matthew als Liebesnest für sich und seine zukünftige Frau behalten.
Robert und Vanessa waren Trauzeugen. Und Pip gab eine bildhübsche Brautjungfer ab. Der Priester fand äußerst anrührende Worte für das große Glück, das Matt

und Ophélie widerfahren war. Er sagte, ihre beiden Familien würden nun zu einer starken neuen Familie zusammenwachsen, in der sich hoffentlich alle Mitglieder gegenseitig Kraft und Trost spendeten. Während Ophélie den Ausführungen des Priesters andächtig lauschte, wanderte ihr Blick den Strand entlang, zu genau jener Stelle, an der sie Matthew vor etwa einem Jahr kennen gelernt hatte. Wie viel seitdem geschehen war ... Ihr ganzes Leben hatte sich um hundertachtzig Grad gedreht, und alles nur, weil sich ein kleines Mädchen von zu Hause davongeschlichen hatte, um mit ihrem Hund auf Entdeckungstour zu gehen.

Matthew bemerkte Ophélies verträumten Gesichtsausdruck und lächelte ihr zu. Sie schauten sich tief in die Augen. Sie waren tatsächlich Glückspilze, aber sie wussten, dass nicht allein das Schicksal sie zusammengebracht hatte, sondern vor allem ihr Mut. Wie einfach wäre es für sie beide gewesen, sich weiterhin in ihrem Schneckenhaus zu verkriechen und es erst gar nicht miteinander zu versuchen? Doch sie hatten sich für das Leben entschieden und waren nicht länger davongelaufen! An diesem Tag feierten sie nicht nur ihre tiefe Zuneigung, sondern vor allem auch ihren Glauben an die Liebe. Sie hatten gefunden, wonach sie lange gesucht hatten. Sie waren den Stürmen des Lebens entkommen und in einen sicheren Hafen eingelaufen.

Und als der Priester Ophélie fragte, ob sie mit diesem Mann den Rest ihres Lebens verbringen wollte, antwortete Pip gleichzeitig und in völligem Einklang mit ihrer Mutter: »Ja.«